西夏死书

【克格勃和中情局】

凝夜 / 糊魉

④

顾非鱼 著

金城出版社
GOLD WALL PRESS

第一章
001 一封没有发出的信

第二章
011 米沙的路线

第三章
024 九里堡

第四章
035 狼洼

第五章
046 千户镇

第六章
057 千尸阵

第七章
068 死城

第八章
077 耶律楚材的卷子

第九章
086 诡异伤痕

第十章
097 戴面具的女子

第十一章
109 胡杨林里的发现

第十二章
122 偷脸

第十三章
137 魔鬼城

第十四章
145 黑尘暴

第十五章
157 大白泉旁的遗骨

第十六章
167 神秘的女科考队员

第十七章
177 虚幻之城

第十八章
188 前进基地

第十九章
199 二十一号地堡

第二十章
215 符拉迪沃斯托克工程

第二十一章
226 地堡里的小屋

第二十二章
238 暗流涌动

第二十三章
250 遗忘的细节

第二十四章
265 古地图上的新发现

第一章 一封没有发出的信

1

唐风回到学校已经半月有余。半个月来，唐风不断打探韩江的消息，但韩江像人间蒸发了一样，杳无音讯。唐风心里发慌，揣测韩江凶多吉少，多半又被赵永他们给抓了回去。

唐风不甘心就此罢休，可他手中现在仅有的线索就是那几张玉插屏的照片。照片上显现出的那一行行神秘西夏文，让唐风绞尽了脑汁。多么奇怪的文字，这半个多月来，唐风几乎每天都泡在图书馆里，查阅各种资料。虽然唐风已经破译了照片上大部分的西夏文，但是无论如何，他也无法将这些奇怪的文字连成语句，更无法知晓这些西夏文的真正含义。

窗外大雨如注，漆黑一片。唐风看看表，已是深夜十点，扭头望去，图书馆里只剩下不多的几个读者，"难道这就是季莫申在论文中提到的那篇西夏咒语？"唐风嘟囔着，伸开懒腰，重重地靠在椅背上。忽然，一张熟悉的面孔出现在他的上方。

唐风吓了一跳，猛地跳了起来，怔怔地盯着那人。那人镇定地坐在了唐风对面的座位上："怎么，看到鬼了？"这个声音依旧浑厚低沉，是韩江的声音。

"鬼？我以为你真的成鬼了！你没被赵永给抓回去？"唐风惊道。

韩江赶忙做了个噤声的手势，压低声音呵斥："你如果不想我被他们逮回去的话，就给我小点声！"

唐风这才注意到韩江的穿着，外套上淌着雨水，脚上还有泥巴。"你是怎么进来的？"唐风压低声音问。

韩江冲图书馆角落里的一扇窗子努努嘴，"有什么能拦得住我？"

"恭喜你，再次越狱成功。"

"你以为凭赵永他们就能抓到我？"韩江还是那么自信。

"那你这半个多月都干什么了？"

"和你一样！"

"和我一样？也泡图书馆？"

韩江理了理蓬乱的头发，"有些东西不是在图书馆能查到的。"

"听你这口气，你一定查到了什么！那些西夏文你破解了？"唐风迫不及待地想知道韩江的进展。

"那是你的任务。"

"那你查到是谁陷害了你？谁是内鬼？"

韩江摇摇头，"这个问题，咱们可以另外找时间讨论。"

"哼，那你这么长时间找到了什么？"

韩江耸耸肩，"很遗憾，这段时间，我只顾东躲西藏了。"唐风失望地盯着韩江，韩江突然话锋一转，"不过……"

"你说话别大喘气，好吧！"

韩江观察了一下周边，见四周无人，才压低声音说："不过我还是有了一点小发现，既然他们认定我杀死了小卢，那么我就从小卢开始调查。我暗中调查了小卢的背景，竟然发现小卢在去陈子建实验室之前，曾就读于金大医学院。"

"什么？你是说这里？"

"不错，说起来，你和他还是校友呢！"

"等等，等等！"唐风感觉脑袋像被人重击了一下，顿时一片混乱，"我脑袋里有些乱，你说小卢也是金大毕业的？"

"对！而且小卢从医学院毕业后，本来有机会出国留学或是进入大医院成为优秀的外科医生，可是他出人意料地选择去给陈子建当助手。"

"难道是他兴趣转移了……"唐风想了想，"如果小卢有问题，那么陈子建也有问题喽！"

"这不可能，我认识陈子建很多年了，他不可能有问题。"韩江肯定地说。

"现在还有什么是不可能的呢！"唐风反驳道。

"可是陈子建已经死了。"

"当然，陈子建也许没问题，他的死是因为他发现了小卢的阴谋。"

"小卢的阴谋？"

"嗯，小卢一定是将军的人，他在进行某项阴谋。后来被陈子建发现，他便害死了陈子建。而后，当我刚一想到小卢有问题时，他便被将军的人灭口了，同时，还陷害了你，一箭双雕，不可谓不高。"

"可不管是小卢还是陈子建，事先并不知道我要找他们复原那个党项女人的头骨……"韩江陷入了沉思。

2

唐风和韩江走出图书馆。雨似乎小了些，两人一路无语，默默走着。浓郁的梧桐树遮住了路灯的光线，寂静的大街上摇曳着两人细长的影子。

突然，唐风猛地回身望去，厚厚的雨雾中，除了路灯那点光亮，他什么也没看见。韩江也转过了身，狐疑地看看身后，又盯着唐风，"你看什么呢？"

唐风怔怔地盯着身后，过了好一会儿，才开口说："这段时间，我总觉得身后有一双眼睛在盯着我……不会是你吧？"

"我？我不正站在你面前吗？"韩江一脸无奈。

"难道我被将军的人盯上了……"唐风喃喃自语。

"别瞎想了，这里哪有人？"韩江警觉地观察了一下四周，凭他多年的职业敏感断定没有人跟踪，这才拍拍唐风的肩，"我看你是这些天太紧张，产生幻觉了。"

"也许是吧！"唐风不再说什么，两人又恢复了沉默，一直走到唐风的住处。唐风的家里堆满了书，几乎没有韩江下脚的地方，唐风快速整理了一下，总算腾出了一小块地方。韩江盯着唐风满屋子的书，忽然开口说："我刚才想了一路，只能有一种解释，小卢在陈子建身边，一定有他自己的目的。"

"那就要看陈子建在干什么了。除了研究我们带来的那副骨架，陈子建之前研究的方向是什么？"

"这个我也调查了一番，陈子建一直在进行古人类遗传基因的研究。"

"古人类……遗传基因？这倒是个很奇特的研究方向，他该不是想复活古人吧？！"唐风随口说。

"复活古人？"唐风的话让韩江一惊，"是不是就像电影里说的那样，从古人的骨头上提取DNA，然后复活古人的基因？"

唐风见韩江这副模样，怔怔地点点头，"原理上是这样，不过技术上有难度，主要是很难从古人的骨头上提取到有用的DNA，另外，在法律和伦理上也说不过去。"

"难道陈子建和小卢就正在试图恢复古人的DNA？"韩江喃喃地说。

"如果是这样，那可真是疯狂的试验。"

"可这试验与玉插屏又有什么联系呢？"

"联系，一定有内在的联系！将军疯狂的计划！"

"不！我预感，这事没那么简单，陈子建和小卢的试验或许并没有我们想的那么疯狂，但是这里面的阴谋一定比我们已知的更加疯狂。"韩江说出了他的推断。

唐风沉思片刻，道："对，不管小卢他们在搞什么研究，这里面的阴谋绝不是我们现在所知的这么简单。我曾经向赵永问过小卢的尸检情况，他说小卢的身上并没有那个刺青，我当时就提出了疑问，可他没当回事。如果小卢不是将军的人，那么这里面的阴谋就更复杂了。"

"嗯，就像我们之前分析的那样，还有一股我们看不见的势力也搅了进来。"

"小卢很可能就是在为他们工作。"

"好了，先别猜了，说说你的发现吧。"

"我？"唐风耸耸肩，略带失望地说，"我泡了半个多月图书馆，可以说一无所获。"

"一无所获？你对那些西夏文真的一点办法也没有？"

"没办法，罗教授都破解不出那些西夏文的意思，何况是我！但是我根据之前的一些线索，推测玉插屏背后那些若隐若现的西夏文很可能是一段古老的西夏咒语。"

"咒语？这些咒语有什么用？"

"现在还不知道。我曾向赵永询问过小卢的电脑，希望从中找到那篇论文，可是赵永说他们详细检查了小卢的电脑，里面根本没有那篇我曾经看到的论文。"

"听你这么说，小卢和季莫申生前似乎都在研究西夏咒语？"

"但他们应该并不知道玉插屏背后的这篇西夏文啊！"

"这已经不重要了，玉插屏得而复失，将军恐怕已经知晓了玉插屏的秘密，留给我们的时间不多了。"韩江顿了顿，又说，"这次我来你这里，就是要找你一起去寻找那个传说中的瀚海宓城。"

"就凭我们俩？"唐风面露犹豫。

"对！就我们俩。我们有地图，为什么不试一下呢？再说，为了洗清我的冤屈，也得找到瀚海宓城！另外，还有一件事，就是要查查小卢的过去，看看能不能找到一些蛛丝马迹。"韩江站起来，盯着窗外漆黑的雨夜。

"这……只能去找找小卢过去在校的档案了。我明天领你去学校的档案馆看看，我正好跟那儿的朱老师挺熟。"

韩江没说什么，只是微微地点了点头。

3

第二天一早，雨过天晴。唐风带着韩江来到学校的档案馆，档案馆的朱老师接待了他俩。唐风很快就在浩如烟海的档案中找到了小卢的名字——卢春，男，医学院临床医学系……唐风看看韩江，小声说："跟你调查的一样。"

韩江没说什么，眼睛死死地盯着面前这张学生登记表，从上到下，又从下到上地搜寻着。

"看什么呢？"唐风问。

"你看，"韩江指着学生登记表最下面的"备注"一栏，缓缓地读，"该生于

2002年3月至2002年10月期间失踪，经校委会研究决定，不按旷课处理。"

"哦！还有这事。"唐风扭头问朱老师，"咱们学校还有学生失踪？"

胖胖的朱老师想了一会儿，大声说："这学生我想起来了，当初是有这么一回事。医学院有个男生失踪了大半年，家长、学校和警察找了大半年，活不见人，死不见尸。可就在大家都以为这小子凶多吉少的时候，这个学生又自己回来了。"

"都这么多年了，您倒是记得挺清楚啊！"

"当时这事在学校挺轰动的。也算奇事一桩。"

"我怎么不记得了……"唐风使劲想了想，脑海里似乎有了一丝印象。

"其他人不记得也正常，我是当然记得的，因为那时来我这儿查档案的警察有好几拨……"

韩江打断朱老师的话，问道："那这事后来怎样了呢？"

"后来？这小子回来以后，不管别人怎么问他，他就是不说这大半年去哪儿了，也不说为什么不声不响地离校这么长时间。"

"那您知道吗？"韩江问。

"嗨！不用想都知道，还能有什么原因，青春期躁动呗，肯定是失恋，为了哪个女孩跑出去了大半年！"

"这是您的推测，还是事实？"韩江似乎又找回了昔日查案的感觉。

"当然是事实。"朱老师看来颇有把握。

"您不是说卢春回来后什么都不说吗？"

"那还要说警察有办法啊！我是听负责这个案子的警察说的。他们去问这个卢春的时候，开始这小子什么也不说，可是后来架不住警察盘问，他还是断断续续地说了。原来这个卢春在大二的时候认识了一个校外的女孩，后来这个女孩不知何故，不声不响地走了，这小子就像着了魔一样，据说追到了女孩的老家，再后来的事我就不太清楚了。"

韩江又仔细问了问卢春的情况，见问不出什么新的线索，便起身告辞。

走出档案馆，唐风便问韩江："你觉得小卢上学时的失踪和我们今天要查的事有联系？"

"不要放过任何蛛丝马迹，小卢的失踪很可疑。"韩江若有所思地说。

"小卢失踪是为了一个女孩。那这个女孩会是谁呢？"唐风狐疑着问。

"不要想了，就凭我们现在所掌握的线索，是不可能了解卢春背后隐藏的秘密的。卢春潜伏到陈子建身边，一定有他的目的，那么他的目的是什么？他又在为谁工作呢？"

"陈子建是国内古人类学研究方面的权威，我看小卢到他身边只能是和那些古人的骨头有关，这样也就能解释没藏皇后的头骨为什么会丢失了。"唐风道。

"只是他们事先并不知道我会拿没藏皇后的头骨给陈子建啊……算了，不想了，咱们还是快点准备去巴丹吉林沙漠吧。"

失去了强大的组织，一切都要两人自己动手，唐风和韩江分头准备进入沙漠所需要的给养装备。天黑之后，两人才回到唐风的住处。

走出电梯间，唐风掏出钥匙开门，韩江拖着沉重的装备跟在唐风身后。就在这时，唐风忽然感到身后有一阵阴风袭来。唐风暗道不好，想要躲闪，已经来不及了，只觉肩头被猛拍了一下，不过……唐风缓过神来，这一下并不疼，是谁？韩江？就在唐风转身的时候，他听到了一串熟悉的笑声。

"终于等到你了！"梁媛笑道。

"你怎么跑到这儿来了？"

"你好像不欢迎我嘛！"

"不是，主要是我这里不安全。"

"不安全？有什么危险？"

"你看！你身后就站着一个通缉犯。"唐风想要吓一吓梁媛。

梁媛果然被他吓了一跳。她一扭头，就见一座"黑塔"立在自己身后，正板着脸等着她呢。梁媛这才发现了韩江，不过她很快就镇定下来，"甭吓我！你们的事我早就听说了。"

"哦！你听说什么了？"韩江来了兴趣。

"先是听说你们背着我去了贺兰山，然后听说韩队长你出事了，再后来你们解散了，玉插屏全都丢了。"

"你的消息来源很可靠啊！"韩江的语气略带惊讶。

"我都是从赵永那儿听说的。"梁媛狡黠地笑着回应。

"他就这么轻易地告诉了你一切？"韩江似乎对赵永的表现略有不满。

"那当然不会。不过我有办法让他乖乖交代啊！"梁媛脸上露出一丝得意。

"哦！你对他动刑了？"韩江笑道，似有所悟。

"不用动刑，你们还欠着我们家一块玉插屏呢！"

"这倒也是，拿人手短。当初我还对你和你父亲保证过，没想到如今……"韩江一脸歉疚地看着梁媛。

"算了，你也不用自责。"梁媛说着反倒安慰起韩江来，"我一听赵永说是你盗走了玉插屏，立马就跳起来了，我绝不相信会是你盗走的玉插屏，只是……只是咱们所做的一切都前功尽弃了。"

韩江听了梁媛的话，颇受感动，拍了拍梁媛的肩膀，"还好，事情还不算太糟，咱们还有唐风拍的照片，我和唐风正准备去巴丹吉林沙漠寻找那座消失的古城。"

"就凭你们俩？还有几张照片？"梁媛摇着头问。

"可我们现在只能如此,别无选择了。"韩江略显无奈地说。

"嘿嘿!所以我就来帮你们啦!"梁媛故作神秘地冲韩江笑了笑。

"帮我们?你能帮我们什么?"唐风脸上露出一丝疑惑。

"少废话,快开门,这里隔墙有耳,天机不可泄露。"梁媛显得越发神秘。

4

三人走进屋内,唐风冷笑了两声,问梁媛:"行了,大小姐,有什么就快说吧,我们还忙着呢。"

"你这是什么态度?我千里迢迢跑到你这儿,总得让我歇歇吧?快给我倒杯茶来!"梁媛对着唐风轻声呵斥。

唐风站着没动,看了看韩江。韩江倒对梁媛的话起了兴趣,冲唐风努了努嘴。唐风只好不情愿地给梁媛端上茶,又挤出一副笑脸,"大小姐,要不要给您捶捶腿啊?"

梁媛白了唐风一眼,"这个嘛,就算了。咱们言归正传,我真的是来帮你们的。半个多月前,我在地下室整理我爷爷遗物的时候,发现了一个日记本。"

"哦?日记本!"唐风和韩江同时诧异地瞪大了眼睛,他们看见梁媛从背包里拿出了一个暗红色封皮的笔记本,一看就是有年头的东西了。

唐风伸手就想去拿笔记本,梁媛却一下把笔记本收了回来,说:"想看这个笔记本,先要答应我一件事。"

"你还带条件?什么事?"唐风一皱眉。

"我要和你们一起去寻找那座西夏古城。"

"不行!我们本来就够烦的了,你就别给我们添乱了。"唐风断然拒绝了梁媛的要求,可他看了一眼梁媛,忽然心里一软,又说,"那里很危险,比之前我们遭遇的一切都要危险。而且你看看咱们现在的情况,老 K 也解散了,咱们现在势单力薄,我是怕你去了有危险。"

"算你还有良心。但是正因为你们势单力薄,所以才更需要我。你放心,我不会拖你们后腿的。"梁媛信誓旦旦地保证。

"这……"唐风盯着梁媛手中的笔记本,迟疑了一下,随即点了点头,"好吧,我答应你。"

唐风说着,趁梁媛一愣神的工夫,一把抢过了笔记本,迫不及待地翻看起来。

梁媛赶忙确定道:"那咱们就说好了,一言为定。"

谁料,唐风一边翻看笔记本,一边说:"我说话不算数的,在咱们老 K,一向是韩江说了算。"

听唐风这么一说,梁媛差点没气炸了,"你……你怎么能说话不算数?"

第一章 一封没有发出的信

"我都是为你好。"唐风头都没抬，继续翻看梁云杰的日记本。

梁媛气得说不出话，但是她在背包里翻了翻，很快又镇静下来。下面该轮到唐风不淡定了。

唐风匆匆翻了一遍梁云杰的日记本，他发现这本日记记录的是1974年至1978年间的事情，从中没有发现任何对他们有价值的信息。他抬头看看梁媛，梁媛脸上露出一丝得意的微笑。

难道我被这小妮子给涮了？唐风想着又继续翻阅日记本，可还是没有发现有用的线索。唐风将日记本递给韩江，终于憋不住地问梁媛："你爷爷的日记本上看不出什么啊！"

梁媛笑了，"我又没说日记本里有什么，是你一看到我拿出日记本就要抢。"

"那你有什么发现呢？"

"我在爷爷的这个日记本里发现了一封信。"

"一封信？"唐风和韩江几乎同时惊叫起来。

梁媛不紧不慢地拿出那封信，得意地举着信晃了晃，"这次我不会再上你的当了，我不管你们俩谁做主，得先答应我，带我一起去寻找瀚海宓城。"

两人被梁媛搞得实在没有办法，韩江首先动摇了，"要不就带梁媛同去，这次咱们不比以往，人手少，多一个人多一份力量嘛！"

唐风无奈地摇头，也只好同意。梁媛这才松了手，唐风接过那封信。已经发黄的信封，看样子是西式信封，信封上写着几行外文，同时附上了繁体的中文。唐风稍加辨识，认出这些外文是俄文。来不及多想，唐风迅速打开信封，抽出了里面的信，信纸上写满了隽秀的书法体俄文。这封信一共有三页纸，中间还穿插着几幅用钢笔绘制的简图，当唐风粗粗读完这封信时，他震惊了。

韩江看看唐风一副吃惊的模样，转向梁媛："信上说了什么？"

梁媛耸耸肩："我不认识俄文，具体什么内容我也不知道，我只是通过信封上和信里的落款辨认出这是米沙写给我爷爷的一封信，所以知道这肯定对你们有帮助。"

"真的是米沙写给梁老爷子的信？"韩江又转向唐风。

唐风点点头，"是的，而且这封信至关重要。我粗粗看了一遍，这封信是米沙在20世纪60年代写给梁老爷子的，信中简要介绍了米沙在科考队出事之后的遭遇。"

"哦！这正是我们最感兴趣的。"韩江话语中带着兴奋。

唐风又看了一遍手中的信，然后详细地介绍："这封信可以分为三个部分。在第一部分，米沙向梁老爷子大致说了自己这些年的境遇，并解释了为什么写这封信。他觉得还是要把自己知道的事都说出来，否则心有不甘，想来想去，他只有对梁老爷子说了。"

"看来米沙心中一直有秘密，连克格勃都不知道的秘密。"韩江喃喃道。

唐风刚想继续往下翻译信的内容，韩江突然打断了他："等等，唐风，你刚才说这封信是哪年寄出的？"

"六……六几年吧！"唐风不明白韩江为什么突然这么问。

"具体是哪一年？"韩江追问。

唐风翻到信纸最后，米沙的落款写的是1964年12月12日。唐风又拿起信封看了看，信封上的俄文邮戳写的是"列宁格勒1964.12.13"。

1964年？韩江和唐风同时震惊了，竟然又是那个1964年！韩江一把将信封从唐风手里抢了过来，翻来覆去看了好几遍，突然，韩江叫了起来："唐风，你有没有注意到这个信封上只有列宁格勒的邮戳，而没有寄信目的地北京的邮戳？"

"啊……"唐风一下怔住了。

"这说明什么？"梁媛也有些蒙了。

"这说明1964年12月13日，米沙在列宁格勒的邮局发出了这封信，但是这封信并没有寄到北京！"韩江斩钉截铁地说。

"这……这怎么可能？那我爷爷是怎么收到这封信的？"梁媛不敢相信。

"是啊！这怎么可能？如果信没有到达北京，梁老爷子是怎么收到这封信的？"唐风摇着头问。

"唐风，你难道忘了吗？1964年的米沙正处于克格勃的严密监视保护中，他那时能有通信的自由吗？"韩江说到这，指着信封背后的封口上方，"看！这是什么？"

唐风接过信封，他这才注意到，在信封背后的封口上方，出现了一个长方形的红色戳印。虽然过去这么多年，戳印已经模糊不清，但唐风还是很快辨认出来上面的一行俄文——不许可。

5

唐风怔怔地盯着那个暗红色的戳子，问韩江："不许可……这是什么意思？"

"这还不明白，这说明米沙虽然在邮局寄出了这封信，但信很快就被克格勃拿到了，然后盖上了这个'不许可'的戳子。"韩江解释道。

"那么后来呢？"唐风追问。

"什么后来？"韩江反问。

"后来这封信怎么样了？"

"后来这封信肯定被克格勃没收了，至于这封信怎么又到了梁老爷子手上，这就只有天知道了！"韩江摊开双手说道。

"我原本以为能帮你们解开谜题，没想到又给你们带来了一个不解之谜！"梁媛失望地说。

"不！梁媛，你带来的这封信对我们很重要，先不说信的内容，光是这个'不许可'就给我们带来了新的线索。"韩江似乎理出了一些头绪，"从信封上看，没有北京的邮戳，这说明你爷爷绝不是通过正常渠道得到这封信的。那么，不管之后梁老爷子是什么时候得到这封信的，我们可以推断出两种可能：一，梁老爷子和苏联那边有我们不知道的某种联系；二，问题出在克格勃内部。据我分析，第一种情况的可能性不大，梁老爷子不大可能和苏联那边有什么联系，特别是在那个年代。那么，最有可能的是第二种情况，可是……"

"可是我们又遇到了这个该死的1964！"唐风接过韩江的话茬说道。

"是的，如果不是1964，通过叶莲娜搞到的克格勃关于米沙的档案，我们完全可以找到这封信最后的去向，这样也就能搞清楚它最后是怎么到梁老爷子手上的。"韩江的语气中带着一丝沮丧。

"也许……也许爷爷后来完全是偶然得到这封信的呢。"梁媛猜测。

"偶然？不，这几乎是不可能的事。"唐风摇着头说。

"1964年，克格勃那边发生了什么，我们现在不得而知，不过我们可以从梁老爷子在国内的境遇来推测这封信后来的下落。梁老爷子从科考队回来后的遭遇，我们之前已经知道了，试想一下，如果梁老爷子是在1964年得到这封信的，他后来难道会带着这封信偷渡到香港吗？"

"你的意思是，梁老爷子是到香港后才得到这封信的？"唐风马上明白了韩江的意思。

"嗯，我想是这样的。至于后来梁老爷子是怎么得到这封信的，那就只能先搞清那个遗失的1964年了。我想这里面一定有问题，而且问题都出在1964年，我甚至可以推测米沙很可能还给梁老爷子写过信，也可能给马卡罗夫写过信。总之，那些信最后被克格勃扣留了，只有这封信不知何故，流到了梁老爷子手里。"韩江道。

"因为这封信的内容很重要，我们还是来看信的内容吧，我刚才说了这封信的第一部分，关键是第二部分。第二部分，米沙对梁老爷子回忆了当初科考队的一些情况，特别是科考队出事前几天的情况，这对我们至关重要。虽然米沙说得很简短，而且他说有很多经历他已经无法回忆，但我们有了玉插屏背后的地图，再加上米沙这封信，已经离那座神秘的西夏古城很近了。"唐风越说越兴奋。

"等等，你刚才说'无法回忆'是什么意思？"韩江问道。

"哦！这就要说到信的第三部分了。米沙在信的最后提出了一系列疑问，他是这样写的……"说着，唐风一字一句地翻译出了米沙的信的最后一段。

第二章 米沙的路线

1

……

梁,我只能回忆到这里。沙尘暴之后,我也不知来到了哪里,我的面前出现了一座无与伦比的大门。当我无意中推开那座大门后,眼前的景象恍若隔世,之后发生了什么,我就都不记得了。我现在能回忆起的后来的事,已经是在沙漠里了。我也不知走了多久,又饿又累,被一个牧人救起,他给了我吃的。我开始变得多疑起来,当天晚上,我不辞而别,离开了那个牧民的蒙古包,开始了长达数月的流浪。我不知道自己怎么了,我不敢和人说话,不敢与人接触,也不敢去找警察,一路上靠着乞讨,最终到达了莫斯科。

……

"看来我们之前的推断完全正确,米沙就是离谜底最近的那个人。"韩江没等唐风念完,就插话道。

"是啊!这段记载正好填补了米沙从科考队出事到在莫斯科被人发现之间的空白,说明米沙确实曾经在沙漠中找到了一座古城,虽然他没说那是座什么古城,但我想那一定就是我们日思夜想的瀚海宓城。"唐风说出了自己的推断。

韩江点点头,"不错,米沙说'推开那座大门',我想他推开的就是瀚海宓城的大门,不过……"韩江有些迟疑,"不过大门后面的情况,他只用了一句'眼前的景象恍若隔世',轻描淡写一笔带过,然后就说后面的事记不得了。"

"不,我倒不认为这是轻描淡写,一句'眼前的景象恍若隔世'已经说明了一切。瀚海宓城的景象一定是他难以用语言形容的。"唐风道。

梁媛忽然插话:"米沙是真的记不得后面的事了,还是他压根儿就没有找到什么瀚海宓城。如果他真的找到了瀚海宓城,怎么会什么都不记得了呢?"

梁媛的话给唐风和韩江浇了一盆冷水。"是啊！我们费了九牛二虎之力都没找到那座西夏古城，米沙当年在风暴之后，就那么轻松地找到了瀚海宓城？"韩江皱紧了眉头。

"米沙在信里没有详细说他是如何到达那座大门前的，也许他真是记不清了。"唐风仍然坚持自己的推断。

"总之，这段记载太奇怪了，既然要对我爷爷说当年的事，为什么又不详细说清楚？是米沙自己记不清楚了，还是他压根儿就没有找到瀚海宓城，那些只是他的一些幻觉？"梁媛似乎对米沙的说法有些怀疑。

"幻觉？"韩江想了想道，"说到记忆力，这封信写于1964年，回忆几年前的事按常理说应该没有问题。如果说是米沙的记忆出了问题，那么就只能解释为，米沙的大脑遭受了某种外来的刺激。"

"好了，别猜了，我的信还没读完呢，幻想和记忆力的问题，米沙自己在后面就说到了。"唐风说着又继续翻译起米沙的信来……

2

……

梁，现在回想起来，那一切都太神奇了，我明明记得我推开了那座大门，可是现在却怎么也记不起门里的世界。科考队出事后，我是怎么来到那座大门前的，我也记不清了，头脑里一片空白，只有在梦中有零星的回忆不断闪现，只是……只是我无法把那些零星的碎片拼凑起来，但是我敢肯定这不是幻觉，绝不是！

我常常想——上帝啊！我当初是怎么走到那座大门前的？又是如何离开的？我推断，科考队出事的地方应该与我发现那座不可思议的大门的地方距离不远……也许哪天我睡了一觉后，就能回想起一切来，那时再给你写信。

希望得到你的回信，另外，请你不要向别人透露此信的内容。

……

唐风读完信，屋子里沉默下来。许久，梁媛才问道："完了？"

"完了。"唐风若有所思地点点头。

"就这么完了……"梁媛怅然若失。

"梁媛，在你爷爷的遗物中除了这封信，你还发现什么有用的东西没有？"韩江忽然问梁媛。

梁媛想了想，摇头道："没有了，就这封信我觉得还有些价值。"

"看来，米沙这辈子再没想起来那一切。"韩江喃喃道。

"也许他想起来了，还给梁老爷子写过信，只是被克格勃扣下来了。"唐风作出了另一种推测。

"不大可能，如果米沙后来回忆起来了，季莫申会不知道？"韩江反问他。

"嗯，季莫申？"唐风想了想，"这样看来，米沙后来应该没有回忆起来。不过米沙在信中推断说科考队失踪的地方离他发现的那座无与伦比的大门非常近，这也许对我们会有帮助。"

韩江又否定道："我看这多半是米沙的错觉。试想一下，如果米沙发现的那座大门离科考队出事的地方非常近，那么为什么沙尘暴过后只有米沙一个人来到了大门前，其他人呢？"

"这就是一个新问题了。之前我们知道的科考队最后的情况，都是马卡罗夫告诉我们的。按照马卡罗夫的说法，科考队出事的那个晚上，当他和梁老爷子回到营地时，科考队的队员都不见了，也就是说，米沙这个时候也应该随科考队离开了营地。只是我们和老马都不知道科考队当时是有组织地离开营地躲避沙尘暴，还是心理崩溃后四散奔逃。"唐风道。

"这个问题我也曾想过。我想以科考队队员的专业素质，不至于心理崩溃，四散奔逃，他们很有可能是有组织地撤退的，所以当老马和梁云杰回到基地时，不见一人。"韩江推测说。

"可他们去了哪里？最后为什么只有米沙来到了那座无与伦比的大门前？"梁媛问道。

"我想科考队在撤离营地后，肯定又遭到了可怕的打击，正是这次打击，给了科考队致命的一击。"韩江进一步推断。

"致命的一击？会有什么打击比沙尘暴还要可怕？"唐风不敢相信。

"一定是这样的，这次致命的打击让科考队队员心理崩溃了。我猜除了米沙，科考队的其他人应该就是在这致命一击中遇难的，所以当初没有在附近找到一具科考队队员的尸体。如果是四散奔逃，那么在搜救中应该能发现一些痕迹。"韩江道。

"也就是说，那个打击是瞬间的，以至于科考队根本来不及反应，会是什么呢？"唐风疑惑了。

"谁知道呢。总之，米沙逃过了这致命一击。但是很可能就是这致命一击造成了米沙短暂的失忆，以至于他回忆不起来之后发生的事。"韩江推断说。

"可是他记得那座无与伦比的大门，并说推开门后，看到的景象恍若隔世！"梁媛说道。

"这只能说明那座大门和推开门的瞬间看到的景象让米沙印象太深刻了，所以在短暂失忆中灵光一现。"唐风说道。

"嗯，是这样的，所以我们才看到了这样一封语焉不详的信。"韩江说到这里顿了一下，突然又开口说，"我忽然也灵光一现，这封信会不会是梁老爷子在临死前才收到的？"

听了韩江的话，唐风和梁媛一脸惊愕，但是唐风很快就明白了韩江的意思，"你这么一说，我也想到了，梁老爷子临死前为什么会匆匆找到我，为什么对那块玉插屏志在必得，很可能是因为他收到了这封信，这封信重新燃起了他寻找西夏古城和破解科考队失踪之谜的希望。"

"可我没听爷爷生前提到过这封信啊？"梁媛问唐风。

"那是因为你爷爷不希望你参与这件可怕的事。"唐风道。

"1964年寄出的信，21世纪才收到，这……这有点太不可思议了吧！"梁媛还是不敢相信。

"这就进一步肯定了我们之前的推断，这封信在1964年并没有从列宁格勒寄出。当然，这里又出现了两种可能：一种可能是信被克格勃扣留了，如果是这样，那么信件将被作为档案保留在今天的俄罗斯联邦安全局；另一种可能，信被另一伙人扣留了，你们想想，会是什么人？"韩江说到这里，看了看梁媛，又转头盯着唐风。

唐风马上想到了答案，"那多半会是将军的人。1964年负责保护米沙的特工我估计都有问题，他们要么是将军的人，要么将军就在他们中间。"

韩江点点头，嘴里喃喃自语："布雷宁、伊萨科夫、斯捷奇金……对！他们可能都是将军的人，你们还记得叶莲娜搞来的那份关于米沙的档案吗？里面正好缺了1964年那几页。如果我的推断成立，那么那几页很可能是被布雷宁给撕掉的，也只有他在1988年之后有可能在安全局戒备森严的档案馆中接触到绝密文件。"

"是啊！我们早该想到这点。现在我们已经可以肯定斯捷奇金是将军的人，布雷宁和伊萨科夫也都露出了蛛丝马迹，那么只要假设1964年保护米沙的特工都有问题，许多问题就迎刃而解了。如果布雷宁有问题，那么这封信就算在1964年落入了克格勃手中，最后也会被布雷宁得到。"唐风带着一丝兴奋的口吻说。

"但是这里又带来了一个问题，不管这封信当年是落入了将军手里，还是后来被布雷宁从克格勃内部获得，他们为什么又要寄给梁老爷子呢？要知道将军是不愿意梁老爷子参与进来的，所以才会因梁老爷子在拍卖会上拍得玉插屏而那么紧张，并欲除之而后快！"韩江的两道剑眉此刻拧成了一个结。

唐风略一沉思，"这很好解释，你忘了我们从贺兰山回来后的推断吗？我们推断，在拍卖会上还有一股神秘力量，这股神秘力量不希望将军那么顺利地得到玉插屏。如果梁老爷子确实是在拍卖会前收到这封信的，那么就很有可能是那一股神秘力量送信给梁老爷子的。"

"可是这一股神秘力量为什么自己不出来，而要把信寄给梁老爷子，故意刺激他呢？"韩江反问。

"真讨厌，原来是这封信把我爷爷给害了。"梁嫒嘟囔道。

"对了，你发现这封信时，在原有的信封外面还有信封吗？"唐风问梁嫒。

"没有。我都说过了，这封信是夹在爷爷的日记本中，当时我发现都是发黄的老东西了，以为这封信和日记本是一起的。"

"看来梁老爷子没有留下新的信封。"韩江不无遗憾地说。

"或许那个神秘力量是通过其他途径将这封信交给梁老爷子的。"唐风道。

"嗯，也有这种可能。不管怎样，如果我们的推断成立，那么这个神秘力量很可能来自将军的队伍内部，我想这点才是最重要的。"韩江十分肯定地说。

"将军的队伍内部？"唐风和梁嫒都很吃惊。

"对！你们想想，这封信当初落到了将军手中，如果不是将军身边的人，谁能得到这封信，再把它给梁老爷子呢？"

韩江的推断看似十分合理，以至于唐风和梁嫒都无话可说，但唐风总觉得事情并不是这么简单。

3

三人分析完了这封没有发出的信，天已经很晚了。韩江收起信并交给唐风，"这封信就放在你那儿，别弄丢了。虽然米沙在信中对瀚海宓城语焉不详，但这封信对我们还是很有帮助的，信中对科考队出事前几天的记述，特别是在那张草图上出现的地名，对我们尤其有帮助。"

"嗯，我一直在研究玉插屏背后的地图，地图上虽然标示得很清楚，但是出现在瀚海宓城附近的那些地名我一个都不认识。毕竟这么多年过去了，地名可能都变了，有的地名也许早不存在了。如果搞不清地图上标示的这些地名，那我们贸然进入沙漠，很可能会走错路。现在有了米沙这张草图，我们对照古地图上的古地名，可能很快就能搞清楚古地图上的地名对应的现代位置。"唐风侃侃而谈。

韩江站起身，拍拍唐风的肩膀，"老弟，咱们可没时间了，我限你今晚就把地图上的古地名对应的现代位置给我在现代地图上标出来。"

唐风听见韩江的命令后一皱眉，"这么急？"

"废话，我们的对手可不会等我们把什么都弄清楚了再出发，更何况我还是个通缉犯，估计赵永的人三天之内就能找到我们。"

"那我干什么？"梁嫒忽闪着一双大眼睛问。

"你？"韩江看看梁嫒，"你，马上做饭，打扫房间。"

"我就是来给你们打杂的！"梁嫒一脸委屈地看看韩江，又看看唐风。唐风盯着信上米沙绘制的草图，似乎已经入定了。

梁媛狠狠地拍了一下唐风,"你也把我当打杂的啦!"

唐风这才回过神来,反问韩江:"你给我们都派了任务,那你做什么?"

韩江往沙发里一坐,"吃饭,听你的汇报。"

"靠!你以为你还是领导啊!这么指使我们?你要是被赵永抓回去,牢饭够你吃的。"唐风愠怒道。

"屁!我就算被赵永抓回去,他们也得好酒好菜地给我供着。"韩江一脸傲娇地说,并没有被激将。

"得了!我不管你俩了,我得赶紧去破译这几个古地名了。"唐风说着,回了自己的房间。

梁媛老大不情愿地开始做饭,但是当惯大小姐的她哪里会做饭,一会儿把屋里搞得乌烟瘴气,一会儿厨房里又冒出阵阵怪味。最后,韩江实在受不了,只得冲进厨房,"妈啊,我说大小姐,你这是做饭啊,还是在制造生化武器啊!"

"我本来就不会做嘛,你偏让我做!要不,我请客,咱们去外面吃吧!"

"得了吧,就我这样,还是少在外面抛头露面的好。另外,我提醒你,别把我的行踪告诉赵永,其他人也不行。你要想跟我们一起去沙漠,就暂时断绝你所有的通信吧,包括跟你的父亲。"韩江告诫梁媛。

"那我是不是要把手机也交出来?"梁媛怯怯地看着韩江。

"那倒不用,沙漠里反正没有信号。"韩江脸上终于露出一丝笑容。

在韩江的帮助下,梁媛总算做好了一桌饭菜。可是唐风还在对比那几个古地名,韩江叫了好几遍,唐风也没应声。韩江放下筷子,刚要去推唐风的房门,却听见唐风突然大叫一声,自己出来了,"总算认出了一个地名。"

"我靠!我还以为这么半天你都破译出来了!"韩江没好气地调侃。

"哪那么容易。古代人画的地图上又没有比例尺,我一个一个地将地图上的古地名与米沙的草图做了对比,米沙在草图上特别标出了这些地名的汉字,可是我在西夏古地图上找不到这些汉字所对应的古地名。"唐风解释道。

"那些西夏文翻译准确吗?"韩江不放心地问。

"请你不要怀疑我的专业水平!"唐风颇不服气。

"那你刚才认出的地名是哪一个?"

唐风拿出那几张放大的照片,指着古地图上的一个标示,说:"就是这里,在古地图上,这个标示名字翻译成汉字为'九里堡',我在米沙画的草图上也发现了这个地名。"

说着,唐风指向了米沙草图上的一个地名,兴奋地继续说:"有了这个,就有了参照系,我对比了古地图和米沙的草图,大致弄清了科考队最后几天的行动路线。"

唐风用红色铅笔在照片上画出了一条弯弯曲曲的线,"这就是科考队进入沙漠后大致的行动路线。在这条路线上，九里堡是第一站，其后在米沙的草图上还有三个标示，分别是'狼洼''千户镇''月儿泉'。在古地图上也有相对应的三个标示，但是翻译成汉语并不是米沙草图上标示的那三个名字，而且我按照字面翻译过来，根本无法理解那三个西夏文标示的是什么意思。不过这也正常，很多地名本来就没有任何含义，就只是个名字而已。"

韩江拿过照片和米沙的草图，仔细对比了一番，说："似乎位置也不太对。"

"是的，这正是我感到奇怪的，虽然古地图上标示的三个地方离我画的这条线相差不太远，但还是可以看出，古地图上的四个标示，除了已经确定的九里堡与米沙画的草图上的位置及名称都对得上外，其他三个标示名字都对不上，位置也有偏差。"唐风解释说。

"我看咱们还是先按米沙的草图走吧！"梁媛忽然开口说。

"哦！你说说为什么按米沙的草图走？"唐风反问梁媛。

"这不明摆着的事嘛！米沙既然找到了瀚海宓城，他的路线当然更可靠。毕竟过了这么多年，沧海桑田，许多地名都变了，许多城镇和水源也都消失了，我们要是完全按照古地图找，恐怕会走错哦！"梁媛说道。

"你说得有一定道理，但是也不全对！米沙的草图只画出了科考队进入沙漠的路线，没有详细标出瀚海宓城的位置，只是在最后一个标出的地名月儿泉的西北方大概画了一个标示，并且特别注明——'那座无与伦比的大门，我估计的位置'。米沙连后面的事都记不清了，他在草图上估计的位置恐怕也不可靠！所以我们还是要以古地图为主，米沙的草图作为参考。"唐风说了一大通。

韩江点点头，"唐风说得对。你们看，米沙的草图上最后标示的一个地方是月儿泉，听名字这里应该有一眼泉水。这里有水源，我想这里很可能就是科考队的最后一个营地所在。"

"不！不！不对，老马曾经说过，科考队出事的前一天晚上，他们携带的两箱水被人放了，才引起了科考队的恐慌。如果营地就有水源，科考队也就不会恐慌了。"唐风道。

韩江一拍脑门，"我怎么把这茬忘了！那也就是说，科考队是在离开月儿泉后出事的，而且是在离开月儿泉挺远的地方出事的，因为老马还说过他们分头出去找水源，都没找到。"

唐风想了想，又开口道："还有一种可能，月儿泉可能压根儿就没有水源。"

"没有水源？"韩江疑惑道。

"所以科考队在携带的饮用水被人放了后惊慌失措！"唐风推测道。

韩江看看古地图上标示的瀚海宓城的位置，又对比了米沙的草图，"据我看，月儿泉离瀚海宓城还远着呢。假设月儿泉或者月儿泉附近是科考队最后的营地，这就奇怪了,当年米沙如何能在科考队出事后在沙漠里走这么远?"

"从古地图上看,瀚海宓城附近的区域似乎不是沙漠戈壁,也许那里有我们仍然未知的一片绿洲。"唐风畅想起来。

"死亡绿洲?"韩江忽然想起了史蒂芬提到的死亡绿洲。

"看来马昌国当年也曾来到了瀚海宓城。"唐风盯着古地图上瀚海宓城周边的区域,那里究竟是什么地方?是绿洲,还是峡谷?

4

唐风思虑良久,用笔敲击着古地图上瀚海宓城周边的区域,说:"看来只有真正走到那里,才能知道那究竟是什么地方。"

"可是我们怎么去呢?就按米沙的这条路线?"梁媛问。

"对!就按米沙给我们绘制的这条路线,我们也只能按照米沙的路线进入沙漠了。"唐风肯定地说道。

"可是除了九里堡,那三个地名都与古地图上的名字对不上啊!"梁媛又问。

"那我们就来看看这三个名字,米沙线路上出现的四个地名,应该是科考时米沙听到的地名。九里堡这个地名,在西夏古地图和米沙线路上都有,说明九里堡至少在西夏时就已经存在,并一直沿用了下来。而另外三个在古地图上找不到的地名,据我推测,很可能是西夏之后才出现的。刚才已经说了,月儿泉就算不是科考队最后的营地,也是科考队经过的最后一个有名可查的地方,要知道沙漠里很多地方从来没有人去过,也没有人定居,自然也就不会有名字传下来。月儿泉是米沙线路中最远的一个地名,这说明那里至少是经常有人来往的地方,甚至是曾经有人定居的地方,当然,这一切的前提条件就是月儿泉有水。"

唐风说到这,看了看韩江和梁媛,见两人频频点头,才又继续说:"再看这个千户镇,听名字这里应该曾经有过一个镇子。能称得上镇的,应该算是繁华的地方,那么,沙漠里怎么会有一个繁华的镇子呢?从这个地名中的'千户'二字看……"

唐风还没说完,梁媛忽然插话道:"我知道,'千户镇',顾名思义,这里曾经住过至少一千户人家,看来这里还是个大集镇。"

唐风瞪了梁媛一眼,"胡说八道,谁告诉你叫'千户'就是曾经住过千户人家?'千户'是元朝、明朝的一种军事建制,就好比现在的'军师旅团营'。在元朝,千户算是比较高的武官了。这里叫千户镇,说明这里曾经驻扎过一位官阶为千户的武将,当然还有他手下的部队。我估计正是因为如此,此地才繁荣起来,形成了一个集镇。"

"可是,不论从米沙的草图上看,还是从古地图上看,这附近都是沙漠戈壁啊,怎么会在这儿驻扎一支军队,而且还是由一位比较高级的千户统领?"韩江提出了自己的疑问。

"是啊!这很奇怪,在古地图上,这附近也是沙漠戈壁,说明在西夏时期这里就是沙漠。沙漠里根本不可能支持一支军队长期驻扎,还在此形成了一个集镇!"唐风也感到很奇怪。

"唐风,一般一个千户手下有多少人马?"韩江突然问唐风。

"人数不等,但我想一个千户手下至少应该有上千的人马吧!"

"上千人?很难想象,沙漠里曾驻有一支上千人的军队,他们的任务是什么呢?"梁媛跟着问道。

"当然是为了防备敌人。"唐风回答。

"沙漠里哪来的敌人?"梁媛仍然不解。

"这我就不知道了。不过如果真如我推测的那样,这个千户镇是元朝才出现的,那也就可以解释为什么西夏古地图上没有标示这个千户镇。总之,这里应该曾经是个繁荣的集镇,至于现在还有没有人,只有去了才知道。"唐风说着,将目光移到了米沙草图上标注"狼洼"的这个地方。

唐风指着米沙草图上"狼洼"的标示,说:"在千户镇东南方向是狼洼,从名字上看,这里应该有狼出没。"

"而且应该是块洼地。这个我也能猜到,哈!"梁媛插话道。

唐风轻轻哼了一声,"那你从这个名字中看出了什么?"

"看出什么?"梁媛一下蒙了,"不都说了吗?"

"哼,还是我来告诉你吧。洼地说明此处地势低,有可能存在水源,而狼在这里出没,进一步说明这里很可能有水源,所以戈壁滩里的狼群才会聚集到这里,才有了'狼洼'这个名字。"唐风进一步分析,"沙漠戈壁里有人的地方,应该就有水源,所以我甚至可以大胆推测,米沙在草图上标示出的四个地名,历史上都应该是有水源的地方。"

"都有水源?"韩江忽然指着米沙的线路图,疑惑地问,"那为什么米沙不在线路上标出水源的位置?你看,这四个点都没有,其他地方也没有。"

唐风微微皱了皱眉,"也许是米沙回忆不起来了,或者他忘了。"

"忘了?你觉得米沙既然想告诉梁老爷子一切,会忘了这么重要的水源?回忆不起来……倒是有这种可能,但米沙在信中说回忆不起来的是科考队出事之后的情况,之前的线路他应该是记得的。"韩江质疑道。

"或许还有一种情况,就是如我所推测的,米沙标出的四个地名就是有水源的地方,至少在当时还是有水源的,所以就不用特别标示水源了。"唐风对自己的推断似乎颇有些把握。

"好吧，就算你的推断有道理，但是我们若要进入沙漠，仍然要按照找不到任何水源来准备饮用水。"韩江斩钉截铁地说。

"嗯，当时有水源，不代表现在还有。"唐风也同意韩江的说法，"狼洼再往东南方向就是九里堡，九里堡也是进入沙漠后的第一站。"

"那你又从九里堡这个名字看出了什么？"梁嫒问道。

"这个名字……"唐风迟疑了一下。

"从这个名字判断，显然那里是一个古代城堡。"韩江抢先说，"当然最有价值的是'九里'这个显示距离的组成部分，只是我们并不知道这个'九里'是指哪里到此地的距离。"

"不会是到瀚海宓城的距离吧？"梁嫒大叫道。

"拉倒吧！我看到这个九里堡时，马上就猜测这是不是距瀚海宓城的距离，但是再仔细一看，不管是玉插屏后的古地图，还是米沙的草图上标示的瀚海宓城都与此地甚远，虽然我们现在还无法知道到达瀚海宓城的准确距离，但很显然绝不可能只有九里！"唐风对梁嫒的猜测嗤之以鼻。

"那你说这个地方为什么叫九里堡？"梁嫒还颇不服气。

"这个地方距瀚海宓城肯定不是九里，但是它确实应该是距某地九里，所以才会叫九里堡。"唐风解释道。

"难道是距沙漠边缘九里？"韩江猜测。

唐风盯着古地图上现出的沙漠，摇摇头，"不像。"

"也有可能是距狼洼九里。"梁嫒道。

"有这个可能，因为我们现在根本无法知道这个九里堡最初是哪个朝代建立的，历史上每个时期一里的标准是不一样的。"唐风进一步解释。

"哪个朝代建立的？你不是说过吗，西夏古地图上也有这个九里堡，说明早在西夏就已经有这个名字了，并一直沿用至今。"韩江反问道。

"但我们也只能推测到西夏，也许西夏之前就已经有了这个名字。"唐风想了想，又道，"西夏古地图和米沙草图上都有九里堡这个名字，说明这里自西夏至20世纪60年代一直叫这个名字，这个名字能流传这么多年，一定是个重要的地方。我想从东南方向进入沙漠，从古至今，第一站都是这个九里堡，所以这个名字一直口耳相传。而从九里堡再往西北方向走，历史上可能出现过不同的路径，不同路径上的地名不断变化，所以很难留传下来。"

"不同的路径？"韩江疑惑起来，"照你这么说，我们到达九里堡之后，也可能会碰上不同的路径？"

5

唐风听了韩江的问题，笑了笑，答道："沙漠戈壁上本来就谈不上路，理论上哪里都可以走，但是处处都有风险。所谓路线，不过是寻找古人已经为我们探出的道路，按古人走过的路线走，可以尽量少走弯路，避免风险。"

"但是我还是有些担心……"韩江欲言又止。

"你担心什么？"唐风反问。

"前面我们已经推断，米沙的这封信是梁老爷子临终前才收到的，我担心……担心这是个阴谋。"

"你是说我……"

梁嫒刚要说什么，韩江打断她："梁嫒，我不是说你。我是说在几十年后又把这封信寄给你爷爷的人，他为什么要这么做，我们不得而知。不论他是将军的人，还是另一股力量，他们都一定有特定的目的。"

"可从信本身的内容看，我并没发觉有什么异样。"唐风道。

"我并非怀疑信的真实性，我详细研究过米沙笔记本上的笔迹，对米沙的笔迹应该是了解的，据我看这封信是米沙的笔迹无疑。但是我总觉得这里面有问题，我希望能推测出那个在几十年后寄信的人的目的。另外，单就米沙的草图而言，毕竟和古地图还是有些偏差。"韩江说出了心里的担忧。

"古地图在瀚海宓城东南方向上标示的地名与米沙的草图是有些偏差，但也许另外三个地名只是名称发生了变化。而从图上看出的一些偏差，也许只是我们的视觉问题，即便路线有些偏差，我想也不会有太大问题。"

"要是米沙后来回忆起来那座无与伦比的大门后面的事就好了。你们有没有想过，米沙找到瀚海宓城后，又是怎么走出沙漠的？"韩江长叹一声后忽然问道。

"你的意思那也是一条路？"唐风反问。

"难道不是吗？"

"可是米沙不记得了，所以你想那么多都是白费劲。咱们准备一下，就先奔这个九里堡去吧！"唐风说道。

"现在可不比以往了，你有车吗？"韩江问。

"我朋友有一辆越野车，我今天已经跟他打过招呼了，车没问题。"

"哼，那你朋友的车要倒霉了。还有，我现在是戴罪之身，咱们不能走大路，只能走小路。"韩江皱着眉头说。

"这……这是个问题，不过也可以克服，就是要耽搁点时间。"

"那就没什么问题了。"韩江说着，迅速扒拉了几口饭。吃完饭，一抹嘴，对唐风道，"你今晚做好准备，明天上午就出发。"

"这么急？"梁媛有些不太愿意。

"我的大小姐，咱们没时间了。"韩江又转而对唐风说，"装备、食品和饮水的事都拜托你了。明天你借到车后，咱们上午十点整在你们学校门口见面。"

"怎么，今晚你不住我这儿？"

韩江走到窗边，撩起窗帘往窗外望了望，"你这里已经不安全了。"

"不安全了？"唐风愣了愣。

韩江笑笑，拍拍唐风的肩膀，"我这不是给你腾地方嘛！呵呵。"说完，韩江背起自己的背包，很快消失在门口。

6

唐风发现韩江没有坐电梯下楼，他在阳台上往楼下看了半天，也没见韩江的身影。唐风心里狐疑起来："他还真成世外高人了！来无影，去无踪。"

第二天一早，唐风从朋友那儿借来了那辆越野车，当梁媛看到这辆车时，竟兴奋地叫起来："这辆车太 fashion 了，太前卫了！"

"算了吧，我估计韩江见到这辆车要疯了。没想到我几天没见这车，我这哥们儿竟然把车给搞成了这个样子。"唐风一脸苦笑。

唐风和梁媛准备停当，驾车来到学校门口。正是上午十点，校门口人来人往，唐风不明白既然韩江要避风头，为什么还选在这么热闹的地方。唐风坐在驾驶室里，环视校门口，等了十来分钟，也不见韩江的人影，唐风忽然有了一种不好的预感。

"韩江几乎从来不迟到的。"唐风嘴里喃喃自语。

"从来？"梁媛一脸夸张的表情。

"是的，因为对于他们这行来说，迟到一分钟往往就意味着失败，甚至是付出生命的代价。"唐风说着，再次把目光投向校门口的人群中，依旧没有韩江的人影。

又过了一会儿，唐风看看表，已经十点一刻了，他的感觉越发不好。就在他想下车察看时，忽然，车前方出现了一个老头儿。老头儿戴着墨镜，蓄着一撮发白的山羊胡子，身着一身白色西装，拄着一根拐杖，一副归国老华侨的模样，正盯着唐风的车左看右看上看下看，看个没完。梁媛和唐风都被这老头儿看毛了，不知道他要干吗。

梁媛有些紧张地问唐风："这老头儿想干吗？"

"我哪知道。你拿出你大小姐的脾气，下车去问问他！"

"我？凭什么是我？你干吗的？"

"我得开车啊，万一这家伙图谋不轨，我好赶紧发动车啊！"

"呵呵！不用这么麻烦的。"梁媛似乎有了主意，"还记得我第一次见到你的时候吗？"

"废话，我当然记……"

没等唐风说完，梁媛猛地按了一下车喇叭。连梁媛自己都没料到，这被改装过的车喇叭的声音异常尖锐刺耳，倒把她自己吓了一跳。再看车前那老头儿，他扔了拐杖，大步流星走到车窗旁，使劲敲了敲车窗。待唐风把车窗放下来，那老头儿劈头盖脸骂道："妈的，你就给我借了这么一辆破车，存心要害我！"

唐风和梁媛这才认出，面前这个白胡子老头儿竟是韩江。

"我怎么害你了？"唐风满脸狐疑地问。

"你搞的这是什么破车！我盯着看了半天，也没看出是什么牌子的SUV，就看见这满车身的五颜六色，乱七八糟的。这车能开吗？"韩江一脸不屑。

"当然能开。车是老了点，不过我那哥们儿是玩车的，绝对能把我们送到沙漠里！"唐风信誓旦旦地保证。

韩江也不理唐风，又盯着车前后左右看了一圈，越看越气，"这……这都是些什么玩意儿！车顶还喷了个加菲猫！靠，这又是什么？"

"葫芦娃啊！"梁媛抢先答道。

"你在香港长大也看过葫芦娃？"

"看过啊！葫芦娃，葫芦娃……"说着，梁媛还哼起了葫芦娃的主题歌。

韩江被气得直翻白眼，但又无可奈何，拉开门，坐到副驾驶位置上，这才用命令的口吻说："快走！"

唐风将车发动起来，笑着问韩江："怎么样？有没有悍马的感觉？"

"屁！悍马？我看是悍驴！你是嫌我们还不够扎眼吗？我刚才数了，这车一共用了七种颜色，我决定把你这破车命名为'七彩悍驴'。"

"随便你叫，反正也不是我的。"

韩江叹了口气，道："我看你们不知道此去一路上的风险啊，咱们能不能完整地回来还两说呢！"

"不要说得这么悲观嘛！说不定我们会和以前一样全身而退，大获全胜！"唐风看上去信心挺足。

"哼，但愿如此吧！但我敢肯定，这破烂'七彩悍驴'是回不来了！"韩江斩钉截铁地说。

唐风加快了车速，很快出了城。

第二章 米沙的路线

第二章 九里堡

1

一路上，三人避开高速和国道，专走小道，颇费了一番周折。三天后，终于来到了巴丹吉林沙漠中的额济纳旗，这是他们进入沙漠前到达的最后一个城镇了。

韩江坐在车里观察着，唐风捅捅他，"下车啊！我都快憋死了。"

韩江没搭话，继续观察着车窗外的动静。突然，一辆白色的切诺基从公路那头驰过，韩江赶忙俯下身去，直到那辆切诺基走远，他才重新钻出来。

"怎么了？你认识那车？"唐风疑惑地问。

"不，应该没见过。"韩江道。

"没见过？没见过你怎么惊成这样？"唐风不解。

"小心为妙。赵永他们经常变换车外形的，更何况将军的人早已经到了。"韩江说话时，依旧注视着窗外。

"他们早到了？你怎么看出来的？"唐风和梁媛也紧张起来，朝窗外望去。

韩江笑了，"你们能看出什么来，要动脑子，不是看出来，而是分析出来的。我们这边已经浪费了半个多月的时间了，将军可不会等我们。额济纳旗是进入沙漠的最后一个比较大的城镇，他们一定会来这里。"

"你这么说，我还真有些紧张了。这次咱们人又少，装备又差，没有后方支援，却要去执行最危险的任务。"唐风开始担忧起来。

"是啊，要是叶莲娜和老马在，还能帮我们减轻一些压力。"韩江长长地叹了一口气。

"你这会儿想起老马和叶莲娜他们了，我叫你联系他们的时候，你却怎么都不肯！"唐风不满地说。

"我不联系他们，既是为了我们的安全，也是为了他们的安全！"

"此话怎讲？"梁媛问道。

"联系他们，可能会暴露我们。而且让他们参与进来，也会让他们置身险地，老马已经那么大年纪了，还有……"韩江没有再说下去，唐风和梁媛已经明白了韩江的意思。

"要是有枪就好了！"短暂的沉寂后，梁媛忽然说。

"对啊！这次咱们连枪都没有。"唐风看上去也忧心忡忡的。

韩江皱着眉头，道："没有枪确实很不方便，不过，我是经过特殊训练的，只要是能作为武器的东西，我都可以用来对付敌人。"

说着，韩江拔出一把匕首，"这就是咱们现在唯一还像点样子的武器了。"

"就凭这个？"唐风无奈地摇了摇头。

"将军的人可都是装备精良的亡命之徒！"梁媛也摇着头说。

"现在说这些也没用了。你们俩下去，在这里买好所需的东西，要带足水，还有修车的工具、备胎、汽油……唐风你自己看着办，要是这破车在沙漠里抛锚了，修车的活就是你的了。"韩江吩咐道。

"凭什么修车都是我的活？"唐风不满地嚷嚷。

"呵呵，因为这'七彩悍驴'是你弄来的，你可得伺候好它！"韩江挥了挥手，不耐烦地说道。

唐风无奈地摇摇头，和梁媛下车在额济纳旗的商店里备齐了所有装备和食品。待两人重新回到车上，三人合计一番，决计找个偏远一点的旅店先住下，养精蓄锐，明天天亮之前出发。

于是，三人来到额济纳旗城外公路边一个简陋的汽车旅馆住下。天气渐渐热了，这正是来巴丹吉林沙漠旅行探险的时节，这间小旅馆里却没有一个旅客。旅馆老板是个四十多岁的大汉，胡子拉碴，一口陕西方言。当唐风问他怎么没有旅客时，老板大声回道："我这里条件不行啊，开车的再往前走点，都进额济纳旗去住店了。"

"哦！"唐风似有所悟。

老板忽然又接着说："不过昨天倒是有两个男人在我这儿住了一晚。"

"两个男人？什么模样？"

"说不好。一个四十来岁，戴眼镜；另一个年轻一些，很壮实！"

"他们走了吗？"

"今天一大早天没亮就走了。"

旅馆老板的话让唐风警觉起来，他马上又问："他们往哪儿走了？"

"他们跟你们一样，开着一辆越野车，我看好像是往沙漠里去了。"旅馆老板说着还用手指了指门外。唐风看见，公路对面就是无边无际的沙漠。

"他们就是从这儿进的沙漠？"

"不！虽然沙漠看上去哪儿都能走，其实不然。如果不想遭遇什么意外的话，最好按照一定的线路走，毕竟这些线路都是前人走过的。"老板语重心长地说。

唐风点点头，"看来您知道从哪儿进入沙漠啊！"

"那是，我在这儿待了十多年了，当然知道怎么进沙漠。看你们这样子，也是要进沙漠吧！"

唐风看看坐在角落里的韩江，韩江一言不发，也没给唐风任何暗示。这时，梁媛迫不及待地说："是啊，我们是要进沙漠，您知道去九里堡从哪儿走更近些吗？"

梁媛不但承认了他们要进沙漠，连要去的地方也说了出来，唐风瞪了梁媛一眼，梁媛只当没看见。旅馆老板看看梁媛，露出一口黄牙，笑了，"姑娘，我一猜你们就是要进沙漠。想去九里堡是吧，你们过来看。"

说着，旅馆老板领着梁媛走到旅馆门口，唐风和韩江也跟了出来。老板抬手一指额济纳旗县城的方向，道："从这儿往前一公里，就是县城。进县城之前，你们会在公路旁看见一个路碑，从那路碑下公路，你们就会在戈壁滩上看到一条被车长年压出来的路，顺着那条沙石路往前开大约三公里，前面会出现一个敖包，那是所有进沙漠的人必经的地方。当地的土尔扈特人认为，这片大漠是有神灵护佑的，所以你们最好在敖包前拜一拜。我这里有白色的哈达，你们最好一人给敖包献上一条。"

这时，旅馆老板从门后扯出了三条洁白的哈达。梁媛大概第一次见到哈达，兴奋地扯过哈达，做双手合十状。

"这哈达要钱吗？"唐风问了一句。

"不贵，三十一条。"说着，老板伸出三个手指头在唐风面前晃了晃。

"奸商，一条白绸子要三十！"唐风心里暗暗骂道。

唐风无奈，刚想掏钱把三条哈达买下，梁媛却先掏出了一张百元大钞，慷慨地说："不用找了。"

唐风心说，这有钱人家出来的大小姐就是不一样。这时，梁媛又问："那过了敖包之后呢？"

"过了敖包，会有两条路，一条在敖包西南面，是通往胡杨林的，也是大部分游客走的路；另一条在敖包的西北方向，通往你们要去的九里堡。"旅馆老板介绍道。

西北方向！这正与古地图和米沙的路线图相吻合。唐风心里有了一些底。他急切地想了解关于这条神秘线路的一切，可是又对面前这个旅馆老板不放心。

2

就在唐风犹豫之时，梁媛继续发问："老板，我看你对这一带挺熟的，你去过九里堡吗？"

"九里堡……几年前我倒是去过一回，不过那里什么都没有，很荒凉，所以也没什么游客到那里去。"旅馆老板像是在回忆着什么。

"什么都没有？"梁媛惊道。

"那为什么叫九里堡呢？听名字应该有座城堡啊！"唐风也很吃惊。

旅馆老板又露出了满口黄牙，"城堡？那其实是一个汉代的烽燧，已经荒芜了，只是烽燧还屹立在戈壁滩上，给过往的行人提供一个地标，所以这儿的人就一直这么沿用这个名字了。"

"汉代烽燧？！"唐风不无失望，但他还不死心，追问道，"那里有水吗？"

"水？"旅馆老板轻轻哼了一声，"进了这沙漠戈壁，你还想要水？告诉你们，我这儿是你们进入沙漠前最后的补给站，需要水，我可以卖给你们。"

"不！我们已经带了水。"唐风一口回绝了老板。

旅馆老板似乎很失望，就要回屋去，梁媛反应倒很快，一把拉住老板，"老板，不就是水吗，我买。我还有问题要问你呢！"

梁媛最后以二十五元一瓶的价钱，从旅馆老板那里买了两瓶唐风从未听说过的牌子的瓶装矿泉水。唐风暗暗骂道："这奸商，看起来面相忠厚，这么一会儿，赚了我们一百多了！他是看出你是有钱人来了，准备狠狠宰一刀。"

梁媛倒不以为然，"老板，那你知道九里堡以前有水吗？"

"以前？"

"嗯，比如几十年前，或者古代。"

"这个……这个我就不知道了，反正从我到这里来就没听说过九里堡有水！我去九里堡时，那儿全是黄沙，根本看不出曾经有水泡子或者是井的样子。"

"那你听说过狼洼吗？"

"狼洼？这个名字好像听人提到过，但我从来没去过狼洼，也就不知道那里的情况了。"

"千户镇呢？"

"这个，我连听都没听过了。"旅馆老板茫然地摇了摇头。

"那月儿泉呢？"梁媛也不请示韩江、唐风，一口气把她知道的几个地名全报了出来，气得唐风直冲她挤眼。

"月儿泉？"旅馆老板似乎极力在回想什么，忽然，他像想起了什么，"这个月儿泉我好像听人说起过，有人去过那里，并说那里有水。"

"真的！是泉水？"梁媛兴奋起来。

"我也只是听说，到底那里有没有水我也不清楚。"

梁媛看看唐风，旅馆老板的话一下把唐风的思绪给搅乱了，月儿泉真的有泉水？这与自己之前的判断不符。如果月儿泉真的有泉水，那么月儿泉就绝不可能是当年科考队最后出事的地方。或许是米沙真的记不起月儿泉再往下去的路线了，或许科考队曾经经过月儿泉，又往下走了很远？

短暂的沉默后，唐风依然没有理清自己的思绪，这时，一直沉默不语的韩江忽然问："老板，那两个住你店的男人是朝哪儿走的？"

旅馆老板的身子微微震了一下，他扭头去看韩江。韩江戴了一顶棒球帽，帽檐压得很低。旅馆老板似乎对这个一直沉默不语的男子感到不安，怔了一会儿，才说："他……他们去哪儿我怎么知道，不过，他们也向我打听过路。"

"打听过九里堡？"韩江抬起了头，盯着旅馆老板。

"嗯，不过他们没问那么多，只问了九里堡。"

"哦！他们说去九里堡干什么了吗？"

"没，他们没说。"

"最近你注意到额济纳旗来了什么人没有？"

"人，这儿每天人来人往，人多了。"

"我是说比较奇怪的人。"

"奇怪的人？"旅馆老板摇摇头，随即露出满口黄牙，笑道："要说奇怪的人，你们几个就挺奇怪的，问那么多问题。很少有人走西北方向那条路的，更别说去狼洼了。我在这儿十几年了，往西北方向去的人，顶多走到九里堡去看看那个汉代烽燧，然后就都掉头回来了。从九里堡再往西北方向去，恐怕根本就没有路了。"

"为什么没人再往西北方向走？"韩江问。

"因为那条路很危险，没有水源，沙尘暴时常光顾。更重要的是，那条路走下去除了黄沙，还是黄沙，根本走不到头。"

韩江听了旅馆老板的话，又低下头，不再作声，像是陷入了沉思。

旅馆老板还在说着："所以我劝你们还是不要去了，那里真的很危险。据当地的老人讲，沙漠深处是恶魔居住的地方，从九里堡再往西北方向走下去，就进入了恶魔的领地。从古到今，走进去的人几乎都没有再出来。"

"这么可怕？"梁媛的声音有些颤抖了。

"别瞎扯了，你刚才怎么还说有人去过狼洼，甚至到过月儿泉，知道月儿泉有泉水呢。"唐风反驳道。

"那也都是我听这里的老人说的。据那老人讲，'文革'时曾有一队知青进入沙漠，想在沙漠中找到水源，开垦一块绿洲，结果二十多个年轻人进去后就再没出来。大约一个月后，当大家都以为那些知青已经全部遇难的时候，才有一个知青奄奄一息地爬了回来。当地的牧民都很惊诧，问他没水怎么走出来的，那知青支支吾吾地说其他人都死了，他在沙漠里面找到了水源，才走了出来。"

"就是月儿泉？"

"嗯，是的。据那知青讲，月儿泉有泉水，不过，最后那个知青还是没有被救过来，也就没有人再进去寻找那处水源。"旅馆老板越说，众人越感到恐惧，这一路难道真的会凶多吉少？

三人的心头都罩上了一层阴霾。韩江和梁媛正欲回房休息，唐风又扭头问旅馆老板："再向您打听一个地名，听说过黑石吗？"

"黑石？"旅馆老板一脸茫然地摇摇头。

唐风只好作罢，回屋抓紧时间休息。

3

第二天天还没大亮，三人就开着那辆"七彩悍驴"出发了。按照旅馆老板的指点，他们顺着公路走了一公里，果然在路边看见一个路碑。从路碑下公路，"七彩悍驴"就驶进了沙漠戈壁。

走了一程，茫茫戈壁上明显可以看出一条被车辙碾压过的宽阔沙石路。唐风加快车速，在沙石路上一路狂奔。没多久，唐风发现地势起了变化，越往前走，地势越高，天大亮时，前方出现了一座高大的敖包。

唐风将车开到敖包下，停住。三人跳下车走到敖包近前，四下望去，茫茫沙海戈壁，不见一人。唐风恭恭敬敬地给敖包献上哈达，然后说："看来昨天旅馆老板所言不虚。"

"纯属见钱眼开的家伙。"梁媛气道。

"嗨，你这会儿怎么骂起来了，我看你昨天掏钱的动作很潇洒嘛！"唐风笑道。

"废话，我这不是为了我们的任务嘛！"说着，梁媛转向韩江，"我还等着韩队长平反昭雪之后，给我报销呢！"

再看韩江，进入沙漠后反倒来了精神，他把那条哈达随手放在敖包上，冲梁媛笑道："你这钱可报不了，谁叫你愿意被人宰。"

"哼，不报就不报，我还在乎这点钱！"梁媛气呼呼地说。

"是啊，你梁大小姐财大气粗，就不要为这点小钱和我计较了，你的功劳我会记住的。"韩江说着，忽然转头问唐风，"唐风，你昨天提到的那个'黑石'是什么意思？"

"'黑石'就是西夏古地图上那三个对不上的地名之一。"

"哦！怎么没听你说过？"韩江问。

"我之前跟你们说过，古地图上有三个西夏文地名与米沙画的草图上对应的三个名字不一致。我按西夏文字面上的意思翻译过来，有两个根本无法按汉字的意思理解，而且离米沙的路线似乎远了些。唯有这个'黑石'，按西夏文字面翻译过来后，虽然名字很奇怪,但还能猜出这个地名可能跟黑色的石头有关。"

"那这个黑石在什么位置?"

"用古地图和米沙画的草图对比,这个黑石应该在月儿泉东南面,而且距离似乎不远。"唐风又拿出照片和米沙画的草图对比了一下。

"又是月儿泉……"韩江疑惑起来。

"怎么,你想到了什么?"

"唐风,昨天旅馆老板说,那个知青说月儿泉有水源,如果他所言不虚,那么科考队当年到那里时也应该有水源才对!"

唐风点点头,"但是口说无凭。如果月儿泉真的有水源,那么月儿泉就绝不会是科考队最后的营地,科考队应该走得更远。"

"这就好解释米沙是怎么发现瀚海宓城的了,科考队最后的营地应该比月儿泉更远。"韩江推断道。

唐风摆摆手,"现在下这个结论为时尚早。"

"是啊,我们还是快点赶路吧。"梁媛说。

三人走下了敖包,正如旅馆老板所说,在敖包西南面和敖包西北面各有一条路,西南面那条路明显要宽阔一些,路上的车辙印也要多得多,而西北方向的那条路几乎看不到什么车辙印。

韩江仔细观察了西北方向的车辙印,似乎没有新的车印,韩江狐疑地往前望去,寂寥的大地沉默无言,难道这条就是通往瀚海宓城的路?

唐风驾驶着"七彩悍驴"一路狂奔,指南针和电子罗盘显示的都是西北方向,但是,"七彩悍驴"在广袤的戈壁滩上横冲直撞了两个小时后,仍然没有发现九里堡的踪迹。

"我们会不会走错了?"梁媛嘀咕起来。

"怎么可能?你看指南针和电子罗盘显示的方向都是西北,没错!"唐风又检查了一下指南针和电子罗盘。

"那怎么这么长时间还没到九里堡?"

"我们不会走过了吧?"韩江也疑惑起来。

"走过了?不可能吧!"梁媛半信半疑地说。

"昨天旅馆老板说九里堡只是一个汉代烽燧,会不会我们一路过来,车速太快,没看见?"韩江迟疑道。

唐风停下车,仔细想了想,"已经走过了?不,不应该啊。刚才我们驶过的地方一马平川,周围没有任何遮挡。我一直盯着车窗外呢,如果汉代的烽燧就在路附近,我是不可能漏过的。"

"那就奇怪了……"韩江喃喃自语。

就在这时，梁媛突然惊叫起来，把唐风和韩江都吓了一跳。

"你大呼小叫什么？"唐风斥道。

"你们快看，指……指南针，还……还有电子罗盘！"梁媛的声音都变调了。

唐风这才惊讶地发现，刚刚还显示西北方向的指南针和电子罗盘此刻全都指向了东南方向。韩江赶忙查看 GPS，GPS 显示的坐标居然就在公路附近。

"妈的，这是怎么回事？"韩江怒吼道。

唐风也无法相信自己的眼睛。他看着韩江，问："现在怎么办？"

"继续往前开。"韩江恨恨地说。

唐风重新发动车，车厢里陷入了一片沉默。果然，往前没开多久，他们就重新驶上了公路。

唐风继续驾车沿着公路走，半个小时后，他们又回到了那间汽车旅馆。没等唐风把车停稳，韩江就跳下车冲到了旅馆门口，却见旅馆大门紧锁，不见一人。韩江猛地踢了大门一脚，震落了厚厚的灰尘。

"妈的，我们肯定被人算计了！"韩江回到车上，骂道。

"难道旅馆老板也是将军的人？"梁媛问。

"不一定，但是那家伙绝非好人。"韩江看上去十分震怒。

"也就是说那家伙的话都不可信了？"唐风道。

韩江喘着气，望着公路旁的茫茫大漠，没有说话。许久，韩江突然斩钉截铁地说："还从刚才的路走。"

"还从刚才的路走？那我们不又绕回来了？"唐风不解。

"先到敖包再说。"

韩江说完，把唐风推到了副驾驶的位置上，自己驾车，又一头冲进了大漠。

4

很快，韩江驾驶着"七彩悍驴"又来到了敖包前。韩江对唐风和梁媛嘱咐道："你们俩别下车，我下去看看。"

韩江登上敖包，仔细观察半天，然后跳了下来，重新发动车，绕着敖包转了一圈。唐风忙问道："我们这是往哪儿去？"

"往西边这条路走！"说完，韩江猛踩油门，"七彩悍驴"如离弦之箭，朝西方飞驰而去。

韩江开车驶出约有一刻钟，在平坦的戈壁上出现了岔路。韩江跳下车，仔细辨别路上的车辙印，向西去的主路上车辙印很多，甚至有驴友在路边用石块摆出了一个路标，而有一条隐约可见的小路则向西北方向延伸下去。

"你们看，这条小路上车辙印不多，却有一条是最近留下来的，咱们就顺着这条新车辙印走。"韩江看起来似乎颇有几分把握。

三人重新上车，向西北方冲去。半个小时后，唐风首先叫了起来："看，右前方！右前方有一个烽燧。"

韩江和梁媛也看到了，在荒凉的戈壁滩上突兀地立着一座高大的烽燧。

"那是汉代的烽燧！"唐风一眼就认出了烽燧的年代。

韩江猛打方向盘，向汉代烽燧驶过去。"七彩悍驴"在茫茫戈壁上画出了一个漂亮的弧形，最后稳稳地停在烽燧前面。

三人跳下车，梁媛仰望着面前的烽燧，喃喃地说："这就是九里堡？"

"应该是吧！"韩江察看了指南针和电子罗盘，这次方向没有错。

许久，两人都没听见唐风说话，扭头望去。唐风忽然叫起来，"我真是太傻了！"韩江和梁媛惊愕地看着唐风，唐风解释道，"昨天我问旅馆老板九里堡的情况，他居然能准确地说出九里堡是一个汉代的烽燧。你们想想，一个没有历史和考古方面知识的人，就是来过九里堡，能一下子判断这是一个汉代的烽燧吗？"

"是啊！如此说来，这家伙肯定有问题了。"韩江道。

"哼，可怜我白被那家伙骗了一百多块钱！"梁媛这会儿又开始心疼起钱来。

"一百多块对你来说就是洒洒水啦！"唐风笑道，惹得梁媛一顿粉拳。

虽然很失望，但唐风还是一丝不苟地绕着这座汉代烽燧勘察了一遍。烽燧的形制是汉代无疑，不过唐风并没在烽燧周边发现汉代文物。唐风首先想确定这是不是西夏古地图和米沙草图上的九里堡，但是没有任何文物和证据，如何证明呢？

唐风转到烽燧西北角时，发现西北角已经坍塌，坍塌的位置露出了一个不大的洞口。唐风爬到洞口边，朝里面张望，里面黑漆漆的。唐风回头对梁媛喊道："电筒。"

梁媛很快递给唐风一个电筒，唐风借着手电筒的光线才看清洞里面的情况。里面的空间不大，积着厚厚的灰土，唐风估计，这都是烽燧坍塌时落在里面的，仔细观察，积满的灰土中隐约露出了一些像是木板的东西。唐风想伸手去拿那块木板，可他试了试，够不着，除非把洞口打大一点。但是唐风又不想进一步破坏这座烽燧，毕竟它已经在这儿默默屹立了两千多年。

就在唐风犹豫不决之时，身后传来了梁媛的声音："我来吧！"

"你？我都够不着，你能够着？"唐风迟疑起来。

"你抱着我，我探到洞里面去，不就够着了。"

唐风想想，这主意不错，于是抱着梁媛的腰，就准备往洞里钻。

"抱紧点！"梁媛嚷道。

"已经够紧的了！"唐风话语中带着一丝委屈，身后传来韩江一阵大笑。

"笑什么笑！有本事你来啊！"唐风恼羞成怒地冲韩江嚷嚷。

"我不行的，还是你来，你来吧。你们俩肯定配合得好！"韩江在后面笑嘻嘻地调侃。

梁媛已经将头探进了洞口，唐风紧紧地抱住梁媛的腰，轻轻地说："小心！"

唐风话音刚落，半截身子已经探进洞里的梁媛突然尖叫起来。听到梁媛尖叫，唐风赶忙使出浑身气力，把梁媛给拽了出来。梁媛闭着眼睛还在尖叫，唐风的心都揪了起来，忙关切地问："怎么了，你伤到哪儿了？"

梁媛发现唐风一副紧张的样子，突然收起尖叫，露出了笑脸。

"你傻笑什么？"唐风被梁媛的反应弄得人有些呆。

"我试试你的反应能力啊！不错，反应还是挺快的。"梁媛笑得更欢了。

"你刚才一喊，把我吓死了！"唐风这才反应过来自己上了梁媛的当。

"就是为了试试你对我关不关心！不错，实验结果我很满意。"

"你满意了，我很不满意。"唐风有些恼怒。

"我拿到了这个，你满不满意啊？"梁媛说着，突然像变戏法似的从身后拿出小一块木板来。

唐风一眼便认出这就是刚才那块夹杂在灰土中的木板。他一把拿过木板，翻看了一遍，"这是一块汉代的木牍。"

"木牍是什么东西？"梁媛问。

"木牍跟竹简一样，是东周到魏晋时期的主要书写载体。这里干旱少雨，所以这片木牍能一直保存下来。"唐风细细地为梁媛解释道。

"那这上面写着什么？"

唐风拂去木牍上面的灰土，依稀看见了一行文字："居延……九里燧"。

"九里燧，九里堡！这是不是一个意思？"梁媛开心地问唐风。

唐风点点头，"我想现在可以证明，这里就是九里堡。而且这片木牍进一步证明，早在汉代这里就已经被称作九里燧，只是后来慢慢变成了九里堡。"

唐风检查完了这片木牍，又叫梁媛把木牍放回原处，顺便再看看有没有其他什么东西。

"又要我钻一次？"梁媛嘟着嘴，似有不满。

"有我保护你，不要怕。"唐风说着，就从后面抱住了梁媛的小蛮腰，梁媛的不满瞬间消失了，乖乖地又钻进了烽燧里。这次，唐风等的时间有些长，他不知道梁媛在里面干什么，"你在鼓捣什么呢？这么长时间？"

突然，梁媛的身子剧烈地抖了一下，随即，唐风又一次听到了那撕心裂肺的尖叫。这次梁媛叫得比上次还要凶，还要肝肠寸断。不过，唐风已经有了经验，不上梁媛的当了，他没有马上把梁媛拉上来，反倒笑道："你爹地没给你讲过'狼来了'的故事？"

谁料，梁媛的双腿开始乱蹬起来，尖叫变成了哭喊声，"蛇！有蛇……"

唐风这才知道出事了，忙要把梁媛拽出来，可是梁媛双腿乱蹬，一点儿也不配合。唐风顿时慌了手脚，幸亏韩江及时冲了上来，两人一起用力，这才把梁媛给拽了出来。

梁媛一见唐风，哭着喊着，粉拳不断落在唐风胸口，"你……你竟然见死不救，还笑话我……"

唐风见梁媛这副模样，忙关切地问："受伤了吗？"

见梁媛完好无缺，也没哪儿受伤，唐风这才稍稍放下心来。见梁媛还在哭着，唐风便将梁媛紧紧抱住，过了许久，依偎在唐风怀里的梁媛才止住了哭声。

"蛇呢？哪来的蛇？"韩江把头探进洞口，观察了半天，也没见蛇的踪影。

"刚……刚才就在洞里面的，我想……想再找找看有什么文物，可是我刚拨了一下靠东边的尘土，就有一条蛇钻……钻了出来。"梁媛依旧惊魂未定。

"这地方怎么会有蛇呢？"韩江疑惑不解。

"真的，那蛇有这么长呢！"梁媛伸手比划了一下。

韩江又往洞里面张望了一番，还是没有看见蛇的踪影。"好了，没事就好，以后这种苦活脏活累活都交给唐风干！"韩江劝慰梁媛。

"好好！以后所有苦活脏活累活都我干！"唐风只得极力讨好梁媛，以博美人破涕一笑。

梁媛忽然想起了什么，从一直死死攥着的手心里拿出了一枚铜钱。唐风眼前一亮，"这是什么？"

"这是我在浮土上找到的一枚铜钱。我想这枚铜钱可能对我们有用，所以刚才死死攥在手心里。"

唐风原本以为这会是一枚汉代的五铢钱，可是当梁媛把这枚铜钱交到他手上时，他才发现这不是五铢钱，而是一枚少见的铜钱，准确地说，应该是一枚少见的西夏铜钱——光定元宝。

第四章 狼洼

1

唐风手里攥着这枚西夏铜钱，默默不语。韩江等得不耐烦了，催促唐风："就一枚铜钱，犯得上盯这么久？"

唐风收起铜钱，说："要是这里能经过科学的考古挖掘就好了。"

"别做梦了，现在咱们可没有这条件！"韩江没好气地说。

"是啊，不过仅凭刚才那片汉代木牍和这枚西夏铜钱，我们就能看出许多问题来。首先木牍上的文字证实了这就是九里堡，并且早在汉代，这里就是边防要塞；而这枚西夏铜钱的发现则说明，直到西夏，依然有人在此活动，甚至有可能在西夏时这里依然是边防要塞。"唐风作出了一个大胆的推测。

"这怎么可能？汉代人建的烽燧，西夏时依然在使用？"韩江听了唐风的推断后直摇头。

"完全有这种可能。"唐风看上去颇有自信。

"就算有这种可能，那又怎样？"韩江依然半信半疑。

"这说明：一，这里就是九里堡，我们所走的路是正确的；二，这里在西夏时期有党项人活动，我们可以据此推断，在西夏时这里很可能是连接瀚海宓城和兴庆府之间的一个边防要塞。"唐风说到这，看了一眼韩江，"好了，我在九里堡的任务完成了，下面该你了！"

"哼，你以为我刚才闲着了？你勘察烽燧的时候，我已经查看了周边的车辙印。"韩江跳下烽燧，走到路边，说，"那条伴随我们的车辙印一直从敖包延伸到了九里堡，然后和我一样，绕着九里堡转了一圈，又朝西北方驶去了。"

"狼洼？他们也朝狼洼去了！"唐风马上想到了下一站狼洼。

"我想是的。但是，我要特别指出的是，再往西北方向去，就完全没有路了。"

"没路了？"唐风和梁媛不约而同地朝西北方向望去，地面上基本看不出道路的样子，只有一道车辙印向西北方不断延伸。

"那我们还等什么？也往西北方向走啊！"梁媛似乎又恢复了勇气。

"是的，我们是要往西北方向走，但是我有必要在这里提醒你们一句，你们想过这新出现的车辙印是什么人留下的吗？为什么一直义无反顾地通向没有道路的狼洼？"韩江语重心长地问两人。

"当然不是一般人，肯定也是对瀚海宓城感兴趣的人，我看多半就是将军的人的车！"唐风继续大胆地推测。

韩江没有再说什么，只是耸了耸肩，然后钻进了驾驶室，再次发动这辆"七彩悍驴"，朝大漠深处驶去。

"七彩悍驴"一路颠簸，发动机的声响伴随着车窗外的风，在三人一直保持沉默的氛围中，显得尤其震耳。临近正午时，韩江将车速缓缓放慢了。

"怎么，你看到狼洼了吗？"唐风大声问韩江。

"我觉得应该差不多了。按照你的分析，狼洼应该是一个洼地，甚至是一个水泡子，路边没有凸出的建筑物，所以我们坐在车里可能看不见狼洼。"韩江同样大声地回答。

唐风目不转睛地注视着车窗外的景致，一派大漠风光。

"咱们得快啊，我可不想今晚在狼洼过夜。"唐风忧心忡忡地说。

"你的意思是，今晚我们在千户镇过夜？"韩江反问。

"最慢我们也得赶到千户镇，否则我们有可能要与狼为伴了。"

"唐风，你有没有想过，如果我们今晚就能赶到千户镇，是不是太快了？要知道，当年科考队也有卡车，虽然速度没有我们的越野车这么快，可是按照米沙的记录，这段路他们走了有四五天！"韩江发现这里地势渐渐高了起来。

韩江的提醒让唐风的脑子冷静下来，"是啊！按我们现在这速度，也许……"

"也许什么？"

"也许还有我们没遇到的困难！"

唐风话音刚落，就觉得整个车子飞了起来，然后又重重地落在地上，唐风感觉自己的五脏六腑都翻了一遍。

"妈的，这是怎么回事？"韩江咒骂着，不得不放慢车速。

唐风发现他们刚才越过了一个坡，车子现在开始向下驶去。更让他震惊的是，就在车前方，他看到了真正的沙漠，无边无际的黄色沙丘，车速越来越慢。

唐风喃喃地说："我现在知道为什么科考队当年走了好几天了。"

"因为前面全是流动的沙丘！"韩江也在这一瞬间明白了。

"嗯，一般的越野车恐怕很难越过这连绵不断的流动沙丘，更别说当年科考队的卡车了。"

"那我们该怎么办？难道要骑骆驼？我可是最怕骑骆驼的了！"梁媛惊慌起来。

"你做梦呢，我们现在到哪儿去弄骆驼。"唐风道。

"现在要是有坦克就好了，至少也是履带式的车！"韩江嚷道。

"你这梦更远，甭说坦克，拖拉机也没有啊！"唐风接连被梁媛和韩江的幻想给噎住，不过还没有被打击倒，调整好心态接着说，"幸亏我哥们儿这车是改装过的，轮胎比一般越野车宽，适合走沙地，我就是看中它这点，才借来这头'悍驴'的！"

韩江笑了，"你还别说，我刚才这一路下来也看出来了，你哥们儿这车虽然看上去破，但开起来是不错。"

"那是！你总算看出来了。"唐风颇有几分得意。

"就是……就是可惜了，再也回不去了。"

"你这话我就不爱听，怎么老说这'悍驴'回不去了？它回不去了，我们还能回去吗？说点吉利的话！"唐风不满地冲韩江嚷嚷。

"我知道要说点吉利的话，但你看咱们这一趟能吉利起来吗？"韩江说着，便把车停了下来。

"你怎么把车停下来了？"唐风不解地问。

"你不觉得咱们好像已经来到了狼洼吗？"韩江的双眼紧张地注视着四周。

唐风这才觉察出来，他们好像来到了一处洼地里。唐风和梁媛瞬间也紧张起来。

"我们怎么会开到狼洼里面来了？"唐风拿出了携带的望远镜，观望了一圈洼地四周。

"咱……咱们不会被狼包围了吧？"梁媛的话语中透着恐惧。

韩江也不明白自己怎么开着开着，就把车开进了这片巨大的洼地里，现在他们的车正位于整片洼地的正中。

2

韩江拔出匕首，跳下车。四周是高大的沙丘，只有刚才他们过来的东南面像是坚硬的岩石。

这里静得可以听见自己的心跳。唐风和梁媛也走出了车，三人小心翼翼地观察着四周。

"刚才我是跟着那个车辙印开进来的。"韩江小声说。

"可是那个车辙印现在不见了！"唐风走到车后，发现车后面只剩下一道清晰的车辙印，这是他们的"悍驴"留下来的。

"是啊，那道车辙印怎么突然消失了？"韩江狐疑着。

三人向前走去，走出三十步后，地面上又出现了一道车辙印，只是……只是这道车辙印有些奇怪。

"这车辙印不是刚才那辆车的！"韩江果断判断道。

"这……这怎么可能？"唐风不敢相信。

"我敢肯定，我们面前这道新出现的车辙印属于另一辆车！"韩江再次十分肯定地说。

"太可怕了，难道还有一伙人？"梁媛惊道。

唐风这时也看出了端倪，面前新出现的车辙印确实和前面一直伴随他们的车辙印不同，可是这新出现的车辙印是从哪儿冒出来的呢？他的目光顺着面前的车辙印，一直向南面的沙丘上望去，车辙印一直向南面的沙丘上延伸……

突然，当正午的阳光刺得他睁不开眼的时候，唐风发现在南面的沙丘上正立着一匹狼，这是一匹体形瘦小的狼。唐风见过阿尼玛卿雪山的狼，见过不同种类的狼，但从未见过沙漠里的狼。它似乎因为缺少食物而显得营养不良，抑或是因被沙漠里炙热的阳光晒烤而显得疲惫不堪。但是，它依然让唐风在正午炙热的阳光下感受到了寒意。唐风发现南面的沙丘上又出现了几匹狼，两匹、三匹、四匹、五匹、六匹……

唐风的脖颈还能正常转动，当他环视沙丘之上时，发现沙丘的东面、北面、西面全都出现了狼。他们已经被饥饿的狼群包围了！

韩江和梁媛也发现了狼群。唐风护住梁媛，三人开始缓缓地向车上退去。唐风每向后退一步都异常小心，生怕惊动了狼群，使成群的野狼一起向他们冲过来。

"这里果然是狼洼，沙漠里没有食物，居然还有这样一群狼！"韩江喃喃感慨。

"我们这不是给他们送食来了吗？"唐风强装镇定。

五分钟后，三人终于退到了车边。狼并没有向他们发起攻击，但韩江仍然死死握住手中的匕首，唐风则用自己的身体护住了梁媛，正午的阳光越发刺眼……就在这千钧一发的时刻，沙丘上面传来了一声奇怪的声响，像是口哨，但又不是。这声响过后，原本围拢在沙丘四周的狼群，齐刷刷地瞬间不见了踪影。

唐风四下望去，一匹狼都看不见了。这时，韩江突然反应过来，大叫道："上面一定有人！上车，追！"

三人跳上车，韩江驾车猛地向南面的沙丘上冲去。车却在松软的沙丘上打起滑来，眼见后轮要陷入沙丘中，韩江冲唐风大喊："下去推！"

唐风和梁媛费尽气力，终于把车从松软的沙丘中推了出来。可等他们冲上南面的沙丘，却没看见一人，只有那群狼，这会儿已经聚在了一起。

那群身形瘦小的狼在离唐风他们三十米的地方，一动不动地注视着三人。沙漠上的阳光越发炽热，唐风有些不知所措，他问韩江："我们该怎么办？"

"奇怪！刚才那奇怪的声响绝不会是狼发出的！"韩江并不回答唐风，而是说出了自己的质疑。

"你怀疑有人在控制这群狼？"唐风忽然想到有人曾驯化狼的传说，可是他还是不敢相信有人能控制这样一群饥饿的狼。

"冲过去看看！"韩江也不敢相信。

韩江猛地加速，径直向三十米外的狼群冲去。但是，唐风和韩江惊奇地发现，就在他们加速的同时，狼群也加速向南撤去，迅速而果断，不离不散，所有的狼都保持着相同的速度，甚至步调都高度一致。待韩江把车速降下来，狼群也缓缓止住脚步，立在车的前方，依旧保持着三十米左右的距离。

如此三番，狼群始终与唐风他们保持着三十米的距离，既不散去，也没向唐风他们冲过来。唐风大惑不解，"这群狼想干什么？"

"它们是训练有素的战士。"韩江突然没头没脑地来了这么一句。

"什么意思？"唐风略带不解地问。

"当敌人向它们冲过去时，它们依旧高度镇定，没有四散奔逃，而是保持着队形撤退，这不是训练有素的战士吗？"

"可它们为什么不向我们发起进攻？"

韩江刚要说什么，突然车身微微一歪，紧接着，大家都感到车身向一边倾斜下去。唐风和梁媛惊慌地看着韩江，韩江猛地拍了一下方向盘："妈的，咱们被狼给算计了。"

唐风抬头，发现狼群依旧在三十米开外的地方注视着他们，而他们的车很快不再倾斜。唐风明白了，肯定是轮胎爆了。

三人被困在车里，无法前进，也不敢出去换胎。就这样僵持了十多分钟，韩江在闷热的车里达到了忍耐的极限，果断地拔出匕首，跳下了车。可他的脚刚一落地，一直聚在一起的狼群迅速散开，拉成一条弧线，缓缓向韩江和车包围过来。

唐风坐在车里，为韩江捏了一把汗。他看见韩江手持匕首，迎着狼群向前迈了几步。唐风以为韩江已经做好了和野狼白刃搏斗的准备，谁料，韩江拿着匕首冲狼群比划了两下后，竟一溜烟跑回了车里。两匹饿狼以不可思议的速度紧随韩江向车冲了过来，当韩江把车门关上时，两匹饿狼趴在车窗上，发出了凄厉的嚎叫。

唐风浑身不寒而栗，他惊慌地摸遍全身，连一件防身的武器都没有，不禁嚷道："想不到你韩江也有怕的时候，我还以为你刚才要和野狼搏斗呢！"

"我脑子坏啦！一个人和那么多饥饿的野狼斗，我也是人，你懂吗？小子，既然是人，就有怕的时候，有光明正大地怕的权利！"韩江吼完，冲车后的泡沫灭火器努了努嘴，"若真干起来恐怕顾不上你们，你们就靠那个灭火器防身吧。"

"靠，你是不是早知道会碰上狼？"唐风冲韩江喊道。

"屁！我要是能掐会算，现在也不至于被困在车里了。"

唐风无奈，他回头发现梁媛已经从车后面把灭火器抱在了怀里，"你就这样抱着吧，不过你会用这玩意儿吗？"

梁媛冲唐风无助地摇了摇头，但随即又说："我不会用，但我会用这个打狼。"

"哼，就你，还打狼？"唐风一脸不屑。

"怎么不会……"

梁媛还想说什么，韩江却一挥手，示意他俩闭嘴。此时，他们又隐约听到了那个奇怪的声响。三人静静地倾听，那个声响似乎很遥远。但是正围在车周围的饿狼们在听到这个声响后竟迅速向后退去，又重新回到了离车三十米的地方，集结完毕。从沙漠深处再次传来了奇怪的声响，紧接着，令唐风惊奇的一幕出现了，狼群有组织地迅速向南退去，很快便消失在地平线上。

3

待狼群消失之后，刚才惊魂未定的唐风才稍稍平静下来，"这是怎么回事？狼群怎么撤了？"

"你没听到刚才从沙漠深处又传来了那个声响吗？"韩江仍然紧紧地握着匕首。

"听到了，好像一共响了两次，就像是命令一样，第一次狼群退了回去，第二次则是撤退的命令。"唐风推断道。

"什么东西发出的声音竟能传那么远？而且能让狼群完全听命于他？"韩江喃喃地问。

唐风也陷入了沉思，梁媛却说："可是我们没看见周围有人啊？"

梁媛的话惊醒了唐风和韩江，韩江打开车门跳下车，环视四周。此刻，阳光已经不像刚才那么强烈，沙漠里除了滚滚黄沙，哪来的人影？

唐风和梁媛也跳下了车，三人这才发现右前轮被一块破旧的带刺铁板给扎了一个窟窿，紧接着，唐风发现在右前轮前方的沙地里，也有几块这样的带刺铁板。唐风拾起一块带刺的铁板，仔细观察，铁板虽然并未完全锈蚀，但可以看出这些带刺铁板有年头了。

"这显然不是新制的。"唐风说。

"哦！难道还是古代的？"梁媛惊诧地问。

"这很像古代打仗时，给对方骑兵埋下的绊马钉，用于干扰骑兵的进攻。"唐风判断道。

"可是这东西怎么会出现在这里？"韩江问。

"我怎么会知道，也许是古代就留下来的，也许是控制狼群的人埋下的，目的就是扎爆我们的车胎，把我们困在狼洼。"唐风道。

"但是这两点都说不通啊！如果是古代留下来的，这里又不是什么军事要道，谁会在这儿埋下绊马钉？再说，如果是有人故意要害我们，为什么用这些老掉牙的东西？现在有更好的东西，不如直接埋一颗地雷，把我们都炸上天算了！"韩江不解。

唐风沉吟了一会儿，道："我看这绊马钉并未锈蚀，是因为沙漠里干旱少雨，其实这些绊马钉的出现年代可能很久远了。"

"远到什么时候？"韩江问。

"我看很可能是西夏或是元朝的东西。明朝和清朝没有在这一带发生过战事，民国时这里虽有土匪出没，但看这绊马钉的样式也不像是民国的玩意儿，所以最有可能是西夏或是元朝的东西。历史上这里发生过的最大规模战事可能就是成吉思汗灭西夏之战了。"

"大喇嘛好像提到过。"经唐风这一说，韩江突然想起大喇嘛了。

"是的，成吉思汗曾六次攻打西夏。蒙古人横扫欧亚，但是没有哪个国家像西夏这样，让成吉思汗六次亲征。成吉思汗还在最后一次攻打西夏时，坠马受伤，死在西夏。而成吉思汗数次进攻西夏的路线，就是从蒙古高原穿越茫茫沙海戈壁，绕到西夏背后，偷袭西夏。"

"所以你怀疑，党项人曾在这里用这些绊马钉阻挡成吉思汗的铁骑？"韩江问。

唐风点点头，"我刚才看过了，再往前走，沙子里有很多这样的绊马钉。能大规模使用这么多绊马钉的一定是大规模的战事，绝不会是小股土匪所为，而这里在历史上唯一发生的大规模战事只能是成吉思汗攻打西夏。"

韩江向前走了一段，果然，在前面的沙地里，绊马钉隐约可见。

"唐风，你发现没有，这些绊马钉似乎还是有规律分布的。"

"是的，我估计当年这里还没有现在这么干旱，附近应该有一处西夏的军事据点，就在古地图上的狼洼附近，但我们找不到那个地名。狼洼在当时则是一处水源，很可能是个水泡子。当蒙古人横穿沙海打过来时，党项人在水源周边埋下了这些绊马钉，也许还在水里投了毒。"唐风进一步大胆地推测。

"不过，看来党项人在这里所做的努力并没有得到应有的回报，这些东西没能阻挡住成吉思汗铁骑的进攻。"韩江说。

"嗯，是这样。如果这些绊马钉派上了用场，现在这里就不会是这个样子，这里应该会出现人和马的尸体，还有兵器盔甲。另外，绊马钉也不会还像现在这样有规律地分布。"

"那成吉思汗大军没有从这里走？"梁嫒终于忍不住好奇地问。

"这我就不知道了。不过，还有一个现象。要知道，在西夏时铁器还是比较少的，所以这么多的绊马钉在当时也算是一笔重要的战备物资了。按理说，不管蒙古人有没有从这里走，战事结束后，党项人应该都会收回这些绊马钉，以备下次再用。可是他们没有收回,这说明了什么?"唐风反问韩江。

"说明驻守在这里的西夏军队要么全部战死了,要么离开了这里,再没有回来。"韩江答道。

"嗯,我也是这么想的,消失的西夏军队再没有回来!"唐风感叹道。

梁媛听他俩分析了这么久,有些不耐烦了,笑道:"你们把这东西说得太神了吧,古代的'地雷'吗?呵呵。"

"你还笑得出来,这古代'地雷'现在炸到我们的'悍驴'了。"唐风板着脸,一本正经地说。

"那你们快修啊,咱们不是有备胎吗?"梁媛满不在乎的样子。

"我的大小姐,你真是会使唤人啊!"唐风满脸笑意地不满道。

"废话,哪有让女生换轮胎的!"梁媛理直气壮地说。

唐风没办法,摇摇头,正准备下车去拿备胎,韩江却拉住他,"你现在换胎有什么用啊?咱们还不知道这周围有多少陷阱呢,你换好了胎,再被扎个洞,我们就彻底歇菜了。"

"那我们该怎么办?"

"先探一条安全的路出来。"

"探路?"

"你想想,那些狼怎么没事?还有,我们说了半天,都忘了那个突然在狼洼底下出现的车辙印了!"

韩江这一提醒,唐风才想起来,"是啊!咱们可以顺着那道车辙印探出一条安全的路来。"说罢,两人让梁媛留下来看守车,唐风和韩江则顺着原路重新寻找那道车辙印。

4

唐风和韩江顺着来路向狼洼走去,没走多久,他们就在沙地里发现了那个车辙印。但是韩江凭着多年的经验,看出这个后出现的车辙印在沙地里走走停停,似乎很犹豫。当他们沿着车辙印向狼洼的方向又走了十多米后,沙地上的车辙印出现了一道分岔。

"很明显,那车跟我们一样向南行驶了一段,又折向了西面。"韩江判断说。

"不仅如此。在狼洼底下,车辙印的突然出现说明,开车之人也发现了狼洼周围的绊马钉,他也在寻找一条安全的出路。"唐风说。

韩江点点头,"看来这辆车已经脱离了这片危险地带。"

"不但这辆车,还有之前一直出现的那辆车,这会儿都看不见了,说明他们已经安全离开了狼洼。我们继续顺着那道车辙印走应该也可以安全离开。"

"但是你有没有想过，那些狼如果是被人控制的，那人想把我们引到一个危险地带，为什么前面那两辆车没上当？"

"只能说你笨呗！"唐风笑道。

"屁！我笨？顶多是我们太过专注于那些狼了。"韩江道。

唐风和韩江沿着那条向西延伸的分岔一直走。很快，两人便走到了狼洼的边缘，车辙印沿着狼洼边缘继续向前。绕到狼洼西北面，车辙印向西北方向延伸。此时，地面上又显露出了另一条车辙印。

"那辆车又出现了。"

"地面上两条车辙印都往西北方向延伸，看来那里能走出这个古人的包围圈。"韩江叉着腰，向四周张望。

"古人的包围圈！这么说你同意我的推断了？"唐风略带惊喜地看看韩江。

"不错，这里一定是党项人为成吉思汗大军设下的一个包围圈。"韩江本来走在前面，说到这里突然停下了脚步，"你看，那是什么？"

韩江站在一座小沙丘上，他发现小沙丘下的沙地突然凹下去了一大块，这显然不是一般沙丘形成的凹凸不平。唐风也注意到了这个大坑，他跳到沙坑边缘，仔细看了看，"像是一个墓坑。"

"墓坑？我看不像。"韩江也趴到大坑边缘。

"哦？那你看这是什么？"

"我看多半是个陷马坑。"

"陷马坑？"唐风盯着大坑，就在他愣神的工夫，韩江跳进了大坑里，用手胡乱地刨了两下，几块干裂的薄木板出现在黄沙中。

"如果我没猜错，这就是原来覆盖在陷马坑上的薄木板，这木板肯定承受不了马的重压。"韩江推断道。

"这么说这坑里会有当年蒙古人的尸骨喽？"唐风看着韩江开始用双手刨去坑里的黄沙，很快，一排排已经有些腐朽的木桩露了出来。

"这可不是一般的木桩，当年这都是削尖了的利刃，只要有人马陷入这坑中，就会被这些木桩刺穿身体。"

听韩江这么一说，唐风望着这些已经干裂腐朽的木桩，心中不禁升起一阵寒意。

"喏，别发呆了，看看，快来认认这上面的文字。"韩江递给唐风一块木板。

"这上面还有文字？"唐风接过韩江递来的一块已经断成两截的薄木板，果然，在薄木板上用墨笔书写了几个奇怪的文字。唐风盯着这几个奇怪的文字，长久不语。

"你倒是说话呀！是西夏文吗？"韩江催促道。

"不是西夏文。"唐风喃喃地说。

"那这么说，咱们之前的推断都错了？不过我看那几个字也不像汉字啊！"

"嗯，不是汉字。如果我没看错的话，这几个字是八思巴文。"唐风忽然说出了一种韩江从未听说过的文字类型。

"八……八思巴文？什么是八思巴文？"韩江一头雾水。

"八思巴文是元世祖忽必烈命国师八思巴创立的一种文字，是元朝的一种官方文字。"唐风解释说。

"这陷马坑的木板上怎么会有八思巴文？"韩江越发不解了。

"这正是问题所在。首先，八思巴文是忽必烈时代才出现的文字，那时大约是13世纪中叶，而蒙古灭西夏之战是在成吉思汗时代，是13世纪初，相差了大约有半个世纪，这与我们之前推定的设下绊马钉和陷马坑的年代不符；其次，我们推定这些绊马钉、陷马坑是党项人所设，这块木板上却出现了八思巴文，这也和我们之前的推断相左。我……我现在也搞不清了。"唐风感到头脑有些混乱。

"那你认认这上面的文字，看看是什么意思？"

"幸好我曾经学过一些八思巴文，不过，这块木板上的几个八思巴文只是标记方位的。"说着，唐风读出了那几个八思巴文的意思，"西……北……第十七……"

"也许是后来有元朝人来到这里，胡乱在这上面写了几个字。"

唐风摇摇头，"这几个字虽然没什么意义，但恰恰证明我们之前的推断有问题。'西北第十七'，我推测是设置陷马坑时事先在木板上做的标记。"

"西北方向第十七个？！那这么说，是蒙古人在忽必烈时期设置的？"韩江不敢相信这个结论。

唐风沉默了片刻，"不一定最早是在忽必烈时期设置的，但最晚应该是在忽必烈时期设置的。"

韩江点点头，"对，那么这些陷马坑、绊马钉可能很早就有了，比如西夏时期，并且一直沿用到元朝忽必烈时期。"

"有这种可能。但是我无法理解，到了忽必烈时期，离蒙古灭西夏已经过去了几十年，元朝早已一统天下，这里还有什么部队，需要元朝军队如临大敌？"唐风摇着头，想不明白这一切究竟是怎么回事。

5

唐风和韩江又在陷马坑附近搜寻了一会儿，接二连三地又发现了一些陷马坑和绊马钉。唐风心里挂念梁媛，便对韩江说："看来我们顺着这两道车辙印，已经可以安全地走出这片古人设下的埋伏圈了，梁媛还在等我们，我们快回去吧。"

韩江点点头，两人顺原路返回。

"但是，你说这古人设下的埋伏圈似乎没派上用场啊，咱们发现了这么多陷马坑和绊马钉，却没有一具尸骨！"在返回的路上，韩江继续刚才的话题，提出了自己的疑惑。

"是啊！就连那些陷马坑似乎也是因为年代久远而塌陷的。"唐风很困惑。

两人不再言语，很快回到了车边，可是梁媛却不见了踪影。唐风的心马上悬了起来，"梁媛发生了意外！"

"谁知道这大小姐乱跑到哪儿去了！"韩江似乎比较镇定。

韩江话音刚落，就听见从地底下传来一阵撕心裂肺的呼救声："救命——"

是梁媛的声音！唐风浑身一颤，伫立在漫漫黄沙中，很快判定了声音的来处："梁媛就在附近。"

唐风和韩江几乎同时向南面奔去，没几步就发现梁媛正坐在南面的一个大坑里又哭又喊。等韩江把梁媛救了上来，唐风才松了口气，他向坑下望去，"这是一个没有塌陷，仍然可以使用的陷马坑。"

"陷马坑？"梁媛这时已经止住了哭喊。

"是啊，谁让你乱转，陷马坑把你给陷进去了。幸亏下面已经积了不少沙子，否则你这会儿已被那些木桩万箭穿心了！"唐风埋怨道。

"我见你们还不回来，就在附近转了转，谁想到会有坑。"梁媛倒是一脸委屈。

"看来这里还有很多仍然完好的陷马坑。"唐风望着四周，喃喃说道。

"唐风，你发现没有，咱们刚才发现的那些已经塌陷的陷马坑都是在西北方向，那两辆车也是从西北方向离开的这片古人的埋伏圈。"

"你是想说这里的埋伏圈曾遭到过古人的进攻，而他们是从西北方向而来？"

韩江点点头。

"本来我也是这么想的，但我实在想不到从西北方向杀过来的除了成吉思汗，还会有谁。"唐风摇着头，想不通这一切究竟是怎么回事。

"好了，还是赶紧修车赶路吧！我们离那两辆车越来越远了。"韩江提醒道。

"嗯，我现在越来越觉得，那两辆车一定是我们的老朋友。"

唐风和韩江换了轮胎，重新上路，当他们顺着地上的车辙印驶出这片古人埋伏圈时，日头已经向西去了。

第五章 千户镇

1

韩江加快了车速,他希望在天黑前赶到千户镇,但是谁也不知道这一路上还会遭遇什么。

唐风拿出米沙留下的那封信,想从中获得一些线索,"米沙在信的第二部分回忆了科考队进入沙漠后的一些经历。在九里堡和狼洼的经历,米沙几乎是一笔带过,并没有多说什么,只说第一天晚上在狼洼附近宿营,一切正常。然后就是回忆与梁老爷子的一些交往,他在信中既没有提到那些绊马钉、陷马坑,也没发现狼的踪迹。"

"这说明科考队在这一阶段还是比较顺利的。"韩江道。

"不过,对于千户镇,米沙则单独讲了一段。'梁,你可能对那个叫千户镇的地方没什么印象了。科考队到达千户镇时,上级命令我们不要进去,在外面宿营,但是天黑后,我还是难掩好奇之心,独自进入了这座无人的镇子。我至今无法忘记那个恐怖的夜晚,也至今无法解开那座镇子的许多谜题。第二天(其实已是第三天),我向上级建议,希望进入千户镇考察,却遭到领导的拒绝,他们还批评了我。我想你们那晚也一定没有睡好,所有人似乎都害怕了,对那座无人的小镇感到恐惧。'"唐风慢慢地念出了米沙的信中关于千户镇的描述。

"就这些?"韩江问道。

"嗯,就这些。看来千户镇是个让米沙害怕的地方,所有人都害怕了,因此科考队没敢进入千户镇。"唐风说。

"哼,这也许是米沙自己的推测,也许科考队是为了早日找到瀚海宓城,所以才没有进入千户镇。"

"不管怎样,米沙是进去了,并且说那是一个令他感到恐怖的夜晚。"

"废话，大晚上的，无论谁跑到一个无人的镇子里都会感到恐惧！"韩江对此似乎十分不屑。

"你们注意到括号里那句话了吗？"唐风盯着米沙的信，忽然问。

"你是说那句'其实已是第三天'？"韩江顿了一下，推断说，"说明米沙当时并没有向上级建议进千户镇考察，而是隔了一天之后，才向上级提出了建议。"

"你认为这合理吗？米沙为什么不马上提出建议？科考队第二天为什么留在千户镇外面，不继续前进？"唐风盯着韩江，抿了抿干燥的嘴唇。

韩江沉思片刻，突然瞪大了眼睛，他刚想开口，唐风接着说："只能有一种合理的解释。那天晚上，包括第二天一整天，米沙都被困在千户镇中，所以米沙才会对千户镇那么恐惧，所以科考队第二天才在千户镇外滞留了一天，所以米沙才说'其实是第三天'！"

唐风越说越激动，韩江也感到背后升起了一股凉意，"是……是什么把米沙给困在了千户镇中？难道是个迷魂阵？"

"迷魂阵……"唐风暗暗自语。

"那第二天，科考队应该也派人进入镇子里寻找米沙了吧？"梁媛忽然问。

唐风一惊，"是的，我想科考队应该在第二天白天，派人在镇子附近和镇子里寻找过米沙，但是他们肯定没有找到！"

"小小的镇子，米沙能藏在哪里？"韩江疑惑道。

"不是他藏在哪里，而是米沙在千户镇被困住了！一定是这样。"唐风斩钉截铁地说。

"不知道这座镇子究竟是个怎样的无人小镇，竟如此神秘！"梁媛感叹。

"你马上就会见到了！"

韩江说完，前方又是一座高大的沙丘，韩江并不减速，直往沙丘上冲去。但是韩江驾驶"悍驴"越过沙丘后就傻眼了，沙丘后面出现了一道深沟。韩江紧急减速，但为时已晚，"悍驴"一头向深沟里栽去。

唐风和梁媛都尖叫起来，韩江也想叫，但是他强忍住了。幸亏韩江有多年特种兵的驾车经验，"悍驴"冲到沟底，总算没有倾覆。唐风和梁媛跳下车，一阵呕吐。韩江也觉得胃里翻江倒海，一阵恶心。

韩江跳下车，拍着车盖骂道："妈的，前面那两辆车的司机真是傻，我可是跟着那车辙印才栽下来的。"

"你别叫了，我看那两辆车也不知道这里会有一条深沟。"唐风跌跌撞撞地回身望去，身后的沙丘笔直地压在他们头顶上，仿佛一道坚固的城墙，而这条深沟则像是城墙下的护城河。可是沙漠中哪来的城墙呢？即便真的有一道城墙，巴丹吉林沙漠的沙尘暴和黄沙也很快会将任何曾经辉煌无比的建筑物掩埋。

唐风观察了一阵,对韩江说:"这不是自然形成的深沟。"

"你疯了吧,你是说这是人工挖的?谁会在沙漠里挖这个?"韩江觉得唐风一定是刚才被摔坏了脑袋。

"你看我们身后这座沙丘,虽然已经因为几百年的风沙侵蚀而坍塌,但是我依然在沙丘中发现了芦苇的痕迹。"唐风指着身后沙丘中隐约露出的一些黑色物质说。

"芦苇?这附近有水源?"韩江敏感地联想到了水源。

"几百年前,这里很可能有水泡子,水泡子边有芦苇。修筑这道堑壕的人用芦苇夹杂在沙土中,就是为了防止沙土被狂风吹走。"唐风解释道。

韩江和梁媛也在不同的位置发现了夹杂在沙丘中的芦苇痕迹。唐风接着说:"从堑壕的位置和方向看,这道堑壕与狼洼附近的埋伏圈性质相同,都是为了对付来自西北方向的敌人而修筑的。"

"看来一切都是为了防止从西北方向来的强敌,却又无法解释出现在陷马中的八思巴文!真是匪夷所思。"韩江摇着头说。

"幸好经过大风多年的侵袭,现在这道堑壕已经不是很深,否则咱们今天就被困在这里了。"唐风指着前面出现的一道缓坡,"看,已经有人给我们开出了道。"

韩江也发现了左前方的一道缓坡,"这缓坡完全是车压出来的,说明前面那两辆车也栽了下来,然后从这里走了。"

三人重新上车,顺着已经压出来的缓坡冲出了堑壕,然后循着沙地上的车辙印,继续向千户镇驶去。

2

两道并行交织的车辙印一直向西北方向延伸。唐风紧张地注视着车窗外,从米沙留下的只言片语中,他已经在脑海里绘制出了一幅千户镇的恐怖景象——荒芜的城镇,没有一个人,甚至没有任何生命,狂风呼啸,让人迷失的街道……但是,当千户镇真正映入唐风眼帘的时候,还是让唐风有些惊诧。

刚才一直连绵起伏的沙丘此刻不见了,他们驶进了一片戈壁滩,远处的沙山似乎很近,但唐风知道那里距离他们其实还很远。在一望无际的地平线尽头,出现了一片高矮不等、错落有致的黄土建筑,那里就是千户镇?

苍茫的大地寂静无声,夕阳西下,唐风不禁思绪万千。就在这时,车停了。

"怎么停了,千户镇就在前面,我都看见了!"唐风问韩江。

韩江并不理会,他打开"悍驴"的前大灯,趴在方向盘上观察了许久,才缓缓说:"那两道车辙印竟然全都消失了。"

唐风这才注意观察,果然,前面直驰千户镇的沙石路上,竟不见那两条车辙印的踪迹。三人下了车,往前探了二三十米远,不见任何车辙印。这片亘古不变的苍茫大地,静得让唐风感觉似乎来到了外星球。

不见一直出现的车辙印,也不见人和动物的踪影,这里仿佛从不曾有人踏入过。不对!不可能没有人进来!唐风想到这,又往回寻找那两道车辙印,但是他们沿来路走了近百米,仍然不见那两道车辙的痕迹。唐风不禁埋怨韩江,"你不是一直盯着那两条车辙印的吗?"

"我车速那么快,谁知道那两道车辙印跑哪里去了?我五分钟前观察路上还能看见那车辙印,但是就一眨眼的工夫,车辙印不见了。"韩江辩解道。

"那我们倒车回去再找?"梁媛提议。

"不!不用了,千户镇已经看到了,咱们不用管那两辆车了。"唐风思考片刻,否决了梁媛的提议。

"可……可是米沙的信里说千户镇很可怕,特……特别是晚上……"梁媛的质疑声中充满恐惧。

"你看呢?"唐风转而问韩江。

"趁天黑之前再往前走走,今晚我们可以在镇外宿营。至于进不进镇,明早再作定夺。"韩江说。

唐风点点头,于是三人重新上车,向千户镇的方向驶去。不见了车辙印,很快连沙石路的痕迹也不见了,唐风他们完全行驶在茫茫的戈壁滩上。

到千户镇的距离完全超出了唐风的预料,原本千户镇已在眼前,但是他们驶出了半个小时,仍然没有到达。

"明明就在前方,为什么还没到?"唐风喃喃自语。

"不要心急。"韩江嘴里说着不要心急,却加快了车速。

唐风惴惴不安地看着窗外,戈壁滩上已经完全黑了下来,这是他们进入沙漠的第一个夜晚。唐风还从没有经历过沙漠里的夜晚,他不知道今晚会有什么等待着他们。

就在唐风胡思乱想之时,韩江猛地一个刹车,又把车停了下来。唐风一惊,"你又怎么了?"

韩江回头望了望,又迅速向后倒车。韩江聚精会神地盯着后视镜,倒出十来米远后停稳,朝车右边的戈壁滩上努了努嘴,"喏,你看看那是什么?"

唐风疑惑地顺着韩江努嘴的方向望去,荒凉的戈壁滩上出现了一个黑影。"那是什么?"唐风惊出了声。

"你下去看看。"韩江扔给唐风一个手电筒。

"你不下去?"唐风有些害怕。

"哼,怕了?"韩江轻蔑地笑了笑。

"把你匕首借我!"

"算了，还是都下去吧，看你这害怕的样子！"

"我怕，我是不想无谓地牺牲！"

唐风说完，只得硬着头皮跳下车，慢慢地，一步一步走近那个黑影。黑漆漆的戈壁滩上，唐风的心狂跳不止。他离那个黑影已经很近了，那个黑影一动不动，肯定不是人，也不会是动物……唐风停下脚步，犹豫地回头望去，见韩江和梁媛也跳下车，朝这边走来，这才定了定神，继续向前走去。终于，在离那黑影还有七八步远的地方，唐风停下了脚步。他盯着面前那个黑影，那似乎是块巨石，还挺规整，可是荒凉的戈壁滩上怎么会突然出现一块规整的巨石？

唐风鼓足勇气，打开了电筒，一缕强光打在那个黑影身上。果然是块巨石！唐风不禁倒吸一口凉气，这荒凉的戈壁滩上，竟突兀地立着这样一块规整的巨石！

唐风又向前走了两步，这才看清这块巨石其实是块巨大的石碑。他绕到石碑正面，用电筒朝石碑上照去，上面密密麻麻刻了一些文字，再往上看，石碑上部像是被雷劈了似的，斜着齐刷刷地断了。唐风用手电朝四周照了照，没有看见上面的断碑，只有这下部的残碑依然屹立在荒凉的戈壁滩上。唐风冲后面的韩江和梁媛挥挥手，喊道："是块残碑！"

韩江和梁媛很快也赶到残碑近前，唐风已经开始辨识上面的文字，但是唐风一看这碑文，便眉头紧锁。韩江催促道："快念啊，是西夏文吗？"

唐风摇摇头，"不，不是西夏文，还是元朝的八思巴文。"

"完了，我真怀疑米沙他们当年走的路线对不对了，怎么这一路留下的遗迹全是元朝的？"韩江有些懊恼。

"八思巴文你认识吗？"梁媛问。

"八思巴文其实并不难，虽然我没有系统学过，但是也能认出一些。我看了看这碑文，这是一块'禁约碑'。"

"禁约碑？"韩江和梁媛满脸疑惑地望着眼前这块残碑。

唐风指着残碑上的碑文，开始详细地解释："这块碑的全称是'忽必烈大汗告军民人等禁约碑'。碑文的大致意思是以忽必烈大汗的口吻告诫军民人等，前面的沙漠戈壁里生活着一群魔鬼，多次伤害驻守在此的军人和老百姓，大家不要再往前走了，再往前走，丢了性命，后果自负。最后的落款是亦集乃路总管府。"

"亦集乃路总管府？"

"嗯，你们都听说过黑水城吧？"

"就是科兹洛夫发现的那座西夏古城？"

"对。根据我们现在所掌握的史料看，黑水城当年是这方圆数百里最大的一座城了，所以成吉思汗在占领黑水城后，曾在那里设了一个总管府，负责管理这片广袤的区域。残碑的落款说明这块碑是亦集乃路总管府立的。"唐风解释道。

"本该很严肃的碑文,可我怎么觉得这块碑上的碑文很搞笑啊!哪来什么魔鬼?堂堂大汗居然还把这些写在碑文上。"韩江叉着腰,望着眼前这块残碑说。

"我倒不觉得这碑文有什么搞笑的,这碑文恰恰透露了一个重要的信息。"唐风似乎想到了什么。

"哦!你看出了什么?"

"这碑文不正解释了之前我们发现的那些遗迹吗?我们一直感到困惑,为什么我们一路上发现的防御工事都留下了蒙古人的遗迹,却没有像我们预期的那样留下党项人的遗迹。这碑文说明,蒙古人非常惧怕沙漠中的那些魔鬼,所以立了这块碑,禁止军民人等进入,还在沿线布置了防御工事。"唐风推测道。

"可我就是想不明白,横扫欧亚大陆的蒙古铁骑会惧怕什么?"韩江不解。

"魔鬼嘛!呵呵。"梁媛笑道。

"我百思不得其解。"唐风沉吟下来。突然,唐风眼前一亮,犹豫地问,"难道是'复国之人'?"

"什么?"韩江没听明白。

唐风刚想说什么,梁媛忽然在残碑后面叫了起来:"咱们快走吧,好像起风了。"

戈壁滩上突然起了一阵狂风,狂风卷着沙砾,从西北方呼啸而来。唐风和韩江瞬间被细沙迷了眼睛。唐风想护着梁媛奔回车里,但是韩江大声喝止了他们,"先不要回去,躲到碑这面来。"

唐风这才反应过来,护着梁媛跑到碑的正面,三人蹲下,紧紧依靠着残碑。狂风越来越大,唐风第一次见识了沙漠的可怕。他试着睁开眼睛,看了看停在不远处的车,幸亏有这块石碑,要是往车上跑,这会儿早不知被风吹到哪儿去了。

"怎……怎么会突然起了狂风?"唐风大声喊道。

"因为你提到了魔鬼!"韩江这个时候竟然还有心情戏谑。

唐风抬头望望身旁的石碑,厚重的石碑这会儿竟被狂风吹得吱吱作响,他开始怀疑这块残碑能否顶住这阵突然而来的狂风。

"我明白这块碑为什么断了一截了!"唐风又喊道。

"你是说这风?"

"除了风还能有谁?这风就是可怕的魔鬼!"唐风喊道。

"行了,你省省力气吧!"

"不,还有,这块碑的碑文冲东南方向,说明这一带大风都是从西北方向吹来的,否则,残碑上的碑文早就看不清了。"

"但愿这块残碑能帮我们渡过难关!"韩江道。

"但愿忽必烈大汗能帮我们渡过难关吧!"唐风嘟囔道。

唐风话音刚落,戈壁滩上的风竟渐渐小了。韩江观察了一番形势,命令道:

"快，趁风小了回车上。"

三人撒丫子就跑，直到坐回车里才稍稍安心。

3

梁媛大口喘着粗气，问其他两人："我们现在怎么办？今晚还去千户镇吗？"

唐风看看前方已经笼罩在黑幕下的千户镇，又看看韩江，他在等韩江拿主意。

韩江快速思考着现在的形势，"我也不想在晚上进那个无人的鬼镇子，但是在这戈壁滩上，连个扎营的地方都没有，再来这样一阵大风，我们就全被吹跑了。"

车厢里陷入沉默，大家面临着两难的选择。最后，韩江终于下了决心，"继续往前走，至少要找一处避风的地方才能扎营。"

韩江开得很慢，他在观察窗外的情形。千户镇越来越近了，唐风已经可以看到那一片沉寂的黑影，他的心也随之悬了起来。

"好大一片啊！"梁媛惊叹道。

"那是什么？"韩江忽然指着窗外一片黑漆漆的土堆问。

唐风用电筒照去，一个面目狰狞的骷髅映入眼帘，唐风手一颤，电筒差点掉下去。韩江和梁媛也看到了那个骷髅。

韩江缓缓将车停稳，唐风和梁媛手上两支电筒一起朝那个土堆照去，梁媛不禁失声尖叫："啊……全是骷髅！"

在电筒强光的照射下，唐风看见土堆完全是由码放整齐的一排排骷髅垒砌而成。他怔怔地盯着眼前这些骷髅。忽然，韩江猛地一拍唐风的肩膀，"这是什么？还没进镇子，就冒出这么多骷髅，真是晦气！"

唐风被韩江吓了一跳，过了好一会儿，才喃喃说："这……这是'京观'。"

"京观？"韩江和梁媛一惊。

"古代打仗时，战胜的一方为了炫耀武功，也为了威慑对手，将敌方阵亡将士的尸骨用土垒砌，筑成高冢，立于道路两旁，这就叫'京观'。"唐风解释说。

"这么残酷。"梁媛惊道。

"是啊，京观很残酷，所以古代也并不常用，只有罪大恶极的敌人，才会被筑成京观。我不知道这些人究竟为什么让他们的对手如此痛恨，以至于死后仍不能入土为安，而要被筑成京观！"唐风感叹道。

"蒙古人所说的那些魔鬼呗！"梁媛道。

唐风没再说什么，一阵大风吹过，唐风不寒而栗。谁料，韩江却说："咱们今晚就在这里扎营吧！"

"什么？让我们今晚陪伴这些孤魂野鬼？"唐风和梁媛都叫了起来。

"我也不想陪伴这些孤魂野鬼，但是再往前走就进千户镇了！今晚，你们敢进去吗？肯定不敢吧！"

唐风看看不远处的千户镇，黑漆漆的，没有一丝亮光，也没有一点声音，一种阴森的感觉笼罩着整个镇子。

梁媛叫了起来："那也不用在这里扎营啊！"

"这里是除了千户镇，唯一可以挡风的地方，如果你们不想被沙子埋了，今晚就在这里扎营吧。在是这里，我也不能保证遭遇在更强的沙尘暴时能够挡得住！"韩江没好气地说。

唐风往四周望去，确实没有更好的挡风的地方了。最后，唐风一咬牙，"那就这里。这里总比夜里贸然进千户镇好。不就是一些骷髅吗，咱见得多了。"

"是啊！也不是第一次了。"梁媛听唐风这么说，也来了勇气。

"那就这里吧。"韩江把车停在京观北面，与京观围成了一个相对封闭的空间。

唐风在京观旁支起帐篷，一边支帐篷，一边嘴里念念有词。

"你在嘟囔什么东西？"韩江问。

"我在念经，给这些死后还不能入土的亡魂超度。"唐风挤出一丝苦笑。

"没看出来，你还会念经？我看你还是不要管这些死人了，多给我们几个念念经，保佑我们平安吧。"韩江戏谑道。

"我只会念超度亡魂的经，不会念保佑活人的经。"唐风无奈地回应说。

"我会，我会念保佑活人的经。"梁媛突然叫了起来。

"你会？"韩江和唐风都惊诧地看着梁媛。

梁媛于是在唐风和韩江惊诧的目光中双腿盘坐，煞有介事地念起经来。唐风几次想打断梁媛，但都被梁媛连续不断的诵经声挡了回来。

直到梁媛念完，唐风才问："你念的是什么经？我怎么从来没听过？"

"你当然没听过，是一个老和尚教我的，说是能保佑我逢凶化吉。呵呵。"梁媛笑道。

"好了，别念什么经了，我从不相信这些，我就相信事在人为。"韩江打断了梁媛和唐风的宗教交流。

4

唐风支好帐篷，韩江硬要唐风和梁媛睡帐篷，自己睡在车里。唐风有些不好意思，但也只好听韩江的。唐风和梁媛躺在帐篷里，外面的风声一阵紧似一阵。梁媛觉得头疼，躺了一个小时也没睡着，唐风只好抱着梁媛，说来奇怪，这下梁媛倒很快进入了梦乡。

凌晨时分，荒凉的戈壁滩上起了一阵狂风。这是一次真正的沙尘暴，狂风夹杂着沙砾、碎石猛烈地撕扯着唐风和梁媛的帐篷。唐风猛地睁开眼睛，竖起耳朵听了一会儿。不，这不是噩梦，噩梦不会如此清晰。唐风陡然坐起来，惊醒了梁媛。

"沙尘暴！"唐风惊道。

脆弱的帐篷被沙尘暴吹得不住地摇曳。唐风还在犹豫的时候，帐篷外传来韩江的声音："唐风，快起来，沙尘暴来了，这帐篷恐怕支撑不住了。"

唐风浑身一激灵，打开帐篷，拉着梁媛跑了出来。韩江一把将唐风和梁媛拉到车下，再看那顶帐篷，瞬间便被狂风卷进沙尘暴中，不见了踪影。

唐风一阵阵后怕，他的耳畔除了狂风的呼啸，就是阵阵恐怖的响声。他眯着眼，朝不远处的京观望去，令他恐怖的一幕出现了——只见原本夯实在京观中的骷髅、骨头，竟然也扛不住沙尘暴的袭击，一个个骷髅似乎有了生命，面目狰狞地痛苦地叫喊着，狂风撕扯着那一个个恐怖的面孔。突然，那些面孔被狂风和沙砾撕开了一道道口子，血肉横飞，痛苦变形，最后在唐风面前消失了。

京观外围的一些骷髅竟被这阵沙尘暴吹散在黑夜中。突然，一个骷髅头被狂风卷起，猛地向梁媛砸来，唐风赶忙抱紧梁媛。那个骷髅头重重地砸在车身上，竟将结实的"悍驴"砸出了一个凹坑！然后，那个骷髅又被一阵狂风卷上了漆黑的夜空，消失得无影无踪。

梁媛不住地尖叫和哭喊着，唐风只能紧紧地抱着梁媛。这沙尘暴似乎丝毫没有停下来的迹象。唐风乘风略小的时候，睁眼看了看表，天快亮了，他转而大声问韩江："这……这风看样子停……停不下来，我……我们该怎么办？"

"妈的，这该……该死的风！我……我看再这样下去，咱……咱们的'悍驴'也扛不住，只……只有一个办法……"韩江断断续续地说。

"什么……"

"进千户镇！"韩江斩钉截铁地说。

"现在？"不知是被风吹的还是因为听到要进千户镇，唐风的声音竟有些颤抖。

"废话，就是现在。"

韩江说完，唐风就觉得一阵更猛烈的狂风向他们袭来。紧接着，他听到了玻璃碎裂的声音，保护他们的"七彩悍驴"开始剧烈晃动起来。他知道再这样下去，"悍驴"也保不住他们，他们可能会和"悍驴"一起被沙尘暴卷到天上去。

这会儿，唐风开始明白韩江为什么说"悍驴"再也回不去了，该下决心了。唐风冲韩江喊："好吧，就听你的。"

说着，唐风打开后车门，和梁媛钻了进去。韩江跟着跳进了驾驶室。

风越来越猛烈，即便加上三个人的重量，"悍驴"还是在狂风中颤抖不止。唐风发现车左边的车窗已经裂开，心中不禁惶恐，冲韩江大叫道："快，快开车啊！"

韩江发动了半天车，可是怎么也发动不起来，韩江嘴里念念有词起来："宝贝！悍驴！亲！你倒是动啊！"

要是在平时，听到韩江这么肉麻，唐风肯定会笑起来。可是这会儿，他一点儿也笑不出来。就听韩江还在那儿一个劲地磨叨："我的宝贝，你给我点面子呀，给我动起来啊！"

"悍驴"还是不动，唐风焦急起来，"是不是沙砾把排气管堵住了？"

韩江并不理睬唐风，继续对"悍驴"肉麻："我的亲，宝贝，可爱的'悍驴'，动啊！妈的，老子的小命都交到你手上了，你不能见死不救！妈的，给老子发动啊——"

韩江最后那个字拖得老长，说来奇怪，韩江这一骂，"悍驴"还真动了起来。

"这头贱驴，非要我骂它才肯动！"韩江气愤道。

韩江猛打方向盘，迎着风和无数的沙砾，径直向黑暗的千户镇冲去。

5

狂风卷着不计其数的沙砾打在"悍驴"的挡风玻璃上，好在"悍驴"还算结实，竟带着三人突破了重围。

韩江驾驶"悍驴"绕着京观开了一圈，便冲向千户镇。

韩江看见前方是一堵不高的夯土墙，车可以直接冲过去，但是他不知道矮墙后面是什么，如果后面……韩江不敢想下去，他必须快速决断，因为自己离那堵矮墙已经很近了，要想冲过去，此刻就必须加速。

唐风和梁媛也看见了前面的矮墙，还没等两人反应过来，就听韩江说了句："坐稳了！"

韩江已经下定决心，猛地加速向那堵矮墙冲了过去。唐风和梁媛一闭眼，不敢再向前看。

韩江驾驶着"悍驴"腾空而起，跃过了矮墙。上帝、耶稣、佛祖、圣母玛利亚保佑，矮墙后面是块平地，"悍驴"重重地落在这块平地上。一切都归于寂静。外面狂风呼啸，但是这里是那么安静，千户镇那些黑暗无光的建筑挡住了狂风和沙尘暴。

韩江长出一口气，趴在了方向盘上。唐风和梁媛紧紧相拥。过了许久，他们才知道自己又返回了人间。

韩江将车缓缓驶进了千户镇。一条还算宽阔的街道一直向镇子里边延伸，刚刚摆脱危险的三人又进入了另一种紧张的氛围，他们不知道在这些黑暗的建筑里是否隐藏着新的危险。

顺着眼前的道路，"悍驴"来到了一个广场上。韩江将车停下，就要下车，却被唐风一把拽住,"现在危险,不如等天亮后再下去查看。"

"天亮?"韩江翻着眼,看看天,"等到天亮至少还要一个小时,你让我们就这么待在这里?"

"我们可以先沿着这几条街走走看。"唐风指着广场周围另外三条他们还没走过的街道。

"好吧,就听你的。咱们先走哪条?"韩江环视一圈三条黑漆漆的街道。

唐风也盯着三条黑暗的街道,看了很久,才说:"整个镇子由一条东西向和一条南北向的大街分割成不同的区域,咱们刚才进镇的那条街略微偏向东南,应该是东大街;我们现在正对的这条街道是西大街,如果我估计不错的话,这条西大街是偏向西北方向的;我们右手的这条街道是北大街,左手的街道则应该是南大街。我们不如先走南大街,再走西大街,最后走北大街,按顺时针的顺序走一遍。"

韩江点点头,发动"悍驴",缓缓地向南大街驶去。南大街很短,很快他们就来到了路尽头,前方是一堵不高的墙。韩江跳下车,这次唐风不但没阻拦韩江,自己也跟着跳下了车,两人来到墙近前。

"这是人工砌筑的夯土墙。"唐风判断说。

"这小镇也有城墙?"韩江狐疑地踹了一脚面前的夯土墙,夯土墙历经数百年风吹雨打,依旧坚硬异常。

"别忘了,这也是一座军事堡垒。"唐风提醒韩江。

"那我们在东大街跃过的那堵矮墙也是城墙喽?"

"应该是,当年这些城墙应该比今天我们见到的城墙高大许多,只是几百年过去了……"

"可是既然有城墙,那么城门呢?"韩江打断唐风的话,忽然问。

唐风也狐疑起来,是啊!应该有城门,可是从眼前这段城墙上却没有看见城门。唐风开始在城墙上寻找起来,"按照中国古代的传统,哪怕这座城只有一座城门,也应该出现在南边。"

唐风打开电筒,在夯土墙上寻找。突然,一个面目狰狞的面孔出现在唐风眼前,唐风惊得向后退了几步,才站稳脚跟。韩江扶住唐风,两人将两支电筒一起冲那个面目狰狞的面孔照过去。随着电筒的缓缓移动,唐风和韩江的嘴都不约而同地张大了。

"啊——是干尸!"唐风失声叫了出来。

"这里竟然还有干尸!"久经战场的韩江也觉得头皮一阵发麻。

此时,天边已有了一丝亮光。一具保存完好的干尸,斜靠在夯土墙墙根下,微微扬起的头颅,龇牙咧嘴的面孔,正直直地盯着唐风和韩江。

第六章 千尸阵

1

怔了好一会儿,唐风和韩江才壮着胆子走到这具干尸跟前。韩江毕竟要比唐风胆子大些,几乎贴着干尸那狰狞的面孔查看起来。

"头部被锐器所伤,一击毙命。"韩江道。

"能看出是被什么锐器杀害的吗?"

韩江摇摇头,"现在看不出来,除非你能发现兵器。"

"好吧,我来说说这具干尸。从这具干尸的发型和身上还没腐烂的服饰,可以断定这人生前是一个蒙古军士。"

"蒙古军士?"

"嗯,又是蒙古的遗迹。我们这一路发现的尽是蒙古的遗迹,竟没有看见西夏的遗迹。"

"所以我说,是不是我们走错了?"

"不!这具干尸的出现,恰恰说明我们没有走错。"

"哦?"

"你已经说了,这个蒙古军士是被锐器所伤,那么他是被什么人杀死的?"

"你是说党项人?"

"准确地说应该是瀚海宓城的党项人。"

"但愿你的推断是对的。但是我们还需要更多的证据。"

"证据?会有的。"唐风说着,回头望了望。此刻天色比刚才更亮了,唐风发现南大街两侧都是些低矮残破的屋舍,城北隐隐约约有些高大的建筑。

"看来就像中国大部分城镇一样,千户镇南边应该都是百姓的房舍。"唐风说。

"军事堡垒里也有百姓?"韩江摇摇头。

"不要忘了，大军驻扎在沙漠中，孤立无援，补给、生活都得靠商人，还有手工业者，再加上随军的家属，南城应该住的都是这些人。"

韩江点点头，"好吧，就算你说得对，可是城门呢？"

"别急，你看这里。"唐风走进了夯土墙东侧的夹道里，他发现东南和西南两片民居区错综复杂，一边是无人的房舍，一边是依旧坚固的夯土城墙。唐风向东走了约有四十步，夹道戛然而止，就在这里，夯土墙北侧出现了一条道路，路不算宽，但远宽于狭窄的夹道。在正对着这条道路的夯土墙上，一道城门显现出来。

"果然有城门。可是为什么不把城门建在南大街的尽头，而是建在这里呢？"韩江不解。

"这叫暗门，是建城时故意开在这里的。这样敌人一旦从城门攻进城来，见到的不是宽阔的南大街，而是错综复杂的民居，不熟悉城内情况的敌人很可能会晕头转向。守城一方依然可以依托城门附近复杂的街巷与敌人周旋，甚至还能将敌人赶出城外。"唐风细细解释了一番。

"那你说，刚才那个蒙古军士是守城的一方，还是进攻的一方呢？"韩江问。

唐风沉吟了一会儿，摇摇头，"不好说，本来蒙古大军应该是进攻的一方，党项人应该是防守的一方，可是我们一路过来见到的情形却不是这样！"

两人说着，已经走到了城门下。也许是日积月累，也许是当年守城之人故意为之，城门下堆积了厚厚的一堆土。唐风和韩江只得翻过这道土墙，可是在城门外展现在他们眼前的并不是广袤的戈壁滩，而是又一个城，让两人更吃惊的则是城内堆积如山的干尸。

原本不高的夯土墙上似乎又长出了一段城墙，呈不规则的半圆形，与原来的夯土墙又合成了一个封闭的小城。

"这是怎么回事？"韩江惊愕之余，有些蒙。

"想不到这不大的小城竟还建得如此复杂，这是一座瓮城。"

"瓮城？"

"北京前门见过吧？"

"我明白了。作战时，守城一方可以将敌人放进瓮城，然后将外面的城门关闭，形成瓮中捉鳖之势。看来这真是一座防守严密的军事堡垒。"韩江似乎明白了，他抬头往头顶的城门看去。

唐风拍拍韩江的肩膀，催促着："别看了，上面有一道千斤闸，我们还是来看看这些干尸吧。"

虽然唐风已经做足了心理准备，但当他真正置身于这片干尸中时，还是禁不住连连作呕。韩江戴着手套，翻过一具身着蒙古军服的干尸，又是一张还没腐烂、面目狰狞的脸。紧接着又是一具。韩江连着清理了十来具干尸，让他震惊的是，这些干尸竟然全是蒙古军士。

"难道只有这些蒙古军士变成了干尸,他们的敌人都已经腐烂了?"韩江站在累累干尸旁,气喘吁吁地嚷道。

"腐烂了也该留下骨头,更何况这里干旱无雨,蒙古军士的尸体既然可以保留,那么他们敌人的尸体也应该可以保留下来!"唐风答道。

"那他们的干尸?难道……"韩江忽然停了下来。

"你想到了什么?快说!"

"难道城外被筑成京观的那些尸骨是党项人的?"韩江推测道。

唐风摇摇头,困惑道:"如果城外的京观是蒙古人垒砌的,那么他们为什么不收拾城内战友的尸体,这不符合常理。"

"那你说是为什么?"韩江更蒙了。

"这种情况只有一种解释,那就是当我们面前这些蒙古勇士战死后,蒙古大军就再没有回到过这里。"

"可在蒙古和西夏的战争中,蒙古大军是最后的胜利者啊!难道这里的蒙古军士不是被党项人杀死的,而是在元朝灭亡后,被明军所杀?"韩江越想越不靠谱。

"明军?这不可能。一来我们在狼洼附近的陷马坑,还有千户镇外的禁约碑上,看到的都是元世祖忽必烈的年号,不像元朝末年的遗迹;二来明军也不可能从西北方向杀过来,所以不可能是明军。这些蒙古军士的敌人最大可能还是在瀚海宓城的党项人,只是这里有太多的谜团,我们现在还无法解开。"

"看来这里在最后时刻遭遇了一场屠城,所有人都死了,千户镇由此成了一座废城。不!应该是一座死城!"

"死城?"当韩江提到这个词时,唐风心里猛地颤了一下,他平静了一会儿,才又开口说道,"城外京观中的尸骨,我想应该还是党项人的,他们都是在千户镇被屠城之前数年,甚至数十年前被杀的。"

"哦?为什么?"

"一是这里气候干燥少雨,尸体不会轻易腐坏,垒砌京观要待尸骸腐朽成白骨后方可;二是蒙古灭西夏是在13世纪初,而忽必烈建立元朝是在13世纪中叶以后,所以我推断,城外的京观是千户镇屠城之前数年,甚至数十年前所筑。"

"也就是说在西夏灭亡后,瀚海宓城的党项人还和蒙古人打了数十年?"韩江虽然认同唐风的推断,但还是有些惊愕。

"是的,从成吉思汗一直打到了他的孙子——忽必烈。"唐风望着眼前的干尸,无奈地笑了笑。

"难以化解的仇恨。按你的推断,蒙古人将党项人的尸骨筑成京观,炫耀武功;党项人后来报复蒙古人,在一个月圆之夜,血洗了千户镇,从此,千户镇就再无人敢靠近。"

"谁告诉你是月圆之夜?"

"我看电影里都这么说嘛!"韩江苦笑。

唐风又向前艰难地走了几步。不知不觉,他已来到了瓮城中央,放眼望去,自己正好置身于几百具干尸的正中间。唐风不禁心头一颤,眼前一阵眩晕。他突然觉着自己正置身于一个巨大的干尸阵中,四周的干尸瞬间恢复了生命,站了起来,个个面目狰狞地冲自己包围过来……

2

唐风头晕目眩,站立不稳,竟直直地倒向脚下的干尸堆。幸亏韩江反应迅速,一把扶住了即将倒地的唐风。

唐风使劲晃了晃脑袋,再向周围的干尸望去。干尸并没有恢复生命,依旧是死了千百年的模样,静静地躺在那里。

"这里也看了,我们还是回去吧!"韩江提议说。

但是,唐风却挣脱韩江,摆摆手,"我想,在这些干尸身上,我们应该还能发现些什么。"

"发现什么?不就是一具具干尸,面目狰狞的!"韩江不解。

唐风一个人径直往东南方向的瓮城城门走去,韩江只得跟了上去。唐风扒了扒一具干尸,这具干尸胸前被锐器刺了一个窟窿,一个又大又深的窟窿!

"从伤口上看,这是被长兵器从正面刺穿的。"韩江平静地判断道。

"长兵器?会是什么?"

韩江努了努了嘴,"就在你脚下。"

唐风忙退了一步,这才发现,在黄土中隐约露出了一截已经干裂萎缩的粗木杆,这木杆足有碗口粗。唐风伸手想把这木杆从土里抽出来,可是他用尽全力,试了几次都没能将这截木杆抽出来!

韩江笑道:"我看你小子现在气力明显不如以前啊!"

"那你来!"唐风甩手不干了。

"我来就我来!"韩江接过木杆,使出七成力,木杆埋在土中,依旧纹丝不动。韩江大感意外,只得使出全力,大喝一声,这才将埋在土中的木杆抽了出来。

两人都惊呆了。唐风怔怔地盯着韩江手中的粗木杆看了很久,才喃喃说:"我……我还是第一次见这么粗这么长的长矛!"

是的,韩江手中是一支碗口粗,有三四米长的长矛。"怪不得这具干尸身上的伤口又大又深,原来……这么长的长矛,古人作战时怎么能拿得动?以前只在书上见到过……"韩江有些语无伦次地说。

唐风看看长矛，又抬头看看四周的城墙，"看来这长矛是属于西夏的武器，它不是用来和敌人单打独斗的，而是投掷的。这个蒙古军士就是被从城墙上投掷过来的长矛刺死的！"

"那投掷长矛的勇士肯定力大无比了。"

"是的，我很想看看是怎样的大力士，能投掷出这么长这么重的长矛。"

"你别胡言乱语了，要是这些干尸真复活了，你就歇菜了！"韩江压低声音告诫唐风，生怕把周围这些沉睡数百年的干尸惊醒了一样。

两人又往前走了几步，唐风又在几具干尸身上发现了箭头。只看了一眼，唐风便断定："这些都是西夏的箭头，看来这些蒙古军士确实都是死于党项人之手。"

"我还是不敢相信，西夏亡国之后，党项人还能有这么强的战斗力！"韩江摇着头，不敢相信唐风的推断。

两人不知不觉就走到了瓮城城门下，此时，东方已经破晓。在这里，唐风见到了更不可思议的景象，瓮城城门竟然已经被石块和夯土筑成的一道土石墙封死。

韩江拔出匕首，使劲捅了捅城门洞里的土石墙，坚固的土石墙竟然连锋利的匕首都扎不进去。韩江不禁啧啧称奇。

唐风接过韩江的匕首，在土石墙下部扎了几下，又拨弄几下，缓缓地说："整座土石墙都浇注了铁水，当初滚热的铁水将石块和土瞬间凝结在一起，成了一道坚固的铁墙，所以几百年后，依旧坚固无比。"

"怪不得！原来这就是铜墙铁壁。"韩江再次仰望面前的土石墙，"可是这又是谁干的？为什么要封堵城门？守城的，还是攻城的？似乎都说不通啊！"

"是啊！我也在想这个问题。如果是守城的一方为了加强防御，封堵了城门，这倒可以解释。但是这样守城的一方就无法与外界联系了，补给物资也送不进来，除非……"

"除非城内的人知道外面不可能再有援兵和补给，所以视死如归，干脆封堵了城门。"韩江推测道。

"不排除这种可能，但这未免也太过于惨烈了吧。再说守城的一方若是蒙古大军，他们不可能孤立无援，完全没有必要采取这种办法。"

"那就是攻城的一方，可攻城的一方为什么要封堵城门呢？"韩江不解。

唐风一时也想不明白，他蹲下身子，仔细查看土石墙周围。他从土石墙前地面上的盔甲上发现了大量铁渣滓。再看瓮城城门周边，干尸尤为密集，密密麻麻，叠压在城门前，而且所有干尸都是面朝瓮城城门的。突然，唐风发现就在自己脚边，一具干尸的身体还算完好，但干尸的双手及手臂只剩下了累累白骨，白花花地呈现在他们眼前。

第六章 干尸阵

唐风浑身一颤，盯着眼前这具奇怪的干尸，在干尸白花花的双手和手臂周围，他又发现了铁渣滓。这时，一幅可怕血腥的画面出现在唐风眼前：已经从城墙上攻进城内的党项人，将数百名蒙古军士困在了瓮城之中，蒙古军士先是向南门撤退，党项人放下南门上的千斤闸，无法撤回城内的蒙古军士只得向瓮城城门奔来，企图打开瓮城城门，杀开一条血路，突出重围。可就在这时，刚刚攻占瓮城城门的党项人，在城门之上抛下大量石块和黄土，堵住了瓮城城门，蒙古军士拼命搬开石块和黄土。就在这千钧一发之际，滚滚铁水从城门上倾泻下来，冲在前面扒土石的军士瞬间被滚烫的铁水夺去了双手，撕心裂肺的哀号声传遍了整个瓮城。紧接着，党项人的复仇之剑和复仇之矛便如雨点般射向这些蒙古军士，一场血腥的屠城就这样开始了。

3

韩江使劲拍了拍陷入沉思的唐风，"咱们该回去了，梁媛还在车上呢。"

唐风这才从思绪中回过神来，是啊，梁媛还留在车上。虽然他们走得并不远，却被这些干尸耽误了不少时间，梁媛一定等急了。唐风拿起了一个西夏箭头，便疾走两步，向南门退去。当两人重新站在南门门下的时候，唐风本能地又抬头望了一眼门上的千斤闸。千斤闸的闸口历经数百年，依旧锋利，在初升的旭日下竟然微微闪着寒光。唐风不禁暗暗吃惊。

两人走出南门，面前有两条道，一条是来时走的夹道，还有一条是比夹道宽阔的斜街。韩江刚想顺来时的夹道回去，却被唐风一把抓住，"我们不如走这条斜街。按照我的推测，这条斜街应该也能通往南大街。"

韩江迟疑了一下，没有反对，跟着唐风走进了斜街。两人走出六十余步，前方出现一堵墙，斜街居然拐弯了。两人拐进一条狭窄的巷道，又走了三十余步，又是一道弯，还是一条狭窄的巷道。唐风不禁有些后悔，不该贸然进入这复杂的巷道中，他暗暗加快了步伐，四十余步后，前方又出现一堵墙。等两人走到墙前，唐风彻底傻眼了，这是一个死胡同。

"都是你的好主意，这下倒好，走进了死胡同。"韩江埋怨唐风。

"退回去。"唐风毫无底气地说。

韩江无奈地摇摇头，只好跟着唐风顺来路退回去。可令他们崩溃的事出现了，他们在巷道里走了百余步，也没有看到进来时的那条斜街。

又是一个死胡同。在死胡同尽头，韩江扶着墙，气喘吁吁地开始数落唐风："你真是自投罗网，你忘了你在南门前是怎么说的。"

"我没有忘记，我说过这里很可能是为了迷惑攻入城里的敌军，而故意修建成这样的。"

"你记得就好，现在我们被困在这里面了。"韩江嚷嚷。

"我也没料到这里面会这么复杂……"唐风说着，身子无力地靠向后面的墙壁。谁料，当他的身体靠上墙壁的时候，身后的那面墙壁起了变化，"吱呀"一声——随着扬起的厚厚尘土，一个黑漆漆的房间出现在墙后面。

唐风惊得赶忙转身并退后两步，待墙壁停止转动，才明白过来，原来这里有道暗门。唐风壮着胆子和韩江走进这间黑漆漆的房间。"看来整座千户镇在建筑之前经过了详细的规划和设计，里面布局合理，机关重重。"韩江感叹。

"是啊！不知是谁设计了这座古镇。"

"你不是推断西夏时并没有千户镇，千户镇是蒙古人建造的吗？"韩江问唐风。

"不错，我原来是这么认为的，但现在反倒有些困惑。"

两人正说着，忽然，唐风觉得脚下被什么东西绊了一下。漆黑的屋子里，唐风看不清脚下，只得打开电筒朝脚下照去。又是一具干尸，这具干尸同样身着蒙古军士的盔甲，面部因为痛苦极度扭曲。所不同的是，这个蒙古军士不是被箭射死的，也不是被长矛扎死的，而是死于乱刀之下，浑身上下竟全是刀痕！

唐风绕过这具干尸，摸索到了屋门前。他推开屋门，一缕炙热的阳光射了进来，照亮了这封闭数百年的黑屋。唐风和韩江走出屋门，来到一个天井当中，天井不大，里面却躺着三具蒙古军士的干尸，无一例外，都是死于刀下。

韩江盯着天井里的干尸，不禁犯嘀咕："你说这错综复杂的巷道是为了迷惑攻入城的敌人，可我们看到的都是守城的蒙古军士的尸体，党项人的尸体一具也没见到。你觉得这正常吗？"

"党项人血洗了蒙古人驻守的千户镇，这样的解释不够吗？"唐风一脸无奈地看着韩江。

"当然不够，难道这么复杂的巷道也没能难倒瀚海窑城的那些党项人？"韩江反问唐风。

"也许他们对这里本来就很熟悉。"

"什么意思……"

韩江话没说完，天井外传来一声尖叫，唐风马上意识到这是梁媛的声音，他的心顿时揪了起来。紧接着，远处又传来一声沉闷的枪声。

唐风和韩江赶忙推开天井另一头的房门，一间和刚才一模一样的屋子，里面依旧横躺着两具干尸。唐风不顾一切地向房间另一边的屋门闯去，韩江却一把拉住唐风，示意他要小心。唐风极力使自己保持冷静，蹑手蹑脚地来到屋门后，他已经可以清楚地听到自己的心跳声。屋门那边忽然传来一阵轻微的脚步声，唐风怀疑自己听错了，抹了抹额头的细小汗珠，又侧耳倾听。不错，屋门后面那个轻微的脚步声由远及近，正向这边靠过来……

唐风瞪大了眼睛，还是不敢相信，在这空无一人的千户镇中……他回头看看韩江，韩江显然也听到了那个脚步声。唐风看见韩江手里的匕首正闪着寒光，他知道韩江已经做好了战斗的准备。

唐风猛地推开了面前的屋门，一张此生最恐怖的脸出现在他的面前，那副狰狞的面孔令唐风再也无法忍受，他放声大叫起来。几乎就在同时，一个凄厉的女声也叫了起来。

半分钟后，唐风感到大脑有些缺氧，停下了喊叫，这才听出，那个女声竟是梁媛的声音！

挡在唐风和梁媛之间的那具干尸倒了下去。待扬起的尘土散去，一个美丽的面庞出现在唐风面前，两人紧紧相拥在一起。

"你怎么乱跑到这里来了？"唐风担忧地问梁媛。

"你还说我！你们把我一个人丢在车上，这么长时间不回来！"梁媛责怪唐风。

"是我不好，我们在这里迷了路，所以……"唐风回身看看韩江，韩江已经把匕首收了起来。

"刚才那声尖叫也是你？"韩江问梁媛。

梁媛朝韩江一脸委屈地点点头，"这里真的是太可怕了，一个活人都没有，却有那么多干尸！"

"你也看到干尸了？"唐风问。

"还不止一个！"

唐风这会儿才仔细观察起眼前这个房间。不，这不是一个房间，而是一条过道，过道那头还连接着一个房间，刚才那具可怕的干尸原来是吊在过道的房梁上的。

"这具干尸不像是军人，倒像是一个小商人，他也不是战死的，而是上吊自尽的。"韩江迅速作出了自己的判断。

"还……还有女人，孩……孩子……"梁媛颤抖地说。

"女人？孩子？"唐风有些惊愕。

"是的，刚……刚才我就是撞上了一个女人的尸体，才尖叫起来的！"梁媛依旧惊魂未定，"她……她们就在那屋……"

梁媛指了指过道那头的房间，把头深深地埋进了唐风怀中。韩江顺着梁媛手指的方向疾走两步，向那个房间赶去。

三人来到过道这头的房间，眼前是令他们终生难忘的恐怖的一幕。一个女人高高地吊在房梁上，内墙下的炕上，一溜齐刷刷并排躺着五个孩子，准确地说，应该是五具扭曲的小干尸。

韩江粗粗查看了一番，"有男孩，也有女孩，年龄在三岁到七岁之间，应该都是窒息而死的。"

"窒息？"梁媛小声惊道。

"就是给闷死的！"

"谁把他们闷死的？"梁媛瞪着恐惧的眼睛望着韩江。

韩江瞥了一眼吊在房梁上的女人，说："就是这个女人，他们的母亲。"

"啊？母亲杀死自己的孩子？"梁媛不敢相信。

"也可能是他们的父亲，就是过道里的那个男人！"韩江又推断道。

"这……这怎么可能？"梁媛摇着头，还是不敢相信。

"是的，我想也是这样。"唐风拍拍梁媛的肩膀，"城破之时，父亲和母亲先闷死了他们的孩子，然后上吊自杀。"

"太……太残酷了！"梁媛不敢再多看一眼。

韩江推开了这间屋子的房门，强烈的阳光照射进了这间尘封数百年的屋子。韩江大口呼吸着屋外的新鲜空气，用眼睛扫了屋外一圈。这是一个院子，前面似乎是一间正屋。韩江并没有急于走到前面的正屋，他掉头回到屋内，突然问梁媛："刚才你听到枪声了吗？"

"枪声？"梁媛摇摇头。

"就在你尖叫之后！"韩江盯着梁媛。

"我当时太……太害怕，太……太紧张了，根本没听到什么枪声……"梁媛极力回忆着。

"这就奇怪了，哪来的枪声？"韩江还在盯着梁媛。

梁媛被韩江看毛了，"韩队长，你为什么这样看着我？难道你怀疑是我开的枪？我哪来的枪？"

韩江依旧盯着梁媛，唐风赶忙替梁媛辩解道："咱们是一起出发的，梁媛怎么可能有枪！你别胡思乱想了。"

听了唐风的话，韩江才将目光从梁媛身上移开。他再次环视屋内，最后把目光落在了唐风身上，"我们都没有枪，那么枪声是哪来的？难道是我们俩产生了幻觉？"

"这……"唐风一时语塞。

"难道这无人的死城里还有其他人？"梁媛带着惊恐说。

梁媛的话惊得唐风后背一阵发麻，这错综复杂、空无一人的死城里，难道真的还有别人？韩江倒还镇定，"完全有这种可能，不要忘了戈壁滩上的那两道车辙印。"

"是啊，我们的老朋友一定不会放弃的。不过……不过戈壁滩上的那两道车辙印后来消失了，并没有进镇啊！"唐风疑惑地说。

"谁知道呢。我只知道他们手中有枪，我可不希望在这死城里除了看到令人作呕的干尸，再突然冒出来一具新鲜的尸体！"韩江说完，大步迈出屋子，向前面那间正屋走去。

"新鲜的尸体？"唐风还在回味韩江的话，韩江的这句话让他胃里一阵翻腾。

唐风和梁媛跟着韩江来到正屋前，梁媛一指正屋前的大门，说："外面就是南大街了，我刚才就是从这里进来的。"

唐风和韩江瞥了大门外一眼，外面果然就是他们走过的南大街。韩江回身打量一番正屋，戏谑道："看来这户人家在此地也算是大户了，院子挺大。"

说罢，韩江径直踹开正屋已经摇摇欲坠的门板，走了进去。这里总算没有那些令人作呕的干尸，破败的正屋里空空荡荡，只有几把椅子东倒西歪。韩江刚想离去，唐风却在正屋东侧的角落里发现了一个盒子，"你们快来看，这是什么？"

韩江走过来，一把捧起了角落里那个盒子。谁料，那个木盒子经过七百多年，早已脆弱不堪，韩江刚一捧起，木盒子便散了架。伴随着裂成数块的盒子，盒子里涌出了大量不知是尘土还是粉末的物质。受过防化训练的韩江暗道不好，忙丢下手里的破木块，向后退去。待粉末散去，韩江咒骂："妈的，生化武器啊！"

唐风满身都是尘土和那未知物质，他一面拍打身上的尘土，一面走过去拾起一块木板，轻轻拂去上面的灰土，一行楷书汉字出现在木板上：兴庆府张公讳元府之灵。

"这是什么？"梁媛战栗地问。

"一个骨灰盒。"唐风平静地回道。

"骨灰盒！我说怎么那么多粉末，原来是骨灰！这里不是干尸，就是骨灰，真是晦气！"韩江抱怨道。

"是晦气，不过这个骨灰盒给我们提供了一些有价值的信息。"

"哦，你从这盒子上能看出什么？"

唐风并不急于回答韩江，又从一堆破烂中翻出另一块木板。这块木板看上去和刚才那块一模一样，唐风同样在上面发现了文字，只是这些文字很小，也是楷书的汉字：大汗征伐，累及我辈，竟致先父西去而不能回乡入土，暂借此盒，以安先父之灵，以慰我心。

"就这点字，你能从上面看出什么来？"韩江催促唐风。

"如果我没推测错的话，这户人家姓张，祖籍兴庆府，应该是汉人，他们并不是商人，而是一个工匠世家。这里的'大汗'应该是指蒙古的大汗。大汗要对瀚海忞城里最后负隅顽抗的党项人用兵，要建造这座千户镇，于是征调了张家来此。他的父亲，也就是张元府死在了这里，却不能回家安葬，只能暂时将张元府的骨灰安放在这个盒子里。"唐风平静地对此发现进行了解释。

"可这又能说明什么？"梁媛不解。

"这证明了我之前的判断。一，这座镇子是一座精心建造的军事堡垒，为了建造这里，蒙古大汗征集了大批工匠，正是这些能工巧匠设计了这错综复杂的街巷和坚固的堡垒；二，这里的建造时间应该很长，以至于张家两代人一直居于此地，直到千户镇被屠城。"唐风继续耐心地解释。

梁媛看看后面那些迷宫般的房舍，"就是这些工匠建造了这里……"

"嗯，但是他们最后也死在了这里。"

"行了，别考古了，咱们既然找到出路了，快离开这里吧！"韩江对唐风的考据并不感兴趣，他的心里依然在盘算着刚才那神秘的枪声。

第六章　千尸阵

第七章 死城

1

三人走出张宅，来到南大街上。没走几步，唐风就看到了他们的"悍驴"。此时，天色已大亮，风也停了，整座古堡寂静无声。戈壁滩上，炙热的阳光照射在古堡上，气温迅速上升，可是唐风的心依旧被阴霾笼罩着。

唐风回头向北面望去，城北显露出一些大型建筑的屋顶，但站在南大街上，根本看不到他们出发的那个广场，也看不到北大街。"千户镇里的街道看似是直的，其实都是呈一定弧度建造的。"

"所以我们站在南大街上，却看不到北大街。"梁嫒也发现了端倪，"难道这也是出于军事防御的需要？"

"我想是吧！"

"好了，想想下面我们该怎么办吧。"韩江有些不耐烦地嚷喊。

"看来我们要比米沙幸运得多，我们到现在还安然无恙。"唐风开始盘算下一步的计划。

"我看咱们见好就收吧。千户镇并不是我们的目的地，现在天亮了，风也停了，我们可以继续往前赶路了。"韩江说出了自己的打算。

唐风也有些心动，他可不想被这些可怕的干尸包围着，不如早点离开这个鬼地方……忽然，唐风猛地回头，他觉得张宅的大门里似乎有一双眼睛在盯着他们。他疾走两步来到张宅门前，没人！跟刚才见到的情景一样，什么也没有，甚至连门前他留下的脚印都还清晰可见。

唐风失神地走回"悍驴"旁，上车后，韩江催促道："你别疑神疑鬼的了，这就是一座空城、死城。当年科考队除了米沙并没人进来考察，我们的那些老朋友也不会对这里感兴趣，所以咱们也不要在这里浪费时间了。"

"那刚才的枪声呢？"唐风还在犹豫。

"甭管什么枪声了，就算我们要弄清楚那枪声也应该先出去！"

"为什么？"唐风不解。

韩江使劲拍了一下方向盘，"因为我有一种很不好的感觉。在外面广袤的戈壁滩上，任何蛛丝马迹都逃不过我的眼睛，可是在这里……我总觉得我们是自投罗网，被这座死城给困住了。像是钻进了一个瓮中，也许正有人在注视着我们，而我们还浑然不知。"

"你也有这种感觉？"唐风惊道。

韩江没有言语，三人陷入了沉默。许久，唐风下了决心，"那我们就先出去。可是从哪儿走呢？南门被封死了，难道还从东面的矮墙飞过去？"

"不用，咱们可以从西侧的夹道穿过去，到西侧看看。如果那里有门，咱们正好从那里出去；如果没门，我们从夹道沿着城墙走，看哪里有豁口就从哪里出去。"韩江说了自己的意见。

唐风和梁媛点点头，表示赞同。于是，韩江发动"悍驴"，钻进了西侧的夹道里。南门西侧的夹道紧贴着城墙，很窄，只能容一辆车通行，一旦前方出现个什么障碍物，就只有再退回去。

韩江小心翼翼，车速也不快。他时不时地回头望去，坐在后座的梁媛被韩江看毛了，嗔怒道："韩队，你干吗老回头看我？"

"谁说我是在看你？"

"那你在看什么？"

韩江又回头朝车后面看了看，才说："我总觉得车后面有人在跟着我们！"

"啊——"梁媛被韩江的话吓了一跳，"不带你这么吓人的！"

"我可没吓你，我是凭着我十多年的反跟踪经验……"

韩江话音未落，唐风突然大叫："小心！"

韩江只觉眼前一黑，车前方出现了一个不明黑色物体，重重地砸在"悍驴"的前挡风玻璃上。

韩江赶忙猛踩刹车。唐风惊魂未定，发现那个黑色物体正砸在副驾驶前面的挡风玻璃上。

那是什么？唐风紧张地凑近已经被砸出长长裂痕的挡风玻璃，又是一张恐怖的面孔，唐风本能地向后退。"啊——"身后传来梁媛凄厉的尖叫，她也认出了这是一具从天而降的干尸。

"好了！别叫唤了，再叫把其他干尸都叫来了！"韩江强装镇定。

一听"再叫把其他干尸都叫来了"，梁媛立马止住了尖叫，她紧张地不敢扭头，也不敢往前看。韩江回头看看后面，车后什么都没有，便向后倒了倒车，然后猛一加速，躺在挡风玻璃上的干尸顺势掉在了地上。

"这干尸是从哪来的？不会真的是从天而降吧！"韩江大声问。

唐风将头探出车窗，望了望头顶的城墙，"只能是从城墙上掉下来的！"

"咋那么寸？正好砸在我们车上。"

"是啊，'悍驴'这下给砸坏了。"

"行了，别心疼你的'悍驴'了。"说着，韩江就要重新发动"悍驴"冲过去，唐风忙叫住他，"你要从这干尸身上压过去？"

"有什么问题吗？"韩江一脸疑惑。

"这样不好！"唐风总觉得这样不妥，但又想不出什么理由阻止韩江。

"别婆婆妈妈了，现在只能这样！"韩江说罢，发动"悍驴"，从前面那具干尸身上压了过去。

梁媛被颠了起来，大叫道："我听说对死尸不敬是要遭报应的！"

梁媛话音刚落，他们的报应就来了。又是一个不明物体从天而降，韩江眼疾手快，猛地加速，那个不明物体落恰好在了"悍驴"身后。"妈的，干尸暴动啦！"韩江骂道。

韩江刚骂完，又落下来一个，韩江并不减速，那具干尸也没砸到"悍驴"。梁媛不住地尖叫着，唐风也不知所措，只有韩江还算清醒。一路上，不断有干尸从天而降，但都没有再砸到"悍驴"。

当韩江终于将车开出夹道来到西大街尽头时，他猛地将车刹住，然后跳下车，抽出匕首，径直从一个坍塌处冲上了城墙。唐风和梁媛反应过来，也跳下车。他们看见韩江手拿匕首，眼露凶光，在城墙上怔怔地伫立了好一会儿，才悻悻地走下城墙。

2

"怎么，你怀疑城墙上有人？"唐风询问悻悻而归的韩江。

"那你说会是怎么回事？"

唐风叉着腰，望着不远处的城墙，摇了摇头，"我不知道，你在城墙上发现什么没有？"

"妈的，全是干尸！真晦气！"韩江咒骂道。

"有人吗？"

"没看见！"韩江摇摇头。

"城外呢？"唐风问。

"荒凉，一个人、一辆车也没有，我们来到了被世界遗忘的角落。"韩江叹道。

"不！我们绝对没有被遗忘，至少这些干尸没有忘记我们啊，呵呵。"唐风自嘲地说。

"得了，赶快出去吧！不过……"韩江望着面前的城墙，又怔住了，"不过这里好像没有城门。"

"而且城墙要比东面、南面都要高大宽厚，越往北越高大。"唐风指着城墙说。

韩江也看出来了，"确实如此，不过这也好解释，建设这座城就是为了防御来自西北方的敌人，所以西北方建得异常高大。"

"先别忙着下结论，还是看看再说吧。"

唐风和韩江在西大街尽头搜索了一番，果然没有发现城门。

"看来千户镇东西两面没有城门，怪不得我们从东大街进来时也没看见城门。"唐风说。

"好了，既然这里出不去，咱们还是回东大街吧！"

"从那儿再飞出去？"唐风回想起凌晨飞进来的情形，依旧心有余悸。

"那还能怎样？"

唐风没有充足的理由反驳韩江，只好同意。三人回到车上，韩江向东大街驶去。可是当"悍驴"开到镇中央的广场时，韩江突然扭转方向盘，拐向了北大街。

"咦！你不是要从东面的矮墙飞出去吗？"唐风问道。

"我改主意了。既然我们东、南、西三面都去了，为什么不去北面看看呢，说不定北门能出去。"

"你现在变得倒快！"

"这叫随机应变！"

两人说话间，"悍驴"已经驶到了北大街的尽头。韩江停住车，他们前方出现了一座夯土高台，高台之上是一座大型的官式建筑。

"不对啊，北大街应该最长，怎么这么一会儿就到头了？"韩江困惑道。

"因为咱们面前这座建筑啊！"唐风解释说。

"这是什么建筑？"韩江问。

"这是典型的汉地官式建筑。我想这里就是元朝管理千户镇乃至这附近百余里的衙门。准确地说，这不是普通的衙门，应该是这支军队的统帅部。"

"看上去还挺气派啊！而且保存得还很完好。"梁媛惊叹道。

"是啊，这应该是全城最大的一座建筑了！"唐风盯着面前的建筑说。

"甭扯这些没用的！这附近也看不到岔路，北大街又被这个衙门截断了，那么千户镇就没有北门喽？"韩江质问道。

唐风跳下车，四下观察了一番，点点头，"恐怕确是如此，整座堡垒只有南边开了一座城门，其他三面均没有城门。"

韩江也四下端详了半天，突然拍着"悍驴"的前盖大叫："不妙，不妙啊！"

"什么意思？"

"此城的东、西、北三面无门，唯南面有一门。而今，南门已被铁水封死，这是一座实实在在的死城啊！我们现在就被困在这死城中，不妙，不妙啊。"韩江一本正经地说。

"别瞎扯了，东门城墙低矮，而且塌了，咱们随时可以从那儿出去。"唐风想了想，又说，"不过，当年驻守此地的蒙古大军恐怕就是像你所说，被瀚海宓城的党项人包围在城里，成了瓮中之鳖，最后被屠戮殆尽。"

这时，韩江走到了北大街东面的一座大门前，就要进去，唐风拉住他，"这会儿你怎么不急着出去了？"

"既然来了这里，不妨进去看看。我倒要看看这里面还有什么吓人的东西，那么多干尸咱们都见了！"韩江这会儿像是和这城较上了劲。

唐风和梁媛跟着也走进了这座大门。前院平淡无奇，绕过前院，后面竟是一大片平坦的空地，空地上矗立着一堆堆如小山般的东西。唐风走近其中一堆，拂去上面覆盖的黄土，用手拿起下面的一些颗粒状物质，端详了一阵，惊道："是谷子。"

"谷子？元代的谷子？"韩江和梁媛也很吃惊。

唐风又查看了另外几堆，全是已经干瘪的谷子。"这里看来是城里的粮仓。城破之日，城里竟然还有这么多粮食，足见千户镇是蒙古大军的一处重要的军事堡垒。"唐风兴奋地分析。

"还说明千户镇最后被屠城是党项人突袭得手的，而绝不可能是围城之后的持久战。"韩江也说出了自己的推断。

"不错，一定是这样，所以粮仓里留下了这么多粮食。瀚海宓城的党项人也不可能持久围困千户镇，因为时间一拖长，蒙古的援军就会到达。瀚海宓城的党项人只能是突袭千户镇，出其不意，攻其不备，才使装备精良、粮草充足的蒙古大军全军覆没。"唐风肯定地说。

三人查看完粮仓，又走进了北大街西侧的官署。和粮仓的建筑很像，只是这里的库房里存放的是各式各样的兵器。这些兵器虽然经历了七百多年，但当唐风拂去它们身上的浮土时，依旧闪耀着夺目的寒光。

"这里看来是千户镇的武器库。"

"嗯，看，这里还有这么多成捆的箭头。"韩江指了指一间堆满箭镞的屋子。

"这进一步证明了我们之前的推断，千户镇最后被屠城时，蒙古大军还来不及反应，没有组织有效的抵抗就全部被杀了，所以这么多兵器都还没来得及使用。"

"这把刀倒是不错。"韩江从铺了一地的蒙古腰刀中挑出了一柄，扔给唐风，"你就拿这个防身吧！"

"这能行吗？都几百年了。"唐风有些怀疑。

"放心吧，够你用的了。"韩江似乎信心十足的样子。

三人重新回到北大街上，唐风忽然说："你们注意到没有，大街上，还有刚才我们查看的粮仓、武器库，都没有发现干尸。干尸大多集中在城墙附近，还有南城的巷道民宅里。"

"这说明那些地方都是当年激战的地方呗！"梁嫒道。

"看来暂时不会再撞见那些该死的干尸了。"韩江轻轻吐了一口气。

"别高兴得太早了，蒙古大军精心修建的堡垒，难道里面就只有我们看到的那几百具干尸？"唐风反问韩江。

"你的意思是，我们还会发现很多干尸？"

"按照我的推断，千户镇应该至少驻扎了几千军士，否则不会有这么坚固的堡垒，也不会储存这么多粮食和兵器！"

"妈呀！你可别吓我，按你这算法，这城里还有几千具干尸在等着我们喽！"

"我不知道！但还是小心为好。"

唐风说话间，已经走到了那座高大的官式建筑的大门前，半扇门倾倒在地上，另一边的门还紧紧关闭着。唐风伸出手，轻轻一推，"吱呀"一声，门开了。

3

当唐风迈步走进这座巨大的官署建筑时，一种奇怪的感觉迅速把他包围。建筑内是一个院子，院子后部是一栋很宽大的建筑，唐风粗粗看了一眼，"单檐歇山顶，面阔五间，进深……进深至少有三间，这完全是宫殿建筑的式样。想不到在沙漠里竟有这么一座高规格的宫殿建筑。"

"说不定当年驻守此地的蒙古军队的统帅是位皇亲国戚呢！"梁嫒胡乱猜测道。

唐风径直推开这座宫殿建筑的大门走了进去，里面空荡荡的，唐风的脚步声在宫殿内传来了一阵阵回响。唐风发现在这个巨大的房间后部是一面墙，走到近前，唐风才弄明白这是一面假墙。绕过假墙，按照中国传统建筑的式样，唐风以为后面会是门，推开门应该是一个新的院落。但是，一切都出乎他的预料，假墙后面只有一扇孤零零的小门，与唐风印象中宏大的宫殿大门根本无法相比。更让唐风感到意外的是，推开这扇小门，后面竟然还是一个房间，根本不是新的院落。

三个人走进了这个房间。唐风看到，这个房间有七八十平方米，呈正方形，房间内空无一物，东西两侧是落满灰尘的墙壁，除了南面的这扇小门，就只有北面还有一扇小门。难道这是一个工字形的大殿？唐风胡思乱想着走到北面的小门前，一推，小门开了，唐风又走进了另一个房间。这个房间和前面的房间几乎一模一样，也是正方形，七八十平方米，这就否定了唐风之前工字形大殿的推断。

唐风越发疑惑，大殿后面怎么连续两个一模一样的房间，而且房间内都空无一物？同样，这个房间东西面无门，北面有一扇小门。唐风再次推开小门，又步入了一个新的房间。这个房间比前面两个要小许多，看上去只有三四十平方米，形状也发生了一些变化，整个房间呈长方形。更大的不同出现在墙壁上，这个房间的北面和西面没有门，除了南面唐风进来的那扇门，另一扇门出现在东面。唐风有些犹豫，但还是推开了东面的小门，出现在他面前的是一个和前面一模一样的长方形房间，东面还有一扇门。唐风有些恼怒，他快速地推开东面的门，又是一个一模一样的房间。一连几个，都是一模一样的房间！韩江觉得苗头不对，想要拽住唐风时，为时已晚，三个人谁也记不得他们一共走过了多少个这样的房间。

"我的感觉很不好，赶快调头回去吧，否则咱们又要被困在这迷宫中了。"韩江催促道。

唐风无奈，只得跟随韩江往回走。但让他们恐惧的事还是发生了，他们彻底迷路了。韩江在迷宫般的房间内乱撞了半个多钟头，也没能找到来时的那个房间，周围的一切仿佛都一模一样，他们陷入了无尽的迷阵中。

唐风不知他们已经走过了多少个一模一样的房间，在其中一个房间，三人终于停下了脚步。唐风快速回想着他们是如何步入这迷宫的，所有的房间除了大小略有差别外，样式几乎一模一样，而房间内都空无一物。

"这些房间是用来干什么的？"唐风终于忍不住喊了出来。

"用来迷惑人的！"梁媛也跟着嚷嚷。

"除了迷惑人，还一定有它的实际功用，否则古人不会建造这么多一模一样的房间！就像南城错综复杂的巷道，除了迷惑敌人，也是住人的。"唐风道。

"那这里也是用来住人的！"韩江忽然说。

"啊？这里住的什么人？"唐风好奇地看着韩江。

"你傻呀！南城住的都是老百姓，那么这座军事堡垒中的军人都住在哪儿呢？"

"你的意思是，这里其实是一座巨大的兵营？"唐风明白了韩江的意思。

"你不是推断城内有几千军士了吗？如果真是这样，城内军队的数量远远超过了平民，他们应该有一片更大的空间居住。"韩江的头脑还保持着清醒。

唐风点点头，"对，所以北城要比南城大得多，除了官署、粮仓、武器库，还有巨大的兵营。"

"而且我们可以看到，他们把兵营直接建到了官署后面，一间紧挨着一间，如此紧密。我想当初设计这座堡垒时，应该不是这样。"韩江继续他的分析。

"我也注意到了。"

"这说明很多兵营是后来又增建的，才形成了今天这个样子。"

"看来在西夏灭亡几十年后，瀚海恣城对蒙古的威胁有增无减，以至于驻守在这里的蒙古军队不断增兵。"唐风对韩江推导出的这个结论感到震惊,"可……可这不符合常理啊,西夏灭亡后,就算瀚海宓城的党项人没有被消灭,并且继续和蒙古人争斗,但他们被蒙古人封锁,实力应该越来越弱才对。如果蒙古人不断增兵千户镇,岂不是说明瀚海宓城的党项人反而越来越强了。"

"所以才有了后来对千户镇的屠城之战!"韩江缓缓说道。

"好了,你们俩先别研究了,咱们还是看看怎么出去吧!"梁媛忍不住插话了。

是啊!现在的首要任务是找到出路,唐风重新打起精神,"既然是当年的兵营,那么就一定有出路,甚至不止一条。"

韩江点了点头。于是,三人继续一间一间地寻找出路,可是他们越转越迷茫,又是半个小时过去了,他们依然没能找到出路。

4

唐风三人已经在迷宫般的兵营中没头没脑地乱撞了一个多小时。梁媛实在走不动了,瘫倒在地上,唐风也精疲力竭,同样瘫坐在地上,大口大口地喘着粗气。韩江四下打量这间屋子,忽然,他叫了起来:"我敢肯定,这个屋子我们之前来过。"

"何以见得?"唐风反问。

韩江一指墙壁上的一道痕迹,那是一道像是被什么利器划过的痕迹,"这是我用匕首做的记号!"

"完了,我们彻底迷路了,出不去了……"梁媛说着哭了起来。

"我现在总算明白米沙为什么在信中说这是一座可怕的镇子,并且第三天他才走出千户镇!"唐风开始回想米沙在信中的记载。

"我也明白了。米沙一定跟我们一样,在这里被困住了,而且被困了一天两夜。"韩江加重了语气说。

"但是……但是米沙最终还是走出去了……"唐风支撑着站起来,"所以我相信我们也能走出去!"

"难道我们还像刚才那样乱闯?"

韩江话音刚落,突然从不远处传来一记沉闷的声响。

"谁?!"唐风大叫道。

韩江和梁媛也听到了这声沉闷的声响,两人围拢过来,三人面面相觑,直直地盯着声音传来的方向。

"像是重重关门的声音。"唐风猜测着。此时,在这无人的迷宫中,他身上的每一根汗毛都竖了起来,每一个毛孔都张了开来。

韩江手持匕首,指了指他们刚才来时的那扇门。三人加了一万分的小心,蹑手蹑脚地打开了这扇门,回到了他们之前经过的那个房间。韩江努力回想着刚才那一声响动,然后指了指房间内东侧的一扇小门。推开小门,又是一个一模一样的房间,紧接着还是一个!

当三人来到第四个房间门前时,韩江对唐风做了个手势。唐风明白,这扇门后一定有问题!唐风猛地踢开了木门,韩江紧握匕首,一闪身冲进了屋。屋内没有人,和他们之前经过的所有房间几乎一模一样,只是这个正方形的屋子要大一些,亮一些!

唐风和韩江马上意识到了什么。这个屋子比他们经过的所有屋子都要亮堂,两人不约而同地抬头朝屋子北面望去,原来在这间屋子北面的屋顶上有个洞,阳光就是从这里直射进来的。

唐风的目光从洞口慢慢移到了北墙上,北墙上一排清晰的凹槽出现在唐风和韩江面前,两人都看到了新的希望。

韩江踩着凹槽,爬到了洞口,他观察了一下,道:"看来这个洞口是当初建城时就有的。"

三人爬上了屋顶。当他们站在屋顶上极目远眺时,都明白了这个洞口的意义。因为他们在屋顶上不仅看清楚了官署后面兵营的情况,还看清楚了整个千户镇的情形!在他们身后不远处的山脚下的台地中,竟然巍然屹立着一座喇嘛塔。塔虽然已经十分破败,但镏金的塔刹依然在正午的阳光下散发着诱人的光彩。

第八章 耶律楚材的卷子

1

唐风手搭凉棚，极目远眺，戈壁滩异常平静，根本无法把凌晨时分那场大风和现在这片宁静联系起来。千户镇东面的那座京观依旧矗立在城外的戈壁滩上，南面瓮城城门依稀可见，西面高大坚固的城墙遮蔽了外面的世界。而北面，引起唐风注意的是那座破败的喇嘛塔。

唐风长出一口气，说："看来我们比米沙要幸运，没在迷宫中被困上一天两夜。"

"不要高兴得太早，也许这死城里还有更可怕的东西。"韩江告诫唐风。

"咱们现在该去哪儿？"梁媛问。

韩江看看唐风，笑道："你看唐风的眼睛就知道了。"

"去那座喇嘛塔？"梁媛也把目光移向了那座破败的喇嘛塔。

"我是这样想的，我们在城里走了这么久，并没发现什么文字记载的东西，甚至在这座官署里也没有发现什么文书之类的东西，文字的东西最能说明问题……"

"所以你想去喇嘛塔找找文字的记载？"韩江打断了唐风的话。

"是的。我推测城破之时，城里的官员肯定烧毁了所有档案文书，所以我们才没找到文字的东西。喇嘛塔那里过去应该是座寺庙，我想那里说不定能留下什么文字的记载，而且那里也应该有路，帮助我们离开这里。"唐风回道。

"拉倒吧，你现在别跟我提路，这里的每一条路我都觉得是陷阱，还不如从房顶上走，看得清楚。"韩江不耐地冲唐风嚷嚷。

"我们怎么过去呢？"梁媛指着不远处的那座喇嘛塔问。

"刚才韩江不都说了吗，从房顶上过去最方便，还不会走错路！"唐风朝梁媛安抚似的笑了两声。

幸亏千户镇的房子大多是平顶，唐风走在上面如履平地，但他还是加了十二分的小心，生怕脚下哪个屋顶就是一个机关陷阱。

三个人小心翼翼地走近了城北的喇嘛塔。走到近前，唐风才发现喇嘛塔的北面紧靠着北面的城墙，城墙外就是连绵起伏的山峦，而喇嘛塔的其他三面是一大块平地。唐风站在平地南边的屋顶边缘，看看下面，还有三四米高。这个高度韩江跳下去肯定没问题，自己也问题不大，但是还有个梁媛……

唐风回头看看梁媛，梁媛面带难色。韩江拍拍唐风，一指靠近北侧城墙的屋顶，那里似乎距地面近一些。于是，唐风拉着梁媛，跟韩江一路走到紧靠北侧城墙的屋顶。果然，这里距地面要近得多，但也有两米左右。韩江第一个跳了下去，唐风也跟着跳了下去。梁媛犹犹豫豫，半天也没敢跳。唐风只好张开双臂接住梁媛，这才把她慢慢放到了地上。

"你可真够麻烦的！这个高度也不敢跳！"唐风免不得数落了梁媛两句。

梁媛也不示弱，"刚才我脚一落地，就后悔让你抱了！这下面全是软木屑，我完全可以跳下来。"

"软木屑？"唐风往脚底下看了看，脚下全是黑色的很松软的物质，再往喇嘛塔的方向看去，喇嘛塔周围尽是黑色的木炭。唐风有些明白了，"如果我没猜错的话，这片空地当年就是城内的寺庙。屠城之日，这里起了一场大火，把木结构的寺庙都烧毁了，只剩下了这座塔。"

韩江点点头，"是的，我一直还在奇怪，为什么城内建筑保存得如此完好，按理说，屠城之时，这里的建筑多半应该毁于战火。"

"我想，瀚海宓城的党项人多半是先派人潜入千户镇，然后里应外合，偷袭得手，所以城破之日，这里并没有遭到很严重的破坏，只是……只是所有人都死了。"唐风推测着。

"寺庙被烧了，你也甭想从这儿找到什么文字资料了。"梁媛没好气地说。

唐风冲梁媛笑笑，"那可不一定。"

说着，唐风大步走到喇嘛塔下。这是一座不算高大的喇嘛塔，但塔顶还是用了尊贵的镏金塔刹。喇嘛塔的一角已经坍塌，露出了许多砖石。梁媛不明白唐风刚才那话是什么意思，追问道："这塔上能有什么文字？"

"古人经常会在塔身上刻上一些文字，比如为什么建这座塔和建塔的过程！"可让唐风大感失望的是，他绕着喇嘛塔转了一圈，没有在塔身上发现一个文字。

唐风失望地盯着面前的喇嘛塔。梁媛倒笑了，"怎么样，傻眼了吧，一个字都没找到吧。据我所知，蒙古人在早期，八思巴文还没有创立，文化很不发达，所以蒙古帝国早期的文献资料奇缺。现在我们研究蒙古帝国早期的历史，大多是根据同时期其他民族的记载。怎么样，我没说错吧！"

"嗯，看不出你最近还看了不少书嘛！"唐风一脸苦笑。

"那是！你以为我光闲着了，本小姐最近可是博览群书！你之前已经推断出整座千户镇是建于蒙古帝国早期,那么我想这座塔也是那个时期建的,而那个时期很难留下什么文字资料的。"梁媛来了劲,说得头头是道,唐风也不得不认同梁媛的观点。

韩江笑着拍拍唐风,"你小子以后可别瞧不起咱们梁大小姐了。"说着,韩江爬上了喇嘛塔坍塌的东南角。

"我哪敢瞧不起她啊,我基本都是把她高高供着。"

"我还没说完呢!因此,你之前说城破之时,城内官吏焚烧了所有文书,这个论断也不能成立。"梁媛侃侃而谈。

"那你的看法呢?"唐风故作认真地问她。

"当时压根儿就没什么文书,所以我们现在也看不到那些文书。"梁媛回道。

"那城外戈壁滩上那块八思巴文的石碑又该如何解释呢?"唐风反问。

"八思巴文是忽必烈称帝,建立元朝后请国师八思巴创立的,所以我推测戈壁滩上的那块石碑是在千户镇被屠城后,元朝政府才派人立的。"

梁媛分析得有理有据,不由得唐风不信。但是唐风对败在这个丫头片子手下颇为不忿,刚想开口反击,突然传来韩江瓮声瓮气的声音:"行了,你俩别争了,这里好像有东西。"

一句话惊醒了唐风和梁媛,两人这才发现韩江几乎把大半个身子都探进了喇嘛塔坍塌的肚子里。唐风赶忙问:"你发现了什么?"

"你先把我给拉出去。"韩江的头埋在喇嘛塔里面,瓮声瓮气地嚷道。

2

唐风和梁媛一起使劲,两分钟后,总算把灰头土脸的韩江给拉了出来。韩江不停地晃着脑袋,吐着口中的沙土,"呸!呸!……这……呸!"

"快说啊,你到底发现了什么?"唐风催促道。

"给我口水!"

梁媛忙递上一瓶矿泉水,韩江漱了漱口,这才喘着粗气说:"我觉得情况有些不妙啊!"

"怎么……"

"我刚才只是想往里面看看,谁料里面有个洞口,还挺深,所以我越陷越深。"韩江一边掸着头上、身上的灰土,一边说。

"这又说明什么?"唐风不解。

"我观察了那个洞口,明显是有人挖出来的,而且应该就是最近几年被人挖开的。"韩江加重了语气说。

"啊？！最近几年？"唐风和梁媛大惊失色。

"是的。你们看看，喇嘛塔上和坍塌的地方都落满了厚厚的黄沙，而洞里面却没有。从凿开的洞壁看，多是现代工具开凿的，所以我断定喇嘛塔里的洞是最近这些年开凿的，甚至就在最近几天。"韩江凭借多年的经验判断道。

"难道是我们那些老朋友？"唐风若有所思，嘴里喃喃自语。

"不排除这种可能。"

"当然也可能是盗墓者。近些年来，盗墓集团把目标盯上了偏远地区的佛塔，因为古代佛塔里大多藏有经卷和珍贵的法器、舍利等文物。贺兰山中的西夏佛塔就曾被盗墓集团用炸药炸毁。"唐风心里虽然知道此行免不了要与他们的老朋友生死相搏，但还是不愿意这么早就和他们遇上。

"当然除了刚才这个不好的发现，我还有一个好的发现。"韩江突然露出神秘的笑容。

"哦？好的发现，是什么？"唐风迫不及待地盯着韩江。

韩江不慌不忙地来到喇嘛塔坍塌的那个洞口，探出右臂在洞里面摸索了一阵。突然，韩江像变戏法一样，竟拿出了一卷发黄破旧的卷子。

唐风吃惊地看着韩江手中的卷子，愣了半天，最后还是梁媛迫不及待地拿过那卷卷子，慢慢展开，拂去尘土，上面竟然都是汉字。唐风一字一句读出了上面的语句：

督造千户镇记

窝阔台汗三年，余中书令耶律楚材奉大汗之命，督造千户镇，以备西夏余孽。想我自幼涉猎甚广，经典、文学、兵法、天文、地理、律法、术数、医卜，以至营造之术，无所不通。初仕金，不得志。成吉思汗十年，于燕京得见先可汗，一见如故，相见恨晚。可汗待我如上宾，遂予先可汗以驱驰。

成吉思汗二十一年，余随先可汗攻伐西夏。先可汗于山谷之中坠马，全军大骇，又遭西夏来袭，余遂与先可汗及诸将失散。只身穿行山谷、大漠、戈壁，疲惫不堪，精疲力竭之时，于一日，见瀚海之中有绿洲。驰马入后，恍若隔世。惊骇之际，忽见一大城，殿宇相接，梵音袅袅，壮丽不似人间。

城中皆党项人，我佯称契丹族人，为蒙古所追，误入城中。城内诸公遂待我颇优，许我城中走动。三日内我遍访此城，见此地物产丰富，民人富足。然此地之士皆勇武好斗，不输蒙古。城防亦坚固异常，街巷曲折，宛如迷宫，几至迷转。我于是忧心可汗若取此大城，殊为不易。

三日后，我被遮目带出，褪去，已置身大漠。回营之后，与先可汗言瀚海之中事，可汗笑称妄谈。我于是遣侦骑出寻，然十数路皆无音讯，后仅见数人尸骸。想我熟知地理，却亦不曾知晓大城，侦骑何处寻之？我亦惑之。

后，先可汗直取西夏，大城之党项倾巢而动，袭扰我军后路。先可汗始信我言，遂命一千户屯兵于瀚海之要道，筑城以拒西夏余孽。然大城之党项骁勇异常，屡屡危及大军后路。今可汗登基，更命我等于此地筑造坚城，于是，我按瀚海之大城形制筑造此城。然虽靡费钱粮，亦只及瀚海大城十之一二，殊为憾事。

窝阔台汗三年　中书令耶律楚材亲笔

唐风读完卷子，惊得目瞪口呆，"想不到这座城竟是耶律楚材设计建造的。"

"耶律楚材是谁？我好像在哪儿听过！"梁媛忽闪着明亮的眸子看着唐风。

"你不是最近读了很多书吗？怎么，连耶律楚材都不知道？"唐风笑道。

"我只知道辽朝的皇帝都姓耶律。我不知道怎么了，你问韩队长，他知道吗？"梁媛转而问韩江。

韩江一脸无辜，摆摆手说，"我又不是搞历史研究的，我哪知道？你们俩斗嘴就好，别扯上我！"

"耶律楚材是蒙古帝国时期，辅佐成吉思汗和窝阔台汗的一代名臣，他是契丹人，辽朝皇室后裔……"

"怎么样，我没记错吧！"梁媛插话道。

"别打断我。正如他在这篇文章第一段里自我回顾的那样，耶律楚材自幼涉猎甚广，经典、文学、兵法、天文、地理、律法、术数、医卜，无所不通，可谓少年天才。但是他身逢乱世，初在金朝为官，不得志，只做了一些小官。成吉思汗十年，也就是公元1215年，蒙古大军攻破燕京，就是今天的北京，耶律楚材第一次见到了成吉思汗。两人一见如故，相见恨晚，耶律楚材遂成为成吉思汗帐下的一个重要谋士和文臣。"唐风介绍了一番耶律楚材的经历。

韩江有些不耐烦地问他，"这些和我们有什么关系呢？"

"有！我看到这个卷子时就很吃惊，这不是一卷佛经，记载的完全是一段历史，却不知为何被放入了这座喇嘛塔中！更让我吃惊的是，这卷子竟然是耶律楚材亲笔书写的，光是卷子就是一件重要文物了。当然，最让我吃惊的是卷子上记载的事，文章的题目'督造千户镇记'就明确地指明，这座千户镇是耶律楚材设计督造的，怪不得这座镇子如此神奇而又坚固。"唐风说着，又抬头环视了一圈这座有着七百多年历史的古镇。

第八章　耶律楚材的卷子

"窝阔台汗三年，就是千户镇建成之日喽？这是哪一年啊？"梁嫒问。

"文章一开始就明白无误地说了，'窝阔台汗三年，余中书令耶律楚材奉大汗之命，督造千户镇，以备西夏余孽'，时间是窝阔台汗三年，这……"唐风想了想，"这应该是公元1231年。耶律楚材当时的官职是中书令，他是奉了大汗，也就是窝阔台汗的命令，建造了千户镇。最重要的是最后这句，'以备西夏余孽'，这句话就证明了我们之前的判断，蒙古人建造千户镇以及狼洼等埋伏圈，都是为了防备西夏人，准确地说，是为了防备那些在西夏已经亡国之后，仍然坚持抵抗的瀚海宓城里的党项人。"

韩江和梁嫒频频点头，唐风又继续说："后面几段记载的就是一个有些离奇的历史故事了，但我相信这就是事实，因为这个故事中涉及的许多史实都是无数史书记载过的。比如'成吉思汗二十一年，余随先可汗攻伐西夏。先可汗于山谷之中坠马，全军大骇，又遭西夏来袭，余遂与先可汗及诸将失散'，这和许多史书的记载相吻合。这次征讨西夏，就是蒙古灭亡西夏一战。按照史书的记载，成吉思汗在经过一段从蒙古跨越西夏的山谷时，不慎落马，还负了伤。正是因为这次负伤，再加上成吉思汗年岁已高，后来成吉思汗虽然灭了西夏，但他自己也最终死在了西夏。再看耶律楚材的记载中，成吉思汗落马之时，他应该就在现场，全军大骇，紧接着，他们就遭到了党项人的进攻，导致他与大部队失散。这段记载让我联想到了很多……"

"你是不是想到了成吉思汗的落马与党项人的偷袭有关？"韩江插话道。

唐风点点头，"不错，现在所有史书的记载，大多来源于《蒙古秘史》这本书。这本书是蒙古人写的，自古为尊者讳，在这本书中，只记载成吉思汗在最后一次征讨西夏时不慎落马。我根据耶律楚材的记载大胆推测，成吉思汗这次落马很可能是中了西夏的埋伏，耶律楚材的记载应该更接近真相，也更细致，因为他这篇文章写好后就封进了塔中，不需要为尊者讳。那么，我们根据已知的情况进一步推测，就能得出更惊人的结论，偷袭成吉思汗大军的党项人是什么人？"

韩江眼睛一亮，"你的意思是，偷袭成吉思汗大军的是瀚海宓城的党项人？"

"不错，之前我翻阅过史书，成吉思汗灭西夏之战时，西夏已经过多年战乱，没有多少抵抗能力了。我想在这时还有能力偷袭成吉思汗大军，而且使成吉思汗落马受伤的，恐怕只有瀚海宓城的党项人了。"唐风说出了自己的推断。

韩江点点头，"不错，只能是这样。"

"再看下面，耶律楚材和大队人马失散后，'只身穿行山谷、大漠、戈壁，疲惫不堪，精疲力竭之时，于一日，见瀚海之中有绿洲。驰马入后，恍若隔世。惊骇之际，忽见一大城，殿宇相接，梵音袅袅，壮丽不似人间'。这段记载虽然离奇，却对我们太重要了！你们想想，耶律楚材所称的'党项大城''瀚海大城'是什么？"

"就是玉插屏上所指的瀚海宓城！"梁媛惊叫道。

"我想耶律楚材在茫茫沙海中见到的那座大城也只能是瀚海宓城。根据他的记载，进一步证明了我们已知的情况。瀚海宓城在一大片绿洲中，耶律楚材驰马进入绿洲，他的感受是'恍若隔世''惊骇'，这是一片怎样的绿洲，让见多识广的耶律楚材感到'惊骇'，感到'恍若隔世'？"

"死亡绿洲！"韩江突然叫道。

"死亡绿洲？"唐风一惊。

"你忘了史蒂芬临死前说的？"韩江提醒道。

唐风点点头，"当然没忘，但是耶律楚材并没有感到死亡，死亡绿洲只是马昌国的说法。耶律楚材在惊骇之余，紧接着就看见了那座'大城'，'殿宇相接，梵音袅袅，壮丽不似人间'。我到现在都无法理解这句话，沙漠之中的城市，怎么会有殿宇相接？怎么会有梵音袅袅？以至于见多识广的耶律楚材感叹道'壮丽不似人间'！这是一座怎样神奇的城市？我不敢想象。"

"算了吧，我觉得古人写文章都喜欢吹牛！特夸张！比如《马可·波罗游记》，说什么中国人的房子都是黄金白银做的。对了，这位老兄也是元朝时期的，可能那时候写文章都认为把牛皮吹得越大越好。这位楚材老兄恐怕是为了让成吉思汗相信他的话，故意夸大其词！"韩江摇着头，不肯相信耶律楚材的描述。

唐风思虑片刻，对韩江说道："完全有这个可能，甚至你还可以说他产生了幻觉，见到的是海市蜃楼。但是下面他详细描述了'大城'中的景象。在第三段，耶律楚材首先肯定了城里住的是党项人，这进一步印证了我们的推断。然后他骗党项人说自己是因被蒙古大军追杀而迷失了方向，才逃到了这里，于是城内的党项人就相信了他，待他很好，还允许他在城内自由行动。耶律楚材在城里住了三天，按他的说法，他走遍了全城，并描述了这里的富有。但是他特别提到，此地的党项人勇武好斗，不比蒙古人差。"

"这就可以解释为什么在西夏灭亡后，瀚海宓城的党项人仍然坚持抗争了几十年，并给蒙古大军以重创。"梁媛打断唐风的话。

"我想仅仅是勇武好斗远远不够！"唐风道。

"那你说党项人靠什么坚持了几十年，还血洗了千户镇？"梁媛问。

唐风摇摇头，"我现在还不知道，也许这是个永远无法破解的历史之谜。在第三段的最后，耶律楚材说他对这座大城的城防和设计印象很深刻，甚至为大汗攻取此城而感到忧心。'坚固异常，街巷曲折，宛如迷宫，几至迷转'，这几句话，你们想到了什么？"

"这说的不正是这里吗？"韩江笑道。

"是的，所以在最后一段耶律楚材提到，他是按照印象中的那座大城建造的千户镇，只是靡费了许多钱粮，建造的千户镇也只相当于那座大城的十之一二。"唐风说到这时直摇头，"容我再次感叹一下，太不可思议了。过去虽然我们也想象过瀚海宓城的样子，但那都是想象，现在有了直观的对比。看看咱们面前这座古城吧，能在沙漠中建造这样一座城市，已经很不易，而千户镇与瀚海宓城相比，却只有它的十之一二。我不敢想象，瀚海宓城会有多大，多么壮丽。"

"我说了，耶律楚材这家伙在吹牛！"韩江也不敢相信。

"是不是吹牛，我们去了就知道了。再看第四段，三天之后，耶律楚材被遮住双眼，带出了大城，当他重见天日时，已经身处大漠了。这说明当地的党项人对外来人抱有很强的戒备心理，当然这可能与正在打仗有关。耶律楚材回到大营后，对成吉思汗说了他的遭遇。成吉思汗的反应跟你一样，以为耶律楚材在吹牛，估计还笑话了他。耶律楚材不甘心，于是他派出十多路侦骑去寻找沙漠中的那座大城，可是这十多路侦骑派出去后毫无音讯。又过了许多天，只见到了几个侦骑的尸骨。耶律楚材自己也感到奇怪，熟知地理的他，竟然也不知道这座大城。"

"正因为不容易找到，这进一步说明耶律楚材所说的大城就是我们要找的瀚海宓城。"梁媛对唐风说。

唐风点头说："我也是这样想的。最后一段对我们之前的推断也很重要，'后，先可汗直取西夏，大城之党项倾巢而动，袭扰我军后路。先可汗始信我言，遂命一千户屯兵于瀚海之要道，筑城以拒西夏余孽'。这和历史记载相符，也和我们之前的推断相符。成吉思汗没有理会瀚海宓城的党项人，绕道直取西夏。这时，'大城之党项'倾巢出动，攻击了蒙古大军的后路。成吉思汗这才相信了耶律楚材的话，但也只是命一千户率兵抵挡瀚海宓城的党项人。这里耶律楚材提到了'瀚海之要道'，我想这条所谓的要道，就是我们来时的这条路线。耶律楚材还提到了'筑城'，我想就是我们见到的这座千户镇，只是当时的千户镇应该很小，还没有今天我们看到的规模。"

"看来蒙古人还是轻敌了。"韩江道。

"是啊，所以耶律楚材又说'大城之党项骁勇异常，屡屡危及大军后路'。估计原来那座小城也被党项人毁了，等到成吉思汗死后，窝阔台登基，这才命耶律楚材在此地建造一座坚固的城池，以防备瀚海宓城党项人的进攻。"

"耶律楚材现学现卖，把从党项人那里学来的技术，用在了千户镇。我估计城建好后，还是派上了用场，和瀚海宓城的党项人周旋了二十多年，应该给了党项人很大的打击，这点从城外的京观就能看出来。但是在一个月圆之夜，他们被瀚海宓城的党项人疯狂偷袭了，以致全军覆没，遭到屠城厄运，这才有了戈壁滩上立于忽必烈时期的'禁约碑'。你看，这样我们就把所有事件都联系起来了！"梁媛显得兴奋起来。

唐风用赞许的目光看看梁媛，"不错，这段历史全都联系起来了，现在就差最后一环了！"

"最后一环？"梁媛和韩江都是一愣。

唐风看看韩江，又看看梁媛，点点头，"不错，我们基本已经复原了西夏灭亡前后，曾经发生在这片土地上所有的历史，现在只差最后一环，那就是瀚海宓城党项人最后的结局。"

"难不成他们一直在那里繁衍生息？他们的后代还在那里？"韩江不解地说。

"不！我想结局不会这么好。你们想想，他们对千户镇实施了屠城，元朝会坐视不管吗？要知道当时忽必烈大汗刚刚登基，他也是一代雄主，岂能容忍一支党项人队伍如此猖狂？"唐风反问。

"当然不会！他们一定会卷土重来！"梁媛叫道。

"是的，我想蒙古人一定会卷土重来，甚至这就是瀚海宓城那些党项人最后的命运！"唐风的语气忽然有些沉重。

"你的意思是那些党项人最后都死了？"韩江说。

"我想是这样的。忽必烈一定又派了大军来征讨瀚海宓城的党项人。我们一路过来，再没有发现忽必烈之后的遗迹，这只能说明忽必烈之后，瀚海宓城的党项人没有再给元朝添麻烦。为什么会出现这样的情况呢？只有一个解释，就是瀚海宓城的党项人遭受了重创，甚至是遭遇了灭顶之灾！"唐风大胆地推测。

"灭顶之灾？！可是到目前为止，我们并没有发现一具党项人的尸骸啊！"梁媛不解地看着唐风。

"是啊！如果瀚海宓城的党项人遭到了灭顶之灾，那么应该是尸骸遍野才对！"韩江同样大惑不解地说。

"还有，如果元朝大军进攻瀚海宓城，他们也应该从这条路进军才对，可是我们却看不到他们的遗迹！"梁媛又追问唐风。

"我现在还不能给你们满意的回答，这最后一环还需要可靠的证据来证明，我想……我想这个证据一定是很让人震撼的。"唐风若有所思地说。

"震撼？你是说瀚海宓城吧！"梁媛追问。

"也许是吧！"唐风抬头看看天，日头已经向西去了，"时间不早了，咱们还是先离开这里吧。得到这个卷子，也算很大的收获了。"

韩江环视周围一圈，这片空地的东头和城墙边缘似乎有一条夹道，"看来咱们只能从那儿走了。"

唐风一见那狭窄的夹道，头就一阵眩晕，他已经对这里错综复杂的道路、房舍感到厌烦了，可是放眼望去，这里也只有那条夹道可以通行了。唐风无奈地摇摇头，拉上梁媛，紧跟着韩江走进了那条狭窄的夹道。

第九章 诡异伤痕

1

三人步入夹道，韩江本能地拔出了匕首，走在前面，唐风拉着梁媛跟在后面。唐风一边走，一边不停地抬头望向头顶，生怕和上午似的，一具具可怕的干尸从天而降，直接砸到自己头上。但是这次很平静，没有死胡同，没有复杂的巷道，更没有从天而降的干尸。

走了一段，唐风忽然发现，这条夹道内一侧的城墙，另一侧的房舍以及脚下的地面竟然全是黑色的。他忙叫住前面的韩江："你发现了吗？这里全是黑色的！"

"看到了，这里应该被大火烧过！"韩江平静地说。

"而且是长时间的烧烤！"唐风盯着墙壁上被烤裂的墙面出神。

"奇怪的是，房舍的墙壁经过长时间烧烤竟然没有坍塌！"梁媛忽然说。

"是啊！按理说，长时间烧烤，这种土坯房子应该经不住……"唐风也附和着，可是他话没说完，眼前却"豁然开朗"。

韩江冷笑一声，说："怎么样，这儿的墙全烧塌了吧！"

原来走到这里，夹道一侧房舍的围墙大面积坍塌了。唐风看见里面是一个很大的院子，三个人走进了院子。这个院子看起来有些奇怪，里面有许多一排排的小隔间。

"这是干什么的？"梁媛问道。

"马厩！"韩江已经看出了一些端倪。

韩江一脚踢开了一个隔间的门板，里面直挺挺躺着一匹已经被烧焦的马。唐风打开另一个，一匹同样被烧焦的马栽倒在马槽里，死状看上去极其痛苦。

三人勘察了整个院子，院子里没有发现人的尸骸，只有几匹马的尸骸。

"不对啊！按理说，蒙古大军擅长骑射，以铁骑闻名天下，千户镇里应该驻扎了很多骑兵才对。可是，我们到现在没看见几匹马啊……"梁媛这会儿成了小学者，分析起来。

　　梁媛边说边走近了院子一侧另一扇紧闭的大门，她用手使劲一推，大门纹丝不动。梁媛心中起疑，难道这门现在还有锁？不对啊，就算有锁，也应该能推出一道门缝来。梁媛伸出双手用力，大门还是没动。梁媛回头看看唐风，唐风和韩江正抱着胳膊，盯着梁媛笑。梁媛气急败坏，随即使出吃奶的劲儿，双手猛推，这次大门倒是被她推开了一道门缝。可是紧接着，梁媛就发出了一声尖叫，足有一百五十分贝以上的尖叫。

　　梁媛边叫边跌跌撞撞地逃了回来，一头扎进了唐风怀里。唐风和韩江忙定睛观瞧，只见那被推开的门缝里，由高到低地同时闪出了五六个人头，个个龇牙咧嘴，面目狰狞。唐风也是浑身一颤，待惊魂稍定，他才看清那些都是干尸的头颅，可是这些人头怎么会从高到低排成了一溜？

　　"好了，都是些干尸，不用怕！"唐风安慰梁媛的时候，韩江已经紧握匕首走了上去，唐风也搂着梁媛走到门前。韩江放下匕首，伸出双臂使劲推了一下一侧的门板，并不算厚重的门板却只移动了几厘米。韩江是何等的气力，竟也无法再推动这扇大门？韩江和唐风马上都明白了，这门后面一定被什么重物挡住了。

　　三人退回到院子里。韩江观察了一番这扇大门，然后看到，大门右侧有段已经坍塌半截的围墙，"从那儿进吧！"

　　韩江率先爬上坍塌的半截围墙，跳了进去。唐风和梁媛紧随其后，也跳了进去。里面的景象让三人无比震惊，之后，便是不住地呕吐，就连见死人无数的韩江也连连作呕，停不下来！

　　因为在他们面前是满满一院的干尸！这还不算，更让人恐惧的是，就在那扇推不开的大门后面，干尸几乎是一层层叠加在一起的。

　　"真是一座尸山！"唐风喃喃地说。

2

　　三人深一脚浅一脚，在几乎无处下脚的干尸堆里，一直走到了院子中央。这是个和外面的院子差不多大的院子，里面也是一排排的马厩，另一侧的大门一半已经坍塌，另一半也敞开着。唐风可以看见，那一侧的院子里也是堆积如山的尸体，除了人的，还有很多马的。

　　虽然这些人和马早已死去几百年，但唐风分明闻到了血腥气。这气味紧紧地包围着自己，他觉得快要窒息了。

　　"这里都是马厩！"韩江开口说。

　　"是的，从这些干尸的穿着看，也与我们在南门见到的那些干尸不同，这些人应该都是骑兵。"唐风肯定地说。

"骑兵？不可思议，这些骑兵为什么还没跨上战马出城作战，就被集体屠杀在马厩里了？"韩江有些费解。

"所以我之前说党项人是偷袭！"

"偷袭？我也认同，可是这些骑兵不至于连马还没上，就被人在院子里杀光了！"韩江摇着头，不敢相信。

"好了，让我们来仔细查看一下。你注意到没有，这个院子中的绝大多数干尸都是头冲着大门的方向，甚至在门后出现了叠压的情况，被压在下面的人恐怕根本不是被敌人杀死的，而是被自己人活活踩死和压死的！"唐风推测着。

"这种情况只有一种可能，就是在院子里出现了可怕的敌人，这些人根本无力抵抗，于是拼命逃窜，求生的本能使他们不顾一切地奔向这扇大门，可这扇大门却由于某种原因被堵死了。"韩江接着唐风的推测分析。

"也许那扇大门根本就没有被堵死，而是因为聚集在门后的人太多，所有人都急于奔逃，前面的人根本打不开大门，最终导致踩踏。但是我最感兴趣的是，什么样的敌人会让骁勇善战的蒙古铁骑如此惧怕，以至于根本没有拔刀和敌人拼杀，就四散奔逃。"唐风疑惑道。

"是啊！这里并没有南门瓮城的情形，就算他们被围困了，这些战士也完全可以拔刀相向，和敌人做最后的殊死搏斗啊！"韩江也大惑不解。

唐风一个人向前又走了两步，他的视线突然落在了脚下的一具干尸身上。当唐风看到这具干尸那因为恐惧而极度扭曲的脸时，胃里又是一阵作呕！他克制住自己，继续将视线向下移，当他看到这具干尸的胸部时，眼睛猛地瞪大了。只见这具干尸的胸膛一直到肚子完全敞开来，外面的盔甲衣服早已不知去向，干瘪的肠子和内脏散落了一地。这是怎么回事？唐风感到头皮一阵发麻，他大声招呼韩江，梁媛也要过来，唐风忙喝止她："媛媛，你别过来！"

梁媛怔在原地，不知所措。韩江见到这具干尸，直接吐了出来，一天没吃食物，吐出来的只是一些酸水。

"妈的，你喊老子来看什么？再这样我的胃可受不了！"韩江抱怨着，唐风没搭茬。韩江很快就看出了问题，他蹲了下来，仔细查看了这具干尸的胸膛和腹部，眉头紧锁，"妈的，怎么会这样？"

"怎么？"唐风问。

"不是刀伤，也不是弓箭射的，像是被什么猛兽的利爪撕扯掏空的！"

"猛兽的利爪？"唐风不寒而栗，他马上想到了——"狼？！"

"不像。狼体形不大，这个猛兽应该身形很高大，你看旁边那匹马，也是被掏空的。"唐风这才注意到旁边倒着一匹马，几乎是同样的情形。韩江又接着说，"狼很难把一匹如此健硕的马弄成这样子。"

唐风点点头,"我想到了熊,可是沙漠里不可能有熊。"

韩江摇摇头,"即便沙漠里有熊,这也不会是熊,因为这个猛兽的动作要比笨拙的熊快很多!"

"那会是什么?"

韩江仰头看天,沉思了一会儿,最后不住地摇头,"太诡异了,我一时想不出是什么猛兽攻击的。"

"看,这里还有。"唐风又发现了几具同样被掏空的干尸。

"不要找了,你看这些人身上都有腰刀、弓箭,但是他们大部分人连刀都没有拔就四散奔逃。现在我明白这里的人为什么会如此恐惧,不顾一切地向大门奔去了!"韩江若有所思地说。

"我也明白了,是你所说的猛兽!"唐风想了想,"也许是瀚海宓城的党项人饲养的什么猛兽……"

"谁知道呢,诡异的伤痕!总之,这个鬼地方我是受够了,先撤出去再说。"韩江用命令的口吻说道。

三人又从进来的地方翻了出去,沿着夹道,一直走到东大街上,才算呼吸到了新鲜的空气。

3

重新来到凌晨他们飞车进入的东大街上。唐风这时注意到,东面的城墙不知是当初建造时故意的,还是因为数百年的岁月侵袭,看上去明显要比其他地方的城墙低矮许多,他们凌晨飞车而过的那堵矮墙算是最低矮的一段了。

"我们现在该怎么办?"唐风有些茫然地看着韩江。

"你问我?我也不知道,天快黑了,我们得找个晚上过夜的地方!"韩江的眼睛失神地望着不远处的夯土墙壁。

"我提议晚上就住车里!"梁媛似乎已经从刚才的过度惊吓中缓了过来。

"就算住车里,也要想想我们把车停到哪里。"韩江说。

"我们不能把车开到戈壁滩上,否则晚上来了沙尘暴就麻烦了。我看现在有两个地方可供选择,一个是昨天过夜的地方,另一个就是北大街的官署大门前。"唐风分析道。

听了唐风的分析,韩江苦笑着摇了摇头,"两个地方都不咋地,一个是在这座死城的中央,天知道晚上会发生什么,干尸、怪兽,还是我们那些老朋友;另一个地方旁边也是累累尸骨做伴,更要命的是,唐风,你难道还没发现吗?我们现在被困在这座死城中了。"

唐风马上明白了韩江的意思，"是啊，凌晨我们为了躲避沙尘暴飞车进来，结果找遍全城，只有南边有城门出去，还被铁水封死了；现在要想出去，只得从东面这堵矮墙飞车出去，可是飞进来时里面的东大街是平地，而现在飞出去时，墙外是那座京观，搞不好'悍驴'会一头撞上京观……"

"妈的，咱们居然被这小镇给困住了，就算我们人能出去也没用，想继续向大漠深处前进就不能没有车，要是一头撞上城外的京观，后果不堪设想！"韩江望着东墙外那座京观摇着头说。

梁媛这才意识到问题的严重性，不过她很快就转忧为喜，"你们两个大男人怎么这么笨！东面这堵矮墙又不高，我看城里有一些古代留下来的工具，咱们车上不还带了一把铲子，咱们一起把这堵矮墙铲平不就得了！"

"别异想天开了，你看这堵矮墙不高，但是这墙是夯土筑成的，很坚硬，就凭我们现有的工具要想把这堵墙铲平，难！"唐风反驳道。

韩江思虑了一会儿，倒是对梁媛的主意很感兴趣，"梁媛的主意不是不可行，关键是需要时间，今天肯定来不及了，我看咱们今晚就住官署门口吧，明天一大早就去挖那堵矮墙。对了，咱们的'悍驴'还一直停在那儿呢，不会出什么问题吧？"

韩江的话立马把大家的心吊了起来，三人匆匆赶回到北大街那座官署的大门前，看到"悍驴"完好无损地停在那里，大家悬着的心这才放下。

韩江还是不放心，车里车外地检查了一番。梁媛不在意地说："不用这么紧张吧，这地方一个活人都没有，谁会对我们的车下手呢？"

"我的感觉并不好！还有……还有那枪声！"韩江一边发动车，一边喃喃自语。

韩江见车没问题，又跳下车。这时，唐风突然钻到车下，从车下面拾起一件东西，在韩江眼前晃了晃，"这是你的家伙吗？"

"我的什么家伙？"韩江一怔，定睛一看，这才看清唐风手上原来拿着一把锋利的匕首。

"匕首！"梁媛叫出了声。

韩江也很吃惊，赶忙摸了摸自己的靴子，自己的匕首还在，"我的家伙一直放在靴子里，还在！"

"那就奇怪了，这把匕首和你的很像，几乎一模一样。"唐风说着将匕首递给了韩江。

韩江接过匕首，仔细端详了半晌，像是陷入了沉思，良久才惊愕地说："确实很像，虽然并不是同一个型号的，但我基本可以肯定，和我这把匕首是同一个厂家生产的，甚至是同一个师傅制作的。"

"可你那把是军用匕首啊！"唐风错愕地说。

"嗯，我这把军用匕首是一批特制匕首，生产数量很少。你拾到的这把匕首和我这把性质应该一样，也是一批特制的匕首，数量同样很少，这样特制的匕首一般只装备特种部队，其他人几乎不可能得到。而在这荒凉的沙漠戈壁中，突然出现这样一把匕首……"韩江没有继续说下去。

唐风眼前一亮，"不可能是其他部队的，也就是说，这把匕首很可能来自老K，可是老K已经宣告解散了。"

"但老K的人还在。"韩江忽然平静地冒出这么一句。

唐风浑身一颤，马上明白了韩江的意思，"你怀疑有老K的人也来了，而且就在这附近，甚至就在这座死城中？"

唐风的话惊得梁媛赶忙向四下望去。太阳已经落山，黑幕即将笼罩这座戈壁滩上的死城。死寂的街道，死寂的房舍，死寂的古镇，除了他们，看不见任何生物，任何植物，任何有生命的东西，除非……除非那些干尸重新复活。

4

"会是谁呢？"唐风和梁媛几乎同时脱口而出。

韩江想了想，"最有可能的是赵永或是他手下的人。但是……"

"但是什么？"唐风不解。

"唐风，你有没有想过，如果赵永就在这里，他难道看不见我们？他为什么不露面呢？还有……还有这把匕首为什么会出现在我们的车下？这该怎么解释呢？"韩江一连串的反问，令唐风思虑不及。

"这……"唐风沉吟下来。

韩江接着说："如果是赵永，他没必要和我们捉迷藏，更不会把匕首故意丢在我们的车下。"

唐风点点头，又问："那么这把匕首出现在我们车下该怎么解释呢？"

"我们先排除赵永，就说将匕首放在车下的人，他的动机是什么？如果是为了恐吓，应该把匕首插在显眼的位置，比如车前盖上或是驾驶室内，但是他没有这么做。"韩江欲言又止。

"是啊，刚才这把匕首就躺在车下，看不出任何动机！"唐风有些摸不着头脑的样子。

"还有一种更坏的情况，正是我们刚才所担心的，有人要破坏我们的车！"韩江推测说。

"破坏车，要扎'悍驴'的车胎！"梁媛惊叫起来，忙俯身去查看车胎。

"不用看了，我刚才全都检查过了，所有轮胎全都完好。我们车胎要真被扎了，在这沙漠里还真是个麻烦！"韩江苦笑一声。

"既非恐吓，也没破坏，那这人是要干吗？"唐风大惑不解。

韩江也陷入了沉思，最后只得摇摇头，"这地方怪事太多，我也实在想不明白为什么这把匕首会出现在这里。但是有一点是肯定的，如果这把匕首不是来自于我们三个，那么这里就一定还有第四个人！"

"第四个人？"虽然唐风心里对此早有准备，但当韩江肯定地说出这句话时，唐风的心脏还是猛地坠了一下。

韩江将那把匕首给了唐风，让他防身用。帐篷没了，三人只能睡在车里，韩江和唐风分别值守。临睡前，韩江特别忠告唐风和梁媛，只准待在车内，哪儿都不准去，特别是不许进入对面那扇官署大门。

前半夜一切正常。凌晨时分，唐风替换韩江值守，韩江很快在唐风身边沉沉睡去，呼噜声震天。唐风揉揉惺忪的睡眼，盯着面前那扇已经洞开的元代官署大门出神，一想到大门内那些一模一样的房间，唐风的心里就纠结起来。那里面隐藏着什么秘密？复活的干尸，还是凶猛的怪兽？抑或是韩江所说的第四个人？

想着想着，唐风竟打开车门。他跳下了车，迈着机械的步伐，缓步走上官署大门前的阶梯。走上最后一级阶梯时，唐风停住了脚步，他伸直脖子，向门里看去，那里漆黑一片，破败的建筑散发着诡异的气息，里面似乎有什么东西在吸引着唐风。但是当唐风刚一迈步，韩江的忠告、米沙的遭遇一股脑地涌现在他的脑中，唐风浑身一颤，又收回了迈出去的腿。

唐风怔怔地站在官署大门前，许久，他才回身向全城望去。整座千户镇死一般沉寂，看不到一丝亮光，听不到一丝响动。奇怪，怎么今夜连风声都没有？唐风心里起疑，再把目光放远点，黑幕笼罩下的南门城楼，城门外是无边无际的戈壁滩……突然，唐风觉得南门的城楼上似乎闪出了点点亮光，但是那微弱的亮光稍纵即逝。

唐风使劲揉了揉睡眼，再向南门城楼望去，城楼里确实闪出了点点亮光，那亮光很微弱，隐隐约约，在南门城楼上摇曳。唐风感到自己的心跳开始加快，那是什么？是城内无数干尸冤魂点起的鬼火？还是那神秘的第四人？

唐风还是不敢相信眼前看到的一切，生怕那是城内无数干尸的冤魂，也怕南门城楼上的星星亮光会"砰"地一下瞬间变成熊熊烈火，燃烧整个南门城楼，照亮整座死城以及整个沙漠戈壁。然后，城内、城外，甚至沙漠戈壁深处那些干尸、骨骸，还有飘荡的冤魂一起复活，包围整个千户镇，包围他们，包围自己和心爱的梁媛。

不！不！他要赶紧回到车上去，叫醒梁媛和韩江，离开这里，离开这座到处散发着死亡气息的鬼城。但是，唐风刚一迈步，忽然觉得自己的双脚和小腿被什么东西抓住了，他低头一看，竟……竟是一双手，一双干枯、萎缩、没有血色、没有生命的手，那是干尸的手臂。唐风大惊失色，就在这时，南门城楼上的星星亮光瞬间变成了熊熊大火,那腾空而起的火光是那么明亮,那么炽烈,映亮了整座死城,照亮了整个沙漠戈壁!

唐风瞪大了恐惧的双眼,直直地盯着城楼上的火光。他忽然觉得那火光象征着光明,孕育着生命,唐风似乎被那熊熊大火吸引,竟然忘了拽住自己双腿的干尸,他想迈开双腿,但不是回到车上,而是要去南门城楼。

那双干尸的手死死抓住唐风,唐风并不回头,用力蹬开了干尸的手。可是唐风刚一迈步,又有一双干枯、萎缩的手臂死死抓住了他的小腿,紧接着又是一双、两双、三双、四双……唐风的腰、胳膊、肩膀、脖颈,全都被干尸恐怖的手抓住了。

愤怒、紧张、恐惧、焦急充斥着唐风的内心,他感到自己就要崩溃了,他想呼喊还在车里呼呼大睡的韩江,却发不出声音。突然,唐风看见南大街、东大街、西大街上正有无数复活的干尸向他们包围过来。不,还有城墙上、房舍屋顶上,干尸军团越聚越多,已经完全包围了他们三个人。唐风挣扎着扭过头,身后是一张面目狰狞的脸,那黑洞洞的眼眶正盯着自己。唐风还发现官署大门里也有越来越多的干尸涌了出来……

唐风闭上了双眼,他不敢再看面前的一切,他在等待命运的宣判和死神的到来。但是梁媛的尖叫和哭喊声惊醒了他。唐风又睁开眼,他看见梁媛被一群干尸包围,不住地哭喊着,尖叫着……不,唐风使出全力,不住地挣扎,他想冲到梁媛身边,但是那些缠绕在他身上的干尸手臂越来越多,越来越紧。唐风完全崩溃了,他感觉自己就要永远失去梁媛了,他大叫起来,这次他终于叫出了声:"不,媛媛——"。

5

唐风的叫声惊醒了韩江和梁媛。"妈的,老子好不容易睡个安稳觉还被你给吵醒了!"韩江咒骂道。

唐风睁开眼,发现自己满头大汗,仍然坐在车里。他抹了抹额头上豆大的汗珠,难道自己刚才只是做了一个梦?可一切却是那么清晰,就像自己亲历的一样!

"你怎么了?"梁媛关切地询问唐风。

"没,没怎么。可……可能是……"唐风依旧惊魂未定。

"他能怎么了,让他值夜,结果睡着了呗!关键是这小子还做了个噩梦,梦里直喊你的名字,媛媛,媛媛!"韩江夸张地装出一副肉麻的样子。

梁媛的脸上泛起了一层红晕。唐风扭头看看梁媛,又重重地靠在椅背上,"是的,我刚才可能是做了一个噩梦,但是一切都是那么清晰、真实,让我不得不相信那都是真实的。"

"什么噩梦?"梁媛好奇地问。

唐风轻轻叹了口气，"南门城楼燃起熊熊大火，满城干尸全都复活了。"

"啊！好有意思的梦哦！"梁媛似乎对唐风的噩梦很感兴趣。

"还有意思，差点没把我吓死！"唐风没好气地嚷道，然后将自己的噩梦回忆了一遍。

"干尸复活？熊熊大火？确实有意思！"韩江笑道。

"靠，你们能不能严肃点？！"唐风说完这句话，才觉察到天似乎已经有些亮了。唐风拼命回忆凌晨发生的一切，包括那个可怕的噩梦。如果那确实是一个噩梦，那自己值夜没多长时间就睡着了，现在天已经快亮了，这个噩梦竟然做了如此之长？

唐风不敢相信这一切，他觉得车内有些闷，于是打开车门，跳下车。前面的官署大门和昨天见到的情形一样，里面幽深而破败，黑压压一大片。再回身看，寂静的街道、无声的房舍，南面唯一的高点就是那座城楼。城楼依然静静地矗立在城门上，破败而苍凉，就像七百多年来一样，亘古不变！

没有腾空而起的熊熊大火，甚至连星星点点的亮光也没有，一切都是那么安静，那么死寂，整座城楼透着腐朽和死亡的气息，看来自己真的是做了一个噩梦。韩江和梁媛也跳下了车，向四周张望，最后两人的目光也停在了南门那座城楼上。就在这时，他们听到了一声沉闷的枪响。

是的，这次唐风、韩江、梁媛三个人都听到了那声枪响。三人吃惊地互相看看，又都把目光聚在了南门城楼上。

"枪声是从那儿传出的。"韩江凭着多年的经验，第一个判断道。

唐风和梁媛也马上意识到了枪声就是从南门城楼上传来的。天色还没大亮，又隔得太远，看不清上面的情形。韩江死死地盯着暮色中的南门城楼，忽然一拍"悍驴"的车前盖，大声说："上车，去那儿看看。"

"看来我的那个噩梦也不是完全空穴来风！"唐风说着，和梁媛一起跳上了车。

韩江熟练地倒车，然后猛踩油门，从北大街、南大街直冲向南门城楼。快接近南门时，韩江故意放慢了车速，他不想让发动机的轰鸣惊动那个神秘的第四人！

当韩江平稳地将"悍驴"停在南门下时，四周寂静无声，天色也渐渐亮了。三人蹑手蹑脚地下了车，破败的南门如昨天见到的一样敞开着。走进南门，里面是堆满干尸的瓮城，瓮城的城门被土石墙封堵，密不透风。

唐风搂着梁媛，捂住了她的双眼，他不想再让梁媛看到恐怖的场景。三人在瓮城中央站定，却没有发现什么异常。韩江抬头望了一眼南门的城楼，小声说："现在我们得上去。"

"可是昨天我们就没见到上城楼的阶梯。"唐风小声答道。

"是的，刚才进来时，我也查看了，原有的阶梯似乎已经在那场血腥的屠城中被摧毁了。不过……"韩江停了下来。

"不过什么？"唐风催促道。

"如果有人在上面，那么我们也一定能上去。我看过了，在南门内侧原来被摧毁的阶梯上堆满了碎土石，那是一条路。"韩江肯定地说。

"你是说我们从那个碎土石堆爬上去？"唐风有些为难。

"嗯，只有这样了。"韩江说着，就向南门门洞走去。

唐风和梁媛匆匆跟上。走到城门洞里的时候，唐风喊住韩江，"我们俩能爬上去，可是梁媛……还有，要是我们正在爬的时候，上面那人袭击我们，后果不堪设想。"

唐风的话不是没有道理，韩江驻足思虑良久，"那你和梁媛留在下面，我一个人上去……"

韩江话音未落，三人忽然觉得头顶生风，一股巨大的不可抗拒的力量从头顶向他们袭来。韩江猛地抬头，看见一个巨大的黑色物体从上面压了下来。来不及看清那是什么，韩江本能地将唐风和梁媛一拉一推，送到了城门外的安全地带。唐风站立不稳，摔倒在地。但就在倒地的一刹那，唐风看清了一切——那是城门洞里的千斤闸！而现在韩江正站在千斤闸下，命悬一线！

就在千斤闸要重重落下的最后一刻，韩江侧着身，几乎贴着满是碎石、尘土的地面将自己的身体抛了出来。

"轰隆"一声沉重的巨响，千斤闸重重地落在了城门洞内，扬起厚厚的灰尘。唐风和梁媛见韩江倒在地上，忙过来搀扶韩江。"妈的！该死的家伙！"韩江一边咒骂，一边抹去脸上厚厚的尘土。

"千斤闸绝对不是自己掉下来的！"唐风判断说。

"废话，这还用你说。呸！呸！"韩江不停地吐着嘴里的土。

"那我们现在……"唐风有些迟疑，他已经预感到，城楼上的敌人来者不善。

"妈的，欺负到老子头上了。冲上去，毙了他！"韩江说着不顾伤痛，腾地站了起来，拔出匕首，绕到城门内，径直冲上了那个一直延伸到城墙上的碎石堆。唐风担心韩江头脑发热，出什么意外，也拔出匕首，赶忙跟上去。可是走了两步，又想起梁媛，回头看看，梁媛也跟了上来。梁媛冲他点了点头。于是，唐风拽住梁媛，两人一起跟着韩江爬上了南门内的碎石堆。

碎石堆很不稳，脚下打滑，碎石不断地滚落下去。唐风每走一步都小心翼翼，生怕因为自己失足，带着梁媛一起滚落下去。前面，韩江已经快接近城墙上面了。奇怪的是，唐风担心的情况并没有出现，城楼上没有人向他们开枪，南门城楼依旧死一般寂静。

唐风和梁媛也登上了城墙，三人对视了一眼，又一起望着不远处的城楼。"这小子跑不掉了！"韩江恨恨地从牙缝里冒出一句，然后便冲了上去。

唐风拉着梁媛也跟了上去。三人来到城楼的门前，门居然没有坏，紧闭着，唐风不禁疑惑，难道七百多年来，这门一直紧闭着？

　　韩江没留给唐风多少思考的时间，已经一脚踹开了木门。此时，天色已经大亮，初升的旭日跳出东方的地平线，照耀在广袤的戈壁滩上，也照进了破旧的城楼里。韩江手持匕首，率先冲了进去，不大的城楼里，并没有人窜出来和他展开殊死搏斗，空荡荡的城楼里，只有东南角似乎蜷缩着一个人。

　　三人靠近那个人，全都露出了惊愕的神情，因为躺在地上的那个人正是他们熟识的赵永，而此刻，他已经成了一具恐怖的尸体。

第十章 戴面具的女子

1

赵永的死状惨不忍睹，前胸像是被什么利器撕扯，肋骨和内脏全都暴露出来，鲜血在他身体四周慢慢散布、流淌，仿佛溪流一样滋润着城楼地面那些干裂的夯土。唐风见此情景，一阵作呕，忙遮住了梁媛的眼睛。但是梁媛还是目睹了这血腥的一幕，转身跑到城楼门边，将昨晚吃的东西全都吐了出来。

韩江和唐风怔怔地站在赵永的尸体边，伫立良久，韩江才开口道："说说你的看法吧。"

"看法？"唐风快速整理了一下自己的思绪，"我首先想到了两个疑问。"

"哪两个疑问？"韩江将脸扭了过来，看着唐风。

"一是赵永为什么会出现在这里？老K不是解散了吗？"唐风说到这，停了下来，转而看着韩江。

韩江抹了一把脸上的汗珠，叹道："其实赵永出现在这里并不奇怪，在没有找到瀚海宓城之前，老K是不会真正解散的。"

"你这么肯定？"唐风疑惑地看着韩江。

韩江重重地点了点头。

"那么赵永也是为了瀚海宓城而来？可是他们不是把玉插屏弄丢了吗？"唐风越发疑惑。

"我想他是为了瀚海宓城而来，至于玉插屏嘛……"韩江欲言又止，"他既然能走到这里，肯定有他们的路线图。"

"赵永如果来寻找瀚海宓城，怎么会孤身前来？昨天出现的那声枪响，还有一直如影随形的人是谁？难道就是赵永？他就是那个神秘的第四人？"唐风提出了一连串问题。

"这就是你的第二个问题？"韩江反问。

"不！第二个问题是谁杀了赵永？"

韩江明白了唐风的意思，"你这几个问题其实都是一个意思，你怀疑赵永不是只身一人前来，肯定还有别人，而这个人很可能就是那个杀害赵永的人！"

唐风点点头，"如果赵永算是神秘的第四人的话，那么至少应该还有一个人——神秘第五人。"

"神秘第五人。"韩江喃喃说道，陷入了沉思。

唐风继续分析："我刚才大致观察了一下赵永的尸体，没有发现枪，他的致命伤痕也不是枪伤，这里没有赵永携带的物品，根本没看见枪！那么，昨天和今天的两声枪响是怎么回事？还有，既然有枪响，而两声枪响都不是针对我们的，那么我们完全可以断定，开枪的人一定是在攻击谁！"

"也就是说肯定不是一个人！"韩江点头，"唐风，你的分析很到位。确如你所说，在这座死城里，除了我们和赵永，应该至少还有一个神秘的家伙。你认为是那个人杀了赵永，但是你有没有发现赵永身上的伤口很奇怪，很特殊！"

唐风马上明白了韩江的意思，"你是说赵永身上的伤口很像昨天我们在马厩看到的那些干尸身上的伤口？"

"对！很像。"韩江说着又蹲了下去，仔细观察赵永身上的可怕伤口。

唐风似乎也陷入了沉思。许久，唐风忽然眼前一亮，惊叫起来："难道……难道那个猛兽又复活了？"

"复活？"唐风的话让韩江吃了一惊。

"如果是这样，那么就可以排除那个神秘的第五人了。赵永遭遇了猛兽，所以开枪，但最后还是被猛兽所害！"唐风又提出了另一种假设。

韩江听了唐风的第二种假设，摇了摇头，终于说出了自己的判断："首先，你说赵永会一个人来这里吗，我想不会；其次，如果是某种猛兽攻击了赵永，为什么我们没有遭遇？最后，如果那两声枪响是赵永开的枪，那么枪呢？难道猛兽会拿走赵永的枪？当然，更重要的是赵永身上的伤口。"

"伤口？伤口怎么了？"唐风不明白韩江所说是什么意思。

韩江又看了一眼赵永身上那恐怖的伤口，这才解释："我仔细查看了赵永身上的伤口，像是某种猛兽的利爪所伤，很像昨天我们在马厩里看见的那些干尸上的伤口。但是，赵永身上伤口的深度、撕裂程度和受重力的程度，都无法与马厩里那些干尸上的伤口相提并论。"

"哦！我怎么没看出来！"

"昨天我也曾仔细查看过干尸身上的伤口，那种受攻击的深度、撕裂程度和受重力的程度远远超过赵永所受。最明显的是肋骨，那些干尸身上的肋骨几乎全都不同程度地被折断，可想而知，那个攻击他们的猛兽有何等力量，是何等凶残！而赵永虽然前胸被撕裂，但是肋骨没有被折断的迹象，这说明攻击赵永的力量远不及攻击干尸的猛兽的力量。"韩江分析得细致入微。

"那按你的意思，是谁杀死了赵永？是缩小版的猛兽？还是更神秘的第五人？"唐风反问韩江。

2

韩江并不急于回答唐风，他再次蹲下来，戴着手套将赵永的尸体轻轻翻转，仔细查看着。唐风有些不耐烦地催问道："你又发现了什么？"

"你看赵永的手腕！"

在韩江的提示下，唐风发现赵永的双手背在身后，双手手腕部位红肿淤青。"这是……"

"还有地面上的粉屑！"

"这像是什么丝织物的粉屑？！"

"对！这说明赵永临死前曾被长时间反绑双手！"韩江肯定地说。

"反绑双手？"

"这显然不会是猛兽所为，猛兽再厉害也没有这个本事！"韩江进一步分析说，"这只能是人所为，而且我敢肯定，之前赵永就已被人反绑在这儿了。再来看刚才差点要了我们命的千斤闸。"

韩江说着走到了城楼中央的位置，梁媛正站在那儿，透过地面显露的一道缝，向下张望。唐风也走到闸口边，韩江蹲下来，仔细观察后说："看，这就是刚才差点要了我们小命的千斤闸，它本来是收在城楼里的，需要时用吊绳放下。"

"韩队，我一直有个疑问，刚才袭击我们的那个人就应该在城楼里，可是我们上来后，却只见到赵永的尸体，那人呢？"梁媛忽然开口问。

韩江看看梁媛，"大小姐现在也会思考问题了。"

"本来就会！"梁媛嘴硬。

"好，本来就会。"韩江转身走到闸口旁的转轮旁，"我本来也和梁媛想的一样，以为冲上来就能抓住那个袭击我们的人，可是当我们冲上城墙的时候，不见一人。于是，我们把目标锁定在了城楼里，结果进来后，里面只有赵永的尸体，仍然不见其他人。我也是大惑不解，但是我刚才看了一眼这个转轮就明白了是怎么回事！"

"转轮？"唐风和梁媛的视线都集中在了那个木质的转轮上，唐风惊异地发现转轮上缠绕着一根崭新的粗绳子。

"唐风，梁媛，我想你们已经看到了，千斤闸就是靠闸口两边的两个转轮控制的。这转轮还是原来的转轮，但是这转轮上的绳子早已不是元代的绳子，这是一根新绳子，看材质，只能是最近制造出来的绳子！"韩江说到最后，加重了语气。

"这更证明了千户镇里还有神秘的第五人！赵永也很可能是那人杀死的。可是人呢？"唐风还是不解。

"人早跑了！"

唐风不明白韩江的意思，韩江却从闸口旁拾起一截已经断了的绳子，"看，这上面有火烧过的痕迹！"

"火烧的痕迹？"唐风这才发现，韩江手里的绳子的确是被火烧断的。

韩江站起身，拍拍双手，开始推测可能的真相："我想事情应该是这样的，昨天早上我们听到了一声枪响，很可能那时赵永就已经失去了自由，被反绑关在了这里。而刚才我们听到那声枪响时，我推测赵永很可能磨断了反绑他的绳子，和那人发生了搏斗。搏斗中，很可能是赵永开了枪，当然也有可能是那人开的枪。总之，枪并不是杀死赵永的武器，而是一种奇怪的东西。那人肯定知道我们的存在，甚至昨天一直在暗处跟踪我们。他杀死赵永后，知道枪声会把我们吸引过来，于是，匆匆清理了现场，拿走了赵永和他自己携带的物品，包括枪支。另外，为了将我们困在瓮城之中，他事先从转轮上拉出了一段绳子，然后计算了我们赶来的大致时间，点燃足够长的绳子，待到这截绳子烧到尽头，就会烧断控制千斤闸的绳子……"

"将我们困在瓮城之中？"唐风接过韩江的话头，"你的意思是那人并不想杀我们，而只是想把我们困在瓮城之中？"

"我想是这样的，毕竟用千斤闸想杀死我们三个太不靠谱！甚至赵永，他也并不想现在杀死他，而是因为赵永的反抗才不得不这么做。"韩江解释道。

"是啊！赵永是陆战队出身，一身功夫，谁能轻易制伏他？"唐风晃着脑袋，不敢相信。

"杀死赵永的人一定绝顶聪明，这点从他精确的计算能力上就可以看出来。而且这人的心理素质超常，在杀死赵永又惊动我们之后，依然从容不迫地清理了现场才离开！"韩江不断推测着凶手的特性。

"可是以赵永的身手，没有几人能制伏他！"

"不错，赵永身手了得，连我也很难制伏他，但是不要忘了，如果是熟人、认识的人偷袭……"韩江没有把话讲下去。

唐风听出了韩江的话有所指，眼前一亮，"这不又回到我最初的问题上来了，赵永是跟谁一起来的？凶手一定是赵永熟识的！"

"你说老K的人还有谁？"韩江反问。

"如果排除一直没露面的几位，再排除我们几个，就只剩下徐仁宇和罗教授。罗教授腿脚不好，年纪又大，显然凶手不会是他，那凶手就只能是——徐仁宇！"

唐风说到徐仁宇名字的时候，声音有些颤抖，他还是不能相信是徐仁宇杀了赵永。但是，韩江给了他肯定的回答："我想徐仁宇的嫌疑最大。他是博士，智商很高，有超常的计算能力。特别是那人在转轮上做的手脚，让我马上想到了徐仁宇，他以前就最喜欢摆弄这些小玩意儿！"

"可……可徐仁宇为什么要杀赵永呢？难道他是将军的人？"梁媛吃惊地问。

"是啊，我跟徐仁宇也算是朝夕相处，从没看见他身上有那个刺青，也没发现徐仁宇有什么不轨行为！"唐风感到大脑有些乱，他极力地回忆着和徐仁宇交往的每一个瞬间。

韩江沉默不语，伸手在身上乱摸，他在找烟，但是他的右手分明在颤抖。好不容易抽出了烟，韩江颤巍巍地点燃了烟，猛吸一口，然后朝门外走去。

唐风从没有见过韩江如此，即便是在他们面对最凶险的敌人、最恐怖的环境时，韩江也不曾这样颤抖。

唐风和梁媛也跟着走了出来。韩江怔怔地望着脚下沉寂的千户镇，七百多年，它就这样死寂地屹立在荒凉的戈壁滩上，日出日落，春夏秋冬……韩江思绪万千，在这酷热的夏季，他感到了一丝悲凉。

3

唐风知道赵永曾是韩江最可靠的战友，虽然后来有过误会和不愉快，但是此刻……唐风实在想不出这世上还有什么语言能够劝慰韩江这样的硬汉！

唐风给梁媛递了个眼色，梁媛知趣地走到了一边。唐风拍拍韩江的肩膀，"不要难过了，我们会为赵永报仇的。"

韩江强忍悲愤，掐灭了手中的烟蒂，然后恨恨地说："是的，我会亲手宰了那个凶手的！"

"徐仁宇吗？"唐风轻轻地反问。

"不！我现在还不能肯定，但是徐仁宇是最大的嫌疑人！"韩江此刻似乎恢复了理智，他又点燃一支烟，慢慢地说，"我刚才回想了徐仁宇的所作所为，也不相信他是将军的人。可是……"

韩江话没说完，他们身后突然传来梁媛的惊叫声："车！唐风、韩队，你们快来看，戈壁滩上有一辆车。"

梁媛的叫声惊醒了还在沉思的韩江和唐风，两人匆匆跑到城墙外侧，极目眺望。果然，在无边无垠的戈壁滩上，有一辆越野车正急速向大漠深处驶去。"那车是向离我们越来越远的方向驶去的！"唐风看出了端倪。

韩江猛一拍城墙，大声命令道："追！"

"追？！"唐风和梁媛有些吃惊，"你确定那就是凶手驾驶的车？"

"不管是不是，都要追上去看看！"韩江斩钉截铁地说。

"可……可是那车离我们已经很远了，我们还要冲出去，咱们能追得上吗？"梁媛忧心忡忡地问。

"有我在，没几个人的车技能超过我！"韩江的话里透着自信。

唐风和梁媛不再言语，三人又匆匆从碎石堆上滑下来。一向身手敏捷的韩江这次几乎是连滚带爬地从碎石堆上滑了下来，唐风心里为韩江捏了一把汗，生怕韩江因为赵永的死头脑发热，失去理智！

三人跳上车，韩江还没等唐风坐稳，就猛踩油门，顺着南大街、东大街向东面那堵矮墙冲去。韩江的车速飞快，唐风生怕他出事，大声劝阻，可是韩江装作没听见，车速反倒越来越快。

"你这样开是要出事的……"唐风把最后一个字拖得很长。

说来奇怪，在唐风喊完最后一个字后，韩江猛踩刹车，将车停在了离那堵矮墙还有四五十米远的地方。唐风定睛一看，前方就是那堵矮墙，矮墙外面，大约二十米便是那座用累累尸骨筑成的京观。此刻，唐风觉得京观上的那些骷髅正在向他们发出诡异的微笑。

"怎么办？！如果冲过去，'悍驴'很可能会撞上后面的京观！"唐风大声地提醒韩江。

韩江不理会唐风的提醒，趴在方向盘上，怔怔地盯着前方。突然，韩江再次发动"悍驴"，向后倒车，然后唐风和梁媛感到了从未有过的快速，他们知道韩江这回是真疯了！

韩江双目如电，手握方向盘，坚定地望着前方的矮墙、京观……车速越来越快，唐风感觉"悍驴"似乎已经离开了地面，他和梁媛不约而同地闭上了双眼，不敢再看前方。

梁媛发出了尖叫，"悍驴"在半空中划过一道不可思议的弧线，飞过了矮墙，也飞过了京观。"悍驴"重重地落在地上，震得唐风和梁媛睁开了眼睛。唐风惊诧地发现，他们不但跃过了矮墙，还跃过了京观。

"这……这太不可思议了！你专门练过飞车？"唐风吃惊地看着韩江。

韩江并不理会唐风的问题，也没有丝毫兴奋。他在戈壁滩上猛打方向盘，掀起巨大的烟尘，然后驾驶"悍驴"穿过烟尘，径直向发现越野车的南面飞驰而去。

韩江驾驶悍驴沿着千户镇的城墙转到了南门外，唐风这才惊异地发现，在南门外，一左一右也矗立着两座京观，大小、样式和东面的那座京观一模一样。

容不得唐风多看，韩江已经驾车风驰电掣般驶过了南门。唐风向车窗前望去，地平线上尽是黄色的戈壁滩，并不见那辆越野车的影子。

"你看见那辆车了吗？"唐风问韩江。

韩江并不回答，依旧坚定地望着前方，全速前进。唐风拿着电子罗盘，粗粗估摸出他们在向东南方向前进。

"我们这是在往东南方向走，可偏离原定路线了……""悍驴"被戈壁滩上的碎石弹起，又重重地落在地面上，唐风被颠得五脏六腑都要翻出来了，但是他还要冲韩江喊，"你这样会把车弄坏的，你看见那辆车了吗？我怎么没发现那车的踪迹！"

韩江终于不耐烦了，冲唐风咆哮道："你给我闭嘴！不要打扰老子开车！"

"你冲我嚷嚷，我还是要说，你到底看没看到那辆车？"唐风依然像唐僧似的唠唠叨叨。

"你眼瞎啦！那车不是在我们前面？"韩江怒道。

"前面？哪儿？"唐风还是没有看见。

"左前方，两公里左右！"韩江大声吼道。

说来也奇怪，韩江这一说，唐风还真的发现了那辆越野车。左前方，两公里左右，那车也在狂奔，但是显然那家伙的驾驶水平远不如韩江。韩江耽误了那么多时间，现在已经离那家伙只剩两公里了。如果车里那人就是杀害赵永的凶手，绝不能放过他！

唐风也不言语了，直直地盯着左前方那辆车。两辆越野车在荒凉的戈壁滩上画出了两道漫长而优美的弧线，到最后，两辆车几乎平行行驶了。唐风这时不得不佩服韩江高超的驾驶技术。梁媛也兴奋起来，"靠上去，靠上去！"

两车虽然几乎并行，但是相距还很远，韩江小心翼翼地准备靠过去。这时，唐风忽然发现就在他们前方，远处的戈壁滩上突兀起来一块巨大的黑色岩石。那是什么？唐风诧异地望着前方的黑色岩石，他初步估计那块黑色岩石有半个足球场那么大，三四层楼那么高！这个体量的岩石并不让人震惊，但是突然孤零零地出现在这无边无际的沙漠戈壁中，却着实让人吃惊不小。

不过，此时唐风还顾不了那块黑色岩石，他们首要的目标是那辆越野车，唐风已经可以清晰地辨认出那辆越野车的型号，那是一辆黑色的大切诺基。

韩江小心地将"悍驴"慢慢靠了上去，他们离大切诺基已经越来越近了。两百米，一百五十米，一百米，八十米，六十米，五十米，四十米……当"悍驴"和大切诺基相距只有不到五米的时候，韩江突然叫了起来："妈的，见鬼了！"

唐风和梁媛这才注意到，原来一直和他们并排行驶的大切诺基驾驶室内竟空无一人！"啊……这是怎么回事？"唐风惊道。

韩江沉默了半晌，一拍方向盘，怒道，"不管那么多，先把它逼停了再说！"说罢，韩江就准备去逼大切诺基。可就在这时，梁媛突然指着前方，惊叫起来，"你们快看，那是什么？那黑色岩石上怎么有个人！站着个人！"

梁媛的话惊得唐风和韩江慌忙向前面那块巨大的黑色岩石上张望。果然，他们隐隐约约地看见那块黑色巨石上似乎正站着一个人。

韩江没有再加速，"悍驴"渐渐慢了下来，那辆黑色的大切诺基继续保持着原来的速度，已经走在了他们前面。

唐风、韩江、梁媛三个人全都怔怔地注视着前方那块巨大的黑色岩石。唐风使劲揉了揉眼睛，岩石上确确实实站着一个人。醒过神来的唐风，手忙脚乱地翻找自己的背包，掏出一副军用望远镜，朝黑色巨石望去，只是一眼，唐风就像被定住了一样。他透过望远镜，看到了不可思议的一幕——火红的烈日炙烤着荒凉的戈壁滩，一块巨大的黑色岩石突兀在戈壁滩中，而在巨石上面伫立着一个人。那人身上穿着华丽的袍子，头戴高高的帽子，更让唐风惊愕的是，那人竟然……竟然戴着一副面具！一副闪耀着金属光泽的诡异面具。

"戴……面……具……的……女……子……"唐风颤抖地从嘴里冒出这么一句。

"什么？你怎么知道那是个女子？"梁媛叫道。

"别傻了，怎么可能！"韩江说着，一把夺过唐风手中的望远镜。

可是韩江也只看了一眼，就愣住了，他完全忘记了开车，任由"悍驴"在戈壁滩上恣意行驶，越来越慢。"这……这怎么可能？戈壁滩上怎么会出现这样一个人，一个这么奇怪的人……"

"快！给我看看。"梁媛迫不及待地从失魂落魄的韩江手中夺过望远镜。

"哇！好华丽的衣服啊，面具更漂亮！这是在做梦吗？"梁媛出人意料的话语，不禁让唐风和韩江侧目。

"你不觉得可怕吗？"唐风反问。

"可怕吗？我怎么不觉得！"梁媛笑道。

"这是大白天，咱们大白天遇到鬼了！"唐风加重语气，冲梁媛吼。

梁媛一脸无辜，又拿望远镜看了看，"鬼吗？你刚才不还说是女子，我看也像。我要有那么一套衣服穿上，多酷多时尚！"

唐风气得一把夺回望远镜，又朝黑色巨石望去。那人还伫立在岩石上，一动不动。"那人是冲着我们的，她在看着我们！"唐风说。

这时，缓过神来的韩江骂道："妈的，别管那么多！是鬼是人我们都要去会会，还有那辆切诺基，已经跑到前面了。"

说罢，韩江猛踩油门，急速向前面的大切诺基追去，让韩江感到奇怪的是，那辆大切诺基也是往黑色岩石的方向驶去的。五分钟后，韩江驾驶"悍驴"再次追上大切诺基，两车前后相距已经不足五百米。照此速度，再需几分钟，"悍驴"就能逼停大切诺基。

4

那巨大的黑色岩石也越来越近了，唐风不用望远镜就能看清岩石上面的情形。那个戴面具的人仍然伫立在巨石上，当唐风的目光触到那诡异的面具时，浑身猛地一颤，他忽然觉得在那张金属面具后面，也有一双眼睛在盯着自己。唐风忽然觉得这副面具似曾相识，却怎么也想不起来在哪里见过。

"这次绝不会让这家伙再跑掉！"韩江狠狠地从嘴里挤出这么一句话，他已经和大切诺基相距不过百米了。韩江聚精会神，注视着前方的目标，就像猎人注视着眼看就要收入囊中的猎物。但恰在这紧要的关头，唐风发现一直伫立在巨石上一动不动的面具人，突然缓缓地举起了右手，右手的食指直直地正对着自己，对着"悍驴"。

"她要干什么？！"唐风吃惊地叫出了声。

韩江和梁媛也注意到了面具人这个奇怪的举动。梁媛半张着嘴，似乎要喊什么，可她没有喊出来。因为就在她张嘴的瞬间，黑色岩石上闪过一道强光，紧接着前面的戈壁滩上"砰"的一声，猛地升腾起一团炙热的火焰，火焰越烧越旺，很快就在他们面前形成了一道火墙。

驾车的韩江赶忙踩下刹车，最后"悍驴"几乎贴着火墙停了下来，滚滚热浪瞬间包围了"悍驴"，韩江不得不往后倒车。唐风目睹此景，早已惊得目瞪口呆。

韩江被炽烈的热浪逼着向后退了几十米，这才将车停住。唐风看看韩江，两人面面相觑，不知如何是好。倒是梁媛目睹这一切，非但没惊，反倒兴奋地叫了起来："魔法师啊！想不到咱们在沙漠戈壁里还能遇见魔法师！"

"别叫了！"唐风喝住梁媛。

梁媛委屈地看着唐风和韩江，唐风怒道："什么魔法师？你以为这是电影啊！"

"真是中了邪了，千户镇里怪事连连，这里居然蹦出个戴面具的人来，而且居然……居然一抬手能点燃一道火墙。这样太不可思议了吧！"见多识广的韩江也直呼不可思议。

三人怔怔地看着面前熊熊燃烧的火墙，一时不知所措。火墙阻隔了他们和黑色巨石，此刻，他们看不见黑色巨石，也看不见巨石上那戴面具的人，更看不见那辆大切诺基。

大约一刻钟后，那道火墙的火势渐渐小了下去。唐风忽然像是着了魔，一个人跳下车，径直朝火墙走去，韩江和梁媛也跳下车，跟了过来。

唐风走到离火墙还有数米远的地方时，背对着韩江和梁媛，突然大喊："你们别过来！"

韩江和梁媛只好留在原地，只见唐风时而蹲下，时而又趴在炙热的戈壁滩上，不知在倒腾什么名堂。许久，唐风突然转过身对韩江和梁媛大声说："我知道这里为什么会升腾起一道火墙了。"

"哦！难道不是魔法师？"梁媛反问。

"当然不是。因为这里的戈壁滩上有大片的天然沥青！"唐风十分肯定地说。

"天然沥青？"韩江和梁媛同时惊道。

"是的，就是天然沥青。虽然我现在还不知道那人是怎么突然让戈壁滩上的天然沥青燃烧的，但是我可以肯定燃烧的原因就是天然沥青。"

唐风说完，身后的火墙已经逐渐熄灭了。"继续追！"三人又跳上车，韩江熟练地冲过了刚刚熄灭的火墙，他小心翼翼地驾驶着"悍驴"，生怕那个戴面具的人再一抬手，又燃起一道火墙，吞噬他们。

可是韩江的担心似乎是多余的，因为就在他们越过火墙后，再向黑色巨石上望去时，那个戴面具的人不知何时已经消失了！而那辆黑色的大切诺基也早已不见踪影。

韩江依然不敢掉以轻心，他驾驶"悍驴"很快来到了黑色巨石下。"好大一块黑色岩石！"走到近前，唐风才发现黑色巨石的体量要远远超过自己之前的估计。

巨石约有一个多足球场大，五六层楼高。韩江将车开到了巨石背后，这里因为巨石的庇护，要清凉一些。"看，那辆大切诺基！"唐风指着不远处叫了起来。

韩江也看到了，那辆黑色的大切诺基停在不远处，车头朝前，似乎一头撞在了黑色巨石上。韩江将车停稳，拔出匕首，跳下车，径直向大切诺基走去。唐风也拔出了匕首，紧随其后。两人一前一后走到大切诺基旁，韩江做了个噤声的手势，蹑手蹑脚地靠近大切诺基的驾驶室，驾驶室内竟然真的没人！

韩江有些失望地收起匕首，来到大切诺基车前，只见车头已经完全被撞瘪，深深地嵌住了黑色的岩石。唐风见此情景，疑惑地说："如果这车确实一直无人驾驶，怎么会自动转到巨石后面来呢？"

韩江回身看地面的车辙印，"确实奇怪，先不管它，看看车里有没有什么线索。"

于是，两人搜查了车里，却只从车里找到一些平淡无奇的物件，倒是这车引起了韩江的注意。韩江盯着车看了半天，又坐进驾驶室里，企图发动，但是没有成功。

"你盯着这车看，发现了什么？"唐风问。

韩江跳下车，说："发现了三点，一，这辆车很可能是赵永的。"

"赵永的车？"唐风吃惊地又看看这辆大切诺基。

"也可能是那个神秘第五人的车！"

"你就直说是徐仁宇的车。"

"二，我查看了这辆车的车辙印，这辆车就是我们进入沙漠后一直出现的那两道车辙印中的一道。"

"哦！总算查清了一辆。"唐风轻轻出了口气，又问，"那么三呢？"

"三，这辆车基本报废了。我本来还打算试试用这辆车呢，可惜了，这么好的车！"韩江盯着大切诺基,不无惋惜地说。

"靠,'悍驴'怎么对不起你小子了,你居然要始乱终弃,想抛弃'悍驴'!"唐风怒道。

韩江摆摆手,"算了,不跟你争了,咱们还有更重要的事情要办。"说着,韩江回头冲梁媛招招手,"大小姐,你想去找那个魔法师吗?"

"想啊!"梁媛兴冲冲地跑了过来。

"那就上去!"韩江离开大切诺基,又向前走了十多步,便发现巨石后面竟然有一条清晰的阶梯,一直通向光滑、巨大的黑色岩石上面。

5

唐风吃惊地看着巨石上的阶梯,"等等,这是人工开凿的阶梯。"

"怎么?有什么问题吗?"梁媛反问。

"而且我可以肯定是古代开凿的,你们不觉得奇怪吗?古人为什么要在这荒无人烟的戈壁滩里的巨石上开凿这条阶梯?"随即,唐风通过凿痕判断出了阶梯开凿的大致年代。

"你既然说了是古代开凿的,这个问题就好解释了,这是当年蒙古和西夏争夺的战场,开凿阶梯,可能是为了爬到巨石上面瞭望。"韩江说着就带着梁媛率先登上了阶梯。

"也许吧,但我觉得不那么简单!这里已经离千户镇很远了。"唐风只好跟在后面,也登上了这条阶梯。

狭窄陡峭的阶梯蜿蜒盘旋而上,十分钟后,最后一段阶梯出现在他们面前。韩江和唐风一前一后全都拔出了匕首。唐风紧张地注视着巨石上面,他已经不是第一次面对这样的阶梯,面对可能的危险,却是第一次面对这么诡异的场景!

韩江率先跳了上去,唐风见上面没什么动静,保护着梁媛也登上了巨石上的平台。很平坦的一片大平台,却不见一个人,或是其他什么生命。

三个人站在巨石顶部,四下张望。一望无垠的戈壁滩,没有人,也没有车,再去找千户镇,竟然也不见了踪影。三个人像是完全置身于另一个世界,怔怔地伫立良久。唐风想开口,却又生怕那个戴面具的女子会突然出现在自己身后……

唐风猛地转回身,身后什么都没有!唐风仰起头,任由正午炽热的阳光直刺自己的眼睛,韩江和梁媛吃惊地望着他。唐风慢慢闭上了眼睛,他的大脑在快速地旋转运行着,他努力在记忆的深处寻找着,想挖掘出那个面孔,找到那个闪耀着金属光泽的诡异面孔。

"唐风,你怎么了?"韩江和梁媛关切地询问。

唐风猛地睁开了眼睛，对韩江和梁媛说："我在想那个戴面具的女子。"

"你怎么从一开始就肯定那是一个女子呢？"韩江不解地问。

"是啊，那人戴着面具呢！"梁媛也困惑不解。

"直觉，那人给我的感觉，她应该是个女人！"唐风很肯定地说。

"这太不靠谱了！"梁媛摇着头说。

"好吧，我现在无法证明。我们从头说起，从这个人奇特的穿戴说起。"唐风说到这，又停了下来，像是在回忆。

韩江忙说："是啊，除了那个面具，那人的衣服和帽子也很奇特！"

"对！如果我没记错的话，那人穿的衣服和戴的高帽正是党项贵族女子的穿戴，只是……只是那个面具不是党项贵族女子该有的穿戴！"唐风想了想，又道，"可……可是我觉得那副面具我在哪里见过。我刚才仔细回忆了一下，想不起来我何时见过类似的面具，但它……它很像……很像那尊佛像，或者……或者说很像……"

唐风吞吞吐吐了半天还是没有说出最后一句话，但是韩江已经猜到了唐风所指何人，"你是说没藏皇后？！"

唐风没有正面回答韩江，而是反问："你还记得陈教授做的那个头像吗？"

"当然记得，但是不知为何后来被损坏了！"韩江回忆着那个头像，但是随后又摇了摇头，"可是我怎么没觉得像没藏皇后呢？那个面具并没有明显刻画出人的相貌，只是……"

"我说过这都是我个人的直觉，也许是那一身党项贵族女子的服饰影响了我，先入为主了！"唐风解释道。

梁媛听了唐风的话，激动地说："如果那真是没藏皇后，那她的幽灵岂不是从彼得堡来到了这里？"

"幽灵？"梁媛的话让唐风心里一颤。

"也许还在北京出现过，呵呵。"韩江拍拍梁媛，苦笑道，"我的大小姐，别瞎猜了。"

"我没瞎猜，如果那个戴面具的女子不是没藏皇后的幽灵，那么她人呢？就算戈壁滩上有天然沥青，但那火又是如何突然燃起的呢？"

"这……"面对梁媛一连串的问题，韩江竟无言以对。

第十一章 胡杨林里的发现

1

三人在黑色岩石上讨论了半天，也得不出准确的结论。唐风心里忽然升起一种奇怪的感觉，这种感觉促使他开始认同梁媛刚才的推断，难道那个戴面具的女子真是没藏皇后的幽灵？否则谁会在这荒无人烟的戈壁滩上，在烈日炎炎下，穿那么一身行头，出现在这里。唐风瘫坐在巨石上，缓缓地说：“也许……也许我们刚才看到的一切只是幻觉。”

"幻觉？怎么会是幻觉？！"韩江追问。

但是，唐风并不急于回答韩江的问题。他站起来，又四下瞭望了一遍戈壁滩，然后指着他认为的千户镇方向，也就是东北方向，说：“咱们现实的问题是跑出来太远，已经偏离原来的路线了！”

"是啊！千户镇已经看不到了。"梁媛手搭凉棚，忧心地说。

"怕啥！不是有指南针和电子罗盘？"韩江倒不在乎。

"这鬼地方，你还能相信指南针和电子罗盘？"唐风拿出指南针，抹了抹满头的大汗，"靠，指南针现在指针处于极度不淡定中，到处乱摆！"

韩江接过来一看，指南针果然在这里失灵了。

"会不会这里，特别是这块巨大的岩石有强大的磁场，导致指南针失灵了？"梁媛忽然说。

"也许吧，这里的地质构造很特殊。"唐风说着，又拿出GPS接收器，可是接收器上竟是一片空白，"全都失灵了？"

唐风感到了一阵寒意，这是无边无际的戈壁沙漠，如果失去了方向，那就意味着死神的降临！

唐风的眼神越来越恐惧，他瞪大了眼睛，看着韩江和梁媛。韩江竟也不知所措。

就在这时，唐风似乎想起了什么，转身顺着阶梯匆匆走下了巨石，韩江和梁嫒也跟了下来。唐风回到"悍驴"身旁，打开车门，从自己的背包中找出了玉插屏的那几张照片。他盯着照片，注视良久，突然眼前一亮，"原来是这样！"

"你发现了什么？"韩江和梁嫒催促道。

"你们还记得咱们出发之前分析过西夏古地图和米沙的路线图吧。米沙的路线图上标注了四个地名，分别是九里堡、狼洼、千户镇、月儿泉，西夏古地图上也在瀚海宓城东南面的线路上标示着四个地名。我开始以为那四个西夏古地名应该对应米沙线路图上的四个地名，但是我看了半天，除了九里堡这个名字能对得上，其他三个地名均无法对上。两条路线明显有偏差，从九里堡再往沙漠深处走，米沙的路线似乎在古地图路线的北面，我们已经知道米沙的路线更接近于元朝之后的路线，而古地图的路线应该是西夏早期的路线。"

唐风解释了一大通，梁嫒一头雾水，没听明白。韩江却明白了唐风的意思，"你是不是想说，这里就是西夏路线图上的某个地名？"

唐风点点头，"不错，你们还记得我询问旅馆老板的那个地名吗？"

"黑石？"韩江眼前一亮。

"对！就是黑石。之前，除九里堡外，另三个标示我一直不明白它们所对应的位置，刚才我又仔细查看了西夏古地图，黑石是瀚海宓城东南面的第二个，也就是进入沙漠后的第三个地名，那么这个黑石会在哪里呢？"

"就……是指这里喽！"韩江将信将疑地说。

"嗯，如果我没记错的话，我们从千户镇出来，应该一直是往东南方向前进，所以黑石对应米沙的路线图，正好是位于千户镇的东南方，位置和古地图上的标示应该差不多。"唐风肯定地说。

韩江微微点头，"嗯，除非我们都晕了头，否则你的判断是对的，我们从千户镇出来一直是往东南方向前进的。"

"还有，这黑色岩石上的阶梯，明显是人工开凿的，而且我几乎可以断定，石梯应该是西夏时期开凿的。刚才我们还在质疑，为什么会有人在戈壁深处的岩石上开凿石梯。现在我明白了，这里就是西夏时期通往瀚海宓城，甚至是通往蒙古高原的交通要道，所以，党项人在这里利用大自然的造化，加以改造，开凿了石梯。"唐风的思路一下子清晰了起来。

"可党项人为什么要开凿石梯呢？"梁嫒问道。

"也许是为了瞭望，起瞭望塔的作用，也可能……"唐风想了想，"也可能是什么宗教目的。你们想想看，曾经在这里过往的商旅、牧人、军队、贵族，当他们在荒凉的戈壁滩上艰难跋涉的时候，疲劳困倦、饥渴难耐，突然看见这样一块突兀的巨大神奇的黑色巨石，会是什么样的心情？"

"就像地标建筑？"韩江插话说。

"对，你可以这么理解，地标或者标志，所有人都赋予了这块黑色巨石以特殊的象征意义。"

"就像神祇或神迹？"梁媛反问。

"嗯，你也可以这么理解。我想那时，所有过往的人都会对这块黑色巨石顶礼膜拜，虔诚地匍匐在地，祈求神灵的庇佑，护佑他们平安地走出沙漠戈壁。之后，他们会小心翼翼地在巨石下饮水、休息，然后恭恭敬敬地离开这里，重新上路。"此时，一幅古代商旅行进中的画卷似乎缓缓地展现在了唐风眼前。

谁料，唐风话音刚落，梁媛突然叫了起来："怎么样，我刚才说得没错吧，这个巨石是神迹，所以……所以我们看到了没藏皇后，她显灵了！我们刚才那么激烈地追逐，触怒了没藏皇后，于是她点燃了戈壁烈火，把我们阻挡在了外面！"

梁媛的话让唐风心里一颤，他看见梁媛清澈明亮的眼睛里此刻似乎正有两团炙热的火焰在燃烧。

韩江对梁媛的话嗤之以鼻，"我的大小姐，您是好莱坞大片看多了吧。还什么没藏皇后发怒了，显灵了，那怎么没把我们烧死？"

"你再说，你再说这话，马上地狱之火就要降临在你的头上！"梁媛煞有介事地指着韩江。

"妈呀，我好怕怕啊！刚才戈壁烈火，这么一会儿，又改地狱之火了，没藏皇后的火真多！"梁媛岂能轻易地吓到韩江。

"你不信就算了，走着瞧！"梁媛气呼呼地闭上了嘴。

但就在这时，唐风突然发现不知何时从天边飘来了一大片乌云，笼罩在黑石上空，遮蔽了太阳。唐风吃惊地仰着头，望着乌云，"这……这怎么可能？沙漠里难道要下雨？"

韩江也大感诧异，"是啊，刚才还是碧空万里，怎么这么一会儿……"

"那都是因为你触怒了没藏皇后的神灵！"梁媛一本正经地低声说。

韩江并不在意梁媛的话，他盯着头顶的乌云看了很久，既没有雨滴落下，乌云也没有离去的意思。"真是个诡异的地方！"韩江嘴里喃喃自语。

"我想再往下面走，诡异的地方会越来越多！"唐风说。

韩江回过神，对着唐风戏谑道："我说唐风，你可要管好你们家的大小姐，我可是无神论者，不要在团队中散播封建迷信思想。"

"韩队，你是知道的，过去我也是无神论者，不过，现在咱们置身于这么诡异的环境中，还是先别提什么无神论了。"唐风说着，又抬头看了看越压越低的乌云。

2

一大片乌云笼罩了整个戈壁滩。唐风极目眺望，天边、乌云和戈壁滩已经完全融为了一体，头顶的乌云越压越低，仿佛就要压到黑石上。

韩江也不言语了，三人心头都被不可名状的恐惧包围着。许久，唐风将照片收起来，才缓缓地说："媛媛的话也不是没有道理，在世界其他某些地方，曾经就发生过类似的事件。比如一些山谷，人走过时，可以听到古代人喊马嘶的声音，看到一些古代的场景，因为那山谷里蕴藏着一个巨大的磁铁矿脉，所以导致山谷里的岩石具有录音录像的功能，以至于几百年后，在特殊的天气环境中，步入山谷的人可以听到、看到当年的场景。"

"是啊，刚才我们的指南针和电子罗盘失灵了，说明这里有磁异常现象。还有这里特殊的环境和诡异的天气，不都可能导致……"梁媛说到这，突然又大叫起来，"妈呀！咱们不会时空穿越了吧！"

"时空穿越？你是说我们回到了古代，回到了西夏？"唐风吃惊地看着梁媛，又向四周望去。这诡异的环境和天气让所有人都不得不怀疑自己先前的判断，唐风望着黑石四周的景物，一时竟也无法分辨他们是身处21世纪，还是回到了西夏。

过了好一会儿，唐风使劲摇了摇头，"不！媛媛，你肯定是穿越小说看多了，我不相信我们回到了古代，我们还在21世纪，我还是相信科学的。如果那个戴面具的女子真是没藏皇后，那么只能是磁场、环境和天气一起作用的结果。"

"磁场……环境……天气……"韩江也疑惑起来，"如此说来，刚才我们看到的是近千年前的没藏皇后？"

"我不知道，但还有一种可能，就是我们在特殊的地质、天气条件下，产生了幻觉！"唐风说。

"幻觉？难道那就不会真的是个人？"韩江的心里虽然也开始怀疑自己原来的观点，但他还是强制把自己拉了回来，"不管是幻觉，还是当年的情景再现，或是梁媛说的没藏皇后显灵，唐风，你觉得没藏皇后她老人家需要戴一副那样的面具出来见我们吗？"

韩江的一句话，让唐风和梁媛都无话可说。韩江继续追问："唐风，历史上有记载说没藏皇后戴着一副面具吗？就像……就像西方历史上的耶路撒冷国王鲍德温四世那样。"

唐风思索了半天，摇摇头说："没听说过。"

"是啊！既然没有，那我们为什么见到了戴面具的没藏皇后？"

韩江的问题唐风无法回答。韩江又抬头看看天，天色仍然没有转好的意思，"行了，别想那么多了，我们还是赶紧离开这里吧！"

"可我们现在该往哪里走？回千户镇，还是直接去下一个目标——月儿泉？"唐风反问。

"我们既然已经远离千户镇，我看就没有必要再返回去了，但是……"韩江也犹豫起来，"但是这儿离月儿泉有多远呢？还有月儿泉的方向是哪边？"

"如果要从这儿去月儿泉，我不知道有多远，方向也只能大致判断。"说着，唐风指向了他认为的方向，"如果我没判断错的话，应该是这个方向——正北偏西。"

三人商定，韩江驾车又绕着黑石转了一圈。他还不死心，那个潜伏在千户镇，杀害赵永的神秘第五人会是谁呢？徐仁宇？干尸？还是没藏皇后的幽灵？

可是他转了一圈，并没发现任何异常，韩江又将车停了下来。他又想起了赵永，赵永的尸体还在千户镇的城门楼子里，"兄弟，等着我，我会带你回去的。"

韩江几乎是一个字一个字地从牙缝里挤出了这么一句话，但是就连他都不知道自己是否还能平安回去。

3

韩江不再多想，重新发动"悍驴"，向唐风指示的方向前进。车离开黑石的时候，梁媛一直注视着身后渐行渐远的巨大黑石。唐风一回头，发现梁媛在盯着黑石，苦笑着说："你不会是又看见了那个戴面具的女子了吧？"

梁媛失望地摇摇头，"没有，她真的消失了。"

"唐风，我还有一个问题一直不明白，既然这里是这么好的一个地标，为沙漠中的商旅指示方向，为什么后来废弃不用了呢？"正在开车的韩江问唐风。

"这个……"唐风略一迟疑，"悍驴"驶上了一个土坡，车继续向正北偏西的方向前进，这里已经不是刚才黑石周边一马平川的戈壁了。

唐风没有继续回答韩江刚才的问题，而是把目光转向了车窗外。

"怎么了，你在看什么？"韩江问。

"你要的答案也许就在窗外。"唐风淡淡地说。

"窗外？"韩江放慢了车速。

"看到了吗？咱们旁边的这个小盆地，当年应该是一个很大的海子，但是后来干涸了，而且看样子是很多年前就干涸了。"唐风指着车窗外一大片干涸的戈壁。

"这么说黑石被放弃，是因为水源问题？"韩江问。

"水源也许只是一方面。根据我们现在已经掌握的资料推断，通往瀚海宓城的道路在西夏末年或是元朝初年发生过一次改道，水源是一个因素，战乱可能是另一个致命因素。"

唐风分析完，发现他们驶进了一片沙海，连绵起伏的沙漠一直通向天边。再往后看去，黑石已经消失在地平线下，但天仍然阴着。

唐风也不知道他们翻越了多少座沙山，窗外千篇一律的景物让他昏昏欲睡。韩江突然猛地一拍他，"你倒好，都要睡着了。"

"废话，你开车，我只负责领航，现在没我什么事了，我不睡觉干吗？"唐风振振有词。

"你负责领航，你倒是看看你指的方向对不对。咱们离开黑石已经一个多小时了，还没看到月儿泉的影子！"

唐风又查看了指南针和电子罗盘，"方向没错，是我判断的方向——正北偏西……"

唐风正说着呢，就觉得车身突然猛烈一晃，"悍驴"便不再动弹了！"完了，'悍驴'累倒了！"唐风惊叫起来。

梁媛也紧张起来，"要是坏在这地方，可彻底歇菜了，前不着村后不着店的……千万别出事，千万别坏，上帝保佑，佛祖保佑，关老爷保佑，你们都要保佑'悍驴'没事。"

韩江强装镇定，再次发动"悍驴"，"悍驴"还是没反应，韩江猛地一拍方向盘，"该死！"

"再试试！我们应该快到月儿泉了。"

韩江再试，一连几次，"悍驴"根本就发动不了。就在韩江绝望之时，"悍驴"却又奇迹般地发动起来，但不论韩江怎么努力，"悍驴"马达轰鸣，掀起厚厚的黄沙，却不能前进一步。

"妈呀！我怎么觉得'悍驴'好像在往下陷……"坐在后面的梁媛首先感觉到了车身的下陷。

唐风也感觉到了，韩江不敢再发动车，只好熄火，怒道："妈的，真陷下去了。"

"我们该怎么办？"梁媛问。

"后面有两把铲子，大小姐，你也干点活，你和唐风一人一把，下去挖沙！"

"挖沙？"一贯养尊处优的梁媛哪干过这个，但现在没办法，只得拿上铲子下车开挖。

唐风跳下车，发现他们正好处于一座沙山的顶端，也就是所谓的"沙漠犁背"。沙漠犁背是最容易陷车的地方，所以要格外小心。唐风和梁媛忙活了将近二十分钟，韩江则坐在驾驶室里抽着烟，指挥着他们，"好了，差不多了，你们俩到后面推车去，我要发动了。"

梁媛嘟着嘴，老大不愿意，但也没有办法，乖乖地和唐风站到"悍驴"后面。韩江重新发动"悍驴"，唐风、梁媛在后面猛推，后轮扬起的沙子沾了唐风和梁媛一身一脸，但是好在"悍驴"冲下了"犁背"。韩江将车停下，待唐风和梁媛上了车子，韩江踩下油门，又向下一座高大的沙山冲去。

面前的这座沙山又高又大，好在韩江驾车技术纯熟，成功翻过了这座沙山，一大片平坦的沙地出现在他们面前。

"也许我们就快到了。"唐风看看天空，乌云还笼罩在头顶。不过，此时已经不像在黑石时那样，给人以乌云压顶的感觉。

"天也快黑了，我想月儿泉应该就在这一带了。"韩江盯着窗外，他发现这里的环境不再像之前那么恶劣，前面只有一些低矮的小沙山。

"悍驴"翻过一座低矮的沙山，前面忽然出现了一些树木。"树！那儿有树！"从进入沙漠就没见过一棵树的唐风和梁媛都惊叫起来。

唐风使劲揉揉自己的眼睛，眼没花，是树！就在他们前方几公里处，荒凉的戈壁滩上，出现了一片由七八十棵树木组成的小树林。

"那不会是幻觉，或是海市蜃楼吧？那些树……怎么那么古怪！"韩江将信将疑地朝着那片树林驶去。

"不！不是幻觉，更不是海市蜃楼，我已经看清了，那是胡杨！胡杨林，这与马卡罗夫的回忆相吻合，你们忘了吗？"唐风一阵惊喜。

"胡杨林？我看都是一片怪树。"韩江这时也确认他们是实实在在来到了一片树林前。

"你没听说胡杨生一千年，死一千年，立一千年吗？"唐风迫不及待地跳下车。

"这么说胡杨有三千年寿命喽！"韩江也跳下车，走进胡杨林，但是他怎么看怎么觉得这些胡杨奇形怪状，有的树干已经光秃秃了，像是早已死去多年，可是仍然直挺挺地矗立在那里。

"这就是当年科考队出事前一晚宿营的地方？"梁媛看上去有些激动，"那也是爷爷曾经来过的地方。"

"对，就是这里。可是黄沙已经湮没了一切，就像那些生命从来没有到过这里一样！"唐风也很激动。

"行了，你们两位别抒情了。我倒是想到了马卡罗夫，他是当年科考队，不，不仅仅是科考队，是当年所有当事人中唯一还健在的，除非……除非还有我们不知道的人，所以如果老马能来到这里就好了。"韩江眼前浮现出马卡罗夫的样子，也浮现出了叶莲娜的美丽面庞。

"哈，老马该说的都说过了，他就算来到这里，又能怎样？我看你是想叶莲娜了！"唐风笑道。

"放屁！老马故地重游，说不定又能想起什么线索！"韩江反驳说。

"不要忘了，这是里老马的伤心地呀！除了能勾起他的老泪，我看他想不起来什么了。"

"好了，不跟你争了，天不早了，咱们今晚就在胡杨林扎营。"

"还扎个屁营！帐篷早被沙尘暴吹跑了！"唐风没好气地说。

韩江环视一圈不大的胡杨林，又看看梁媛，吩咐道："我看这样吧，今晚梁媛睡车上，我和唐风就睡胡杨林里。"

"睡地上？"

"你忘了，帐篷没了，咱们不还有两张防潮垫和两个睡袋吗，正好我们俩用。"

"睡睡袋我没意见，但是睡这鬼地方，我害怕。科考队的那几十号冤魂这么多年都没见到人了，这会儿总算是逮到几个活的……"

"怕个屁啊！千户镇那么多干尸你都经历了，还怕这里的几十号冤魂？要真是碰到了科考队的冤魂，正好问问他们，他们当年是怎么出事的？后来又发现了什么？省得我们再费事了！"韩江不甚在意地说。

"我要是见到他们也不敢问，要问你问吧，我今晚就陪你了，反正出了事你也跑不了！"唐风抱出防潮垫和睡袋，将自己的睡袋紧靠着韩江的睡袋放下。

"你这会儿不嫌我晚上打呼噜了？"

"不嫌！"

"好了，咱们还像昨天那样，我值前半夜，你值后半夜。"

韩江安排好，三人这才想起来，一整天没吃东西了，"悍驴"的油箱里也快没油了。三人狼吞虎咽，匆匆吃了些携带的食物，唐风便钻进了睡袋。韩江去给"悍驴"加油，唐风整理了一下思路，又拿出了古地图的照片和米沙的那封信。

4

唐风打着电筒再一次仔细查看了一遍古地图的照片，除了今天确定的那个黑石外，古地图上的其他几个标示，唐风仍然不知所指何处。

唐风特别关注了黑石下面的那个标示，也就是离瀚海宓城最近的那个标示，但是他绞尽脑汁，也不明白那两个西夏文字是什么意思，究竟所指何处。按照字面的翻译，那两个西夏文字的第一个很明确是个"南"字，但是第二个西夏文字他不认识。出发前，唐风就查阅了很多资料，但因为时间紧迫，一直没有搞懂这个字的意思。正因为不知道第二个字，所以也没法判断第一个"南"字的性质是标示方位，还是本来就是某个地名的组成部分。想着想着，唐风的眼前浮现出罗教授的模样，要是此刻能当面请教罗教授就好了，可惜……也不知道今后还有没有当面请教他的机会。

唐风胡思乱想着，收好古地图的照片，又打开米沙的那封信，那张草图唐风早已烂熟于胸。唐风将目光落在了米沙的信上，从头到尾又将信看了一遍，在描述月儿泉的部分，米沙是这样写的："我至今还记得那个可怕的地方，那可怕的怪声，以及让每一个人都崩溃的黑尘暴，我不愿再多回忆下去，因为那是我此生最大的伤痛，它彻底改变了我的生活和人生道路。"

就这么短短两行字，唐风已经看过几遍，韩江和梁媛也早已看过。这两行文字没有透露任何比马卡罗夫的回忆更有价值的东西，甚至还不如马卡罗夫的回忆详细。所以虽然米沙将月儿泉说得很可怕，但是唐风读到这两行文字时，并没有感到有什么特殊的震撼和恐惧。唐风心说："米沙啊！你这一句'不愿再多回忆下去'，要费我们多少事！直接说出来，把当年所有的事都说出来，不就没这么多事了，也不用死那么多人了！"

可是，一切都不容假设，过去的事已经成为历史。唐风看看头顶的胡杨树，再侧耳倾听，并没有什么异声怪响，他忽然觉得能在胡杨林里过上一夜，也是此生难得的一次经历。唐风感觉眼皮开始打架，毕竟昨晚就没睡好，又赶了一天路，连带着受到了惊吓，唐风早已疲惫不堪。后半夜还要值守，他见韩江还在加油，不管他了，就准备睡觉。可当他把三页信纸折叠时，忽然发现信纸上有些异样。

信纸正对着强光电筒，唐风盯着信纸背面忽然怔住了。这时，韩江突然喊了句："你要睡就赶紧睡吧，不要再浪费电池了。"

唐风没搭茬，他使劲揉了揉眼睛，重新展开信纸。他发现在第二页信纸的背面，隐隐约约似乎有字。唐风不敢相信自己的眼睛，又将信纸翻过来对比，不，不是正面字迹印过去的痕迹，背面确实有字，可是唐风无法看清信纸背面的字迹。

唐风愣了半晌，没动一丝。韩江又喊了一句："你在那儿干什么呢，不用电筒就把它关掉！"

电筒？韩江的话反倒提醒了唐风，唐风赶忙用电筒从信纸正面照射，随着电筒强光的照射，信纸背面的字迹逐渐清晰起来。唐风兴奋地大叫起来："你们快来看，米沙的信纸背后还有字！"

韩江刚给"悍驴"的油箱加满油，一听这话，忙和梁媛赶了过来。唐风一字一句地读出了信纸背后的字迹——

亲爱的梁，请允许我用这样的方式告诉你一些重要的事。这是一种特殊的密写法，是我跟一个克格勃特工学会的，因为我必须躲避一些危险和检查，而我也不能确定你那边是否安全，所以我不得不用这样的方法来告诉你一些重要的事。

我要告诉你的就是科考队出事前那个晚上发生的怪事，可怕的地方、可怕的怪声，以及黑尘暴，这些都是导致科考队覆灭的原因，但是我一直认为那亦是一场可怕的人祸，这点我想你也应该有所感知。最后一天在胡杨林里，我们携带的两大桶饮用水竟然被人放光，那是我们最后的饮用水，而我们所处的地方恰是一个找不到一点水源的地方，它有一个美丽但颇具讽刺意味的名字——月儿泉。

那天晚上，我因为劳累，便早早睡下了，但是睡到半夜时分，我被一阵奇怪的声响惊醒了。我这个人睡觉一向很轻，只要有一丁点声响就会醒过来。我醒来后，吃惊地发现有一个人正站在我床前。那是一个中国人，我至今清楚地记得，那人穿着卡其布的中山装，戴着眼镜。我大感诧异，因为我们帐篷里的几个人都是我国的专家学者，没有我们的允许，旁人怎么会在半夜进入我们的帐篷？特别是一个中国人！

我本能地以为那人是走错帐篷了，但是那人对我做了个手势，示意我出去。我不明就里，再加上那阵怪响，以为出了什么事，便跟着那人走出了帐篷。胡杨林里还站着一个中国人，那人穿着皮夹克，戴着墨镜，靠在一棵胡杨树上。这两人开门见山地提出，希望我与他俩合作，抛开科考队，单独行动，找到瀚海窆城的宝藏！

他们的建议让我吃惊，我从来没想过要将任何一件宝物据为己有。我反问他们为什么选中我，他们说因为他们调查了科考队的情况，知道我是对中国历史，特别是西夏文字和历史很有研究的年轻学者，所以要拉我入伙。我当场拒绝了他们，那个戴墨镜的家伙似乎很恼怒，我看见他腰间有枪。当时我感到很害怕，想喊人又不敢喊，我想到晚上营地是有人值夜的，我却没有看到，难道都被他们收买了？恰在这时，马卡罗夫从帐篷里走了出来，可他离我很远，我又不敢招呼他。那个穿中山装的人倒对我很客气，说不愿合作也没关系，但请我不要把今晚的事说出去，我答应了。

后面的事，你应该都知道了。第二天，水被人放光了，三个值夜的中国军官失踪了。我犹豫了半天，始终没敢把夜里发生的事说出来，因为那个戴墨镜的家伙威胁了我，更重要的是我们是一支联合科考队，这又是在中国。我当时对中国同志缺乏信心，我不知道他们中哪个是可靠的，哪个是有问题的，所以……

我写这封信的目的，就是希望你在中国能否调查一下这两个人。如果是因为我的懦弱导致科考队遇难，我此生将不会安宁，但愿事实不是这样！我只能给你提供这些情况，因为我连那两个家伙是不是科考队的都无法确定。你也知道，我们看你们，就像你们看我们一样，总是容易搞混。那两个人自称是科考队的，穿着打扮也和我们没有两样。第二天，我在科考队中寻找那两个人，却一直没有见到，之前我对那两个人也没什么印象，所以我实在无法确认那两个人的真实身份。

祝好！

你的米沙

5

读完米沙密写的信，唐风、韩江和梁嫒全都震惊了。许久，唐风才喃喃说："米沙终于开口说话了。"

"是啊，基本上和马卡罗夫之前的回忆对上了！"韩江震惊地说。

"我无法想象，爷爷在几十年后读到这封信时会有多么震撼！"梁媛晃着脑袋，不敢相信。

"这封信蕴藏了太多信息，对我们太重要了。"唐风说。

"是啊！对所有人都很重要，正因为如此，所以米沙特别使用了密写法！"韩江说到这，忽然想到了什么，"说到密写法，米沙在信的一开始就说了，这是他从一位克格勃特工那里学会的，这轻描淡写的一句，也很值得咀嚼啊！"

"是的，我们已经知道米沙后来长期处于克格勃的严密保护下，那个遗失的1964年，布雷宁、伊萨科夫、斯捷奇金，说不定是他们中的某一位教会了米沙密写法。就像米沙在冬宫曾经说过，他从克格勃特工那儿学会了屏蔽信号的技术。"唐风马上联想到了许多往事。

韩江却摇摇头，"克格勃组织严密，按要求特工是不能与监视保护对象有过于亲密接触的。"

"所以这才更可疑。"唐风看韩江似乎陷入了沉思，于是等了一会儿，才又接着说，"再看第二段，米沙透露的最重要的信息就是这里——月儿泉当初就没有一丁点水源，而他们携带的饮用水又被人放了，使得他一直怀疑科考队的遇难也是一场人祸。"

"但是我似乎记得马卡罗夫曾经说过，当时科考队中的一位中国地质专家说，他之前考察过这一带，记得这里是有水源的！"韩江回忆说。

"那月儿泉的水源可能就是在那之前刚刚干涸！"唐风推断说。

"难道沙漠里面现在就一点水源都没有了吗？"梁媛感叹道。

唐风摆摆手，继续说："好了，咱们先不管水源了，再看米沙这封信。后面三、四、五三段的记载与马卡罗夫的回忆基本吻合，但是还有许多细节是老马不曾提到的。比如那两个人的一些情况，马卡罗夫回忆时，只说看见米沙跟两个中国同志似乎发生了争执。"

"老马的警惕性也够差的！"梁媛撇了撇嘴说。

"这就像米沙在信里面说的'你也知道，我们看你们，就像你们看我们一样，总是容易搞混'，西方人看我们，分不清我们的长相，常常以为中国人、日本人、韩国人都长一个样子，我们看他们也是如此。这不奇怪，更何况当时老马还只是个刚入伍的年轻战士，跟克格勃将军差得远呢！"唐风解释说。

"米沙在信中提到的那两个家伙，一个穿中山装，戴眼镜，一个穿皮夹克，戴墨镜，我想这两人绝不是科考队的人！"韩江肯定地说。

"哦！何以见得呢？"

"一是米沙自己的记载，他第二天没有再见到那两个家伙，之前也对那两个家伙没有印象；二是我对科考队的了解，据我所知，中方对参加科考队人员的选拔标准是非常高的，在当时那种政治背景下，有独吞宝藏想法的人，其背后的势力一定不容小觑，绝非个人的突发奇想。"

听了韩江的分析，唐风接着说："你干脆直接说这是马昌国的人不就行了。"

"对！我就是这么想的，史蒂芬临死前对我们说了，尾随科考队，伺机行动的人就是马昌国，放科考队水的也是马昌国，那么我完全有理由相信，企图拉拢策反米沙的也是马昌国，甚至那两个家伙中有一个就是马昌国。"韩江侃侃而谈。

"中山装？还是皮夹克？"唐风追问韩江。

韩江想了想，"我想应该是那个戴墨镜的皮夹克，有枪，心狠手辣，这就是早年的马昌国。"

唐风也点点头，"但是你注意到没有，他们为什么选中了米沙？要知道科考队有几十人，有各方面的专家，特别是苏联人那边的情况，马昌国又是如何掌握的？"

"米沙不是在信里说了吗？他们事先调查了科考队的情况，知道米沙是对中国历史，特别是西夏文字、历史很有研究的年轻学者，所以才提出要拉米沙入伙！"

"可是他们怎么能调查到科考队的情况呢？你刚才还说过当年选拔科考队的组织是很严密的，而且处于保密状态！马昌国，一个东躲西藏的保密局特务，他能知道多少科考队的内部情况？他又是怎么知道米沙是苏联那边搞西夏历史研究的年轻学者？"

唐风的话让韩江一时语塞，半晌，韩江才从嘴里缓缓地挤出一句话："科……考……队……有……内……奸！"

韩江的话让三人都沉默下来。许久，梁媛才反问韩江："可是科考队的人全都死了啊！"

唐风和韩江同时把目光转到了梁媛身上，梁媛被他俩看毛了，"你们……什么意思？你们怀疑我爷爷是内奸？"

"不，你爷爷也是受害者。"韩江说。

"那你们就是怀疑马卡罗夫喽？"梁媛反问。

"老马不但是受害者，都快百炼成钢了！"唐风答道。

"那你们说是谁？总不成是米沙吧！"

"当然不会是米沙，内奸也许早就和科考队一起命丧大漠了。从米沙的信中看，那个戴眼镜、穿中山装的人嫌疑不小，这人对营地似乎很了解，他清楚地知道米沙住哪个帐篷。"韩江说。

"还有一种可能性很大，就是苏联人那边出了问题。"唐风推断说。

"嗯，那边的情况我们不了解，克格勃内部都能出那么大的问题，科考队就更有可能出事了！"韩江似乎肯定了唐风的推断。

"咱们先不管这个内奸，继续往下看。在第六段，米沙说出了当年科考队中存在一个很严重的问题，就是虽名为联合科考队，但其实双方互不了解，也互不信任。"唐风继续分析。

"这不奇怪，米沙和苏联那边本来是想单方面来科考的。所谓联合科考队看似强大，其实就是临时拼凑起来的，大家互不了解，也不信任对方，这很可能也是后来科考队全军覆没的一个原因。"韩江说。

唐风点点头，"在最后一段，米沙提出让梁老爷子帮他在中国调查那两个家伙的下落，显然梁老爷子是不可能完成这个任务了。"

唐风偶然发现的这封信，帮他们解开了许多疑团，也让他们折腾到了深夜。梁媛已经沉沉睡去，韩江靠在车身上一边打盹，一边值夜，唐风躺在睡袋里，却久久难以入眠。半个世纪前，就在这里，就在他身下的这片胡杨林，究竟发生了多少离奇恐怖的事，最后导致科考队几乎全军覆没！而那个已经越来越接近的瀚海宓城又有多少未解之谜，竟让这么多人为它魂牵梦萦！

第十一章 胡杨林里的发现

第十二章 偷脸

1

一阵奇怪的声音传来，开始是沙沙作响，然后是风声，慢慢地风声中裹挟了乐声，那乐声似乎很遥远。唐风慢慢睁开了眼睛，侧耳倾听，那是很欢快的乐声，优美的笛子，悦耳的琵琶，还有节奏感十足的鼓乐，似乎还能听见女子的歌声，好一派欢乐的场景，唐风听得有些陶醉……

忽然，那乐声变了腔调，唐风心里一惊，因为那乐声变得十分忧伤，节奏也慢了下来。唐风想从睡袋里钻出来，看看究竟是从哪儿飘来的乐声，可他猛地想到，这里是荒无人烟的沙漠戈壁深处，哪来的乐声？这时，那忧伤的乐声开始变得诡异，仿佛正有一头凶猛的怪兽隐藏其间，诡异的乐声越来越响，越来越强烈，几乎就要吞灭忧伤的乐声。

唐风又闭起了眼，静静地听那乐声，他分辨出了乐声传来的方向，像是胡杨林的西边，但是他无法判断这乐声离自己还有多远。

乐声似乎越来越近了，唐风紧张中碰到了那把匕首。他抓起匕首，却发现自己握匕首的手在颤抖，身子也在微微颤抖。唐风的心跳开始加速，呼吸急促起来，他鼓足勇气，猛地坐起身，钻出了睡袋。黑暗中，唐风紧握匕首，怔怔地盯着那诡异的乐声传来的方向。

没错，这诡异的乐声是从胡杨林西边传来的，但是唐风望向西边，却看不见一点亮光，他没敢打开电筒，生怕看到可怕的场景。乐声越来越近，唐风疾走几步，来到胡杨林边缘，他扶着一棵形状奇特的胡杨，默默地注视西面。此时，乐声忽然小了许多，唐风仰头看看夜空，一轮明月透过乌云洒下明亮的月光。唐风借助月光再次向西面眺望，不见人影，乐声似乎渐行渐远，唐风隐约看见了许多高大的沙山，它们形状奇特，错落有致……

突然，唐风觉得身后有一阵风声，似乎有人在自己身后。韩江？梁媛？容不得唐风多想，他猛地转过身，没有韩江，也没有梁媛，甚至连他们的车和睡袋也看不见了，难道自己走出了很远？不会啊，胡杨林总共就那么大……就在唐风胡思乱想的时候，风声再起，这是一阵诡异的狂风，狂风夹杂着黄沙卷起了胡杨林里满地的落叶，唐风没想到胡杨林里竟然有这么多落叶。就在唐风惊诧的时候，"砰"的一声，一团明亮的火光映红了夜空，也照亮了整个胡杨林，唐风还是没有看见韩江和梁媛，却看见了那个戴面具的女子。

一如白天在黑石上看到的一样，华丽的长袍，高高的帽子，一身党项贵族女子的穿戴，还有那闪耀着金属光泽的奇怪面具！女子从胡杨林深处走来，唐风感到奇怪，白天看不大的一片胡杨林，此刻却变得广阔而茂密。戴面具的女子迈着高贵的步伐，雍容华贵，姿态万千，向唐风款款走来。那诡异的乐声再次从沙漠深处传来，越来越近，越来越响，仿佛一支庞大的乐队，从沙漠中走来。

2

唐风的身体开始剧烈地颤抖，他被一种恐怖而诡异的气氛包围了。他本能地向后退去，却根本分不清方向，四周都是胡杨林，出了胡杨林，是更可怕的沙漠戈壁，哪里有路可以退却？这时，那个戴面具的女子停下了脚步，站在距唐风五米远的地方，静静地看着唐风。唐风靠在了一棵形状奇特的胡杨树上，两人就这样对峙了大概两分钟，那女子终于开口了，"你为什么害怕？"

"我……我不害怕！"唐风强装镇定。

"不害怕？那你拿武器的手为什么在颤抖？"

"啊！"唐风心里一颤，手里的匕首掉在了地上，他不知道该不该去捡掉到地上的匕首。

"我真的让你感到害怕吗？"戴面具的女子又问道。

"你……你是人，还……还是幽灵？"唐风颤抖地反问。

"幽灵？哈哈……"那女子一阵狂笑，笑得唐风毛骨悚然。笑毕，女子反倒问唐风，"你说我是人，还是幽灵？"

"你……你要是人，为什么要戴着面具？"唐风想抬起右手，指向那诡异的面具，可是他动了动胳膊，根本抬不起来。

这时，在胡杨林边缘出现了点点亮光，亮光越来越亮，诡异的乐声忽又变得欢快起来，激昂的鼓点再度响起，胡杨林外仿佛有人在翩翩起舞，但是唐风看不清外面的情形。

"年轻人，你想知道我为何要戴着面具吗？"女子说着又向唐风款款走来。

"想……可你……"唐风既想知道答案，又感到恐惧。

女子步步逼近唐风，唐风想退，可后面就是那棵形状奇特的胡杨，退无可退。女子在离唐风一米的地方停下，几乎和唐风面对面站在胡杨树下。唐风感到了死亡的气息，但是他不由自主地直起身子，向前迈了半步。他不知道是什么力量在吸引着他，死亡的气息、欢快的音乐？还是这诡异的面具？

"来，过来！"女子轻轻呼唤唐风。

唐风又不由自主地往前迈了半步，走到了女子的面具前。看着那诡异的面具，唐风感到自己的心跳仿佛停止了，浑身僵硬。面具上有两个洞，那是女子眼睛的位置，唐风想看清那女子的眼睛，可是……可是那两个黑洞却像幽深的洞穴，深不见底！

唐风的瞳孔急速放大，为什么……为什么看不见女子的眼睛？唐风想开口，半张着嘴却说不出一个字来，但是……但是他僵硬的双手却奇迹般直直地抬了起来，举到了女子的面具前。

唐风觉得自己的手臂已经不属于自己，他完全无法控制自己的双手。他强制自己集中意识，夺回自己的双手，可是一切都是徒劳，他分明感觉到了自己的手指已经触到了那冰冷的面具，可就是无法控制自己的双手。他轻轻掀开了女子的面具，那一瞬间，唐风的心跳仿佛骤然停止了，放大的瞳孔死死盯着眼前这不可思议的一幕——在女子高高的帽子下，什么都没有，面具后面空空如也！但唐风又清楚地看到了女子华丽长袍中显露出来的凹凸曲线，这……这究竟是怎么回事？

唐风惊恐地向后退去，手臂似乎又回到了自己的身体上，此刻，面具就在他的手上。他手足无措地盯着女子，或者说是在盯着那女子的长袍。

女子的声音再次响起，"年轻人，知道我为何要戴着面具了吗？"

"你……你是幽灵……"唐风终于憋出这么一句话。

"不，这都是因为有人偷去了我的脸。"声音还是从女子身上传来的，可是根本看不清是哪里在发声。

"偷……偷脸？"唐风又退到了那棵胡杨树下。

"是的，所以我只能戴上面具。好了，年轻人，把面具还给我吧！"女子说着又向唐风走来。不！唐风注意到这次女子几乎是向自己飘移而来的，难道她华丽的长袍里也没有躯体？

"不，你……你别过来！"唐风窒息般地靠在胡杨的树干上，女子已经冲唐风抬起了她的右臂，就像……就像白天在黑石上一样。唐风感到自己的胸膛像是被什么东西穿透了，一阵钻心的疼痛，然后，自己的双手再次不听使唤地捧起了面具，毕恭毕敬地将面具还给了女子。

3

　　乘女子重新戴上面具的当口,唐风想到了逃,他再也无法忍受,无法忍受这片胡杨林和这里的一切!可唐风刚要转身,就觉得自己的身体被什么东西缠住了,动弹不得,他低头看去,是一只干枯、萎缩、没有一丝血色的手臂!这是陌生而又熟悉的场景,唐风的脑海中马上意识到了——干尸!

　　唐风崩溃了,耳畔的乐声再次从欢快转为了忧伤。唐风忽然发现胡杨林里那些奇形怪状的胡杨开始发生变化,慢慢地,一棵棵胡杨变成了一具又一具恐怖的干尸。唐风不敢回头,他感觉身后有无数只干尸的手臂在向自己伸过来……而面前的女子戴上面具,露出了一丝诡异的笑容。对!唐风看见戴面具的女子确实在冲自己笑,冰冷的面具似乎瞬间幻化成了女子的脸,这……这怎么可能?

　　但是这一切分明正在唐风的眼前发生,唐风大叫一声,惊醒过来。四周异常安静,他发觉自己又做了一场噩梦,而此时,东方已经破晓。唐风晃了晃沉重的脑袋,他忽然想起来后半夜应该自己值夜,现在天已经快亮了,韩江怎么没有喊醒自己?

　　一种不好的预感在唐风心头升起,他赶忙坐起。旁边的睡袋空空如也,不见韩江,再仔细一看,那睡袋似乎没有被动过。放眼四望,自己还在这片胡杨林里,不见那戴面具的女子,也听不到诡异的乐声,唐风心里一坠,韩江和梁媛呢?

　　唐风钻出睡袋,打开车门,见梁媛正躺在车里做美梦呢,这才稍稍安心。韩江呢?唐风转过车身,发现韩江竟然瘫坐在地上,背靠车身,沉沉酣睡。不过,让唐风感到奇怪的是,一向鼾声震天的韩江此时却没有一点声响,安静得如熟睡的婴儿!

　　唐风走过去,踢了踢韩江,"哎!哎!醒醒,醒醒,该换班了。"

　　"换班?!"韩江惊醒过来。

　　"你倒好,值夜时间呼呼大睡,还久经考验呢!"

　　"我……我怎么睡着了?"韩江也很吃惊,"现在什么时候了?"

　　"天快亮了!"

　　"靠,天快亮了,你才来换班?"韩江有些恼怒。

　　"废话,每次都是你来喊我,谁知道这次你也睡着了。哈,你以后可别说我了!"唐风得理不饶人。

　　"就算我睡着了,你也应该到点起来换我!你知道如果夜里有人偷袭我们,是什么后果吗?啊!咱们会死得很惨!"韩江怒吼。

　　"算了吧,在这鬼地方,就别太较真了,听天由命吧!"唐风对韩江所谓的危险似乎满不在乎。

　　"妈的,也许真得听天由命了,我……我这是怎么了?我从来不会犯这种低级错误,居然值夜的时候睡着了,而且还睡过了头,这……这一切到底是怎么发生

第十二章　偷脸

的……"韩江又喃喃自语起来，似乎在回忆。

4

两人的争吵声吵醒了梁媛。梁媛推开车门，揉揉惺忪的睡眼，打了个哈欠，"你们俩一大早在吵什么啊？都把我吵醒了。"

"哼，我的大小姐，你倒是吃得下，睡得香！"唐风没好气地说。

"是啊！我睡得很香，难道不好吗？"梁媛忽闪着明亮的大眼睛，看着唐风，"而且……而且我还记得，我昨晚做了个梦。"

"梦？！"唐风和韩江同时惊道。

"梦，怎么了？"梁媛不明白唐风和韩江怎么会对自己做梦的事如此吃惊。

"我想起来了，我也做了个梦！梦很长，怪不得一直睡到了天亮。"没等唐风和梁媛开口，韩江抢先说。

"什么？你们都做了梦？"唐风震惊。

"怎么？你也做梦了？"韩江和梁媛一起转向唐风。

"是的，我又做噩梦了！我梦……梦见那个戴面具的女子了！"

"啊……"梁媛和韩江几乎同时惊喊，"我也梦见了那个戴面具的女子！"

"这……这怎么可能？我们三个都梦见了那个戴面具的女子！"唐风陷入极度震惊中。

"但……但……但我做的不是噩梦。"梁媛很犹豫地说。

"不是噩梦？"唐风惊诧，随即又转向韩江，"你呢？"

"我……"韩江扶着车身，紧锁眉头，似乎在回忆，但又好像很痛苦的样子。许久，韩江才又开口道，"我现在脑仁都疼，我想起来了，昨夜那是个可怕的噩梦。开始时，我驾车在戈壁滩上狂奔，追逐那辆黑色的大切诺基，就跟我们昨天遭遇的情况一样。但奇怪的是，那段路却很长很长很长。"

韩江故意用了好几个"很长"，唐风怒道："很长很长很长是什么意思？"

"意思就是很长很长很长很长！"韩江又多说了几个"很长"。

"妈的，你能不能具体点？"

"我不知道具体多长，反正我梦中大部分时间都在追逐，一望无垠的戈壁滩无边无际，没完没了。我也不知道在戈壁滩上追逐了多长时间，但就是追不上那辆大切诺基，两辆车始终保持在十几米的距离。最后，我们来到了黑石。那个戴面具的女子又出现了，她站在高高的黑石上，又冲我抬起了右手，然后戈壁滩上就燃起了熊熊大火……"

"你等于梦到了昨天白天的场景！"

"不，不一样。"韩江看上去很激动，"这次那熊熊大火把我包围了，我驾车突破了一道火墙，结果那个戴面具的女子正直挺挺地站在我的车前，要不是我刹车及时，就撞上那女人了。我正在诧异，谁料，戴面具的女子又冲我抬起了右手。这次我和她之间是那么近，我甚至……甚至可以清楚地看到她脸上的面具，那面具似乎在冲我笑。是她，就是那个戴面具的女子在冲我笑，我不明白她怎么瞬间从黑石上来到了我的面前，但是求生的本能促使我不能再让她冲我抬起右手。就在她冲我抬起右手的那一刻，我猛踩油门，先向后倒，然后向那女子冲了过去，我眼睁睁看着车撞上了戴面具的女子，但是……但是她竟安然无恙，又出现在我的面前。"

　　"你真的撞上了？没看花眼？"唐风吃惊地问。

　　"我确定，我肯定撞上了。但是那个女子瞬间又出现在我的面前，我还来不及反应，她就再次抬起了右手，紧接着，我的车就陷入了一片火海。我赶忙跳车，车很快便爆炸了，我逃了出来，狼狈不堪地坐在地上。这时，那个戴面具的女子再次出现在我的面前，我恼羞成怒，不等她抬手，就冲她挥拳打去，结果我什么都没打到，反倒因为重心不稳，摔了个狗吃屎。我坐起来，发现那面具果然起了变化，面具在冲我笑，我又扑上去，结果还是扑了个空。如此几番，我精疲力竭，瘫倒在地上，我冲那女子吼道：'你是什么人？'那女子也不说话，就是冲我笑，那是一种奇怪而诡异的笑容。我连喊了几声，那女子还不说话。我更怒了，想要从地上站起来，却发现我浑身竟没有一丝力气，怎么也站不起来，这时，我看见……我看见戴面具的女子微微抬起了右手，然后我就被熊熊烈火包围……"

　　"后来呢？"梁媛催问。

　　"后来？后来我就被唐风这小子叫醒了。说来真是奇怪了，我从来不会这么大意，而且很少做噩梦的，这……这是怎么了？"

　　"还怪我，要不是我把你叫醒，你就被地狱烈火给烧死了！"

　　"地狱烈火？"韩江忽然又想起了什么，"对了，当我和戴面具的女子面对面时，我清晰地记得那诡异的金属面具上有两个洞，就是眼睛的部位，可我怎么也看不见那女子的眼睛。"

　　"因为她根本没有眼睛！"唐风接着韩江的话说。

　　"什么？没有眼睛？"韩江和梁媛惊道。

　　"不但没有眼睛，还没有脸！"于是，唐风便把自己昨晚的噩梦对韩江和梁媛说了一遍。

　　"被偷走了脸？你这个说法太离奇了吧，无论我怎么问那女子，那女子都不开口，她还跟你说了这么多？"韩江听完唐风的梦，觉得太过离奇。

　　"是很离奇，但是梦里的一切，我现在都记得清清楚楚。"唐风肯定地说。

　　"偷脸？"韩江似乎陷入了思索。许久，韩江突然一拍唐风，"你的这个梦让我想到了一个人。"

"什么人？"

"你昨天不是说这个戴面具的女子很可能是没藏皇后吗？"

"嗯，但那只是我的感觉，难道没藏皇后复活了？"唐风很不自信地说。

"你还记得佛像中的尸骨吗？就是咱们从彼得堡带回来的……"韩江忽然提到了那具尸骨。

"当然记得，陈教授和小卢还为此丧命，当然你现在还是杀害小卢的嫌犯！"唐风冲韩江苦笑了两声。

"得了，别瞎扯淡了，言归正传。季莫申曾经对你说过，这尊佛像是科兹洛夫1909年从黑水城的大佛塔中发现的。"

"对，那座塔因为有了这个震惊的发现，被科兹洛夫称为'伟大的塔'。"

"后来，俄罗斯的学者在佛像中发现了尸骨，按照伊凤阁的论断，这具尸骨很可能就是没藏皇后的尸骨。其间，尸骨的骨架和头骨曾长期分离。当我们将尸骨带回北京给陈子建教授鉴定时，陈教授曾经怀疑头骨和身体不是来自一个人的尸骨。"

"对！陈教授当时给出的检测结果是，骨架的骨龄要比头骨的骨龄大八岁到十岁，所以陈教授反复问我们是不是把尸骨搞错了。"唐风的思绪又被拉回到了陈子建的实验室里。

"我们当时虽然感到奇怪却没有多想，认为可能是尸骨在俄罗斯的时候被他们搞混了。接下来，陈教授就离奇地死了，然后小卢也……"韩江欲言又止。

"现在想来，很有可能米沙和那帮俄罗斯学者并没有搞错。那么，就只有一种解释，1909年科兹洛夫从黑水城佛塔中发现的这具尸骨本来就是这样，尸骨的头和身体分属两个不同的女性。"

"而且两人死时的年龄应该相差八岁到十岁，同属西夏早期的两个党项女性。"韩江补充说。

"对，应该是这样。"

"这么说，哪一个才是真正的没藏皇后？"韩江盯着唐风问。

唐风眼前一亮，"你是怀疑……"

"先不论是我们的幻觉，还是梦境，如果那个戴面具的女子就是没藏皇后，那么被偷去脸的没藏皇后戴着面具，那她的脸去了哪里？"韩江反问唐风。

"去了黑水城的那尊佛像中！架在了另一个女人的尸身上！"唐风得出这个结论时，万分震惊，"这……这太不可思议了。"

"我也觉得不可思议，而且我们现在根本无法证明那个戴面具的女子就是没藏皇后，她又怎么会出现在沙漠戈壁中？按照我以往的严谨和严密的逻辑推理，我刚才所说的一切其实是很难成立的。但是这一切又是这么巧合，分属两个不同女子的尸骨被封在了佛像中，戴面具的党项贵族女子被偷去了脸，由不得我不把这两者往一起想！"韩江皱着眉，将目光投向了远处。

5

一阵沉默后，唐风忽然听见梁媛在不住地喃喃自语："怎么……怎么会是这样？"

"你什么意思？"唐风不明白梁媛是什么意思。

"是啊，大小姐，那应该哪样啊？"韩江也追问。

"我昨晚睡得很香，很沉，也做了个梦，但跟你们俩的都不一样，我没有梦见那么恐怖的场景，我的梦很安静，很平和，甚至……甚至很温馨。"

"安静？平和？温馨！你梦到戴面具的女子了吗？"唐风一头雾水。

"我梦到啦！"梁媛回答。

"大小姐，你是不是发烧了？梦到戴面具的女子了，居然还安静、平和、温馨，就连我都快被吓死了！"韩江冷笑着说。

"是的，我的梦也很长，我梦见自己置身于一片胡杨林中，当然不是现在这小片胡杨林，我梦中的胡杨林很大、很美，金黄色的胡杨林，胡杨林旁边还有一湾清泉，我住在雪白的帐篷里，当清晨我醒来时，听到了优美的乐声……"

唐风打断梁媛，"我也听到了优美的乐声，但是很快就变成了诡异的乐声。"

"别打断我，我的可没变！"梁媛似乎很兴奋，回忆时脸上还带着笑容，"那优美的音乐似乎就是从帐篷外传来的。于是，我想出去看看，可是我刚跳下床，就有人给我送来了新鲜的马奶、水果、烤肉，还有很多美食。我问是谁送来的，他们说是他们的主人，我不管那么多，先好好享受了一顿大餐。就在我吃得心满意足的时候，那个戴面具的女子进来了。我开始也吓了一跳，情不自禁地往后退了几步，但是那女子冲我笑了。"

"妈的，她也冲我笑了，结果我身上就着了！"韩江怒道。

"不，我不像你们，我觉得她笑得很美，很真诚，虽然戴着面具，但是我可以感知到面具后面是一个美丽的面庞，带着甜美的笑容。"

"靠，你的感觉肯定出问题了，面具后面是恐怖的幽灵！"唐风没好气地说。

"我相信我自己的感觉，她的笑容使我一开始的恐惧完全消失了，然后我们俩就坐下来聊了很久。"

"聊了很久？都聊什么啦？"唐风冷笑道。

"她问了我很多，问我叫什么，从哪儿来，来干什么。"

"你都说了？"韩江反问。

"说啦！"

"那她告诉你她是谁了吗？"唐风问。

"没有，我问来着，但她只说她是这一片土地的主人，没说她到底是谁。"梁媛一脸无辜地看着唐风。

"看到没有，小女孩就是好骗，让她说什么就说什么，毫无保留！"韩江一副哭笑不得的表情。

"那你看到她面具后面的模样了吗？"

梁媛又摇摇头，"没有……不过……我问她来着，为什么要戴面具。"

"她怎么说？"

"她说因为她已经失去了最美的容颜。"

"妈的，这什么意思？老了，不好看了，就要戴面具出来吓唬人？"韩江越听越觉得搞怪。

"我也不明白这话是什么意思。"

"那你梦里面跟她聊了半天，合着全是你在侃侃而谈，她跟你说什么了？"唐风继续问。

"说啦，她说我长得很漂亮，跟她年轻时很像，还说我一看就是一个心地善良的姑娘。"

"靠，我早说过，你就是一傻妞，人家一夸你漂亮，你就乐得找不到北了！还心地善良，什么叫心地善良？那是说你傻！"唐风没好气地数落梁媛。

"行了行了，唐风，你还当真了，不就是一场梦吗？"韩江赶忙劝解。

"我的梦里本来就是这样的嘛。对了，我说我要去找瀚海宓城，那个戴面具的女子劝我不要去，说到那里的路途艰险，而且那里已经遭到了致命的毁坏，早已辉煌不再了。"

"得！又是一句废话，我们当然知道去那里的路途艰险。"唐风还在数落梁媛。

梁媛的脸色暗淡下来。韩江却说："不，我倒觉得梁媛这句话不是废话，很有价值。如果我们真的相信这些梦境，如果这个戴面具的女子就是没藏皇后，那么她说'那里已经遭到了致命的毁坏，早已辉煌不再了'就很有价值。唐风，你有没有想过，瀚海宓城的党项人对千户镇进行屠城意味着什么？"

"意味什么？"唐风马上明白了韩江的意思，"意味着更猛烈的报复。"

"嗯，横扫欧亚的蒙古铁骑怎么能忍受这样的屈辱？忽必烈肯定会派大军前来征讨。从我们已经发现的遗迹和掌握的证据看，瀚海宓城的党项人在西夏亡国之后，仍然坚持抗争了几十年，从窝阔台时代一直到忽必烈时代。但是自忽必烈时代之后，这片土地似乎归于平静了，再没有发现什么遗迹。"

唐风接过韩江的话，说："这说明从忽必烈时代之后，瀚海宓城的党项人已经消亡，城市也很可能被毁弃，早已辉煌不再了！"

"那么，你想想，在忽必烈刚当上大汗的时候，瀚海宓城的党项人还有力量对千户镇屠城，为什么之后就突然销声匿迹了呢？"

"一定是在这之后，瀚海宓城的党项人遭受了灭顶之灾，使他们再没有力量在这片土地上书写历史！"

"我想最有可能的灭顶之灾就是元朝大军的报复！"

唐风想了想韩江的推断，又摇摇头，"你的推断虽然我也认同，可是为什么我们只看到千户镇被屠城，却没有看到一点元朝大军报复的迹象？如果忽必烈派大军前来征讨，他们怎么会让千户镇的那些干尸暴尸荒野？这不合常理。总之，我们一路过来，没有发现一丁点元朝大军报复的痕迹。"

唐风的话让韩江无法解释，梁媛忽然说："会不会是党项人遭遇了什么天灾，或是瘟疫什么的？"

"不排除这种可能，但是很难想象，面对千户镇的屠城，忽必烈能坐视不管？"韩江还是坚持自己的推断，"我们现在没有发现元朝大军报复的遗迹，不代表后面不会发现，只有到了瀚海宓城，才能真相大白。"

6

在三人回忆完昨夜的梦境后，天光已大亮，大家又开始商量下一步该往哪儿进发。韩江提议先在胡杨林里查看一遍，然后以胡杨林为中心在周边勘察，一方面寻找新的线索，另一方面寻找当年科考队遗留下来的蛛丝马迹。

三个人匆匆吃了早饭，便开始在这片不大的胡杨林里仔细勘察。韩江一个人一组，唐风和梁媛两个人一组，分别在胡杨林里勘察。唐风和梁媛很快来到了胡杨林的边缘，这是胡杨林的西面，这里有一棵垂垂老矣，几乎已经趴在地上的胡杨，唐风不禁感叹："这棵胡杨至少有上千年的历史了。"

"比西夏还古老？"梁媛问。

"嗯，比西夏古老，它一定见证了曾经在这里发生过的一切。"唐风说完这话，昨夜噩梦中那些胡杨幻化为干尸的场景又浮现在眼前。

唐风强打精神，不希望再被那个噩梦困扰。

"哎，你看这树干上好像有字。"梁媛在这棵倾倒的胡杨树上发现了什么。

"在哪儿？"唐风凑到近前查看。

"这儿，好像是俄文。"

"那一定是科考队留下来的！"唐风心中一阵狂喜，他现在需要一切当年科考队留下来的遗迹和材料，最好还是文字材料。

唐风看见在已经干裂的胡杨树干上有几个大大的字母，确实是俄文字母，像是一个单词。唐风将几个字母连在一起看,慢慢拼出了这个单词——宿命!

"宿命!好奇怪的词?让我想起了《巴黎圣母院》里丑陋的敲钟人和美丽的艾丝美拉达。"梁媛喃喃自语道。

"是啊,这个词怎么会出现在这个地方,这……太……太不可思议了!"唐风摇着头说。

"也许只是当年科考队的某个队员无聊时,写着玩的吧。"

"我看不那么简单,要知道,胡杨干裂成这样,没有什么水分,异常坚硬,要在上面刻字,得费很大的力气。你发现没有,这几个俄文字母每一个都刻得那么深,显然刻字的人是费了很大力气才刻上的。"

"这倒也是!"梁媛想了想,"我们再看看还有没有其他刻字。"

于是,两人在这棵粗壮的胡杨树上仔细寻找起来。刚才那个单词是刻在树干侧面的,已经倾倒的树干有一面朝向地面,唐风躺在地上,将头伸进树干下,慢慢寻找。突然,他发现就在刚才发现的那个单词下面,似乎有字迹。

"这儿好像还有字!"唐风叫了起来。

"什么字?"

"底下看不清楚,得把树干翻一下。"唐风说着从树干下爬了出来。

唐风和梁媛两人一起使劲,可是这棵胡杨异常沉重,两人甭说抬动它,就是将它翻过一面来也很艰难。梁媛想喊韩江过来帮忙,唐风却摆了摆手,"咱们先继续向前勘察,等勘察完了,再叫韩江过来搬。"

两人细致地勘察了胡杨林的西半边,再没发现什么有价值的遗迹。这时,韩江也勘察完了胡杨林的东半边,只见韩江手里攥着一个铁家伙走了过来。"有什么发现吗?"韩江问。

"先说你的吧!"

"我?就发现了一个这玩意儿。"

韩江展开右手,唐风和梁媛看见一颗巨大的铆钉,一颗形状奇特的铆钉。

唐风盯着那形状奇特的铆钉,问:"你在哪儿发现的这个?"

"就在那儿,林子边缘的一棵胡杨树下面。"韩江指着胡杨林东边的一棵胡杨树给唐风和梁媛看。

"我推测这颗铆钉很可能是当年科考队支帐篷用的。"唐风推断说。

"不错,当年科考队的帐篷应该很大,再加上这里风大,可能会有沙尘暴,所以用了这么粗大的铆钉。但是,你们从这颗铆钉上看出什么没有?"

"似乎……这铆钉的形状有些特殊啊,怎么弯成这个形状了?"唐风感到困惑。

"不错,这颗铆钉的形状发生了变化,很大的变化,我想当初这颗又粗又长的铆钉是深深插入地下的。我无法想象这么粗的铆钉,是什么力量让它变成了现在这个形状！"韩江试着想把铆钉掰回原形，可是以韩江的力量，竟是徒劳。

"你的意思是这颗铆钉见证了科考队出事当晚发生的事？"

"是的，如果它是摄像机或者照相机就好了，可是它仅仅是颗铆钉。但是只凭这颗铆钉，我就可以断定，当晚有一股强大的力量袭击了科考队的营地。马卡罗夫曾经回忆说，当他和梁云杰回到营地时，营地内竟然空无一人，但大部分设备和私人物品都还在。"

"嗯，可是现在我们在这儿找不到任何东西，除了这颗铆钉。"

"这说明那股强大的力量横扫了营地的一切东西，并把这颗铆钉变成了现在这副模样。"韩江再次推断。

"这是一股多大的力量啊！竟能让这么粗的铆钉弯曲成这个样子！"梁媛感叹。

"好了，说说你们的发现吧！"韩江把那颗铆钉扔到了车的后备厢里。

"我们的发现比你大得多，不过需要你的帮助才行！"梁媛故作神秘地说。

"哦！大得多？这地方还能有什么发现？还要我帮忙才行？"

韩江将信将疑地跟着唐风和梁媛来到西面那棵趴倒在地的胡杨树旁，"看什么？就这棵树？"

"你要是有力气把这棵树翻过来，就能看到重大发现。"梁媛一脸神秘地微笑。

"翻过来？你们不会是耍我玩吧！"韩江双手抱住粗壮的树干，试了试。

唐风准备上前帮忙，梁媛却拽住了唐风，唐风明白梁媛这是在使唤韩江呢。韩江大喝一声，双臂用力，结果树干纹丝没动。

"哈哈，看来韩队最近缺乏锻炼啊！"梁媛笑道。

"丫头片子，你来试试啊！"韩江颇为恼怒。

唐风走过去，说："我们在这棵胡杨树干上发现了一个俄文单词。"

"俄文单词？"韩江吃惊不小。

"是'宿命'，后来我又在树干下面发现有文字，但是看不清，所以要给这棵树翻个身。你这样抱是费力不讨好，我们三个一起用力，把树干翻一个面就行了。"

"你早说啊！使唤傻小子呢！"

于是，三人一起用力，使出全力，这才将树干翻了一个面。待尘土散去，唐风迫不及待地用手拂去了树干上的尘土，几个俄文单词隐约显露出来。

"还是俄文！"梁媛喃喃。

"这就是刻下'宿命'的那个人刻的喽？"韩江反问。

唐风仔细辨认了一下，使劲地摇了摇头，"不，不是那个人刻的。"

"何以见得？"

"你们看！"唐风指着那几个俄文单词，"首先，这几个单词刻得没有'宿命'那个单词深，显然用力不同；其次，笔迹也不相同，当然我们都不是这方面的专家，这条只能作为参考；最后，这几个单词下面有一个人的名字。"

"啊！人名？""这可是重大发现啊！"韩江和梁媛显得很兴奋。

"是的，这个人名很重要。"唐风故弄玄虚地停下来，看着韩江和梁媛。

"你倒是说啊！"

"这个人名就是——科兹洛夫。"唐风说出了那个人名。

"什么？科兹洛夫！科兹洛夫竟然也来过这里？"韩江和梁媛感到震惊。

"是的，我也很震惊。按照我们以往的认识，1909年科兹洛夫两次进入巴丹吉林沙漠探险，唯一的发现就是著名的黑水城，在他后来写的回忆录和考察报告中，也从没有关于来到这里的记载。"唐风说得很慢，似乎是在记忆中搜寻着什么。

7

短暂的沉默后，韩江忽然想起了什么，"科兹洛夫既然在这里留下了遗迹，那毫无疑问他来过这里。不要忘了，他在黑水城得到了一块玉插屏。按照我们的推断，在此之前，持有敦煌那块玉插屏的人找到了科兹洛夫，并和科兹洛夫一起返回了巴丹吉林沙漠。"

"也就是说，科兹洛夫完全有可能在发现黑水城后，又将触角深入到了沙漠戈壁深处，企图找到瀚海宓城？"梁媛说。

"完全有这个可能。唐风，你倒是翻译啊，科兹洛夫在这上面写了什么？"韩江催促道。

唐风像是才从思绪里清醒过来，说："这上面像是一幅地图，但又不是地图。最上面这个单词，翻译过来就是'黑水城'，其他几个单词都在它的西南方向，一字排开，就是我们已经知道的九里堡、狼洼、千户镇和这里。不过这里，他写的不是月儿泉，而写的是'有胡杨和水源的地方'。"

"哦！这不正好证明了我的判断，科兹洛夫果然在发现黑水城后，从黑水城出发，来找瀚海宓城了。"韩江对自己的判断很有信心。

"但是这上面并没有标明瀚海宓城。"唐风说。

"这说明科兹洛夫并没有找到瀚海宓城。"

唐风点点头，缓缓地说："好吧，我还是谈谈我的看法吧！这几个单词让我得出了好几条重要线索。第一，科兹洛夫也来寻找过瀚海宓城，但是并没有找到；第二，科兹洛夫来寻找黑水城，印证了我和韩江从贺兰山回来之后的判断，在科兹洛夫之前，就有一位神秘人物X首先发现了敦煌的那块玉插屏。科兹洛夫第一次发现黑水城时，并没有引起足够的重视，科兹洛夫继续按照自己的计划，往四川地区进发，可是他为什么在走到青海后突然折回黑水城，并对黑水城进行了大规模发掘？我推断这个神秘人物X很可能起到了决定性的作用。"

"不错，这个发现完全印证了我们之前的推断。"

"第三，科兹洛夫跟我们走的路线一模一样，这让我想到了几个问题，我们是参考了米沙的路线，那么米沙他们当年又是如何确定这条路线的？"

梁媛眼前一亮，"我明白了，米沙和科考队当年很可能参考的就是科兹洛夫的路线图。"

"不错，科兹洛夫虽然没有在公开的资料中提到他的这次冒险行动，但是不代表他没有留下任何文字资料。之前我们已经知道，半个世纪前的联合科考队是应苏方要求成立的，而苏方又是在米沙和他的老师阿里克等汉学家的建议下才提出科考的。还记得克格勃那七封绝密信件吗？著名汉学家孟列夫在其中一封信中写到，是他和米沙在冬宫浩如烟海的库房中发现了玉插屏，那么他们一定为了这次科考翻遍了冬宫和东方学研究所的资料档案，科兹洛夫探险活动的所有档案文件都存放在这两个地方。所以，米沙他们完全有可能发现了科兹洛夫关于这次不成功探险活动的记载，也正因为他们掌握了科兹洛夫的这个记载，科考队才在没有找齐所有玉插屏的时候贸然行动！"唐风的思路一下子开阔起来。

"可惜他们都止步于此。"韩江叹了口气。

"这正是我要说的第四点，中苏联合科考队和科兹洛夫的探险两次都终结于此，所不同的是，科考队几乎全军覆没，科兹洛夫似乎全身而退，至少他本人没事。这让我感到不寒而栗！"唐风面露难色。

"不寒而栗！为什么？"梁媛还不明白。

韩江解释道："唐风的意思还不明白吗？前面两次都止步于此，我们现在也到了这个地方，我们还能继续前进吗？我们就能比科兹洛夫和联合科考队幸运吗？"

"是啊！也许前面正有巨大的威胁在等着我们……"

"切！你们两个大男人现在就害怕了？我还没怕呢！"梁媛倒满不在乎。

"好了，还有最后一点，也就是第五点，你们看。"唐风指着树干上那个"有胡杨和水源的地方"说，"从这个地名上看，科兹洛夫来到这里时，这里是有水源的。而根据马卡罗夫和米沙的回忆，科考队本来也以为这里有水源，但是出去寻找时却没有发现水源。"

"看来科兹洛夫误导了科考队！"韩江道。

"这还不是最关键的，最关键的是这里。"说着，唐风的手指向了"有胡杨和水源的地方"西侧，那里隐约显现出了一个标记，标记旁也有一个俄文单词，但是这单词的字体很小，比其他几个都小，不仔细看，很容易忽略掉，"看到了吗？科兹洛夫在胡杨林西边又标注了一个地名，这个俄文单词翻译过来是个可怕的名字——魔鬼城。"

"魔鬼城？这是什么东西？听起来倒挺吓人的啊！"梁媛不但不害怕，反倒表现得很感兴趣。

"魔鬼城？会不会就是我们一直苦苦寻找的瀚海宓城？"韩江突然提出了大胆的推测。

"这……"唐风有些迟疑。

韩江又说道："你看方向也对！"

"你说的这点我刚才也想到了，但是现在下结论为时尚早，我们看来很有必要继续往西去探一探了。"说着，唐风向胡杨林西面那些连绵不断的沙丘望去。

第十三章 魔鬼城

1

新的发现搅得三人心里不安，那个听上去就令人心生畏惧的魔鬼城究竟是什么地方？就是他们苦苦寻觅的瀚海宓城？还是什么别的可怕的地方？

最后，倒是梁媛下了决心，"不就是个城吗？咱们连满城干尸的千户镇都闯过来了，还怵什么魔鬼城？我就不信那里真有魔鬼！"

"还是小心点好，刚才那颗变形的铆钉是在胡杨林东面捡到的，这说明什么？说明最后袭击科考队的巨大力量是从西边来的！"韩江告诫道。

"是啊！我昨晚那个噩梦里诡异的乐声也是从胡杨林西面传来的。"唐风一想起昨夜的噩梦，浑身猛地一颤，一切都是那么清晰，就像真的发生过一样。

"两个胆小鬼，你们到底还走不走？"梁媛催促两人。

韩江和唐风对视一眼，"现在也只能先找到这个魔鬼城看看了。"

三人上车，出了胡杨林，继续向西北方向前行。韩江绕着胡杨林转了一圈，胡杨林外就是漫漫黄沙，不但看不到有水源，连像狼洼、黑石那样曾经有水源痕迹的地方都没发现。韩江不禁咒骂："坑爹啊！一滴水都没有，还叫月儿泉！这么美的名字怎么能属于这儿！"

"是啊，即便水枯竭了，也应该留有遗迹啊！"梁媛也不解。

"或许是我们搜索的范围还不够大吧！"唐风来了这么一句。

"可是……可是那个'宿命'又是怎么回事呢？"韩江还对树干上那个奇怪的俄文单词念念不忘。

"据我的判断，这个单词是另一个人刻的，但是我无法肯定是科兹洛夫的人，还是联合科考队中的人刻的。"唐风如实说。

韩江想了想，"科兹洛夫的队伍里，除了他还有别的俄罗斯人吗？"

唐风沉思了一会儿，摇摇头，"我印象中似乎没有，因为科兹洛夫雇佣了大量当地人。当然，也不排除有我们不知道姓名的俄罗斯人在科兹洛夫的队伍里。"

"如果是科考队的人呢？"韩江反问。

"科考队？我开始也认为就是科考队中的某个人刻的。不过，现在这个问题复杂了。据马卡罗夫和米沙的回忆，再加上我们的实地勘察可知，当年科考队来到月儿泉，在胡杨林里扎营，主要是在胡杨林东部，而写有俄文单词的那棵胡杨在胡杨林西侧边上，从这点看又不像是科考队的人刻的。"唐风也不明白那个"宿命"究竟是怎么回事。

车内沉默下来，韩江猛踩油门，径直向西北方向的沙丘冲去。

2

"悍驴"开出去五六公里，连绵不断的沙丘不见了，前方的戈壁滩上突然出现了一些巨大的土丘。梁媛兴奋地叫喊："城堡，那么多城堡，这就是魔鬼城！"

唐风紧张地注视着前方，车继续往前开。前面的土丘越来越多，形状奇特，光怪陆离。梁媛也不再喊"城堡"了，因为她发现那只是一些形似城堡的巨大土丘，根本没有人工雕琢筑造的痕迹。"这怎么突然冒出来这么多大土堆？"梁媛不解。

"这就是魔鬼城。"唐风很肯定地说。

"这就是魔鬼城？"

"是的，这些形状奇特、光怪陆离的巨大土丘，地理学上的名称叫雅丹地貌。它们不是人为雕琢的，而是大自然的鬼斧神工造就的。"唐风解释道。

韩江将车停在了几座巨大的土丘中间，三人下了车。

"按你这么说，这里不可能是瀚海宓城喽？"梁媛问。

"我现在可以肯定地说，魔鬼城不是我们要找的瀚海宓城。"唐风回答。

"雅丹地貌……我好像以前听过。"韩江像是想起了什么，"老百姓好像就把这种地貌叫做魔鬼城。是吧？"

唐风点点头，"不错，雅丹地貌一般出现在沙漠戈壁里的风口地区。也就是说，这里的风特别大，巨大的风力，有时还有水流的冲刷和腐蚀，使原本巨大的土丘变成了现在看到的这副模样。有时候，大自然的鬼斧神工能把这些土丘雕琢成各种各样的形状，有的像动物，有的像人物，还有许许多多似是而非的妖魔鬼怪！"

"大自然的造物果然是千变万化啊！"梁媛感叹。

"试想一下，当人走进这里时，荒凉的戈壁滩上本来就让人害怕，何况是这里。只要刮上一阵风，因为这里特殊的地质构造，便会产生各种奇怪的声响。再加上置身于这千奇百怪的土丘中，人们很自然地对这里产生恐惧，又很自然会把这里和魔鬼城联系在一起。"唐风解释了半天。

梁媛似乎并不害怕,她冲着土堆大声喊道:"啊……魔鬼,我来了……"

魔鬼城内传来声声回音。韩江不满地呵斥她:"别瞎叫,万一这里隐藏着什么人呢,你这一叫咱们就全暴露了。"

韩江这一提醒,梁媛也觉得一阵后怕,"说不定还有幽灵鬼魂呢!"

"唐风,你刚才说这里风特别大,可这会儿怎么没什么风啊!"韩江走到两排巨大的土丘中间,中间的通道像是一条宽阔平坦的高速公路。

唐风抬头看看天,昨天一直阴沉的天空此时已经完全扫去了阴霾,碧空万里,没有一丝风。"也许今天没有风吧。"唐风回道。

"不管有没有风,唐风,你刚才那句话提示我了。当大风吹过这里时,因为特殊的地质构造,便会产生种种奇怪的风声。我忽然想到了当年的科考队,马卡罗夫和米沙都回忆说晚上在胡杨林听到了可怕的怪声,这种怪声会不会就是大风吹过魔鬼城的声音?"韩江大胆地推测。

韩江的推测让唐风心里一颤,"不是没有这种可能,但是胡杨林距这里有五六公里,这里产生再大的怪声,传到胡杨林时应该也不会有多大声音了吧!"

三人转了一会儿,又上车在魔鬼城里转了一圈,韩江怕在魔鬼城里迷路,是按照正方形的路线转的。当他们转到魔鬼城东面的时候,一个形似圆形城堡的土丘引起了大家的注意,因为这个城堡完全是个标准的圆形。

梁媛不禁疑惑道:"这个土丘这么圆,是不是人工筑造的,否则怎么这么圆?"

"是啊,完全得有工具才能建造这么圆的城堡。"韩江也很疑惑。

"我早说过了,大自然的鬼斧神工,什么奇迹都会发生。不相信你们下去看看,看看这土丘有没有人工的痕迹。"

唐风这么一说,韩江和梁媛还来了劲,两人下车,真的爬到圆形土丘上勘察起来。唐风站在车旁,眯着眼,等待他们的勘察结果。五分钟后,两个人回来了,果然,没有发现一点人工建造的痕迹。

"难道大自然真的有这样的鬼斧神工?"韩江还有点不服,他又爬到了圆形土丘顶端查看。突然,韩江在土丘上面叫了起来,"你们快上来,我在这里发现了东西。"

唐风和梁媛一惊,忙爬上了圆形土丘。圆形土丘顶端,有个形似城堡的瞭望塔。果然,在这里的土中,韩江拽出了一些尚未完全腐烂的丝织品,准确地说,是一些衣服,紧接着是一具人骨架。

"妈的,我们怎么现在到哪儿都能碰到尸骨,不是干尸,就是骨头!"韩江一边咒骂,一边又从土里刨出了两具尸骨,还有两支 AK-47 步枪和一些子弹。

唐风和韩江很快辨认出了,那些已经烂成碎布条的丝织品是 55 式军装。韩江还将不同的碎布条分类,判断出了这是三套军服。按照军衔,一套是少校的军服,另两套是中尉的军服。当这些碎布条、步枪和子弹一同呈现在三人面前时，他们马上明白了这一切。

"这就是科考队出事前一天晚上失踪的那三名军官！"韩江缓缓地说。

"想不到，他们竟然暴尸在此这么多年！"唐风感叹。

"马卡罗夫回忆时提到了这三名失踪的军官，米沙的信里也提到，他没有看见那天晚上负责值夜的人。米沙对中国人不放心，所以他不确定这三名失踪的军官是遇害了，还是和马昌国他们同流合污了。现在看来，米沙当时的担心都是多余的了！"韩江说。

"他们出现在离营地这么远的地方，又被有意识地集体埋在了这里，不用问，我敢肯定这是马昌国他们干的！"唐风斩钉截铁地说。

"显然是马昌国他们干的，如果那晚这三名军官还在营地值守，马昌国他们恐怕很难潜入营地。"梁媛也附和说。

"但是马昌国他们是用什么手段把这三名全副武装的军官弄到了这里，又将他们杀害的？"唐风想不通。

韩江举目眺望四周，道："这也不难，我查看了这里的地形，据我推测，当科考队在胡杨林里扎营时，这里就是马昌国他们的大本营。不要忘了，马昌国就是本地人，对这儿的情况更熟悉，适应能力更强。这里既便于监视科考队的一举一动，又方便隐藏他们，当他们被科考队发现时，完全可以遁入此地，凭借这里独特的地形，和科考队周旋。我估计这三名军官就是发现了马昌国他们，于是马昌国故意将三名军官诱骗至此，然后在这里将三名军官全部杀害。"

3

三人将军官们的遗物和尸骨重新埋在圆形土丘中。韩江还特意试了试那两支AK-47，但是两支枪已经损坏，没法使用了。韩江便将两支枪的枪尖冲下，枪托朝上，深深扎入土中，权当是这三名军官的墓碑。

"这是军人最好的墓碑！"韩江走下圆形土丘，又回身向圆形土丘上高高耸立的步枪敬了一个标准的军礼。

就在这时，梁媛在圆形土丘下发现了另一件衣服，"你们来看，我发现了一件皮夹克！"

唐风和韩江看见，梁媛手里果然提着一件落满灰土的黑色皮夹克。他俩马上想到了米沙信中提到的那个穿皮夹克、戴墨镜的男人。"马昌国的皮夹克。"两人不约而同地惊道。

唐风翻了翻这件皮夹克，虽然没在皮夹克上发现任何有价值的线索，但他分明在上面察觉到了马昌国的气息，"他为什么会舍弃自己的皮夹克呢？"

"老奸巨猾的马昌国，估计他是想逃跑。不要忘了，科考队全军覆没，他们也好不到哪儿去，但是最后马昌国居然安然无恙地跑了出去。"韩江推断。

扔了马昌国的皮夹克，三人很快回到了一开始看到的那两排巨大的土丘中间。韩江调整了方向，沿着这条笔直的通道，向魔鬼城的尽头驶去，不大一会儿，他们就来到了魔鬼城的边缘。唐风在这儿看到了两座异常巨大的土丘，这两座土丘似乎有些特殊，它们的位置其实已经出了魔鬼城，但比魔鬼城中几乎所有的土丘都要高大巍峨。唐风走到这两座巨大的土丘下，仔细勘察了一番。他有些疑惑，因为他似乎在土丘上看到了一点夯土的痕迹，但是又很不明显，会不会是特殊地质构造形成的？唐风拿不准。

唐风绕着两座巨型土丘走了一圈，还是没有发现直接的人工夯筑痕迹。他失望地摇了摇头，"看来这两座巨型土丘也是大自然的鬼斧神工造就的。"

这时，韩江查看了方位，指了指两座巨型土丘后面广袤的戈壁，"那里是正北方，瀚海宓城应该就在离此不远的沙海中。"

唐风站在两座巨型土丘中间，向北面眺望。也许韩江说得对，他们已经距离瀚海宓城不远了！

唐风正站在两座巨型土丘中间眺望，忽然变天了。原本平静的魔鬼城中，不知从哪儿刮来一阵风，卷起漫天黄沙，一时竟迷住了众人的眼睛。

待这阵风过后，天空竟然又被乌云笼罩。"好诡异的天气！"梁媛喃喃。

"应该说是好诡异的地方！"韩江说。

"为什么这么说？刚才我看这魔鬼城平静如画，一派'大漠孤烟直，长河落日圆'的美景，还想在这儿多看一会儿呢。"梁媛似乎对这儿很陶醉。

"正因为刚才是那么宁静，那么美，这地方才诡异。你忘了科兹洛夫和联合科考队都是在这一带裹足不前的？科考队甚至全军覆没。"韩江提醒说。

"是啊，我可以确定这里已经离瀚海宓城很近了，科兹洛夫和科考队也都曾到达这里，但是他们为什么没能继续前进呢？这里必然有我们还不知道的艰险。"唐风表示同意韩江的说法。

三人跳上车，韩江倒车，梁媛问两人："那我们现在该怎么办？是继续向前，还是先……"

唐风打断梁媛的话，"我忽然有一种很不好的预感。"

"什么不好的预感？"梁媛问。

"前面的路看似平坦，但危险也许很快就会降临了。"唐风平静地说。

"我看现在时间还早，不如我们试着往前走一段，看看情况再说。"韩江提议说。唐风听出来韩江的语气和以往很不同，这次他是商量的口吻，而不是命令。

唐风没有表态，韩江也没有马上发动车，似乎在等着唐风表态。但是唐风怔怔地看着"悍驴"已经破损的挡风玻璃，一言不发。韩江不明白他在看什么，透过这已经破碎的挡风玻璃，能看到瀚海宓城？

"是啊，往前探探路。"梁媛支持韩江的想法。

唐风还是没表态，韩江慢慢发动了车，"悍驴"从两个巨大的土丘中间穿过，驶进了一片未知的领域。或许这片土地七百年来从没有人踏入！唐风默默地想着。

4

车速很慢，韩江小心翼翼地注视着周围，天色更加阴沉了，四周景物看不出一丝变化，放眼望去，仍然是无尽的黄沙。

唯一起了变化的是风，又是一阵狂风，吹得"悍驴"的车窗吱吱作响。车速越来越慢，唐风知道韩江在犹豫。没开出去多久，刚才还很有信心的梁媛就打起了退堂鼓，"今天天气太糟了，咱们还是等天好了再来吧。"

梁媛的话给了韩江台阶，韩江把车停了下来，"这里天气变化太快，明天也难保晴空万里。"

"或许和这座魔鬼城有关。"唐风终于开口了。

"什么意思？"韩江反问。

"刚才我已经说了，这儿是大自然的鬼斧神工造就的，天气变化如此迅速，很可能与这儿的地形有关，这儿的地形在此地形成了一个小气候环境，诡异而多变。"唐风解释说。

"也就是说，仅仅是这里会这样，别的地方并不会？"梁媛问。

"但我并不知道这个小气候环境影响的区域有多大。你们注意到没有，从咱们进入沙漠戈壁，越往西北方向走，天气越是多变。"唐风说。

"确实如此。从千户镇开始，大风、沙尘暴、多变的天气就一直伴随着我们。但是我觉得还是这个地方最为诡异。你听到什么声音了吗？"韩江忽然问。

唐风和梁媛听到了一阵难以用语言形容的声响，是风声吗？似乎又不是，唐风侧耳倾听。突然，他怔住了，是乐声，是梦中听到的时而欢快、时而忧伤的诡异乐声。梁媛和韩江也听到了，这悠扬的乐声不知从何处传来，虚无缥缈，夹杂着强劲的风声，渐渐包围了他们。

唐风觉得头有些晕。那诡异的乐声仍然不断传来，这会儿风又比刚才小了一点，乐声却更近了，唐风突然冲韩江叫道："还不快走，等什么？"

被这诡异的乐声搞得五迷三道的韩江这才反应过来，一踩油门，掉转车头，向那两座巨型土丘冲去。可是韩江刚刚加速，却又猛踩刹车，车停在了距巨型土丘二十米远的地方。唐风和梁媛被韩江这突如其来的刹车甩得东倒西歪。

"韩队，你要害死我啊！"坐在后排的梁媛叫喊起来。

"大小姐，不是我要害你，是那个人要害我们……"韩江的声音居然在颤抖。

唐风没等韩江提醒，已经透过破碎的挡风玻璃看到了恐怖的一幕，那个……那个戴面具的女子又出现在了右侧的巨型土丘上。

梁媛也看到了，但是她似乎并不紧张，倒是韩江和唐风被惊到了，"她怎么又出现在这儿了？"韩江很少会因为恐惧而说话颤抖。

"难道……难道她真的是没藏皇后？"唐风晃着脑袋，"可……可她已经死去近千年了！"唐风喃喃自语。

"我……我现在开始怀疑究竟哪个是梦境？哪个是现实？"韩江瞪着眼睛盯着前方，手死死抓在方向盘上。

唐风心里也产生了亦真亦幻的感觉。他使劲捏了一下自己，疼，应该是真的！他看见那个戴面具的女子就这样静静地站在巨型土丘上，和他们对峙了足足有五分钟。诡异的音乐不断袭来，唐风不知道她是如何上去的，也不知道她是什么时候出现在这里的。唐风瞪着通红的眼睛，盯着戴面具的女子，他想从她的身上、脸上，不，应该是面具上确定她是否就是自己梦中见到的那个女子，但是唐风没有从这个女子的面具上看到一丝笑容。

唐风正在诧异之时，戴面具的女子又缓缓地抬起了右手。这次，经历了昨天和噩梦考验的韩江反应迅速，只见韩江不等那女子抬起右手，便向后快速倒车，然后猛打方向盘，一路向魔鬼城东面奔去。

韩江既没敢奔进东面连绵起伏的沙丘，也没敢奔进魔鬼城。他怕在连绵起伏的沙丘中迷路，也怕戴面具的女子又出现在魔鬼城里某个土丘之上。韩江小心翼翼地选择在沙丘和魔鬼城的边缘地带行驶，时而驶进沙丘，时而又冲进魔鬼城。唐风和梁媛回头看去，刚才他们停车的地方，此刻已经陷入了一片火海。

韩江也不知道过了多久，当他缓过神来的时候，魔鬼城已经被甩在了后面。可是，前方全是连绵不断的沙丘，他不知道下一步该往哪儿开。

韩江看后面没有追兵，放慢了车速。但这时天气丝毫没有转好的迹象，天空更加阴沉，狂风似乎比刚才还要猛烈，只是那诡异的乐声现在好像听不到了。

狂风不断夹杂着黄沙和碎石吹打着"悍驴"的车窗，韩江想加速离开这鬼地方，但又不知该往哪里开。突然，一块巴掌大的碎石"啪"地击中了后座的车窗，玻璃没被砸穿，却已经分崩离析，摇摇欲坠。

韩江干脆将车停了下来，他看狂风越来越大，冲唐风喊道："我看这又是一场沙尘暴，咱们还是到车下躲躲吧。"

没有其他办法。三人下了车，利用"悍驴"的车身作掩护，躲在背风的一面。

第十三章 魔鬼城

这场沙尘暴一直持续了半个多小时，才渐渐平息下来。刚才还躁动不安的沙漠戈壁很快平静了下来，空中的阴霾也随之而去，重新露出了炽热的太阳。

　　三人无力地靠在"悍驴"的车身上。"多亏了'悍驴'啊！"韩江感叹。

　　"你这会儿知道'悍驴'的好了吧！"唐风喃喃。

　　"就是你这车回去要大修了。"韩江说。

　　"回去？你不是一直说'悍驴'回不去了吗，还是看看我们现在怎么办吧！"

　　韩江站起来，四下望去，周围全是连绵的沙丘，"我想咱们今晚还是先回胡杨林，明天再作打算。"

　　梁媛表示赞同，唐风却犹豫起来，"回胡杨林？"

　　"怎么？你怕那个戴面具的女子找来？"梁媛反问。

　　"不是没有这种可能。昨天在黑石遭遇戴面具的女子，我们完全可以把那遭遇理解为幻觉，或是历史穿越。可是今天我们在魔鬼城又见到了，两地相距几十公里，这……这又该如何解释？"唐风反问。

　　韩江和梁媛无言以对，唐风接着说："还有，从黑石到魔鬼城要经过月儿泉，我们昨晚都梦见了这个戴面具的女子，而且梦境居然都那么清晰，难道……难道昨天夜里，这女子就没有可能真的出现在胡杨林里吗？"

　　"唐风，你想得太多了，如果昨夜这个戴面具的女子出现在了胡杨林里，她为什么不轻轻抬一抬右手，把我们都烧死呢？"韩江摇着头说。

　　"她为什么要杀死我们呢？也许……也许她只是在守护着什么，她并不想要我们的命！"唐风反驳道。

　　"好吧，唐风，我不和你争，你说今晚我们不回胡杨林又能去哪儿安营扎寨？"韩江指了指周边的沙丘。

　　唐风无奈地看看周围，只好点点头，"好吧，我同意回胡杨林。可现在我们迷路了，怎么回？"

　　"这还难不倒我。我估算了一下，按照我们现在所处的方位，月儿泉的胡杨林就应该在我们的正南方向。"韩江用电子罗盘和指南针做了初步判断。

　　于是，三人再次上车，韩江并没判断错大的方向，但还是在沙漠里乱撞了两个多小时，才赶在天黑前回到了胡杨林。

　　三人精疲力竭，吃了点东西，连睡袋都没用，全都在车里和衣而眠。

第十四章 黑尘暴

1

夜半时分,从遥远的地方又传来一阵奇怪的声音。开始时依旧沙沙作响,然后是风声,慢慢地风声中裹挟着乐声,那乐声像是从沙漠深处飘来,又像是从幽深的地下传来。在唐风紧闭的双眼下,这乐声挑动着他的神经,终于唐风慢慢睁开了眼睛,还是昨天听到的欢快乐声,优美的笛子、悦耳的琵琶、节奏感十足的鼓乐,还有女子的歌声……

唐风侧身看看旁边的韩江,他还在呼呼大睡,后座的梁媛也沉沉睡去,自己却睡意全无。唐风打开车门,走了出来,他想弄清这乐声究竟来自何方。忽然,乐声变了调,唐风虽有心理准备,但还是心里一惊,因为那乐声突然变得十分忧伤。紧接着,忧伤的乐声开始变得诡异,诡异的乐声越来越响,越来越强烈。唐风的心在扑扑乱跳,但他仍然壮着胆子,仔细聆听,他想听出这是什么音乐,又来自何方。

唐风走到胡杨林中央,闭上眼睛,静静地听那乐声。三分钟后,唐风已经十分肯定这是他从未听过的一种音乐,而乐声传来的方向,还是在胡杨林的西边。

乐声似乎越来越近了,唐风紧张地注视着胡杨林的西边,但是漆黑的夜里,他什么都看不见。他摸了摸身上,又掏出那把匕首。唐风极力控制着因为紧张而狂乱跳动的心脏,调整呼吸,终于他鼓足勇气,一步一步向胡杨林西面走去。

来到胡杨林边缘,唐风又摸到了那棵形状奇特的胡杨,他倚在胡杨树上,默默地注视西面连绵起伏的沙丘。此时,乐声似乎消失了……唐风正在诧异,身后突然"砰"的一声,是一团明亮的火光映红了夜空,也照亮了整个胡杨林。唐风吓得赶忙回身看,他又看见了那个戴面具的女子。

一如这两天看到的模样,戴面具的女子穿着华丽的长袍,戴着高高的帽子,一身党项贵族女子的穿戴,那奇怪的面具依旧闪耀着金属光泽,散发着诡异的气息。唐风不知道这女子是如何出现在自己身后的，但还容不得他多想，戴面具的女子已经迈着高贵的步伐，雍容华贵、姿态万千地向唐风款款走来。那诡异的乐声再次从沙漠深处传来，越来越近，越来越响，仿佛一支庞大的乐队，正从沙漠中走来。

唐风的身体本能地开始剧烈颤抖，全身被一种恐怖而诡异的气氛包围，他想向后退，可是后面就是那棵胡杨，根本没有退路！这时，戴面具的女子已经站在了唐风面前，女子的面具后面露出了一丝诡异的笑容，然后，戴面具的女子又开口了，"我们又见面了。"

"你……你是没藏皇后吗？"唐风壮着胆子，终于问出了他一直想问的问题。

戴面具的女子迟疑了一会儿，说："我是没藏，不是皇后，既没有皇后之名，亦没有皇后之实，更没有皇后之尊，我一天皇后也没有做过。"

"不，昊王在时，你虽然没有当过皇后，但你的儿子谅祚登基后，你是至高无上的皇太后。"唐风这会儿感觉好一些了。

"皇太后？你见过身首异处的皇太后吗？"女子的声音突然高了起来。

"身首异处？你……"唐风马上想到了昨夜梦里这女子说的"偷脸"，"你的脸，你高贵的头颅……"

唐风说着，极力想看清楚金属面具后面的情形，但是他只能看见那两个空洞洞的眼眶，难道面具后面真的什么都没有？

2

戴面具的女子沉默了一会儿，才又缓缓说道："我十六岁时，哥哥做主将我嫁入当时党项权势最盛的野利家，这是一次政治联姻，我并不幸福。谁料，后来野利家功高震主，引起了昊王的猜忌，野利家的好日子也就到头了。野利家族最后被满门抄斩。而我却幸运地活了下来，因为昊王爱上了我，他将我安置在贺兰山的寺院中，在那里我和昊王度过了最美好的时光。我不需要名位，我只需要昊王，我只要做他的妻子，为他生孩子……"

"但他毕竟是昊王啊！"

"是的，我那时不懂。后来，当我怀上孩子的时候，我发现一切都变了，朝中的各派势力蠢蠢欲动。我的哥哥没藏讹庞是个野心家，他一心想成为一人之下万人之上的国相，想让没藏家族成为西夏最显赫的家族。野利皇后被废，我又怀上昊王的孩子，这让他看到了希望。昊王又爱上了太子宁令哥的太子妃，这使我伤心至极，但是哥哥对我说他的机会来了，没藏家族的机会来了！"

"后来你哥哥挑动太子宁令哥弑父杀君，他再以谋反之名杀了宁令哥，而你生下了谅祚，没藏家族从此显贵。"

"是的，但这并不是我想要的，我只要我的昊王。"

"但这就是命运，你命中注定将是西夏的皇后。" 唐风忽然觉得此刻那诡异的面具变得忧伤起来。

"皇后？哼，可惜我无福享受皇后的尊荣，最后居然身首异处，千年之后仍不能安息。"

"身首异处？你究竟为何身首异处？" 唐风急切地想知道这是怎么回事。

可是戴面具的女子并不回答唐风的问题，转而问他："你们这是要去哪里？"

"我……我们要去瀚海宓城！" 唐风犹豫片刻，还是说出了他们的目的地。

"瀚海宓城？" 女子听了唐风的话，向后退了一步，"年轻人，我劝你还是打消这个念头吧。"

"为什么？"

"因为瀚海宓城是党项人的禁地，你根本不可能找到它，这一路的艰难险阻足以夺去你的性命！" 女子的话语变得严厉起来。

"我愿意冒险一试！"

"那你会后悔的。" 戴面具的女子沉吟下来，但她仍然直挺挺地站在原地。许久，女子似乎缓和了口气，"就算你九死一生，找到了瀚海宓城，你也会后悔的，那里早已繁华不再，成了一片废墟。"

"废墟？为什么会成为废墟？" 唐风追问。

"因为贪婪、骄奢，这是一切罪恶之源。"

"不，不管瀚海宓城现在变成了什么样，我都要找到它，哪怕只是看一眼，我也心甘情愿。" 唐风很坚定地说。

戴面具的女子似乎轻轻叹了口气，随即说道："既然你这么执着，那么，我送你一样东西吧，也许这样东西能对你有所帮助。"

"送我一样东西？" 唐风显然没有心理准备。

"是的，这件东西是昊王送给我的，我一直珍藏着，如果你能到达瀚海宓城，就请你帮我把这件东西带到那里去吧！如果你没能到达瀚海宓城，又平安地离开了这里，这件东西就留给你了；如果你没能到达瀚海宓城，也没能平安地离开这里，那么，这件东西就作为你的陪葬品了。"

"啊……陪葬品？" 唐风浑身一颤，不寒而栗。

"不用害怕，那只是三分之一的可能。"

"可……可为什么要带到瀚海宓城呢？" 唐风大惑不解。

"天机不可泄露！你只要去了，自然就会明白的。"

说着，戴面具的女子缓缓抬起了右手。唐风已经太熟悉这个动作了，他的心脏随着女子右手的抬起，一下子悬了起来。他不知道这女子要做什么，本能地向后退了一步，又靠在了那棵形状奇特的胡杨上，已经退无可退了。

唐风生怕树干后面又生出那恐怖的干尸手臂来，但是他没有勇气向前，离开这棵胡杨树。不过，让他感到奇怪的是，这次戴面具的女子并没有再走上前来，她仍然站在原地，抬起了右手，指着自己。

唐风又感到了死亡的气息，他的瞳孔急速放大，他想开口，半张着嘴却说不出一个字来。唐风心中惧怕，却不知为何，眼睛死死盯着女子的面具，特别是面具上眼眶位置的两个黑洞。唐风面对女子指向自己的手臂，本能地想去护住自己的身体，但是此时唐风觉着自己的手臂已经不属于自己，他完全无法控制自己的双手，他强制自己集中意识，可是一切都是徒劳。

唐风窒息地靠在胡杨的树干上，他看不见女子袖笼中的手臂，那里只是一个黑洞洞的袖笼。唐风正在诧异，忽然感到自己的胸前像是被什么东西灼烤了一下，一阵钻心的疼痛……唐风大叫一声，惊醒过来。他发觉自己还在车里，难道又是一场噩梦，一场漫长的噩梦？而此时，天已大亮，唐风晃了晃沉重的脑袋，发现韩江和梁媛正吃惊地看着他。

3

"你又做噩梦了吧？"梁媛笑着问唐风。

唐风扭了扭酸疼的脖颈，"不，我无法分辨那是梦还是真实发生的事。"

"别扯了，做噩梦就做了，还什么分不清。老子久经考验，昨夜还做了噩梦！"韩江怒吼。

"哈……你昨夜也做噩梦了？"唐风吃惊地看着韩江。

"是啊，连续两个晚上了，老子这辈子也没做过这么多噩梦！"韩江皱着眉说。

"那快说说，做的什么梦？"唐风忽然对别人的噩梦发生了浓厚的兴趣。

"什么梦？就跟昨天那个噩梦一样。"

"你又梦到那个戴面具的女子了？"

"是啊！所不同的是这次不是在戈壁滩上追大切诺基，而是我一个人驾驶'悍驴'在魔鬼城里迷了路，到处乱转也找不到出路。遭遇戴面具的女子也不是在黑石，而是在魔鬼城的那个巨型土丘上。"韩江简要回忆了自己的噩梦。

"就这些？"

"嗯，其他情节基本和昨天一样。"

"看来真是日有所思夜有所梦啊！"唐风感叹。

"屁！这叫白天见鬼，夜里梦魇！"韩江咒骂起来。

"媛媛，你呢？你昨夜做噩梦了吗？"唐风转而问梁媛。

梁媛似乎很平静，"我也做梦了，但跟你们不同，我的不是噩梦。"

"哦！看来长生天还是眷顾你啊！"唐风感叹。

"那是，小时候我妈妈就跟我说过，你们做噩梦的人心里都不干净，心灵干净的人是不会做噩梦的。"梁媛一本正经地说。

"放屁！我多单纯！从来只知道完成任务！"韩江反驳说。

"你妈妈？"唐风喃喃。

"我妈妈就是这么跟我说的。"梁媛说着拿出了她佩戴的那条有她妈妈相片的鸡心项链。

"你不会是梦见你妈妈了吧？"韩江笑道。

"不，我还是梦到那个戴面具的女子，但是就跟上一次一样，在梦里我跟她游山玩水，还大快朵颐，反正全是美事啦！"梁媛笑着说。

"有意思嘛！一场黄粱梦啊！"韩江笑梁媛。

梁媛反驳说："总比你们天天做噩梦强。"

"还是听听唐风的噩梦吧！"韩江说。

"我……"唐风用手使劲摁了摁太阳穴，"我的噩梦跟你们都不同。我又听到了那诡异的乐声，然后就在胡杨林里见到了戴面具的女子，她承认她就是没藏皇后，并对我说了一些她的身世。她说的身世和我已知的基本吻合，但是她又说她不是什么皇后，我不明白，她当时说……说了这样一句话，'你见过身首异处的皇太后吗？'"

"身首异处的皇太后？这是什么意思？"韩江和梁媛大惑不解。

"对了，她还说'可惜我无福享受皇后的尊荣，最后居然身首异处，千年之后仍不能安息'。"唐风又补充说。

"好奇怪的话，从字面上看，她是说自己没有当皇后的福分，最后身首异处！"梁媛说。

"身首异处在古代是很严重的刑罚，谁会让一个皇后身首异处呢？古时候，就算皇后犯了谋逆大罪，要皇后性命也不过赐三尺白绫。"韩江说。

"是啊，一是女子，二是皇后，就算犯了最严重的罪，也不会让尊贵的皇后身首异处而死！"唐风直摇头，也想不通。

"但是没藏皇后的遗骨的确出了问题，头颅和身体确实不是一个人。"韩江说。

"而且这次我清晰地记得我在面具上眼眶那两个洞中什么都看不到！再加上上次面具后面可怕的一幕，这一切都似乎在印证没藏皇后确实死后身首异处了。"唐风努力回忆着梦里的每一个细节。

"历史上没藏皇后究竟是怎么死的？"梁媛忽然问。

"关于没藏皇后的死亡有不同的说法，不过流传比较广的一个说法是没藏氏当上皇太后时还很年轻，于是与几个男宠混在一起，荒淫无度。她没有等到谅祚亲政、没藏家族衰败的那一天，就被两个刺客刺死了，有人说那两个刺客曾是她的男宠……"唐风说到这，没了声，他沉思片刻，突然眼前一亮，"我有点明白了，没藏皇后说她身首异处，很可能是刺客所为。"

"刺客所为？你是说刺客在刺杀了没藏皇后之后，割去了她的头颅？！"韩江和梁媛对唐风的推断感到无比震惊。

4

一阵沉默之后，唐风拍了一下脑门，"对！一定是这样的，所以没藏皇后才没了头颅。"

"按你这么说，黑水城大佛塔中安放的是被割去头颅的皇后尸身，架上了另一个女子的头颅？"韩江惊道。

唐风点点头，"肯定是这样。谅祚亲政后，对母亲的不检点生活很恼怒，特别是母亲的尸身没有头颅，所以最好的办法就是把信奉佛教的母亲的尸骨加上一个头颅一起封在佛像中，这样既端庄，又能保守这个秘密！"

韩江却摇了摇头，"这么做虽然完全可以，但是我总觉得这么做不符合常理。如果没藏皇后的人头没有了，非要给她加上一个的话，完全可以用金属材料，比如金、银或铜铁做一个头颅，架到没藏皇后的脖子上，为什么要找个其他女人的头去配？这不符合常理。"

"是啊，这是不符合常理，古人是十分强调血统地位的，哪个女子的头可以被架在没藏皇后的脖子上？可是我实在想不出除了这样还能是什么让没藏皇后身首异处。"唐风摇着头说。

"会不会……会不会佛像里的那个头颅是没藏皇后的？"梁媛忽然提出了一个大胆的推断。

"头颅是没藏皇后的？"唐风若有所思地点点头，"也有这种可能，没藏皇后被刺后，头颅被刺客割去，于是朝廷只好将没藏皇后没有头颅的尸身与元昊合葬在西夏王陵中。而数年后，谅祚亲政的时候，没藏皇后的头颅被人找到了，这时已经不方便再打开陵墓，将头颅放进去。但是这又是他母亲没藏皇后的头颅，不能轻易处置，所以谅祚想了一个办法，就是把他母亲的头颅封在一尊佛像里。"

"这样解释，你又绕回到原来的问题上了，佛像里的头颅是没藏皇后，那么又是谁的尸身配得上皇后的头颅？如果只是为了安放没藏皇后的头颅，完全可以只将头骨放进佛像，根本不用做个身子。"韩江反驳说。

"是的，你说得有道理，似乎都多此一举，但只能是这两种可能性，还能怎样？"唐风反问。

"总之，没藏皇后死得比较惨，身首异处了，千年之后仍不得安息，所以她的魂魄才不得安宁，老来骚扰我们！"韩江也迷信起来。

"那接下来呢？"梁嫒催问。

"接下来，戴面具的女子不再讲述她的身世，而是将话题转到了我的身上。她问我去哪里，我就如实说了要去瀚海宓城，就像你昨天梦里说的那样，这女子劝我不要去瀚海宓城，说什么瀚海宓城是党项人的禁地，我根本不可能找到它，还说这一路的艰难险阻足以夺去我的性命。"

"你傻啊，真够笨的，她是党项人的皇后，当然会这么说，你不会说不去呀！"韩江数落唐风。

"我没有隐瞒，我执意要去！然后就像梁嫒的梦中一样，她说瀚海宓城已经辉煌不再，成了一片废墟。我说不管瀚海宓城现在变成了什么样，我都要找到它，哪怕只是看一眼，我也心甘情愿。"

"你可真拧啊！"韩江冷笑道。

"你别笑我。接下来好事就来了，戴面具的女子见我执意要去瀚海宓城，就说要送我一件东西，说这件东西也许对我有用！"

"什么东西？在哪儿？"梁嫒追问。

唐风在身上摸了一圈，什么也没摸出来。韩江对梁嫒笑道："大小姐，你傻啊，他那是做梦，还真有人能给他东西啊！"

"那倒也是，我在梦里吃了好多好吃的，不过我现在肚里空空如也啊！"梁嫒摸着自己的肚子说。

韩江又转而问唐风："好好想想，她给你的是什么东西？"

"我……我记得最后她又冲我抬起了右手，我感到恐惧，不由得靠在一棵奇形怪状的胡杨树上，然后我就感到胸口一阵灼热，再后来……再后来我就醒了。"唐风努力回忆着，嘴里又喃喃自语，"胡杨树……那棵胡杨……"

唐风似乎突然想到了什么，猛地推开车门，跳下了车，径直向胡杨林西面那棵奇形怪状的胡杨走去。

韩江和梁嫒不解其意，紧随其后来到胡杨林西侧。唐风停住脚步，环视周围的胡杨，很快他就看见了那棵奇形怪状的胡杨。

唐风疾步走到这棵胡杨树下，对，就是这棵胡杨，连续两个晚上，噩梦最后都在这里终结！而此刻，这里正沐浴在清晨的阳光中，没有干尸的手臂，也没有戴面具的女子。唐风怔怔地盯着这棵胡杨出神，他的目光从树冠一路向下，树干、树根，最后延伸到树的周围。

唐风围着这棵胡杨来回转了几圈，韩江和梁嫒不敢打扰，在一旁默默注视着。许久，唐风忽然觉得这棵胡杨树下的沙土中有些异样，似乎……似乎有什么东西。唐风

第十四章 黑尘暴

趴下身，双手小心翼翼地拨开尘土，一块完整的玉璜渐渐在沙土中显露出来。

"这……这里竟然有一块玉璜！"唐风惊叫起来。

"玉璜？这鬼地方还有玉器？"韩江和梁嫒也吃惊不小。

果然，一块精美的玉璜正静静地躺在胡杨树下的沙土中。

"这就是没藏皇后给你的东西？"梁嫒问唐风。

"我想是的。"

"这……这怎么可能？昨天早上我们可是完完整整把这里勘察了一遍，要有什么东西早就应该发现了。更何况之前科考队、科兹洛夫都曾来过这里，他们难道也没发现？"韩江一头雾水。

"所以，我现在开始相信梦中的一切都是真实的了。这块玉璜是用和田上好的羊脂白玉制成，看做工应是北宋西夏时期的物件，它在这里静静地等待了千年，终于让我找到了。"唐风越说越兴奋，"我清楚地记得，没藏皇后说这件玉璜是昊王送给她的，是她的心爱之物。"

"心爱之物就这样给你了？妈的，真是没天理了！"韩江骂道。

"不，她并没有说这件东西就是我的了。没藏皇后是这样对我说的，'如果你能到达瀚海宓城，就请你帮我把这件东西带到那里去吧！如果你没能到达瀚海宓城，又平安地离开了这里，这件东西就留给你了；如果你没能到达瀚海宓城，也没能平安地离开这里，那么，这件东西就作为你的陪葬品了。'"唐风对这三句话印象极其深刻。

"这么说这件玉璜还指不定是谁的呢，你只有三分之一的机会。"韩江说。

"我还有三分之一死在这里的可能性。至于找到瀚海宓城之后会发生什么，我不知道！"唐风答道。

"没藏皇后为什么要你把这件玉璜带到瀚海宓城呢？"梁嫒不解地问。

"我问过这个问题。没藏皇后的回答是，'天机不可泄露！你只要去了，自然就会明白的。'"

"故弄玄虚。我看是这淫荡的皇后看上你这个小白脸了，你要小心啦！"韩江说完，便掉头向"悍驴"走去。

"你这是忌妒！赤裸裸的忌妒！"唐风冲韩江嚷嚷，然后双手小心翼翼地将这块玉璜从沙土中捧到胸前。突然，唐风觉得胸前一阵强烈的灼热，他忙撒手，玉璜掉在了沙地上，幸亏地面还算松软，玉璜没有损坏。

唐风忙掀起衣服查看，发现自己胸前不知何时竟然多了一道形似玉璜的印迹。

唐风拿着玉璜，回到车上。韩江突然清了清嗓子，"下面我们开个会。"

"开个会？"唐风和梁嫒都是一愣。

"对！因为现在我们到了生死攸关的时候，大家必须拿出个主意来，咱们下一步往哪里走？我们现在有三个选项：一，继续从昨天我们走的魔鬼城前进；二，掉头回去；三，开辟一条新的道路。"

"掉头回去？那我们不白干了，肯定不行！"唐风率先否掉了第二条。

韩江看看梁媛，梁媛也摇头。于是，韩江接着说："好，第二条先否掉了。第一条呢？"

"第一条……第一条估计还是凶多吉少。悬！"唐风很犹豫。

梁媛也是一副犹豫不决的样子，"第一条走不走，那要先听听你的第三条！"

"好，那我就谈谈第三条。我是这样想的，西北方向的魔鬼城诡异得很，咱们再冒失闯进去估计还是凶多吉少，但是我们确信瀚海宓城就在魔鬼城的北面，那么我想不走魔鬼城，从外面的沙漠走，或许是个可行的办法。"韩江说出了自己的计划。

"从沙漠走？"唐风和梁媛仍然很犹豫。

"是的，这里到处都是沙漠戈壁，其实路多得很，关键是把握好方向，别在沙漠中迷失方向就行。"

"问题就出在这个方向上，且不说这里磁场诡异得很，就是这沙漠戈壁，没有任何参照物，一旦进入就很难辨别方向。"唐风犹豫地说。

"我们不是有指南针、电子罗盘、GPS吗？磁场异常的现象毕竟不多见，我不相信我们运气就这么差！"

"运气差？当年科考队全军覆没是因为运气差吗？磁场异常现象是不多见，但这里既然是人迹罕至的生命禁区，那么各种罕见的现象都有可能出现。"唐风颇为担心地说。

"那你说怎么办？"韩江反问唐风。

唐风也不知该如何是好，韩江转向梁媛，梁媛迟疑了一会儿，还是点了点头。"好，梁媛同意了我的意见，你呢？"韩江问唐风。

唐风刚想张嘴说什么，韩江突然又说："你不用说了，梁媛要走，你肯定得跟着，梁媛同意就代表你同意了。"

"哎……"唐风还想说什么，韩江已经发动"悍驴"，一头扎进了胡杨林正北面的沙漠中。三个人都十分清楚，这可能是一段从没有人类走过的路，联合科考队没走过，科兹洛夫也没有走过，但是他们已经别无选择。

5

"悍驴"艰难地在一座又一座巨大的沙丘间穿行，窗外全是单调得让人想呕吐的黄色。大约两个小时后，唐风发现他们非但没能摆脱这些没完没了的沙丘，周边的沙丘反倒更大更高，连绵不断，像一座山脉横亘在他们面前。

"这……这好像全是流动沙丘。"看着看着，唐风似乎看出了一些名堂。

"流动沙丘？流动沙丘又怎样？"韩江不明就里。

"流动沙丘是沙漠中最可怕，也是杀伤力最大的危险，它们不停地随着风移动，早上，它们可能在东面，晚上，它们就可能移动到西面。"唐风用手一指车窗外东西两侧两座巨大的沙丘。

"你不会是怀疑当年科考队就是被这些流动沙丘掩埋的吧？"

"我一看到这些流动沙丘，就想到了当年的科考队。你曾经说过，科考队失踪后，国家派了很多部队和直升机在沙漠里寻找，但是找了数月，一无所获，你想想是为什么？"唐风反问韩江。

"你的意思是他们被这些巨大的流动沙丘给埋了？"

唐风点点头，"所以在沙漠中失踪的人，一般都很难找到。除了沙漠戈壁的广袤、荒凉，还有很重要的一个原因，就是失踪的人很容易被流动沙丘吞噬，然后便永远杳无音讯，也无法找到他们的尸体。所以流动沙丘就是过往商旅的灭顶之灾，它对商旅的吞噬可能是毁灭性的，完全让救援的人发现不了你。当这些流动沙丘发怒时，它所爆发出来的力量是惊人的，足以将一支队伍完全吞噬，表面不留一点痕迹。"

"看来我得小心了。"

"你的方向对吗？"

"应该是对的。怎么？"

"我们要赶紧开出这一片区域，否则一旦这些沙丘开始移动，后果不堪设想。"唐风告诫道。

韩江加快了车速，但是车仍然在沙丘间来回颠簸，很慢。又过了一个多小时，他们在翻过一座高大的流动沙山后，终于来到了一片平整的戈壁滩上。

戈壁滩上铺满了石头，韩江不得不将车速放缓。唐风很快注意到一些异样，他发现在这片平坦的戈壁滩上，除了铺满大大小小的石块，更奇怪的是，不大的戈壁滩四周居然全是高大的流动沙丘。

唐风示意韩江停车。韩江将车停在了戈壁滩中央，唐风下车，观察了一下四周的环境，"这里怎么全是高大的流动沙丘？"

"怎么？有什么不对吗？"韩江反问。

唐风随手拿起了两块石头，摆弄了一番，说："这是很好的风凌石。"

"风凌石？"

"一种靠风长期雕琢出来的奇石。这儿的戈壁滩上铺满了风凌石，说明这里经常遭到大风的侵袭，是个风口。像这几块石头，不是经常有十级以上的大风，是不会形成这种模样的。"

"十级以上的大风？"韩江和梁嫒感到震惊。

唐风的话音刚落，三个人就觉得天色发生了变化。唐风赶紧抬眼望去，乌云又遮住了太阳，唐风暗道不好，"可能要起风了。一旦来次沙尘暴，我们现在所处的位置就是死地！"

韩江和梁媛也紧张起来，三人赶忙回到车上。这时，车外已经狂风大作，一阵阵狂风不知从哪儿刮来，卷着成吨的黄沙，裹挟着戈壁滩上大大小小的风凌石，像狂暴的猛兽，张开血盆大口，向唐风他们扑来。韩江惊恐地望着就要逼近的"猛兽"，冲唐风大吼道："我们该怎么办？"

"都是你要从这儿走的！"唐风抱怨地说。

"你现在说这些有什么用！"韩江叫喊起来。

"往……往那儿开！"唐风指了指东侧一座比较低矮的沙丘。

韩江猛踩油门，向那座沙丘奔去。就在这当口，天色已经完全黑了下来，唐风回头一望，背后那个"猛兽"已经变成了黑色，遮天蔽日，排山倒海。原来不同方向的几股力量瞬间会聚在了一起，黑色的猛兽成了一堵高墙、一座山脉、一排海浪，不，应该是海啸，以不可遏制的力量由西往东，吞噬一切。

唐风瞪着惊恐的眼睛，目睹这一切。突然传来了梁媛的尖叫："这是什么？"

"这……这是黑尘暴！"唐风从嘴里喃喃地冒出这么一句来。

"黑尘暴？"梁媛不寒而栗。

"对！最可怕的黑尘暴！它能吞噬一切，它的力量大得甚至可以把这里的沙子一直带到东部沿海地区。"

"啊……这么大的威力，那我们该怎么办？"

"快！快点躲到那座沙丘后面去。"唐风不停地催促。

"悍驴"和黑尘暴开始了一场赛跑。忽然，"砰"的一声，被黑尘暴卷起的一块风凌石直接击穿了"悍驴"的后挡风玻璃，砸进车内。汹涌的狂风瞬间灌进了车内，梁媛不住地尖叫着。

"趴下，趴到座位下面去！"唐风冲梁媛喊。

梁媛哭喊着趴到了座位下面。车后的"猛兽"越逼越近，那"猛兽"的体积也在不断壮大，越来越高，越来越庞大，遮天蔽日，横扫一切。顿时日月无光，阴风哭号，唐风无法形容那恐怖的声响，但是心脏的剧烈跳动让他马上想到了科考队出事的那个晚上，马卡罗夫的回忆中，和今天的景象何其相似！

身后的黑尘暴已经迫近他们，唐风有一种窒息的感觉，他开始绝望了。但就在这时，韩江驾驶着"悍驴"猛地冲上了东侧的沙丘。跃过沙丘，沙丘后面是一块凹地，唐风一看，心中似乎又燃起了一丝希望，他果断地冲韩江喊："把车停在凹地里，我们下车，躲到车下。"

"这样行吗？"

"不知道，只能一试！"

"流动沙丘会把我们埋了的！"

"听天由命吧！"唐风几乎是扯破嗓子喊出了最后一句。

"悍驴"的速度很快，流动沙丘很软，韩江知道"悍驴"很快会陷入沙子中，他高超的驾驶技术在这一刻发挥了作用。就在"悍驴"要陷入沙子中时，韩江驾驶着"悍驴"一头冲进了沙丘后的凹地里，几乎同时，猛打方向盘，将车身横亘过来。

"快！媛媛，下车！"唐风连拉带拽地将梁媛拉下了车，利用沙丘和车身作掩护，又用自己的身体将梁媛压在身下。韩江也趴在了"悍驴"车身后面。

就在三人各就各位的同时，唐风感到他身下的大地剧烈颤动起来，狂风裹挟着沙砾不断地钻进自己的口鼻、衣领，身旁的"悍驴"也开始剧烈抖动起来，唐风知道黑尘暴已经逼近了。"悍驴"抖动得越来越剧烈，韩江敏锐地觉察出"悍驴"的问题，前两次沙尘暴他们靠着"悍驴"的保护躲了过去，这次黑尘暴的力量远远超过前两次沙尘暴。随着"悍驴"越来越剧烈的颤动，韩江的心也落入了深渊，但是他还想反抗，难道就这样听天由命吗？

不！韩江猛地站了起来，冲唐风和梁媛大喊："不行，'悍驴'撑不住了，我们不能躲在这里。"

说罢，韩江强行把唐风和梁媛拉了起来，狂风吹得三人东倒西歪。韩江拖着唐风，唐风拽着梁媛，三人刚刚从"悍驴"身旁站起来，就见"悍驴"瞬间被一股强大的黑色气流掀了起来，在半空中翻了三个滚，然后又重重地落在了唐风他们刚才趴着的地方。

目睹这一切，唐风浑身冰凉，若不是韩江及时把他们拉起来，此刻他们已经被"悍驴"砸成肉饼了。

三人跌跌撞撞地又爬上了一座沙丘，就在他们爬上沙丘的同时，沙丘上的细沙全被卷了起来，将他们三人包围。唐风回头望了一眼，满眼黑色，猛兽就在他们背后，精疲力竭的三人再也没有力量对抗黑尘暴，几乎同时滚下了沙丘。黑尘暴横扫而过，刚才还突兀的沙丘在黑尘暴面前是那么脆弱，不堪一击，瞬间被夷为平地……

第十五章 大白泉旁的遗骨

1

也不知过了多长时间，从沙漠深处又吹来了一阵风，这是一阵还算柔和的风。风轻轻吹去覆盖在唐风身上的黄沙，一阵钻心的疼痛让唐风苏醒了过来。

唐风微微睁开眼，他看到的是蓝天、白云，这里没有狂风，也没有黑尘暴，曾经可怕的一切都像没有发生过一样！

自己为什么会这样直挺挺地躺在黄沙中？那恐怖场景在唐风脑中迅速闪过，吞噬一切的黑尘暴，"悍驴"被整个掀到了半空中，又重重落下，幸亏韩江及时拉起……韩江、梁媛呢？唐风强忍疼痛，从黄沙里直挺挺地坐了起来，他感觉自己整个人都像是死过一回，此刻就像木乃伊复活了一样！

唐风站起身，放眼四望，黄沙漫漫，不见韩江，也不见梁媛，就连那么大的"悍驴"也早已不见踪影。此时此刻，唐风伫立在黄沙中，才真正领略了什么是"拔剑四顾心茫然"！

唐风摸了摸身上，他发现自己右手握着那把匕首，左手死死攥着玉璜。从"悍驴"逃出来时，身上还斜背着水壶。另外，手表上的指南针还能派上用场，除此之外，再无他物。唐风看看手里、身上这几样东西，忽然觉得好笑，要是没醒过来，这里就成了自己的坟墓。千百年之后，当考古学家发现自己时，自己可能已经成为干尸，或是骨架。不过，自己还有几件随葬品，一手握刀，一手握玉，斜背一个破水壶。几百年后的考古学家发现自己时，估计会以为这是什么特殊的丧葬习俗，可能要研究半天。想到这，唐风不禁苦笑。

让唐风惊奇的是，左手中的玉璜在经历了黑尘暴之后，依然完好无损。拿起水壶，想喝口水，可令他沮丧的是水壶的壶盖居然没有拧紧，水壶里的水基本上快漏没了。唐风从心里一直凉到了脚底，在这广袤的沙漠里没有水，就意味着死亡！唐风此时再看右手中的玉璜，再次苦笑，难道没藏皇后一语成谶，这件精美的玉璜将成为自己的陪葬之物？

唐风现在还来不及多想这些，也顾不上饥渴，他现在满脑子想的是梁媛和韩江，唐风开始在周围寻找开来。"韩江……媛媛……"唐风不停地呼唤着，但是回答他的只有沙漠深处传来的回声。

强大的黑尘暴彻底改变了这里的地形地貌，没有任何可以借助的参照物，唐风漫无目的地在沙丘上走着。他爬上一座小沙丘，放眼望去，都是连绵不断的沙丘。韩江和梁媛会在哪儿呢？唐风开始怀疑是不是自己被黑尘暴裹挟而去，然后重重地摔在了这个地方。他犹疑地登上另一座小沙丘，还是没有发现任何生命迹象。荒凉的沙漠寂静无声，一切都是静止的，没有一丝生机，唐风觉得自己已经来到了另一个世界。

唐风手足无措，完全不知道该怎么办。他辨认了一下方向，自己刚才走到小沙丘，是在向东走，东面可以走出沙漠，但是韩江和梁媛还在里面。唐风仔细回忆了黑尘暴，尘暴是由西向东推进的，如果自己是被尘暴卷到了东面，那么韩江和梁媛现在很可能还在西面。唐风毅然决然地又向西折去。

唐风不知道这是他们出事后的第几天，也许是第二天，也许是第三天，也许……此刻，正午的太阳炙烤着大地，唐风跌跌撞撞地行走在沙漠中，嘴唇因为缺水已经干裂，脸上和胳膊上因为烈日的炙烤已经脱了几层皮。

但是，他还是没有发现韩江和梁媛的踪影，甚至没有发现一点生命的迹象。唐风开始明白是什么使当年的科考队全军覆没。唐风的眼角淌下了两行热泪，他觉得韩江和梁媛凶多吉少，恐怕已经被永远埋在了这漫漫黄沙下。

唐风就这样一步一步地在沙漠中前行，他已经忘记了时间，也辨不清方向，就这样机械地向着他也不知道的方向前行。

慢慢地，唐风已经走到了他的生理极限，他抿了抿干裂的嘴唇，又扯开嗓子，喊了两嗓子："韩……江……媛……媛……"他的声音越来越低，到最后，唐风完全放弃了呼喊，他现在只需要一样东西——水！

2

唐风的头昏沉沉的，他使劲晃了晃脑袋，看到前方有一长条高高的沙山，他已经没有气力再爬上这座沙山。唐风脚下一趔趄，摔倒在滚烫的沙地上。他支撑着抬头看看前方那座沙山，想重新站起来，可是没有力气，又重重地摔在沙地上。他想到了放弃。他慢慢地合上了双眼，也许这里就是自己最后的坟墓。

坟墓？唐风忽然觉得自己这样趴着死去太难看，怎么着临死前也要与几百年后的考古学家们开个不大不小的玩笑。于是，唐风一侧身，转了过来，他脸上带着笑容，直视头顶的烈日，一手握着匕首，刀尖冲上，放在自己的肚子上，另一只手举起玉璜，然后轻轻落在自己的胸前，这个姿势应该可以让几百年后的考古学家们研究一阵了。唐风满意地闭上了双眼。

但是唐风忽然觉得胸前凉飕飕的，像是有块冰放在自己胸前，他挣扎着又睁开眼，发现是那块玉璜。此刻，玉璜是冰凉的，唐风抓起玉璜，想起了那个戴面具的女子——没藏皇后。不知为何，唐风看着这块玉璜，心底里忽然产生了一丝希望，他也不知自己哪来的力量，竟然又支撑着站了起来！

唐风继续跌跌撞撞地向前走，他已经打定了主意，要翻过前面这座沙丘，做最后一次尝试。虽然唐风并不知道这样做对自己还有什么意义，也许是求生的本能，或者是自己心里还有不能放下的东西。

唐风费尽了最后的力气，终于爬上了沙丘的顶端，最后一段，他几乎是手脚并用地爬上去的。唐风想站起来，但他试了一下，又摔倒在沙子里。唐风就这样在沙丘上趴了很长时间，直到空中出现了一只巨大的雄鹰，唐风才重新聚集力量，站了起来。他抬头望了一下在半空中盘旋的雄鹰，真希望自己也能生出一双翅膀，飞到空中，看一看这片神奇的土地！但是当唐风的目光移到沙山下时，已经不在乎是否可以生出一双翅膀，因为他看到了神奇的一幕——在沙山下面，竟然是一个挺大的海子，海子里的水在阳光的照耀下正泛着金光。

唐风是连滚带爬冲下沙山的，他兴奋地想喊，却没有力气喊出声。唐风滚到海子边上的时候，甩掉了手中的匕首，连玉璜也被他扔在了一旁。唐风的上半身直接冲进了海子里，他将整个头都埋在了水里，然后钻出水面，大口大口地喝着海子里的水。那架势，活像草原上饥渴的斑马。

但是，唐风喝着喝着就觉得这水有些不对劲了。他抬起头，和水面保持一定距离，再定睛观瞧，水怎么是白色的？他惊得赶忙吐出了嘴里还没咽下的水，果然都是白色的。不过，唐风咂吧咂吧嘴，倒觉得这水甘甜清凉，口感很不错，甚至可以算是此生喝过最好的水。

可是这白色的水不得不让唐风提高警惕。他疑惑地盯着水面，白色的水，但不是牛奶，也远没有牛奶白，更没有牛奶黏稠滑腻，分明就是水，可是为什么会呈现淡淡的白色呢？

唐风正在犹疑之时，忽然瞥见身旁的海子边上是一大片金黄的芦苇，芦苇既然能在这水里生长，那么，这水应该是可以喝的。唐风心里稍稍宽心，但仅仅是几秒钟的宽心，他忽然发现芦苇丛里隐隐约约有一些白色的东西。唐风心里一惊，钻进芦苇丛，拨开芦苇，他的眼睛猛地瞪大了，是白骨！竟然又遇到了白骨！

唐风又拨开了旁边的芦苇，多具白骨惊现在他的眼前，唐风的心里顿时凉了一大半。这些白骨看姿势全都是扑倒在海子岸边，难道……难道这些都是像自己一样，饥渴难耐冲进海子喝水的人？

在炎炎夏日，唐风的后背却升起了一股凉意。这些人喝了海子的水，应该是顷刻之间扑倒在海子边而亡的，自己刚才也喝了海子里的水，看来自己的大限也不远了。

唐风不禁冷笑了两声，临了命运还不忘跟自己开个玩笑，先给你希望，再将你的希望碾得粉碎。

唐风这会儿喝过水，恢复了一些体力，他不甘心，继续查看芦苇丛。又有几具骨架显现出来，有扑倒在水边的，有拧巴在一起的，可想而知，这些人临死前多么痛苦。但是，当唐风拨开另一片芦苇时，他突然发现有两个面孔正对着他。

3

唐风看见那两个人，惊得向后一蹦，瘫坐在海子边的沙地上。这时，那两个人慢慢从芦苇丛后面走了出来，一人面带微笑，另一人则面呈惊恐之色。

这两人正是韩江和梁嫒。

"你……你们俩……没事？"唐风结结巴巴地问。

"怎么，你盼着我俩出事？"韩江咧开嘴笑了。

"不……"唐风感到自己脑子里有点乱，语无伦次地说，"不，我只……只是觉得那……那么可怕的黑尘暴，还有……还有这么长时间也没找到你们……"

"哼，你都没事，我们怎么会出事？"

"我……我差点死掉……怎么没事？"

"唐风，你现在感觉怎么样？"梁嫒一脸不安和惊恐地问。

"干吗？你干吗这副样子，我还没死！"

"你刚才喝了这里的水，感觉怎么样？"梁嫒追问道。

"没……没事，不过，这水是有些奇怪，怎么都是白色的？"唐风似乎恢复了过来，站起来又走到海子边上。

"我们三天前遭遇黑尘暴后，就找不到你了……"

唐风打断梁嫒的话，"三天？都已经三天了。"

"是的，已经三天了。好在我和韩队醒过来时背包还在，我们靠背包里剩的一些食物和水坚持了两天，但是昨天水就喝完了，食物也没了，我们也在寻找你，我……我以为再也见不到你了……"说到这，梁嫒有些哽咽。

"我这不是没事嘛！大难不死，必有后福！"唐风拍着梁嫒的肩膀，安慰她。

"可……可是你刚才喝了这里的水……"梁嫒说着更伤心了。

"唐风，你现在感觉怎么样？"韩江问道。

唐风翻着白眼，使劲回味了一下刚才喝的水的味道，"没，没什么感觉啊，这水还有点甜！"

"靠，真的假的，还有点甜？"韩江怀疑地盯着水面。

"真的，说起来我可没你们幸运，醒来的时候就剩一把匕首和这件玉璜。哦，还有水壶，但悲催的是水壶的壶盖居然没有拧紧，里面的水全流光了。我既没有食物也没有水，就这样在沙漠里一直走。刚才看到这海子，我早就渴疯了，想都没想，等我喝饱了，才发现这水的颜色不对！"

"我们昨天也弹尽粮绝了，今天上午我们发现了这处海子，本来以为是天无绝人之路，谁料到这水竟然这个颜色，闹得我俩谁也没敢喝，但又舍不得放弃这水源，于是我俩纠结到现在。为了躲避正午的烈日，我们一直待在芦苇丛中，没想到你居然也跑到这儿来了。"韩江讲述了之前的情形。

"你说说你，哪像个领导干部？"唐风反问韩江。

"我怎么了？"韩江不明就里。

"领导干部要敢为表率，你们俩上午就找到这儿了，到现在你居然不敢尝这儿的水，难道你想让梁嫒先尝吗？"唐风数落起韩江来。

"就是，又舍不得走，又不敢尝！"梁嫒也附和唐风。

韩江急了，"靠，我要是下决心走了，你能遇到你家唐风吗？再说这水颜色明显有问题，难道你们想让我去死啊！"

"你看看这像领导干部讲出来的话吗？你的那些野外生存技能呢？"唐风继续质问韩江。

"野外生存中我从没遇到过这种颜色的水！而且……而且这芦苇丛里还有这么多尸骨，根据我的野外生存经验，这水非常可疑！"

"尸骨？你们俩也发现这些尸骨了？"

"废话，当然看见了。但是因为我们必须保持身体里的水分，所以我计划等太阳快落山的时候再查验这些尸骨。"韩江说道。

"我看你这个队长是彻底当到头了，不但做不到敢为表率，还怕苦怕累，一个太阳你就怕成这样！"唐风一脸不屑。

"本来我这个队长就当到头了。你是站着说话不腰疼，你刚喝了那么多水，否则，就你，现在还有劲儿跟我在这儿扯皮？"

"那你倒是喝啊！"唐风催促韩江。

韩江没急着去喝水，而是围着唐风转了三圈。"你以为我真不敢喝啊！"然后，韩江转而对梁嫒说，"大小姐，他好像真没事，咱们不用怕了！"

唐风一听这话，差点没气死，"合着拿我做试验呐！"

"对！试验结果看来很理想！"

"呸！我告诉你，这水说不定是慢性毒药，说不定明天我才发作！"

第十五章 大白泉旁的遗骨

"谢谢你的忠告，梁媛，听我命令，咱们不能像他那样豪饮，咱俩只喝三口，等太阳落山后，没问题再放心喝！"韩江告诫道。

唐风听了这话，更气了！但也没法，谁叫自己自愿做了一次试验品呢！

4

韩江和梁媛只喝了三口，顿觉神清气爽，精神好了许多。韩江不禁感叹："真是奇怪，这水如此混浊，喝起来却甘甜爽口，犹如甘霖！"

"是啊！还真的有点甜，我看这水没事。"梁媛附和道。

"可是这些尸骨又该如何解释呢？"唐风从芦苇丛中拾起一块胫骨。

韩江指了指海子对面，"你来之前，我们已经绕着海子走了一圈，除了这边的芦苇丛里有尸骨，那头岸边也有些尸骨，而且那里的尸骨留下了更多的线索。"

"哦！你已经查看过了？"唐风反问。

"你过去看了就知道了。"

唐风向海子对岸望去，果然，对岸的沙地上隐约显露出一些白骨，似乎还有一些其他什么东西。

唐风目测了一番，这个海子呈椭圆形，直径约有二十米，自己所在的位置到对岸的距离略微要长些。唐风用指南针辨别了一下方位，如果这里磁场正常的话，现在他所在的位置是海子的正南方，刚才发现尸骨的芦苇丛在东面，其他三面光秃秃的，没有芦苇丛。

三人在南岸清点了一下所剩的装备和物品。食物告罄，携带的水壶已经全部见底，大批装备和物品都随着"悍驴"被滚滚黄沙掩埋。三人现在所剩的装备只有唐风的指南针和韩江的电子罗盘，还有两人的匕首。黑尘暴来时，玉插屏的照片和米沙的信幸亏被韩江塞进了自己的背包，才没有被黑尘暴卷走。

"现在咱们就剩这点东西了，希望能在这儿补充点东西。"韩江突然冒出来这么一句。

唐风不解其意，跟着韩江向北岸走去。三人绕过芦苇丛，韩江和唐风详细清点了里面发现的尸骨，拼凑完整的尸骨一共有十三具之多。

清理完毕，三人继续沿着岸边向北岸前进。不大一会儿，一具具更加恐怖的尸骨出现在海子北岸的沙地上。有扑倒在沙地上的，有平躺在沙地上的，但是没有一具是死在海子岸边的，这看来和芦苇丛的那些尸骨不太一样。

"看出什么来了吗？"韩江问。

"这些人死时全部在沙地上，没有人扑倒在岸边或水面上。"

"还有呢？"

"还有……"唐风忽然注意到这些尸骨有的身上竟然还残留着衣服，身边还有一些物品，"还有就是这些衣服和物品了。"

"嗯，我只看了一眼，便发现了一些问题。"韩江说着从一具尸骨旁拾起了一支AK-47步枪，仔细查看了一番，"这玩意儿的型号和我们在魔鬼城发现的AK-47一模一样，甚至这支AK-47的枪号都和魔鬼城发现的AK-47是相连的。"

"啊！这……这……"唐风惊得目瞪口呆，张着嘴巴，没说出一句完整的话来。他疾走几步，检查这些尸骨，发现这些尸骨身上残留的衣服大多是中山装或是皮夹克，"这难道就是当年科考队遇难的队员？"

韩江沉重地点点头，"没想到竟然在这儿把他们找到了。我粗粗清点了北岸的尸骨，一共有十五具遗骸，这样，加上在芦苇丛中发现的十三具，一共二十八具遗骨。另外，在魔鬼城发现三名失踪军官的遗骸，还有已知的三名幸存者，我们一共已经发现了三十四位当年的科考队员。"

"那应该还有几具遗骨，他们可能被尘暴吹到别的地方了。"梁媛盘算了一下。

唐风却摇着头，说："这个不能这样算，你忘了马昌国的人吗？"

"马昌国的人？"

"是啊，他的人虽然不会多，但也绝非他一个人。黑尘暴来了，他们也跑不掉，马昌国侥幸活了下来，但他的人估计凶多吉少。"

"所以你认为这些尸骨当中可能有马昌国的人？"

"完全有可能。为什么我们发现的骸骨很有规律地分成了两部分，一部分在北岸的沙地里，另一部分则在南岸的芦苇丛中？"唐风疑惑地望着不远处的芦苇丛。

"你的意思是有一部分是马昌国的人？"韩江没等唐风回答，马上又摇头道，"不，不，这不可能，马昌国绝不可能有这么多人，即便在国民党败退大陆后他手下有一批人，但这批人绝不可能尾随科考队深入这么远，否则早就被科考队的人发现了。"

"怎么不可能，只要马昌国熟悉这里的地理环境，完全可以把他的人马埋伏在沙漠深处某个地方。我甚至怀疑科考队并不是被黑尘暴吞噬的，而很可能是被马昌国他们害死的。"唐风推断道。

"这……我还是不敢相信，如果马昌国有人，为什么要冒险深入科考队营地来策反米沙呢？"

"也许他们缺少像米沙这样的学者，不要忘了史蒂芬在回忆他和马昌国最后相见时，曾提到过马昌国多次在临死前狂喊'死亡绿洲'这个词。"

"这又能说明什么？"韩江不解。

"现在我们已经知道瀚海宓城就在死亡绿洲中，那么能让马昌国在临死一刻仍然念念不忘的死亡绿洲，只能是瀚海宓城所在的死亡绿洲。这也说明马昌国曾经到达过死亡绿洲，那里让他印象深刻，并且在那里发生了比黑尘暴更可怕的事。"韩江刚想说什么，唐风又接着说，"你再想想，科考队大部分人是在黑尘暴中或是之后在这里遇难的，那么马昌国是怎么到达死亡绿洲的？他一个人可能吗？"

"也许他被黑尘暴吹到了死亡绿洲。"

"为什么是他，不是别人呢？"

"好了，你们俩先别争了，先检查一下这些遗骨，也许还能从他们身上发现什么。"梁媛的话暂时结束了唐风和韩江的争论，但是随后的发现让他俩都十分震惊。

5

唐风首先感到疑惑的是为什么遗骨分成了两拨。他首先怀疑芦苇丛中那十三具尸骨可能是马昌国的人，但是韩江并不同意，两人又转到芦苇丛中详细查看那些尸骨。

芦苇丛中的十三具尸骨都已看不见衣服的痕迹，这给判断他们的身份带来了麻烦。唐风由此更加坚信自己的判断，"黑尘暴之后，科考队的人和马昌国的人都来到了这个海子边上，也许是发生了火并，马昌国的人杀了科考队的人，所以科考队的人都死在了北岸的沙地上，但是后来马昌国的人在芦苇丛中喝水时不知发生了什么，也死在了海子边。"

"你的这个论断漏洞百出，如果他们还有力量火并，那么获胜的一方，也就是你说的马昌国一方为什么不喝了水，走出沙漠？而且你认为马昌国的人有力量杀死科考队的人吗？我们发现的武器全是属于科考队的，而且都在北岸那边。如果是芦苇丛中马昌国的人杀了北岸科考队的人，为什么不把他们的武器拿过来？为什么芦苇丛中没有看到武器？"

韩江的话让唐风一时语塞，憋了半天，唐风才反问："那你说是怎么回事？"

"我马上就能回答你这个问题。"韩江趴在芦苇丛中，在潮湿的泥土里拨弄着什么。忽然一个金黄色的东西在泥土里闪了一下，唐风看见韩江手里拿着一个东西，从芦苇丛中钻了出来。韩江在海子边洗净那个东西，唐风发现那是一个金黄色的纽扣，纽扣上是一颗五角星。

"这应该是当时苏军制服上的制式纽扣。"韩江说。

"这……"唐风的脑子更加混乱。

"小子，这下你的推论不成立了吧！"韩江带着几分得意。

"这说明芦苇丛的尸骨并不是马昌国的人。"梁媛附和韩江。

"不是马昌国的人，也许……也许科考队在最后时刻，中方队员和苏方队员发生了分裂，所以分别处在不同的地方，芦苇丛中的十三具尸骨可能是苏方队员。"唐风又提出了一种假设。

"你这种假设还是不成立，我一开始就想到了这种可能性，但是我在北岸沙地里的尸骨旁也发现了属于苏方队员的物品。虽然我们现在不具备检测骨骼的能力，但凭我多年的刑侦经验，还是可以看出来不论是芦苇丛中的尸骨，还是北岸沙地上的尸骨，都同时有中方队员和苏方队员，所以你的假设还是不能成立。"韩江说着，又回到了北岸的沙地旁，果然从北岸的沙地里随手找出了几件属于苏方队员的遗物。

"这真把我搞糊涂了，既不是马昌国的人，也不是中苏双方队员闹分裂，那么为什么这些尸骨分别倒在芦苇丛中和北岸的沙地上呢？"唐风彻底晕了。

韩江皱着眉，想了想，"这确实是个问题，不是马昌国的人，那么出现这种情况只能说明科考队确实发生了分裂，但是这种分裂并不是中苏双方队员的分裂，而是出于某种特殊的原因，才导致科考队遭遇了黑尘暴后，在海子边发生了分裂。"

"某种特殊的原因？"唐风陷入了沉思。

海子边静得可怕。突然，梁媛叫了起来："妈呀！韩队这么一说，我忽然想到了……"梁媛瞪着一双惊恐的大眼，一副欲言又止的样子。

"你想到了什么？倒是说啊！"唐风催促道。

"我想到科考队最后会不会因为缺少食物，以至于……发生了人吃人的事？"

"啊……吃人？"唐风失声惊叫。

"我曾经在一本书上看到过，说国外就曾经发生过这样的事。一个登山队因为雪崩被困在了山上，没有食物，最后当救援人员发现他们时，其他人都死了，只有一个人活了下来，而这个人就是靠吃同伴的肉才坚持到最后的。"

梁媛的话让唐风感觉有些恶心，但是她的话也并非没有道理。唐风看看韩江，韩江喃喃道："这种可能性不能排除，但是……但是这种可能太极端了。"

"如果按照媛媛的推测，那么芦苇丛中的尸骨就是被吃的喽？所以芦苇丛里没发现什么衣物。"唐风说。

韩江摇摇头，"我想了想，认为梁媛的这种假设太极端了，还是不太可能。如果芦苇丛中的尸骨是被同伴吃掉的，那他们的尸骨应该是非常凌乱的，可是我们在芦苇丛里发现的尸骨大多是完好的。同样，这里北侧沙地上的尸骨也大多完好，所以梁媛的这种假设很难成立。至于芦苇丛中为什么没有发现衣物，我想很可能是由于芦苇丛里潮湿，所以衣物腐朽，没有保留下来。"

"那怎么解释科考队的分裂呢？"唐风反问韩江。

韩江拍了拍脑门，似乎有了答案，他一指不远处的那片芦苇丛，说："要想推断科考队为什么会分裂，我想最重要的还是从现场观察，看看芦苇丛中的尸骨和北岸沙地里的尸骨有何不同？"

"有何不同？芦苇丛中的尸骨没有留下衣物和什么物品！"唐风说。

"这不是最大的不同，我刚才已经解释了，芦苇丛潮湿，所以衣物没有保存下来。至于其他物品也很可能被掩埋在了潮湿的泥土里，我们没有时间仔细去找。"

"我看最大的不同是两边尸骨不同的姿势和所处的位置。芦苇丛中的尸骨大多离岸边很近，不是扑倒在岸边，就是倒在离岸边不远的地方；而北面沙地上的尸骨大多距离岸边较远，且大多是躺倒在沙地上，没有一具尸骨是扑倒在岸边的。"梁媛认真地分析了一番。

韩江听罢笑了，"唐风，你现在真是连梁媛都不如了。梁媛观察得很到位，确实如此，为什么会产生这样的差异？我想这就是科考队最后分裂的原因。"

"你不用说了，我已经明白你的意思了。"唐风刚被韩江笑话了一番，颇为不忿，急于重新证明自己，便抢着说，"你的意思是，导致科考队最后分裂的是水源？"

"对！在科考队遭遇可怕的黑尘暴后，还能有什么比水源更重要呢？某种程度上说，在沙漠中，水比食物更重要！但是唐风你说的还不完全正确，最终导致科考队分裂的不仅仅是水源，而是他们对水源，也就是这处海子的态度。"

唐风想了想韩江的分析，"我明白了，海子里的水有的是，完全够科考队几十人喝的，但是这里的水质很特别，科考队队员对这处水源是否可以饮用产生了分歧，于是一部分人，也就是芦苇丛的那些人壮着胆子去尝试了海子里的水；而另一部分人，就是北岸沙地上这些人则没有去喝海子的水。"

"事情应该是这样，但是这样就会产生一个新的问题，喝了水的队员为什么死了？"韩江疑惑道。

"从芦苇丛中尸骨扑倒在岸边的情形看，这些队员很可能是在喝了水后马上就中毒倒在了岸边，所以才会呈现这样的姿势。由此推断，那些没有喝水的队员正是在看见这些喝水队员纷纷倒地后，才不敢再尝试海子里的水，直至活活渴死。但是，我们都喝了海子里的水，到现在都没事，这又该怎么解释呢？我看这就是你这推论的致命漏洞。"唐风得意起来。

"这确实是个问题，"韩江承认他的推断存在严重漏洞，"我现在无法解答。"

梁媛倒不以为然，"我认为韩队这个推断应该是最符合事实的。至于为什么当年科考队队员喝了水就死了，而我们喝了则没事，这需要科学的化验，也许……也许是因为这么多年，海子里的水质发生了变化呢！"

"别逗了！怎么可能？过去有毒，现在没毒了。这种情况除非产生毒质的因素不再产生，而海子的水又有大量补充，这种补充还必须是清洁的，而据我看，这两种条件在这里似乎都不具备。"唐风反驳道。

梁媛还想说什么，韩江摆了摆手，"不错，唐风你说得很有道理，必须要符合这两个条件，才可能出现梁媛的假设。对于这两点，一，我们现在不清楚当年产生毒质的因素；二，我们也看不出这个死一般寂静的海子存在大量的补充水源。"

韩江说完，径直向海子西侧走去，那里唐风还没有去过。

第十六章 神秘的女科考队员

1

韩江没有沿着岸边走,而是越走越高,向着东侧沙山的方向走去。突然,韩江一个趔趄,像是被什么东西绊了一下,摔倒在沙山上,唐风和梁媛忙跟了上去。

"唐风,你来看,这是什么东西!"没等唐风赶来,韩江大叫起来。

唐风赶到近前,韩江已经转过身,气喘吁吁地瘫坐在沙地上。而他身边的沙地里显露出一块石头,准确地说,应该是一块经过打磨的石头。

以唐风的经验,马上觉察出这块石头的异常。在茫茫沙海中,突然出现一块有人工打磨痕迹的石块,这已经说明了一切。唐风和梁媛七手八脚地抹去石块上的细沙,他们惊诧地瞪大了眼睛,因为石块显露出来的部分越来越多,体形越来越大……

"是一块石碑!"唐风已经辨认出了脚下是一块体积不算大,但也不小的石碑。

"石碑?"韩江腾地站了起来,"上面有字吗?"

"有!而且是西夏文。"唐风难掩兴奋之情。

"哦?!写的什么?"

唐风的手有些颤抖地轻轻拂去石碑上的灰土,慢慢地读出了三个字:"大——白——泉!"

"大白泉?这处海子叫大白泉,怪不得这里的水是白色的。"韩江似乎明白了海子的水质。

一阵沉默后,韩江又催促道:"你继续啊!"

"什么继续?"唐风一脸无辜。

"继续念啊!"

"没了!"

"什么?这么大一块碑就三个字?"

"嗯，就三个字，三个大字。底下还有一行小字是年号——天授礼法延祚八年七月二十四日立。"唐风又把底下的小字念了一遍。

"就这么点字？白高兴一场，合着就是一块告示碑！"韩江一脸沮丧。

唐风还在琢磨这块碑，"虽然就三个字，但还是有些价值。首先，它告诉我们这处海子自古就是白色的；其次，这个'大'字说明这里在西夏时期应该很大；最后，结合碑所在的位置，西夏时这个海子的水要比现在多很多，水线应该在这块碑倒地的位置。"

"这么大！怪不得叫大白泉！"梁媛惊叹。

"还不仅仅如此，这块碑还告诉我们这里是一处泉，那么水底下应该有泉眼，才保证了这个海子在茫茫沙海中千年不干！"唐风说出了自己的推断。

"这茫茫沙海底下竟然有泉眼？"梁媛感到吃惊。

"这并不奇怪，敦煌的月牙泉就是一处沙漠中的泉眼。巴丹吉林沙漠在汉代曾是广袤的湖面，被称为'居延海'，后来气候恶化，水源断流，逐步变成了今天的沙漠戈壁。但是沙海中还是留下了一些海子，这些海子之所以能千年不干涸，多半是因为能得到泉眼的补充。"唐风解释道。

"真是神奇的沙漠。"梁媛惊叹。

"当然，这块碑带给我的惊喜还不仅仅是这三点。最重要的是，它向我们说明了立碑的时间——天授礼法延祚八年七月二十四日。如果我没记错的话，这个时间是元昊在位后期的年号，而这个时间马上让我想到了瀚海宓城。按照大喇嘛的说法，元昊修筑瀚海宓城的年代正是这个时期，这进一步说明此碑很可能是元昊下令所立。不要小瞧这块碑，这块碑虽然不大，但是在这茫茫沙海中立这么一块碑，在当时也绝非易事。你们想想，元昊为什么要在此地立这块碑？"唐风环视韩江和梁媛。

韩江眼前一亮，"看来这里的性质与黑石相仿，这里很可能在当时处于一条道路附近，为了给路过的人标明水源，故立此碑。"

"对！只是……只是我们现在丢了GPS，无法判断具体位置，无法弄清这处大白泉究竟在哪条路线上。"唐风边说边摆弄着指南针。

"可这水不是有毒吗？元昊怎么还会标示水源呢？"梁媛满脸疑惑地问。

"这恰恰说明西夏时，这里的水是没有问题的，如果水里有毒，这块告示碑一定会告示大家不要饮用这里的水，但是我没在碑上面看到这样的文字。"唐风为梁媛解惑说。

"也许在碑的反面呢！"

梁媛的一句话让唐风一惊，是啊，还有反面，自己怎么这么武断呢。于是，三人一起用力将这块"大白泉碑"翻了过来。唐风没在石碑后面发现一个字，却在原本被石碑压着的沙地中发现了一个绿皮小册子。

2

三人的注意力已经从石碑上转移到绿皮小册子上。唐风拾起小册子,发现这是本《简明俄汉词语手册》,因为年代久远,唐风刚一翻动小册子,小册子枯黄的纸张便开始脱落。

翻了几页,唐风觉得平淡无奇,"这就是本俄汉词典,中俄两种文字对照,应该是当年科考队队员的遗物。从这本书的样式和出版风格看,它的主人应该是一位苏方的队员。"

"可是这个小册子怎么会正好被压在了石碑下面?"梁媛好奇地看看石碑空无一字的反面,又看看面前这个小册子。

唐风也不知道这是怎么回事。韩江还不死心,接过小册子翻了起来。韩江的劲比唐风大,他一翻起来,小册子脱落得更严重。

唐风不得不提醒他:"你轻一点,照你这么翻下去,小册子还没翻到最后就该散架了。"

韩江没理唐风,继续野蛮操作,翻到最后一页时,韩江笑说:"怎么样,我翻到最后一页书也没散……"

韩江忽然没了声音,唐风和梁媛盯着韩江。半晌,韩江才指着小册子最后一页说:"你们看这上面写的是什么?"

唐风这才注意到,在小册子最后一页的空白处密密麻麻写满了文字,全是俄文,"好像是一封书信。好漂亮的书法体俄文。"

唐风怔怔地盯着那隽秀漂亮的书法体俄文看了好一会儿,看到最后,唐风不禁长叹一声:"真是一封感人的信。"

"感人的信?"韩江不解。

"是一位母亲写给自己孩子的,她应该是某位科考队队员……"

韩江忙打断唐风的话,"等等,等等,你说什么?一位母亲写给自己孩子的?科考队有女队员吗?"

"好像没听说,我爷爷没提到过,马卡罗夫和米沙也没提到过,不过韩队你也不能排斥女性啊!"梁媛不满地说。

唐风想了想,"这确实有些奇怪,按理那个年代选拔队员参加这么危险和艰难的行动,是不会带女队员的,更何况一个女的跟一堆大老爷们儿一起行动也不方便!但是这确实是一个母亲写给自己孩子的临终绝笔。"

"你再好好看看,也许不是科考队遇难时写的。"韩江还不相信。

唐风摇摇头,"你不相信也没用,我翻译给你们听。"说着,唐风缓缓读出了这封母亲写给孩子的信。

亲爱的阿廖沙：

或许一切都是徒劳的，或许你永远无法看到这些文字，这就是宿命！亲爱的孩子，你现在在哪儿？在做什么？是否感到幸福？是否想起了妈妈？

命运从一开始对你就是不公平的。你出生在那样一个荒唐的年代，从一生下来就失去了你的父亲，和我一起被放逐到荒凉的西伯利亚，饱尝人间冷暖。在西伯利亚凛冽的寒风中，你曾用幼小的身体为我送来滚烫的烤土豆，我永远忘不掉你那被冻得通红的脸蛋。

这些都是荒唐的宿命，过去我不相信命运，但是现在我相信了，我的命运和你的命运都在很多年前就已经注定。"如果想扭转我们家族的宿命，就只有去东方，在那里改变我们的命运。"这句话一直在我耳旁回响，特别是这几天，这种宿命的呼唤愈来愈强烈了。但是我没有办法改变这一切，跳出命运的束缚。我本有机会和你开始新的生活，但是我鬼使神差地来到了中国。

这是一段并不传奇的旅程，甚至有些乏味。我们遭遇了可怕的黑尘暴，黑尘暴并没有夺去我们的生命，但是我们彻底在沙漠里失去了方向。这里的磁场异常而多变，天气可怕而诡异，周围全是漫漫黄沙，无边无垠，没有一丝生机，没有一丝希望，指南针的指针如疯狂的精灵在跳舞，始终无法给我们带来确定的方向。

昨天，命运又和我们开了一个大玩笑。当我们已经精疲力竭，等待死神来临之时，一个海子出现在我们面前。所有人都扑向了这个海子，这可能是方圆几百里唯一的水源。但是理智告诉我们，这水很可能不能饮用，因为这海子的水呈诡异的白色。我们的设备早已在可怕的黑尘暴中丢失，无法检测这里的水质。大家在烈日下炙烤，在希望和绝望之间徘徊，最后，有一部分人不愿再等待，他们尝试了海子里的水——死亡之水！他们很快就倒在了岸边。

有经验的生物学家说那些人是中了毒，但是无法判断这种毒是天然形成的，还是有人在海子里下了毒。我们剩下的人不敢再尝试，又没有力气再继续走，关键是不知道该往哪里走。我们只能静静地等待死神的降临！但还是有人不愿等待命运的审判，他们离开了我们，走向了沙海深处。希望他们能走出沙漠，但是谁都知道这几乎是不可能发生的奇迹。

我亲爱的孩子，你的母亲此刻正在用最后的气力写下这些文字。我已不可能改变这一切，希望你能改变我们家族的宿命，如果不能，那么你就及早退出，像一个正常人那样去生活，再也不要奢望去改变什么……

唐风读完了整封信，紧锁眉头，"信的最后，笔迹越来越凌乱，越来越虚弱，可想而知，写下这封信的人是用尽最后一点力气在写，但是她似乎没能坚持到最后。"

"听了半天，满篇全是'宿命'，不断提到这个词，让我想起了刻在胡杨树上的那个'宿命'！"韩江的思绪又回到了胡杨林。

"是的，我也想起了那个'宿命'，也是俄文，和这小册子上的字迹颇有几分相似。当然我还不懂俄文笔迹的鉴定，所以还不能判断两者是否出自同一人之手。"唐风极力回忆刻在树干上的那个"宿命"。

"更重要的是，胡杨木树干上的'宿命'出现在一个很特别的位置。"韩江特意提醒唐风。

"你是说科兹洛夫那幅地图？"

"嗯。我们当时就看出来胡杨木树干上的那几个地名和'宿命'这个单词不是一人所刻，并怀疑有可能是科考队的苏方队员所刻，那么这人为什么不刻在别的胡杨木上，偏偏刻在有科兹洛夫地图的这棵胡杨木上？所以我想两者看似没有什么关系，却隐含着不易察觉的联系。"韩江分析说。

"这么说来，科考队中有人和当年的科兹洛夫探险队有关系，这是之前我们所不知道的！如果在胡杨木上刻下'宿命'的人就是写这封信的女人，那么她就应该和科兹洛夫探险队有着某种联系。"

韩江听了唐风的话，摆摆手，"现在下这个结论为时尚早，我们再来看看这信上透露出什么信息。第一段的一连几个问句，看出这位母亲在生命即将结束前对孩子不舍的眷恋，无助的呐喊；第二段叙述了她和儿子早年在西伯利亚的一段艰难岁月，看样子他们是被流放到西伯利亚去的。"

"那很有可能是20世纪30年代末的大清洗时代。"

"最奇怪的就是这第三段。反复提到'宿命''命运'这两个词，几乎没有什么逻辑性，像祥林嫂一样，念念叨叨地说什么宿命啊，命运早就注定啊，没法改变啦！不明白她要表达什么。难道是濒死状态中的喃喃自语？但看她后面的叙述又条理清晰，真是奇怪！"韩江晃着脑袋，不明白这女人为什么如此。

"也许这一段正是这个女人所要表达的，看这句话，'如果想扭转我们家族的宿命，就只有去东方，在那里改变我们的命运。'这句话反复在她耳边响起，可想而知，这句话对她来说是非常重要的。可是这句话究竟是什么意思呢？"唐风在反复咀嚼这句像是咒语一样的话语。

"我不明白这话，不过最后那句倒是一句有用的话，'我本有机会和你开始新的生活，但是我鬼使神差地来到了中国。'说明她本来是可以不来中国，不参加科考队的，但是她还是鬼使神差地来了。这句话反过来看，也许可以解释刚才那句话，她来中国参加这次科考，这就是她的宿命，所以整个第三段念念叨叨半天，就是要说明她来中国，是因为可怕的宿命。"韩江解释说。

"第四段说了她，也是科考队在沙漠中的遭遇。这些该死的遭遇，我们都遇上了，但是我还特别注意到最后的那句，'指南针的指针如疯狂的精灵在跳舞，始终无法给我们带来确定的方向。'这句话让我不寒而栗。"

唐风说到这儿，看看韩江，又看看梁媛，三人全都明白接下来他们所要面对的可怕局面。

3

长时间的沉默后，韩江又开口了，"第五段和第六段是我最感兴趣的，她详细讲述了在大白泉的遭遇。果然如我们之前推断的那样，科考队在喝不喝这里的水的问题上发生了分歧，一部分队员喝了大白泉的水后，立即倒地身亡；其余队员不敢再尝试这死亡之水，又精疲力竭，失去方向，于是只能在这里等待死神的降临。正是在死神降临前，这个女人写下了这封信。"

"果然有毒？可我们喝了到现在也没事！唐风，你刚才喝得最多，你现在有什么不良反应吗？"梁媛惊诧地看着唐风。

"靠，你盼着我中毒啊！你看我这样，像是有不良反应吗？"

"那就奇怪了，为什么当年科考队的人会中毒呢？"梁媛紧锁眉头。

"或许我们还可以从这封信中看出些端倪来。信中提到有生物学家认为那些人是中了毒，但是无法判断这种毒是天然形成的，还是有人在海子里下了毒。这句话突然打开了我的思路。我还是坚持我最初的判断，我怀疑马昌国！"唐风斩钉截铁地说。

"怀疑马昌国？你认为是马昌国他们在海子里投了毒？"韩江反问。

"是的，你们想想马昌国为什么在胡杨林里偷偷放了科考队携带的饮用水？这样做对他们来说可谓一举两得：一，可以使科考队陷入恐慌；二，他们可以以水作筹码，拉拢威胁科考队中的一些人，比如米沙。那么要想实现这个目的，除了放掉科考队携带的水，还要切断科考队所有可能获得的水源。"唐风推断说。

"所以他们在沙漠里的海子中都投了毒？"梁媛惊道。

"是的，我想就是这样。"

"可……可马卡罗夫回忆说，在科考队的饮用水被放光的第二天，他们兵分几路，分头在附近寻找水源，结果都没找到啊！"梁媛想起了马卡罗夫的话。

"不错，他们肯定没有找到，如果科考队寻找仔细的话，那么说明胡杨林附近确实没有水源。但是老马说过科考队上午兵分五路出发前，约定最迟天黑前要返回营地，所以他们寻找的距离是十分有限的，大白泉很可能在他们寻找的距离之外。据此，我们也可以判断一下大白泉距胡杨林的距离，应该是徒步折返一天路程之外。"唐风估算出了大白泉和胡杨林的距离。

"看来我们离开胡杨林已经很远了。"梁媛惊叹。

"嗯，科考队虽然没有找到大白泉，却被黑尘暴吹到了这里。这里很可能是距胡杨林最近的水源地，所以它早被马昌国投了毒。"

韩江听了唐风的推断，点点头，"看来这是最接近真相的推断了。大白泉水下有泉眼，可以不断地补充新的水源，又过了这么多年，所以现在大白泉里的水早已没有了毒。"

"可还是不能解释这水为什么发白啊？"梁媛仍然满腹疑惑。

"这可能是因为此地的土壤中含有某种特殊的矿物质吧！这不是我们要研究的，我想大白泉已经真相大白了。"

"不！还没有完。"唐风打断了韩江的话，"信的第六段中特别提到了，后来有几个人不甘心就此坐以待毙，于是离开了大部队，自己寻找出路去了。这两句话又向我们提供了重要的信息，科考队没有全死在这儿。我们刚才统计了发现的尸骨，这里一共是二十八具尸骨，加上三具在魔鬼城发现的军官遗骨，是三十一具，另外还有三名幸存者。这样算来，确实应该还有几位队员不知所终。他们中可能有的在黑尘暴中就已经遇难，但更有可能是后来离开了这里，自己寻找出路，但是他们可能凶多吉少，没有再走出沙漠。"

"这几个人当中包括米沙、马卡罗夫和我爷爷吗？"梁媛继续发问。

"我想应该不包括他们三人，因为在他们三人的回忆中都没有提到大白泉；再者，老马和你爷爷回到营地时，科考队的人已经消失了，他俩是单独逃离沙漠的；至于米沙……米沙后来很可能找到了瀚海宓城，这才有了那封信中所谓的'无与伦比的大门'。"唐风判断说。

"那么，那些在大白泉离开大部队的队员，最后命运如何呢？"

唐风没有马上回答梁媛的问题，而是静静地想了一会儿，才说："我忽然有了一个大胆的想法，他们去了哪里？他们能去哪里？首先，我想他们没有走出沙漠。科考队失踪后，救援很快展开了，如果他们走出了沙漠，应该会被救援队发现，但是除了老马和梁老爷子，没有……没有人再被发现！而米沙很可能找到了瀚海宓城，马昌国也极有可能走到了死亡绿洲，他俩应该是在多日之后自己走出沙漠的，那么其余几个科考队员会不会也走到了死亡绿洲，甚至是找到了瀚海宓城？"

"这样一来，整个科考队最后的遭遇全都可以推断出来了。"韩江的思绪像是回到了半个世纪前那个可怕的夏日。

4

科考队的最后遭遇，犹如电影一样，在韩江眼前渐渐清晰起来：当马卡罗夫和梁云杰回到营地时，营地已经空无一人。因为之前有经验的队员已经判断出将有黑尘暴来袭，于是科考队队员紧急撤离。但是这一切都是徒劳的，规模空前的黑尘暴袭击了已经离开营地的科考队。待黑尘暴过去后，大部分队员并没有死，在经过艰难跋涉后，他们会聚在大白泉。面对颜色怪异的泉水，科考队内部在对待水源的问题上发生了分歧。果然，大白泉因为被马昌国下了毒，一部分队员喝了后，倒地身亡，另一些队员选择了离开，不知所终，剩下的队员则活活渴死在沙地上……"

"当然，现在认定是马昌国下的毒也许为时过早！我们还需要更准确的证据。"韩江总结说。

"可怕的是，我们今天面临着与当年科考队一样的遭遇。"梁媛面露惧色。

"不，至少我们还有水。如果当初大白泉的水可以饮用的话，说不定科考队就不会全军覆没了。"韩江说。

"但是我们该往哪里走呢？就算我们有水，我们也不能一直待在这里。而我们三个人只有三个水壶，能携带的水是十分有限的，如果不能找准方向，恐怕我们还是难逃科考队的厄运！"梁媛一副忧心忡忡的样子。

"也许……也许我们还应该从这封信里找线索！"唐风突然又冒出来一句话。

"信里？这封信不已经读完了吗？"韩江不解其意。

"还有最后一段呢！"

"最后一段？最后一段没啥意义啊，又扯到了命运上来，告诫她的孩子如果不能改变命运，就去过正常人的生活，还能看出什么？"

"你从她的笔迹上难道没发现什么吗？"唐风反问韩江。

韩江又盯着那隽秀的笔迹看了一会儿，"写最后一段时，这个女人似乎已经精疲力竭，因此字迹越来越潦草，以至于最后一笔拖了老长。"

"不错，字迹越来越潦草凌乱，越来越无力，再结合最后一段的语句，可以看出这个女人已经到了最后时刻。但是，你们想过没有，她是怎么把这个小册子塞到石碑下面去的？"

唐风这一提醒，让韩江和梁媛都有些蒙。是啊，她已经精疲力竭，哪还有气力将小册子平平整整地塞进石碑下？

"首先，我们要搞清楚她为什么要把小册子塞进石碑下面，要知道她已经是要死的人了，有这个必要吗？"唐风顿了顿，又自问自答地说，"在她看来，这很有必要，因为小册子上的那些文字是她的秘密，她并不想让别人看见，所以才会在生命的最后一刻，还不忘把这个小册子藏好。"

"秘密？这里面有多少秘密？我怎么没看出来？"梁媛有点蒙。

"至于这上面到底隐藏了多少秘密，现在我们还不能完全明白，但是我想随着我们的步步深入，这上面的秘密将会一一展现在我们面前。单就最后的笔迹而言，就透露出了一个重要信息，她在最后时刻还有气力将小册子藏好，那么这之后呢？这里可没有发现她的尸骨啊！她去了哪里？"

唐风一句话点醒了韩江和梁媛，是啊，这个女人用尽气力把小册子藏在石碑下面，还有力气去别的地方吗？为什么周边不见她的尸骨？""唐风，你这么一讲，又让我想起了胡杨林的那棵刻字的树。我当时就疑惑，如果'宿命'二字是某个科考队队员所刻，为什么那棵树离营地距离那么远？现在想来，有可能科考队里只有这一个女人，所以她始终和其他男队员保持着距离。这里也是如此，芦苇丛里有科考队队员的尸骨，北岸沙地里也有科考队队员的尸骨，这里在海子西边，这个女队员就在这里一个人写下了那些文字，等待死神的降临。可是后来她的尸骨不见了！这只有一种解释，这个女人很可能没有死，她在写完最后一段后，一定又发生了什么！"

"太不可思议了，这里发生的事已经够离奇的了，居然后面还发生了什么？"梁媛惊讶地直呼不可能。

"骨头是可以开口讲话的，这块石碑旁本该出现一具女性的尸骨，但是没有，这本身就说明了问题。"唐风道。

"那你说这个苏联女人又去了哪里？如果她得救能离开这里，为什么不把这个小册子一并带走呢？"梁媛反问唐风。

"你这两个问题，我现在都无法回答。总之，我有一种强烈的预感，这个女人一定还会给我们留下蛛丝马迹，就看我们能不能找到了。"

唐风又围着石碑仔细查看了附近的沙地，确实没有遗骨，甚至连其他物品也没有发现。"我想这个女人不是自己离开这里的。因为之前有几个科考队队员不甘心在此等死，已经离开了，她若想离开，早就跟那些人一起离开了，但是她没有，她选择迎接死神的降临。在最后时刻，她已经精疲力竭，可是最后她还是离开这里了……"

"你想说是有人帮她离开了这里？"梁媛惊诧地把目光投向了沙山后面。

唐风吃力地点了点头，"很有可能。"

"还有谁？谁会带着这个女人离开这里？米沙？"梁媛追问。

"不！不会是米沙。如果我推测得不错，带她离开这里的人是马昌国。"唐风十分肯定地说。

"马昌国？！你为什么肯定是马昌国？"

"这是明摆着的，如果大白泉的毒是马昌国下的，那么就说明他很熟悉这一带的地形，至少比科考队更熟悉。他的人马也应该遭遇了黑尘暴，但他在脱险后，更容易找到生路。他很可能带着他的人来到了这里，看见科考队的人都已经死了，或者奄奄一息……"

韩江打断唐风的话，"但是马昌国为什么要带走了这个苏联女人呢？"

"也许当时留在大白泉的科考队队员都已经死了，只有这个苏联女人还活着，所以马昌国带走了这个女人。"唐风猜测。

"可是我觉得这里面不会那么简单！"韩江喃喃低语。

"韩队，你不会是怀疑这个女人是科考队的内奸吧？"梁媛忽然反问韩江。

"内奸？"韩江一惊，"我倒还没想到这一层，当年科考队真的有内奸吗？"

"我看咱们在这儿猜也没用了，明天一早继续前进吧！"唐风提议说。

"继续前进？我们该往哪里走？"梁媛面露难色。

唐风爬上沙山顶端，举目四望，漫漫黄沙，该往哪里走呢？唐风用指南针判断了一下方向，"我们就跟着这个苏联女人的足迹走。"

"跟着苏联女人的足迹？半个世纪过去了，哪有她的足迹？"梁媛一头雾水。

唐风解释道："如果这个苏联女人真的是被马昌国带走的，那么她会去哪里？"

"死亡绿洲？！"

"对！我想只能是这样，那么，他们应该是往西走的，而且我判断死亡绿洲和瀚海宓城就应该在离大白泉不远的地方。"

韩江也道："按照我的判断，大白泉应该在胡杨林北面，那么瀚海宓城确实应该是在大白泉的西边。"

"你们俩都想继续向西走？"梁媛质问道。

唐风和韩江对视一眼，都点了点头。梁媛急了，"你们俩全都疯了！就算你们说得都对，但是我们现在没有吃的，没有喝的，车和装备也都丢了，就凭我们三个就能找到瀚海宓城？"

"水，我们可以带大白泉的水；至于吃的，咱们再坚持一下，我想瀚海宓城离这里徒步最多只有一天的路程，死亡绿洲那里肯定有可以吃的东西。"

梁媛越听越觉得唐风的计划疯狂，韩江却赞同唐风的意见，"再试一把！也许我们已经离瀚海宓城很近了。"

"如果我们又在沙漠里迷失方向呢？"

梁媛的话让两人都沉默下来，因为谁也不知道他们能否走出沙漠。

第十七章 虚幻之城

1

当天晚上，三人在大白泉旁露营。不敢与那些尸骨做伴，三人只好围坐在那块石碑旁，没有篝火，好在这个季节夜晚的沙漠里还不算冷。

车上携带的电筒和电池大多丢失，只有韩江的背包里还有一支电筒和几节电池。唐风拿着韩江的电筒，一个人盯着玉插屏的照片出神。他想在古地图上找到大白泉的位置，但是古地图上标示的几处泉眼并没有这个"大白泉"。

唐风越看心里越不安，怎么会没有大白泉？在瀚海宓城东面，他没有看见一处标示的泉眼，倒是北面有几个泉眼，按理这里既然有西夏的石碑，古地图上也应该有标示才对！唐风打了个哈欠，感到腹中饥饿，但现在只能忍着。他缓缓放下了手中的照片，慢慢地合上了眼……

唐风也不知睡了多长时间，忽然觉得干热的沙子下面变得潮湿起来，他在黑暗中用手在身旁的沙地上胡乱摸索，是水！唐风感觉手上触摸到冰冷的水，这是什么水？不像是海子里被烈日炙烤的水，冰冷的水倒像是来自幽深的地下。

唐风惊得坐起身来，发现大白泉里的水早已涨到了自己身下，东面的芦苇丛被海子没去了大半，北岸沙地上的尸骨也已被上涨的泉水淹没。这……这是怎么回事？唐风赶忙去找韩江和梁媛，韩江早已不见了踪影，而梁媛却被上涨的泉水一下卷到了海子中央……

"救……救命！"梁媛发出凄厉的呼救声。突然，水流变得湍急起来，打着漩涡，梁媛在水面上拼命挣扎，但都是徒劳。唐风伸出手臂，想去抓梁媛的手，但还没等他够到梁媛的手臂，迅速上涨的水流已经将她包围。水流越来越湍急，梁媛的呼救声断断续续，最后完全被淹没在中……

"不！媛媛……"唐风发出一声撕心裂肺的呼喊，惊醒过来。四周死一般寂静，大白泉的水面一如白天看到的那样，并没有上涨，水面泛着幽光，完全是一潭死水。难道自己又做了一场噩梦？这个梦似乎很短，也不是那么清晰，那个戴面具的女子也没有出现，这到底是怎么回事？

唐风的叫声惊醒了韩江和梁媛。

"你又乱喊什么？"韩江怒吼。

"我又做噩梦了，梦见……梦见你和梁媛都被这海子吞了。"

"吞了？海子吃人？"

"不，是海子里的水突然涨了起来，把你们俩都卷了进去。"

"靠，你能不能说点好听的，这一潭死水，怎么可能上涨？还把我和梁媛卷走？你自己怎么没被卷走？"

"我……我不知道，但梦里就是这样一个场景，海子里的水突然上涨，水流变得湍急，你们俩都被卷到了漩涡中。"唐风极力回忆着梦里的场景。

"难道这水里还有什么玄机？"梁媛喃喃自语着，走到了海子岸边。

"小心！"唐风大喊。

但是大白泉里的水并没有发生变化，梁媛回过身，怔怔地望着唐风，"怎么，你还真以为水会涨上来？"

"不！我不知道。总之，这是一个奇怪的海子。"

"你想得太多了，所以老做噩梦……"

梁媛和唐风正说着话，突然，韩江发现了一些异样，"梁媛，你看你的脚！"

梁媛一惊，忙低头看去，刚才站在岸边的她，这会儿海子的水已经没过了她的脚面。梁媛惊得尖叫起来，忙向沙地高处跑去，然后一头扎在唐风怀里，不敢再看那诡异的海子。

唐风死死盯着平静的水面，压低了声音，仿佛不愿惊动这儿的幽灵，"看来我的梦都是真实的。"

"别太武断了，这会儿下结论为时尚早！"韩江说着向岸边走去。

"嗨，你要干吗？小心。"唐风告诫他。

但是，韩江已经走到了岸边。十多分钟过去了，唐风发现海子并没有出现他梦中快速上涨的情况，更没有激流漩涡出现，但是它刚才却真实地在上涨。

"媛媛，你刚才挪动过脚吗？"唐风转而问梁媛。

"我一开始就站到了岸边，然后转了一个身，就算挪动脚，也是往地势高的地方挪动，不可能再往水里面挪动。"

"那就是说刚才大白泉的水面确实上涨了。"唐风若有所思地盯着水面。

韩江从岸边走了回来，说："大白泉的水位确实上涨了，但是上涨的幅度很小，而且现在已经停止了。"

"这是什么原因？"

韩江摇摇头，"谁知道呢，也许天亮之后水位又会回落下去。"

"这正说明了大白泉水下有泉眼，晚上是它新陈代谢的时候。"梁媛说。

"新陈代谢？"唐风和韩江对这词都有些吃惊。

"用新水换去旧水，这样才能保证这汪泉水长年不干，还可以饮用。而且这里的水呈白色，估计也与泉眼下的矿物质有关。"梁媛说出了自己的分析。

"但是……但是在我那个梦里，海子的水快速涨了上来，像有巨大的吸力，将海子边的东西都吸进了水下。"

"行了，别老提你的梦了，这个海子总共就这么大，就算涨水，也不会有多大的吸力。"韩江若无其事地又躺在那块石碑边上，"还是抓紧时间休息，明天一早还要赶路呢！"

唐风和梁媛走到了更高的地方，才安心躺下来休息，但是唐风盯着那闪着幽光的水面，却怎么也无法再次入睡。

2

夜里这么一折腾，第二天直到艳阳高照，韩江和梁媛才醒过来。两人醒过来，看大白泉似乎和昨天一样，水位并没有明显上涨或回落。但是唐风不见了。

韩江环视海子周围，不见唐风，他和梁媛不约而同地回身看了看身后的沙山，赶忙朝沙山上奔去。翻过沙山，他们看见了唐风的背影。唐风站在不远处另一座高大的沙山上，韩江和梁媛呼喊唐风下来，但是唐风怔怔地伫立在那座高大的沙山上，一动不动。

韩江和梁媛疑惑地登上了那座高大的沙山，他们看到了不可思议的一幕——在大白泉的西边，地平线的尽头出现了一片丰饶的绿色，而在那绿色之间，金黄色的大屋顶和镏金的塔刹闪耀其间，一派壮丽，异于人间！

"这……这是什么？"梁媛一脸惊叹。

"这样壮观的景象只能是瀚海宓城！"韩江喃喃地说。

"难道不会是海市蜃楼吗？"梁媛忽然问。

"海市蜃楼？"韩江又向远处眺望，摇摇脑袋，"不，这么壮观、这么真切的美景，绝不会是海市蜃楼。"

韩江和梁媛说了半天，唐风一直沉默不语。随后唐风转过身，冲韩江和梁媛突然冒出来一句："我们可以出发了！"

说完，唐风转身回到了大白泉的石碑旁。梁媛在后面追问："出发？向那座城市进发？"

第十七章 虚幻之城

179

"对！我看过指南针，那座城在大白泉的正西方，完全符合我们昨天的判断。"

"可是……可是当年科考队的人为什么没发现？我相信如果他们看到这座城市，绝不会在这里坐以待毙。"梁媛反问两人。

"因为他们被高大的沙山阻挡了视线。很多事就是这样，只需要你再坚持一下，胜利就在前方向你招手。如果不是我凌晨惊醒，如果不是我惊醒后再也无法入睡，如果不是我攀登上这座高大的沙山，谁能想到瀚海宓城已经离我们如此之近！"唐风自信地说。

"你不觉得这一切来得太快了吗？"梁媛还是不敢相信。

"不！我们已经吃尽了苦头，瀚海宓城该露面了！当年的那些科考队员在这儿坐以待毙，最终成了一具具白骨，而那几个离开队伍的队员，很可能找到了瀚海宓城。还有……还有那个苏联女人，她被马昌国带走，也很可能去了瀚海宓城，成功有时候只是一步之遥。"唐风一边在大白泉中将自己的水壶灌满，一边自顾自地说着。

"可是他们没有一个回来的！"梁媛提高嗓音。

唐风一怔，但是很快就转过脸，扶着梁媛的肩膀说："媛媛，你要知道，我们现在已经没有别的选择，我们只能找到瀚海宓城。"

梁媛不再说什么。三人默默地准备好仅有的装备，带上三壶泉水，便匆匆上路，向着那座辉煌的城市前进。

一路向西，唐风离开大白泉时，抓了一把芦苇，每走出一段，便将一根芦苇插在沙地里，作为标记，这样即便没能找到瀚海宓城，即便在沙漠里迷失方向，他们仍然可以顺着芦苇标记返回大白泉。

可是，就算能返回大白泉又有什么用呢？这里没有食物，即便有水，他们还是会被活活饿死在沙漠中。

三个人冒着烈日，一路朝着那座辉煌的城市前进，毒辣的太阳烤着炙热的沙子，似乎要把沙漠中的一切全部融化。唐风深一脚浅一脚地在沙漠中艰难跋涉，脚下的沙子滚烫，每当小腿整个陷进沙子里时，他觉得自己的小腿仿佛在被炭火烧烤。

热浪滚滚的沙漠里，一切都显得虚幻起来。汗水流进了唐风眼里，唐风抹一把脸上的汗，前方的城市又忽然变得那么真实，而且自己已经离它那么近了，仿佛唾手可得！但是，不论唐风如何加快速度，那座辉煌的城市却总是与自己保持着距离，仿佛娇羞的少女，不愿显露她的美丽脸庞。

一天很快便过去了，当夜幕降临时，那座辉煌的城市依旧矗立在地平线尽头。三人精疲力竭地倒在沙漠里。梁媛的水已经喝完，唐风和韩江的也所剩不多，三个人谁也不想再向前走一小步，只想快点结束这一切，离开沙漠。

可是第二天清晨来临时，他们仍然置身于沙漠中，而更可怕的是一直在他们前方的那座辉煌城市竟然不见了。四周全是荒凉的沙漠，他们知道最可怕的事情发生了——他们在沙漠里彻底迷路了。

梁媛瘫坐在地上，小声哭泣着，"都是你们，我说了那是海市蜃楼！你们不听，现在咱们迷路了。"

"可……可那座城市是那么真实，曾经离我们那么近！"唐风也没了主意。

韩江也瘫坐在地上，"好了，我们不能再往前走了。"

"你什么意思？"唐风反问。

"梁媛说得对，那确实是海市蜃楼。"

"不！我确信那就是我们苦苦寻找的瀚海宓城！"唐风大声嚷道，但他随即又放低了声音，"好，就算那是海市蜃楼，但我想它也是折射了瀚海宓城真实的场景。"

"你就这么肯定？"韩江问。

"那片绿洲，绿洲中辉煌的古代城市，与我想象中的瀚海宓城一模一样，难道它还能是其他模样吗？"唐风反问韩江。

韩江沉思下来，半晌，他像是下了很大的决心，说："不管那是不是瀚海宓城，我们都不可能继续往前走了，我们的食物和水已经耗尽，只能选择先退出沙漠，重新装备好，才能再来寻找瀚海宓城。"

"退出沙漠？"唐风一愣，"怎么退？我们现在就算要退出沙漠，也不那么容易了。我们已经在沙漠里迷了路……"

"向东走，只要向东走，我们就一定能走出沙漠！"韩江斩钉截铁地说。

"向东走？"唐风扭头向东面望去，来时他所插的芦苇早已不见了踪迹，东面是一望无垠的连绵沙丘。

"对！现在只有退出沙漠才有希望。"梁媛附和韩江。

唐风无奈地跟着韩江和梁媛向东撤退。三人狼狈不堪地寻找着唐风插下的芦苇，可是芦苇枝断断续续，到最后完全看不到了，大白泉也消失在了茫茫沙海中。

3

唐风和韩江反复辨认方向，韩江确信他们是在向东方走，只要这样走下去，就一定能走出沙漠。

但是三人在炙热的沙漠里走了整整一天，除了黄色，他们没有看到任何其他颜色，更不用说走出沙漠。

黄昏时分，梁媛终于支撑不下去，扑倒在沙地上。唐风忙去搀扶梁媛，"媛媛，媛媛再坚持一会儿，我们马上就能走出沙漠了。"

"我……我不……不行了……"

"不，不，媛媛，再坚持一会儿。都是我不好，我应该听你的。"唐风开始后悔自己的莽撞。

梁媛倒在唐风怀里，颤抖地从衣领里掏出了那个鸡心项链，那里面有她母亲的相片。梁媛想打开那个鸡心项链，但是她已经没有一丝力气。唐风的脸颊上流下了两行泪水，他帮梁媛打开了鸡心项链，照片中梁媛的母亲还是那么年轻美丽。

唐风也已精疲力竭，但是他不能放弃梁媛，他使出浑身力气将梁媛背了起来，但是还没走出五步远，便带着梁媛一起摔倒在沙漠中。

韩江看看他俩，使劲地摇了摇头，长叹一声："苦命的鸳鸯！"他也瘫倒在沙地上，汗水从头上流淌下来，躺进了韩江的眼睛，他的眼睛模糊起来。韩江伸手揉了揉眼睛，突然，一个黄色的东西在韩江眼前一闪，那是什么？

韩江强打精神，坐了起来，他看见在不远处的沙地上，有一个小精灵正在盯着他们。唐风和梁媛听见动静，也支撑着坐了起来，但还没等他俩反应过来，韩江已经瞪着一双饥饿的眼睛向那个小精灵扑了上去。

唐风和梁媛吃惊地看着韩江，待韩江再转过来时，他们看见韩江此刻完全变成了一个野人，嘴角滴着鲜血，嘴里正起劲地嚼着东西。随着嘴里的咀嚼，韩江一会儿眉头紧锁，一会儿又面露喜色。再看韩江手上，右手是滴着鲜血的匕首，左手则拖着一个唐风和梁媛都不认识的奇怪生物。

唐风盯着那东西，觉得有些眼熟，"这是什么？好像蜥蜴！"

"对！就是蜥蜴。"韩江吐了一口嚼不烂的东西，喷着满口血沫说。

"蜥蜴？我印象中的蜥蜴都是在原始森林里！"唐风皱着眉说。

"这是沙蜥，沙漠里的蜥蜴。"

说着，韩江将手上那条沙蜥扔在唐风身前，唐风嫌弃地往后一躲。韩江笑了，"你躲什么？这就是你的午……哦！不，是晚饭了，不管午饭晚饭了！"

"什么？你……你让我吃这个？"唐风惊愕。

"吃这个怎么了？你还有别的东西吃吗？野外生存，你也是练过的！"

"我……"唐风面露难色，他盯着这只已经被韩江开膛破肚的沙蜥，一阵恶心，但是胃里已经没有任何东西可供他呕吐。沙蜥的心脏似乎还在跳动，韩江一指沙蜥的心脏，"你倒是快啊，喝它的血，不要让它的血都流光喽！"

"这里面不会有寄生虫吧？"

"妈的，都什么时候了，你还烦寄生虫！你不吃我吃了。"说着，韩江又趴在沙蜥的血管上喝起血来。

唐风扭过头，看看虚弱的梁媛，"就算我们能吃，你看看梁媛，她那样，能吃得下去吗？"

"她现在最虚，才最需要吃。"

"能不能烤熟了再给梁媛吃？"

"你当这是野外烧烤啊！你要有本事在这鬼地方生火做饭，我就等你烧烤。行了，别唧唧歪歪了，将就一点吧！"

韩江说完，从沙蜥身上割了一块肉，递给梁媛。梁媛一看这条还在滴血的沙蜥肉，皱着眉头，犹豫着，不敢往嘴里送。

韩江笑了，"大小姐，我告诉你，这块肉是沙蜥身上最好最嫩的一块，就好比牛身上的牛柳、猪身上的里脊，你就别挑剔了，赶快享用美餐吧！"

"妈的，你这时候就别给我提什么牛柳、里脊了！"唐风抱怨道。

梁媛手里拿着那条肉，还是不敢放到嘴里。韩江急了，"大小姐，这么好的沙蜥刺身，要是搁到北京、香港的五星级酒店，那可贵啦！你就别犹豫了……"

韩江还在说着，梁媛一闭眼，把那块肉吞进了嘴里。梁媛想直接咽下去，但是那块肉还挺大，咽不下去，梁媛紧锁眉头，只好一点一点咀嚼。

"对！就这样，不要吞，要慢慢嚼，你会感到一种美妙的味道，有点像五成熟的牛排，又有点像细嫩的三文鱼刺身。开始有点土腥味，但是当你的舌尖慢慢适应这种味道，你就会觉得这是人间最美味的极品！"

在韩江的循循善诱下，梁媛闭着眼，一点一点把那条肉吃了下去。

"怎么样？好吃吗？"韩江问梁媛。

梁媛竟然点了点头。于是，韩江又割了一条肉递给她，"媛媛，你成熟了。你知道我们要想走出沙漠，就必须多吃点，虽然我知道这味道很让人接受。"

梁媛点了点头，又将这条肉吃了下去。唐风见梁媛如此勇敢，也只好捏着鼻子生吃了一大块沙蜥肉。

三个人这会儿恢复了一些体力。韩江突然跪在地上，大叫起来："这只沙蜥可算是救了我们的命啊！万能的主啊，神啊，上帝，耶稣，佛祖，关老爷，孔圣人，玉皇大帝啊！感谢你们一起赐给我们食物，阿门！阿弥陀佛！无量寿佛！"

唐风差点没乐出来，"你这是信的哪门子教啊？"

"不管，谁能保佑我们出去，我就信谁！要是他们都能显灵，我回去就把他们全供起来！"韩江信誓旦旦地说。

"全供起来？那这些神仙还不打起来。"唐风苦笑道。

"那是天上神仙的事，我管不了，我只管眼前！"

"眼前……眼前……那你就要看神仙们还保不保佑你了……"唐风说话的声音忽然变了。

"你怎么了？"韩江发现唐风不但声音变了，而且眼神也变得惊恐起来。

"你……你身后……"

韩江猛地转过身来，他看见一只巨大的爬行动物正缓缓地向他们爬过来。这是一只巨型沙蜥，看样子足有两米长，嘴里不断向外吐着舌头，正瞪着一双圆鼓鼓的眼睛，盯着韩江。

韩江不知道这只巨型沙蜥是刚才那只小沙蜥的母亲，还是父亲，抑或是嗅到血腥味，也想来分一杯羹的同类，但是他分明感受到了巨大的威胁，这种威胁竟让他在炙热的沙漠里感到了深深的寒意。

4

韩江曾经只靠一把匕首和野狼、藏獒、雪豹这些猛兽搏斗，但是和眼前这只巨大的爬行动物较量，却还是第一次。

韩江紧握匕首，向后退了两步，摆出了要和巨型沙蜥正面决斗的架势。但是，当巨型沙蜥猛地向他扑来时，韩江还是选择了躲闪。巨型沙蜥从韩江身旁冲了过去，转过身，却静静地躺在沙漠上，不再动弹。

唐风护着梁媛，躲在韩江身后，三人一起盯着巨型沙蜥。时间一分一秒过去，沙蜥像是睡着了一样，一动不动。"它怎么了？刚才被你刺到了？"唐风小声问韩江。

"刺个屁！我看它那冲过来的架势，还敢刺它？"

"那它这是怎么了？睡着了？"

"我以前曾听说，沙漠中有一种蜥蜴，体形巨大，行动笨拙，但是当它在阳光下晒足日光浴，吸收了充分的热量时，皮肤就会变黑，变得异常敏捷，我想今天我们就遇到了这样的蜥蜴。"韩江回想起了传说中的蜥蜴。

"难道这只巨型沙蜥就是这种蜥蜴？"

"你看它，正在吸收沙漠里的热量，注意看，它的皮肤正在起变化……"

"是啊！开始变得发黑！"唐风叫了起来。

"和传说中的一模一样。小心！"

韩江的话音刚落，那只皮肤已经变成黑色的巨型沙蜥猛地向他们冲了过来。唐风护着梁媛倒向一边，韩江倒向另一边。但是巨型沙蜥这次变得异常敏捷，它一下扑空，立即掉头再次向韩江扑来。韩江还没站起身来，就被巨型沙蜥撞倒在一个凹陷下去的沙坑里。

巨型沙蜥死死趴在韩江身上，红色的舌头已经可以舔到韩江的脸上了。韩江挥舞锋利的匕首，不停地向沙蜥的软腹部刺去，但是韩江的手臂被沙蜥的一只爪子挡开。韩江再次挥舞匕首，向沙蜥刺去。没等韩江的匕首到，沙蜥猛地摆动如钢鞭粗的尾巴，正打在韩江的身上，韩江感到一阵剧痛，手中的匕首险些撒手。

当沙蜥准备再次向韩江发动进攻时，唐风从地上掀起一阵飞沙，冲着巨型沙蜥大吼："来啊！我在这里。"

巨型沙蜥被身后的唐风激怒了，扭转庞大的身形，一头向唐风冲去。唐风根本不是沙蜥的对手，还没等沙蜥冲到身前，撒丫子就跑。

这时，韩江跌跌撞撞地从沙坑中站了起来。幸亏他死死抓住了匕首，他见沙蜥向唐风扑去，一下扑倒在沙蜥身后，挥舞匕首，猛地向巨型沙蜥的尾巴扎去。

巨型沙蜥发出一声怪叫，丢下唐风，气急败坏地扭动粗壮的尾巴，一下打在韩江拿匕首的右臂上。韩江只觉右臂一阵钻心的痛，手一松，匕首掉在了地上。韩江依旧保持着清醒的头脑，忙去捡掉在沙子里的匕首，可是沙蜥却灵活地转过了巨大的身躯，再次扑向韩江。韩江慌忙在沙地上向后退却，他的匕首被压在了沙蜥身下。真正危险的时刻来临了，失去了匕首又负伤的韩江，面对的是一头暴怒的巨型沙蜥。

唐风目睹此景，想过去帮韩江，可又不知如何做最好。巨型沙蜥步步紧逼，几乎已经贴上了韩江，它只需稍稍再一用力，甩动一下粗壮的尾巴就能把韩江的骨头击得粉碎。

情急之中，唐风把匕首当成了飞镖，直接向沙蜥的后背掷了出去。匕首击中了沙蜥的后背，但是唐风的力量不够，匕首碰到沙蜥结实的后背，竟然弹了出去。

韩江见此情形，一闭眼，他知道自己这次是凶多吉少了，想不到自己竟然死在这丑陋的怪物的尾巴下，真是倒霉！

就在这千钧一发之际，韩江和唐风只觉着空中似乎被乌云遮蔽了。韩江睁眼抬头，竟然是一只低空俯冲下来的兀鹫。不！韩江认出来那不是兀鹫，而是一只鹰，一只真正的雄鹰。

雄鹰展开巨大的翅膀，直向倒在地上的韩江扑来，韩江又闭上了眼睛。但是过了很长时间，韩江并没有听到风声，身上也没有丝毫疼痛，这是怎么回事？

韩江赶忙睁开眼一看，那只雄鹰已经将巨型沙蜥抓离了地面，此刻正向太阳落山的方向飞去。韩江长出一口气，躺倒在沙地上。他知道他又得救了，是那只雄鹰救了自己一命！

没有了巨型沙蜥，也没了雄鹰，沙漠深处又恢复了宁静。韩江再次跪在沙地上虔诚地祷告："草原、沙漠、戈壁上一切的主宰，伟大的长生天，感谢你再一次救了我们，我知道您始终眷顾着我们，那么就请您一直眷顾我们，将我们带出这无边无际的沙漠。"

唐风见韩江忽然变得如此虔诚，不禁哑然，"你刚才还神啊、主啊的一大堆，怎么这么一会儿又拜长生天了，而且只拜长生天？"

"因为只有长生天才是这里一切一切的主宰，那些神在别的地方好使，在这里可不如长生天管用。"韩江笑道。

"你就是一实用主义者，连神灵也被你呼来喝去，想找哪个神就找哪个神！"唐风又吃了一大块沙蜥肉，这会儿恢复了不少体力。

"神是人创造出来用的。这里是长生天的地盘，我们就得拜长生天！"韩江终于

第十七章　虚幻之城

露出了他无神论者的本质。

"不！神本来就存在。"梁媛忽然开口了，"这里的神是长生天，它不仅仅存在于牧民的心中，也存在于这儿的山、这儿的水、这儿的沙漠戈壁中。长生天在冥冥之中主宰着这里的一切，包括每一个试图进入这里的人。"

"你这是万物有灵……"

"我刚才忽然想明白了一件事！"梁媛打断唐风的话，缓缓地说，"我们为什么跟半个世纪前的科考队和一个世纪前的科兹洛夫探险队一样，那么接近瀚海宓城，却又功亏一篑？因为我们的心不够诚。"

"别扯了，这跟心诚不诚有什么关系？"韩江不以为然。

"这一路，特别是我们遭遇黑尘暴，在沙漠里迷失后，我想到了很多，我觉得这一切都是长生天冥冥之中的安排。为什么我们会遭遇黑尘暴？为什么半个世纪前的联合科考队也遭遇了黑尘暴？也许科兹洛夫的探险队也曾经遭遇黑尘暴，还有七百多年前的蒙古大军，为什么迟迟不能消灭瀚海宓城那支党项人？"梁媛越说越起劲。

唐风插话说："你的意思是七百多年前的蒙古大军也是被黑尘暴袭击，以至于无法靠近瀚海宓城？"

"难道不是吗？"梁媛反问。

"这是由于瀚海宓城南边的魔鬼城是个大风口，地形和环境都容易产生黑尘暴。"唐风解释道。

"这是客观的原因，但是西夏时，从九里堡到黑石，再到瀚海宓城是一条交通要道，这条要道甚至直达蒙古高原，难道当时党项人去瀚海宓城也会在胡杨林那里遭遇黑尘暴？"

梁媛的反问，一下把唐风和韩江都给问住了。"是啊，我们遭遇了黑尘暴，联合科考队遭遇了黑尘暴，科兹洛夫的探险队也很可能遭遇了黑尘暴，还有骁勇善战的蒙古铁骑为什么在瀚海宓城外裹足不前，难道同样是黑尘暴？可……可西夏时期，党项人为什么可以进出瀚海宓城？"唐风陷入了沉思。

5

吃了沙蜥肉，恢复了体力的梁媛又接着说："这一切都是长生天的安排。长生天安排没藏皇后中途两次告诫我们，我们没有听，当第三次试图接近瀚海宓城时，黑尘暴就来了，这难道不是长生天的安排吗？"

唐风张张嘴，想说什么。梁媛不等他开口，继续说下去："还有，我们遭遇黑尘暴后，来到了大白泉，当年科考队遭遇黑尘暴后，大部分人也来到了大白泉，这难道仅仅是巧合吗？"

"又是长生天的安排?可……可科考队一部分人喝了大白泉有毒的水死了,还有一部分人不敢喝,活活渴死了!"唐风说。

"我们虽然没有中毒,也没有被渴死,但是我们仍然被困在沙漠中。长生天用虚幻的瀚海宓城引诱我们,最后将我们从半空中重重抛下,让我们尝尽失望!"

"可是刚才雄鹰救了我们,这不是长生天的眷顾吗?"韩江反问。

"是的,在我们精疲力竭,无力再往前走的时候,长生天给我们送来了食物,虽然这食物并不美味,但帮我们解决了生存问题;当我们遭遇危险的时候,长生天又派雄鹰替我们解了围,曾经抛弃我们的长生天,为什么又开始眷顾我们?因为这一切都发生在我们选择远离瀚海宓城之后!"

"你的意思是长生天不眷顾那些企图靠近瀚海宓城的人?"唐风反问。

梁媛点点头,"是的,所以当我们选择远离瀚海宓城之后,长生天开始重新眷顾我们。"

"你说得有点太邪乎了!按你这么说,我们无论如何也找不到瀚海宓城喽?"韩江摇着头,不肯相信梁媛的话。

"不!韩队,你理解错了,长生天不眷顾那些企图靠近瀚海宓城的人,但并不意味着无法到达瀚海宓城,只是想找到瀚海宓城的人必须超越所有的困难,这也是长生天的有意安排!而我们显然准备不足,还远远不够,所以长生天不眷顾我们。如果我们真的克服了所有困难,那么长生天必然会帮助我们找到瀚海宓城,但是现在还不是时候!"

韩江听着梁媛的话,竟觉得她说得有几分道理,"不错,机会是留给有准备的人的。看来我们得从头再来了。"

三人讨论完神的问题,天色已晚,那只沙蜥已经被三人分食殆尽。三人找了个沙凹,倒头就睡。可能是因为在沙漠里跋涉了好几天,太累了,也可能是长生天的眷顾,这一觉三人都睡得很好,没有黑尘暴,也没有噩梦来袭。

次日清早,三人继续出发,向着太阳升起的方向。但是三人一直走到中午,仍然没有走出沙漠,四周依旧是茫茫沙漠,没有办法,只有继续前进。后来,沙漠变成了荒凉的戈壁滩,还是看不到人烟,也看不到任何生命的迹象。

难道长生天不再眷顾他们?就在三人胡思乱想的时候,前方的地平线上依稀出现了几栋房子,还有房子外面的铁丝网,这是什么?难道又是一座虚幻的城市?

第十七章 虚幻之城

第十八章 前进基地

1

当三人走近那些锈蚀的铁丝网,才发现铁丝网里面是几栋破败的铁皮房子,这不是虚幻的城市,而是戈壁滩上一处真实存在的建筑。

韩江撞开一栋铁皮房子的大门,腾起厚厚的灰尘。待灰尘散去,三人走进这座铁皮房子,四面空空荡荡,什么都没有,但是梁媛依然很兴奋,"看来我们走出来了,走出沙漠了。"

"是啊!这应该是一处牧民遗弃的房子。"唐风推测说。

韩江抬头看看依旧悬在头顶的白炽灯,灯泡早已不知去向,灯罩上积满了灰尘。"这里至少有三十年没人来过了。"韩江凭着灰尘的厚度推测说。

"三十年?这么久!"唐风对韩江的推断感到吃惊。

"请相信我的经验。"韩江说着又来到铁皮屋的窗户边上,他发现虽然这间铁皮房子已经被废弃三十年了,但是窗户,特别是窗户上的玻璃依旧保存完好。

唐风和梁媛也发现了端倪,唐风伸手轻轻拂去窗户上的灰土,疑惑地说:"就算这里没有黑尘暴的袭击,但戈壁滩上风沙大,如果这铁皮房子真的已经废弃三十年了,怎么窗户玻璃还会保存得这么完好?"

"是啊,我也感到奇怪。"韩江敲了敲玻璃,心里一惊,他似乎想到了什么,"奇怪,这玻璃竟然是特制的钢化玻璃,怪不得历经这么多年风沙侵袭,玻璃仍然能完好如初!"

"这是特制的钢化玻璃?牧民会有这样的玻璃?"梁媛马上嗅出了房子里异样的气味。

韩江的视线沿着玻璃,一直向窗台下看去。突然,韩江的眼前一亮,他在铁皮墙壁上发现了一个凹坑,"唐风,你说错了,这里应该不是牧民的房屋。"

"哦，你发现了什么？"

"看，这是一个弹坑！"

"弹坑？这……"

唐风还没反应过来，韩江又在铁皮墙壁上发现了几个弹坑，紧接着，韩江在墙角发现了一枚 7.62 mm 弹壳。韩江举起这粒弹壳，在唐风和梁媛面前晃了晃，"这里一定发生过一场激烈的枪战。"

"这里？发生过枪战？"唐风和梁媛刚才还算清晰的思路，顿时陷入了一片迷雾，他们怎么也不明白，这戈壁滩深处的铁皮屋子里，怎么会发生过激烈的枪战？

三人怔怔地盯着那粒弹壳看了很久。韩江突然想起了什么，快步走回到那个白炽灯下，一伸手，扯下了白炽灯的灯座，仔细看了看。突然，韩江叫道："唐风，你过来看看，这是不是俄文？"

"俄文？"唐风一惊，赶忙跑过来观瞧，果然在白炽灯的灯座上出现了两行很小的俄文，是白炽灯生产厂家的名字。

"这……这是怎么回事？"梁媛一头雾水地盯着韩江。

韩江快速思考分析了一番，最后，他吃惊地喃喃自语："难道……难道我们来到了前进基地？"

"前进基地？"唐风和梁媛同时惊叫道。随即，唐风问，"就是马卡罗夫对我们说过的那个靠近中蒙边界的前进基地？"

韩江若有所思地点点头，"我想是的。"

"这……这怎么可能？老马说过那个前进基地是在中蒙边界蒙方一侧，我们放弃向瀚海宓城前进，就一直向东方撤退，怎么会走到了这里？"

"是啊！我们中途没有看到任何标示，难道我们已经徒步穿越了国境线？"梁媛感到无比震惊。

"而且这距离也太不可思议了，我们究竟走了多远？竟穿越国境线，来到了前进基地？"唐风还是无法接受这个现实。

韩江沉吟着，并不说话。他忽然想到了什么，冲出了这个铁皮房间，几步走到一段铁丝网前。他在这段铁丝网上看到了一块已经锈迹斑斑的铁牌，铁牌虽然锈蚀严重，但韩江还是在铁牌上看到了一个醒目的红色标志，这个标志一般是"禁止通行"的意思。同时，韩江还在这个标示旁边发现了一行大写的俄文字母，于是他招呼唐风过来，唐风很快辨认出了铁牌上的俄文——军事禁区，禁止靠近。

2

韩江已经确定这是一处苏联时期的军事基地，而且他几乎也已经确信，这就是马卡罗夫对他们所说的那个前进基地。

但是，韩江还是没想明白自己为什么会出现在这里。在他的脑海中，他们所走的路线距离边境应该还有上百公里，可是这会儿，他们却真真切切地来到了这个位于蒙方一侧的前进基地。这是宿命的安排，还是纯属巧合？

"宿命！"梁嫒几乎脱口而出，"这正是长生天的安排！我开始有些明白我们在胡杨林那棵胡杨木树干上发现的那个用俄文写下的'宿命'了！我们竟然走到了前进基地，除了宿命，我实在无法解释这一切。"

"难道我们走错了方向？按照马卡罗夫的回忆，前进基地应该在巴丹吉林沙漠北方，我们放弃寻找瀚海宓城，一直在向东走撤出沙漠，怎么会走到了北面的前进基地？"唐风回想着这一路的方位和遭遇。

韩江也无法理解，这一切究竟是怎么发生的。他拿出指南针来，站在前进基地的大门前，他发现他们正面向正南方向，而刚才他们走到前进基地的路线位于前进基地的西南方向。"也就是说我们并不是一直朝正东方向走，而是一直在向东北方向前进。"韩江说。

"也许我们从一开始就错了……"梁嫒喃喃地说。

"一开始就错了？"

"嗯，我们在大白泉也许就走错了方向，再加上中间一次错误的折返，导致我们错上加错。"梁嫒解释说。

"好了，先不去管这些了。既然到了这里，就先搜寻一下，看看这里有没有危险，再看看有没有吃的。"韩江盯着不远处的几栋铁皮房子说。

"吃的？都三十年没人了，还能有吃的？"唐风觉得韩江是在天方夜谭。

三人又打开了一间铁皮屋子，这间屋子门窗都坏了，里面倒是有几件家具，看起来像一间集体宿舍，但是所有家具都已破败不堪，甚至有一把椅子上竟密布着几十个弹孔。这一切很快让唐风和韩江联想到了前进基地最后的命运，那场可怕的暴动几乎摧毁了这里的一切。

"除了没有人和尸体，这里的一切都还保留着当年基地暴动后的模样。"韩江仔细搜寻着这里的蛛丝马迹，"这间屋子原来应该住着四个人。"

"我们现在该怎么办？"唐风问韩江。

"抓紧时间，找找那些人留下的东西，看有什么是对我们有用的。然后最好能收拾出一间干净的屋子，我看今晚我们就要在这儿过夜了。"韩江吩咐着。

"这间屋子显然太破，连窗户都没有。"唐风首先否决了这间屋子。

三人走出这间集体宿舍，绕到屋后，屋后是一个小广场，准确地说，是由一溜铁皮屋子围起来的小广场。韩江的眼睛在这一溜铁皮屋上转了一圈，他在寻找窗户还完整的铁皮屋，最后他的目光定格在正对着他的那间铁皮屋。那间屋不大，窗户上也积了厚厚的灰土，但是窗户依旧保持完好。韩江一指那间铁皮屋，"就是它了，咱们要抓紧时间，在天黑前把这个铁皮屋清理出来，这就是咱们今晚的小窝了。"

韩江说着，便拉着唐风朝那间铁皮屋走去。但是他俩走出一段，忽然发现梁媛没有跟上来，两人回头一看，就见梁媛正弯腰盯着地上看。

"找什么呢？"唐风问梁媛。

"你们快来看，这地上有车辙印！"

"车辙印？是那个时候的吧！"唐风对于梁媛的话略感惊讶。

"不！我看就是最近留下来的。"梁媛判断说。

韩江走到近前，只看一眼，便说："不但是最近留下来的，甚至就是这两天留下来的。"韩江说完这话，本能地拔出了匕首。

3

韩江、唐风和梁媛三人本能地组成了一个队形，背靠背站在小广场中央。韩江手持匕首，双目如电，死死盯着小广场周边每一栋铁皮屋子和每一扇窗户。

所有窗户都落满了灰土，所有铁皮屋子都很破败，根本不像有人长期居住的样子，但是仍不能掉以轻心。

韩江重新观察了地面的车辙印，有些困惑地说："这车很奇怪，不是轿车，应该是越野车之类的，但是我又怎么也看不出这是哪种型号的越野车。"

"你就这么自信你认识所有的越野车？"唐风不相信韩江的判断。

"哼，你小子不要小看我，我什么越野车没开过？从这车辙印上看，这种车胎根本不像是现在越野车所用的。"

"也许人家开的是产量很少的型号。"

"得！我不跟你争。"说着韩江指了指他们身旁的一间铁皮屋子。

唐风和梁媛心领神会，他们放弃了那间门窗完好的铁皮屋，而是将小广场周边的铁皮屋一间一间搜了个遍。但是所有铁皮屋都和之前他们查看的那两间一样破败，一样落满灰土，最后，只剩下那间门窗完好的铁皮屋还没有查看。

韩江侧身走到这间铁皮屋的大门前，唐风上前推了推，推不动，两人马上觉察出了这间屋子的特别之处。

韩江示意唐风站到门边，唐风握着匕首，侧身躲在门边，梁媛跟在唐风身后。韩江见唐风和梁媛都已就位，猛地向那铁皮大门撞去，巨大的撞击力几乎把大门撞变了形，但是门居然还没开。

"妈的！"韩江小声咒骂，揉了揉酸疼的肩膀，再次向铁门发起了冲击，这次铁门开了。没有扬起的尘土，没有破败的景象，这间铁皮屋子里虽然没有几件物件，但是被收拾得干干净净。

唐风和梁嫒也跟了进来，屋子里没有人。梁嫒眼尖，一眼看见在屋子墙角放着一个纸箱子，纸箱子敞着，里面露出了几瓶矿泉水。已经两天滴水未进的梁嫒像是发现了金山一样，径直奔过去，想都没想就打开了一瓶水，刚要仰脖狂饮，唐风大声呵斥她："等等，媛媛，小心这水有问题。"

"有问题？"梁嫒一怔，举着矿泉水的手停在半空中。

"这里为什么突然出现这么几瓶不明不白的矿泉水？你不觉得这比大白泉的水还可疑吗？"唐风提醒梁嫒。

梁嫒使劲咽了咽口水，放下了那瓶矿泉水，但她还不甘心，拿着矿泉水瓶使劲端详了一阵，"这上面好像也是俄文。"

梁嫒将水瓶递给唐风，唐风看了看，摇着头说："不，这不是俄文，虽然我不认识这些文字，不过我想这应该是蒙古文字。蒙古革命之后，就改用俄文字母拼写蒙古语言，所以看上去觉得很像俄文。"

"哦！那这上面写的是什么呢？"

"看样子就是生产厂家和保质期之类的。"

韩江从唐风手里接过矿泉水瓶，仔细查看了一番，然后将水递给了梁嫒，"没事，我检查过了，可以喝。正规厂家生产的饮用水。如果要做手脚，只能在瓶身和瓶盖上做文章，我查看了这瓶水，瓶子和瓶盖都没有问题。"

梁嫒听韩江这么说，来了胆量，"咕咚"先仰脖喝了一口。顿时，清凉甘洌的矿泉水流进梁嫒体内，犹如甘霖流遍了全身，梁嫒顿觉神清气爽。也不待观察一番，一扬脖，一口气便将整瓶水都喝了。

唐风和韩江也难忍饥渴，从纸箱内各拿了一瓶矿泉水，一饮而尽。唐风还在纸箱里发现了一瓶已经开封，被喝了两口的矿泉水和三个空瓶子。

"看来这里前几天还有人逗留。"韩江仔细观察着那瓶喝了两口的矿泉水。

"这里还有东西！"梁嫒在纸箱子里面又发现了一个大塑料口袋，打开口袋，梁嫒惊喜地叫道，"哇！这里面是面包、红肠，还有两块奶酪。"

梁嫒把这些东西在地上一字摆开，并不急着享用，而是一件件先递给韩江，"喏，大侦探，帮我检查一下，这东西有没有下毒？"

"你干脆让我替你先尝尝算了！"

"是啊！小江子，你就先替哀家尝尝吧！"梁嫒学着太后的样子，开始对韩江发号施令。

"靠！你还真把自己当太后了。"韩江一一检查了这些食物，然后扔给梁嫒，"我看都没什么问题，但是真要把你吃死了，别怪我！"

"你这是什么话，哀家要独自享用这些美食了。"

梁媛说着，狼吞虎咽地横扫起面前这一堆美食，一边吃，梁媛还一边评价："这红肠做得不错，这……奶酪太一般了，不好吃！"

　　"得了，咱们还没走出沙漠呢，你还是别挑剔了。"

　　唐风和韩江见梁媛吃得香，也一起加入战斗，不大一会儿，那些吃的全被一扫而光。这时，夜幕已经降临，唐风和梁媛靠在墙边，昏昏欲睡，韩江则靠在门边，也打起了盹。

　　过了一会儿，由远及近传来发动机的轰鸣声，三人几乎同时被惊醒了。梁媛看看唐风，唐风看看韩江，这是汽车的声音，但是韩江竟一时听不出这是什么车子。车子是往这个方向来的，最后，车子稳稳地停在了小广场上。韩江想从门缝往外看，但是还没来得及走到门前，车上跳下的脚步声已经朝这边走过来。

　　韩江极力判断着脚步声，他想听清楚有几个人，是男是女，但还是没等他分辨出来，他已经觉察出有人在掏钥匙，要开门……

　　门锁已经让韩江给破坏了。不用问，那人已经感觉到了异样，韩江屏住呼吸，侧身躲在门后，只待那人进来。

4

　　门开了，皎洁的月光从屋外洒进来，一个黑影从门外闪了进来，韩江分明看见了那人手里的枪！过度的紧张促使韩江选择先下手，就见韩江使劲一推，从门后将铁门向前推去。那人已经走进屋内，一闪身跳进了屋中，这正是韩江所期望的。韩江"砰"地把门关上，从门后猛地扑向进屋的黑影。

　　但让韩江没想到的是，这个黑影身手敏捷，一闪身，竟巧妙地躲过了韩江的猛扑。韩江顺势转身，探出左臂，直向黑影的脖颈处袭来。黑影显然对韩江的速度感到吃惊，步步后退，一溜小碎步，最后被韩江逼到墙角，靠在了墙上。韩江的左臂如铁钳般牢牢抓住了黑影的脖颈。韩江忽然觉得黑影的脖颈有些异样，但还容不得他多想，黑影飞起一脚，直向韩江面门而来。

　　韩江无奈，只得松开黑影的脖颈，黑影见飞腿踢空，忙收回右腿。与此同时，韩江用匕首逼近了黑影，而黑影将枪口对准了韩江……只是一刹那的时间，从黑影进来，和自己过的几招，让韩江的思绪飞快回忆起来。这几招似曾相识，对，在郎木寺昏暗的经堂内！

　　"叶莲娜！"

　　"韩江！"

　　两人几乎同时报出了对方的名字。

　　话音刚落，铁皮门打开了，一柱强光射了进来。

"韩江，唐风！真的是你们！"门口传来马卡罗夫的声音。

唐风和梁媛忙打开电筒，也看清了来人，正是叶莲娜和马卡罗夫。

马卡罗夫从车上卸下了许多东西，有满满一箱蜡烛，众人七手八脚点上蜡烛，总算给这间小屋带来了生机。

"老马，你们怎么会在这儿？"韩江迫不及待地想知道马卡罗夫和叶莲娜怎么会出现在这儿。

"韩，你听我慢慢说。"马卡罗夫坐了下来，缓缓地说，"我们从贺兰山回去后，一直在调查克格勃那边的线索，这个你们应该已经知道了。"

"是的，你们已经将斯捷奇金、布雷宁、伊萨科夫全都挖了出来，这些人肯定都有问题。"

"还有一个神秘的怀特，在那个间谍案中，正是因为这个怀特，将斯捷奇金、布雷宁和伊萨科夫都联系了起来。另外一条线，就是这里，布尔坚科训练的那些学员，这条线后来也和怀特发生了联系，也正是这个怀特，将本来不相干的两拨人都联系在了一起！"

"看来这个怀特是个重要的角色，史蒂芬临死前也曾提到过一个叫怀特的人，我甚至怀疑他可能就是将军本人！"韩江推断说。

马卡罗夫摇摇头，"但是这两条线到这里全都断了，或者说都无法再继续查下去，布雷宁的尸体损毁严重，斯捷奇金则消失得无影无踪。至于那个怀特，现在我们甚至都不能确定在基地学员暴动案中出现的怀特、美国间谍船案中出现的怀特，以及史蒂芬回忆中的怀特，三者是否为同一个人，也许'怀特'只是一个代号。"

唐风点点头，他倾向于马卡罗夫的观点，"这种可能性很大，因为史蒂芬所说的怀特我们没见过，基地学员暴动案中出现的那个怀特只有谢德林和斯捷奇金见到过，而斯捷奇金已经遁形……"

"所以我特地拿着美国间谍船案档案中那张名为怀特的美国间谍照片去找谢德林辨认，但是他居然否认了照片上的怀特。所以，两条线调查到这里，都无法进行下去。"马卡罗夫一脸失望。

"然后你们就到这里来了？"韩江问。

"父亲最近老是做噩梦，总是梦见一些往事。前几天他对我说，他忽然觉得我们遗忘了什么。"

"遗忘了什么？"

"父亲想到了前进基地，现在既然已经知道前进基地发生了这么多事，父亲觉得很有必要再来这里看看。"

"所以你们就来了这里？"

"嗯，韩，我前些天给你打电话，却怎么也联系不上你，你们到底出了什么事？"叶莲娜关切地问。

韩江轻叹一口气，"一言难尽。"于是，韩江将他们分别后这一路的遭遇向叶莲娜和马卡罗夫叙述了一遍。

"想不到你们那边竟然发生了这么多事！"叶莲娜不禁唏嘘。

"更不可思议的是，我们怎么也来到了这里！"韩江晃着脑袋，还是没能适应这个巨大的变化。

"这说明我们有缘啊！"梁媛笑道。

"是啊，我们本来就有缘！"叶莲娜盯着韩江的眼睛说。

"不，我们在这里相逢，绝不是有缘这么简单。"马卡罗夫突然瓮声瓮气地说。

"哦？这里面难道还有阴谋，或是阳谋？"唐风不解。

"因为我们都为了相同的目的而来，当年前进基地出现在这里，我想本身就是一件奇怪的事。正如你们已经探查过的路程显示的那样，这里其实离我们苦苦寻找的瀚海宓城并不远，所以你们才会走到了这里。"马卡罗夫说出了自己的想法。

"你当年在前进基地的时候没有觉察出这一点吗？"唐风追问。

马卡罗夫摇摇头，"参加科考队时，我只是一个二十刚出头的小伙子，对所考察的环境、地理形势并没太多了解，所以后来即便我在前进基地待了那么多年，也没有往那方面想。我……我只是会偶尔回忆起当年科考队的一些事，但没想到前进基地竟然离瀚海宓城，离当年科考队考察的路线如此之近。"

"所以你想再到这里来看看，看看能不能再找到什么蛛丝马迹？可是我们刚才查看了这里的铁皮屋，全是当年基地暴动之后的破败景象，根本看不出什么有价值的蛛丝马迹！"唐风指着屋外那一圈铁皮房子说。

"是的，唐风，我们昨天就来了，外面的铁皮屋子也都查看了一遍，确实没有什么有价值的发现。不过，我们还有一处地方没去……"马卡罗夫欲言又止。

"哦！还有哪里没去？"唐风追问。

马卡罗夫挥了挥手，"你们来时看到东面那几栋铁皮房子了吗？"

"就是那几栋远离基地，在铁丝网外面的铁皮房子？"

"对，就是那几栋，那就是我对你们说过的，布尔坚科专门训练学员的地方。我准备明天去那儿看看。"马卡罗夫说出了自己的计划。

"那好，明天我们同去！"唐风来了精神。

"你们刚才去了哪里？"韩江问。

"去离这里最近的镇子上买些东西。"叶莲娜答道。

"哦，对了！叶莲娜，忘记跟你说了，在你们回来之前，我们把这屋里能吃的都吃了，水也喝了好几瓶。我们实在是饿坏了，也渴极了！"韩江嬉皮笑脸地对叶莲娜解释说。

"我看到你就知道找准要倒霉！"叶莲娜埋怨了两句，又拿出了一大袋食物递给唐风和梁媛，"今晚你们抓紧时间休息，好好恢复一下体力。明天我们到基地附近转一转。"

"不！"韩江打断了叶莲娜，"我还有一些问题要问老马！"

"问题？"叶莲娜不知道韩江葫芦里面卖的什么药。

5

韩江看看马卡罗夫，一本正经地问："其实我要问的问题刚才在我的叙述中已经提到了，但是我还要再问一下你。"

"你问吧！"马卡罗夫似乎已经做好了回忆一切痛苦往事的准备。

"当年联合科考队有女队员吗？"韩江问。

马卡罗夫回想了一会儿，点点头，"我印象中是有一位女队员，是我们这方的。"

"可我怎么从来没听你提起过这个女队员？"

"哦……是这样，这名女队员似乎性格很孤僻，每次扎营，她都远远离开众人，自己一个人扎一顶小帐篷。而且总是喜欢独来独往，时不时她人就消失了，还不需要我们保护，有时弄得我们领导很头疼。"

"她叫什么名字？"

"名字？全名我不知道，但有人喊她柳德米拉，所以在科考队时大家都喊她柳德米拉！"

"她的身份是什么？在科考队主要做什么？"

"这个……这个我就不清楚了。我刚才说了她喜欢独来独往，很少看见她和别的队员交流，更别说闲聊和交朋友了。不过，看她的衣着打扮和行为举止，应该像是某一方面的学者。"

"哦，仅仅是从外表推测的？"

"不，不单单是外表，你想想那个年代，又是这么个绝密的行动，怎么会容许这么一个没有组织纪律性的队员参与？所以我想当时之所以让这位柳德米拉参与，恐怕是因为她是一位很有威望的学者，就是离了她玩不转的那种。"马卡罗夫还说了一句中国的俗语。

韩江点点头，"对，应该是这样。当初参加科考时，这女人多大年纪？"

"这个还真不好说，一个是年代久远，另一个是她当时可能为了防风沙吧，总是用一条丝巾裹着脸，所以我那会儿就不太确定这个女人的年龄，我估摸她当时应该在四十岁左右吧！"

"四十岁左右，特立独行，某一行离不开的学者……"韩江喃喃自语着，他极力在脑海中拼凑着这个女人的图像，可是依旧十分模糊。

"那么后来，我是指科考队出事后，你再见过这个女人吗？"

"韩江，你什么意思？你认为这个女人也没死？"

"她死没死我不知道，但我知道她并没有像大多数科考队员那样死在大白泉边，至于她接下来去了哪里，就只有长生天知道了。"韩江遗憾地说。

"我后来应该没有再见过这个女人。"马卡罗夫快速地在脑海中搜索了一遍这个女人，似乎只有在科考队他俩才产生过交集。

"好吧，我们再说说那天晚上，就是科考队出事前的那个晚上。"韩江把话题转到了那个可怕的晚上。

"那个晚上发生的事我一开始就对你们说过了。"

"但我还是有几个细节不太清楚。首先，你还记得那天晚上找米沙说话的那两个中国人吗？"

"那两个中国人，当时我并没有觉得那两个中国人可疑。因为联合科考队是临时拼凑起来的，虽然我负责安全保卫，但是上级主要让我们负责我方队员的人身安全，所以我对中方队员没有多少了解。现在想来，那次科考，我除了认识了梁云杰以外，就几乎没和中方队员有过什么接触。再说我当时看他俩和米沙交谈，我以为他们认识，所以就没有多想。现在想来，当时是我太疏忽了。"马卡罗夫不禁有些自责。

"老马，你不用难受，那不是你的错，我只能说那次科考从一开始就是个错误，就埋下了失败的种子。"韩江的话既像是在安慰马卡罗夫，又像是对半个世纪前那次联合科考下的结语。

待马卡罗夫情绪平静下来，韩江又接着询问："还有，就是当那天晚上出事后，你们曾出去寻找新的水源，这期间你们去过什么地方？魔鬼城去了吗？"

"魔鬼城，我知道你说的是那片可怕的雅丹地貌，我和梁云杰去找水时曾经看到了魔鬼城，但是我们俩没有贸然进去。想不到那三名中国军官竟被人绑架到了魔鬼城里面，如果当时我和梁能进去的话……"

"也许你们当时没进去是对的，否则你们可能也会像那三名军官一样。"唐风安慰道。

马卡罗夫点点头，"我们当时根本没有做好在那种复杂环境中遭遇特殊情况的准备，一切都是按照正常环境计划的。"

"是啊！黑尘暴、魔鬼城、无边无际的沙漠，还有阴险狡诈的敌人，也许科考队中还有隐藏很深的内奸，这样复杂的环境、复杂的情况，显然是你们当时应付不了的！"韩江叹了口气，又接着问，"那你们就没找到水源吗？"

"没有。"

"你没到过大白泉吗？"

第十八章　前进基地

"没有，如果我到了大白泉，恐怕也跟那些队员一样中毒而亡了！"

"那么，还有一个地方，黑石，你们去过吗？"

马卡罗夫又摇摇头，"没有，根本就没有听说过这个地方。"

"还有最后一个问题，可我不知道该怎么问。"韩江犹豫了一下，"你们见到过一个戴面具的女子吗？"

马卡罗夫还是摇头，"没有，从来没有。"

"那……那梦中呢？比如噩梦？"唐风追问。

马卡罗夫沉吟了一会儿，最后还是给出了否定的答案，"不，从来没有。"

马卡罗夫的回答让韩江和唐风都很失望。梁媛在一旁不禁喃喃自语："难道没藏皇后只对我们显灵了？"

"小姑娘，别多想了，赶快睡吧，明天咱们还有事呢！"马卡罗夫拍拍梁媛的肩膀说。

梁媛瞪着疲倦的眼睛，四下看看，"我觉得这间屋子好阴森，当年基地暴动一定死了不少人，这里晚上不会闹鬼吧？"

"闹鬼！呵呵。"马卡罗夫笑了，"你们知道吗？这间屋子就是当年我和布尔坚科住的那间宿舍。"

"啊……"唐风和韩江吃惊地朝这间屋子望去，不知为何，一种奇怪的感觉迅速笼罩了他们。

第十九章 二十一号地堡

1

睡在这样一个奇异的地方，唐风本以为晚上又会有噩梦来袭，但是第二天清晨，唐风醒来的时候，才发现自己竟然睡得很好，没有噩梦，更没有那个戴面具的女子。

唐风坐起来，发现韩江和梁媛还在呼呼大睡，叶莲娜则倚在门框上，若有所思地抽着烟，不见马卡罗夫。叶莲娜见唐风醒过来，掐灭了烟蒂，微笑道："你们三个终于有醒的了，我真怕你们一直这么睡死过去。"

"不用怕，韩江不起来，你就使劲踹他，呵呵。"

"我可踹不动他，你没看他昨天对我使的那几招，招招取人要害！"

"那是因为他不知道是你，如果知道，他只有挨打的份！哎，你父亲呢？怎么不见他？"

"他醒得早，出去锻炼去了，这是他的老习惯了！"

"可是这里不太安全。"

"没事，我看着呢！"

叶莲娜一指前方不远处的戈壁滩，唐风看见马卡罗夫正在戈壁滩上跑步。这老爷子，精气神真好！唐风不禁暗暗感叹。

又过了一会儿，梁媛醒了过来，韩江仍然睡得跟死猪一样。叶莲娜使劲踢了韩江一脚，韩江这才睁开一只眼睛，看了看叶莲娜，"几点了？"

"亏你还是经验老到的特工，竟然睡得这么死！"叶莲娜嗔怪道。

"这不是有你守着吗？我当然可以放心大胆地睡！"韩江笑着说。

叶莲娜和韩江正说着话，马卡罗夫锻炼完身体，跑到门口对众人说："你们既然都起来了，我就带你们认识一下这里——前进基地。"

三人于是跟着马卡罗夫来到院子中央的小广场上。韩江看见广场中央，也就是昨天发现车辙印的地方停着一辆颇有些年头的军用吉普车。"这就是你们的车?"韩江有些吃惊地看着眼前这辆军用吉普。

"是啊,还不错吧!"马卡罗夫对这车显得很满意。

"靠,这是哪年的老古董了,比'悍驴'还古老!怪不得我昨天查看的车辙印那么奇怪!"韩江说。

"'悍驴'……什么'悍驴'?"马卡罗夫一头雾水。

"'悍驴'就是我们原来那辆越野车,结果在黑尘暴中被卷走了。"唐风解释说。

"说到车,我倒是想起来当年科考队也是有几辆车的,还有十多匹骆驼。我和梁云杰回到胡杨林时,人都不见了,但是这些大型装备还在,特别是那两辆运货的卡车,有几十吨重。你们这次去胡杨林没看到这些东西吗?"马卡罗夫忽然问。

"没有,胡杨林里什么都没有了,我们只在胡杨林发现了一颗严重弯曲变形的铆钉,还有一个玉璜。"唐风回答说。

"多么恐怖的黑尘暴,竟能将几十吨重的卡车席卷而去。"马卡罗夫感叹。

"还有那棵刻有科兹洛夫和那个神秘女队员手记的胡杨木。对了,老马,当初你们在胡杨林时,发现过胡杨木上有科兹洛夫的手记吗?"韩江问马卡罗夫。

马卡罗夫回想了一会儿,摇摇头,"没有,据我观察应该是没有。科考队在胡杨林的那两天没有什么发现,只顾四下寻找水源了。如果要有什么发现,也就是某个人自己的意外发现。"

"自己的意外发现?"唐风马上想到了那个神秘的女科考队员。

"行了,老马,我们还是来说说你这老爷吉普车吧,你是在哪里搞到的?"韩江将话题又转移到了那辆老式吉普车上。

"在附近的集市上买的。"

"这儿的集市还卖车?"

"是啊,离这儿五十公里,很热闹。这车是上了点年纪,20世纪80年代的东西,不过一看就是以前苏军驻蒙古部队的新装备,没开几次。估计后来部队撤走了,懒得运回去,就把这车丢在蒙古的仓库里了。"

"哦!听你这么说,蒙古应该能淘到不少这样的装备喽!"韩江说。

"是的,有很多都是八九成新的,甚至还有直接从仓库里搬出来没开封的!"

"那你们得带我们几个去淘点装备。"

"你要什么?"

"我要枪!"韩江坚定地说。

"哦,这个不难,明天咱们就去那个镇上,准能挑到让你满意的枪!"

两人敲定,马卡罗夫带唐风三人一一参观了这些早已荒废的铁皮房子,马卡罗夫至今仍然清晰地记得每一个房间的用途。待他们参观完毕,吃过早饭,叶莲娜便驾车带着众人一起向基地东面的那几栋铁皮屋子驶去。

2

老爷吉普车在平静的戈壁滩上划出一条漂亮的弧线，不大一会儿，他们就来到了那几栋铁皮屋子前。

叶莲娜和唐风三人都跳下了车，可是马卡罗夫却坐在车里，迟迟没有动。

"父亲，我们到了。"叶莲娜小声提醒马卡罗夫。

马卡罗夫这才回过神来，慢慢地跳下车，望了一眼这几栋铁皮屋，不禁长叹："这就是当年布尔坚科建造的几栋用于训练学员的铁皮房子。"

"哦，就是你曾经提到过的训练基地？"唐风环视几栋铁皮屋子，摇了摇头说，"这训练基地的外表其貌不扬，实在无法把这里和那些身怀绝技的学员联系起来。"

韩江却不以为然，因为他已经从这几间铁皮房子上看出了问题，"唐风，不要小看这几间铁皮房子。你发现没有，这几栋铁皮房子虽然外表也很破败，但依旧保存完好，玻璃没碎，也没有墙壁破损，可见其十分坚固。"

韩江这一提醒，唐风也发现了，这几栋铁皮房子经历几十年风吹日晒，依然完好地矗立在戈壁滩上。

两人诧异的时候，叶莲娜已经抬腿去踹门了，可是那扇看似不大的门，竟然纹丝不动。韩江赶忙上去帮助叶莲娜，使出浑身力气去撞这扇门，门才稍微有些变形。韩江还想去撞，叶莲娜显然已经不耐烦了，拔出手枪，"砰"的一声打在屋门的锁上，门终于开了。因为此门如此牢固，严丝合缝，当他们走进这密闭了几十年的屋子时，竟没有扬起多少灰土，一切都是那么安静。唐风的眼睛很快适应了这里的环境，这是一间不大的铁皮屋，里面只有一张床和一张桌子。

"这间屋子原来是干什么的？"韩江好奇地环视了一圈。

马卡罗夫说："这间铁皮房子最靠外面，离外面的铁丝网最近，如果我没记错的话，这是一间值班室。"

"这么几间铁皮房子还搞一间值班室？"唐风觉得完全没有必要。

"布尔坚科就是这样一个极其严谨的人，这间屋子就能看出他的风格。"马卡罗夫说着又走到另一间铁皮房子门前，叶莲娜依旧用枪打开了这间铁皮房子的门。这间屋子空空如也，不过墙角堆放着一些运动器材和几个拳击手套，显示这里似乎是间格斗训练室。

当只剩下最大的那间铁皮屋子没检查时，唐风发现这里的铁皮房子似乎都没有遭受枪击的痕迹，"难道当年基地暴动时，这里没有出事？"

"看样子战场不在这里。不过具体情况恐怕现在没人知道了。"马卡罗夫说着已经来到了最大的那间铁皮房子门前。

这是一扇看上去就很厚重的大门，韩江也不用徒劳了，叶莲娜直接一枪打开了这扇沉重的大门。"吱呀"一声，强烈的阳光直射进去，很快洒满了整间屋子。

唐风吃惊地发现这竟是一间教室，很像大学里的教室，前面是讲台，讲台下是五六排横七竖八的座椅。

"这里怎么会有这样一间教室？"梁媛也很吃惊。

马卡罗夫解释说："这间屋子原本是一间大办公室，布尔坚科常常带着人在这里开会。后来他把一些理论课程也搬到这里来上了，于是他就把这里改造成了教室的样子。不过这里的座位都是可以移动的，布尔坚科可以把这里随时改造成他期望的样子，比如刑讯逼供的地方。"

"我想起来了，老马，你说你曾经看到布尔坚科拷打不听话的学员，并在学员身上刺青，就是在这里？"韩江想起了老马曾经的回忆。

"是的，就是在这里。"马卡罗夫紧锁眉头，搬开了一张落满灰尘的椅子，向讲台走去。

所有人都感觉到了这里的阴霾之气，谁也没讲话，就这么静静地伫立在这间教室里。唐风和梁媛也走到了讲台旁。唐风看见马卡罗夫盯着讲台前那块落满灰尘的黑板出神。他不想打扰马卡罗夫的回忆，于是冲梁媛做了个嘘声的手势，便要拉着梁媛离开讲台。但梁媛忽然看见了讲桌下的一个紫色按钮，就在唐风拉走梁媛的同时，被好奇心包围的梁媛触动了那个紫色按钮。

突然，传来了一声巨响。这声响不像是从教室里发出的，倒像是从幽深的地下传来的。

"你碰什么了？"唐风冲梁媛吼道。

"我……我就碰了一下讲桌下的这个紫色按钮。"梁媛一脸无辜地看着众人。

唐风这才注意到，这坚实的讲桌是牢牢固定在讲台上的，而且……而且讲桌并不是木质的，而是跟讲台一样由钢筋混凝土浇筑而成，只是它的外表被有意涂抹成了木头的颜色。"这……"唐风不知所措地看看梁媛，又看看还站在讲台上的马卡罗夫。

马卡罗夫吃惊地看着周围，这是什么力量？什么地方发出了巨响？最后，当唐风和韩江同时发愣的时候，整座讲台都起了变化。

又是一阵巨响，讲台承载着马卡罗夫，开始陷了下去。唐风吃惊地望着眼前的一幕，讲台像是一部电梯，往下面滑去。

"这下面有空间！"叶莲娜首先反应过来。

但是，为时已晚，马卡罗夫已经滑到了下面。到这巨型升降机停止的时候，唐风趴在洞口向下仔细观瞧，才发现这下面竟是一个宽大的竖井。

"咱们俩下去吧！"唐风看看身旁的韩江。

韩江又看看叶莲娜和梁媛,"叶莲娜,你照顾好梁媛,我和唐风先下去看看这下面究竟是什么地方。"

叶莲娜和梁媛也迫切地想下去看看,这荒凉的戈壁滩下面怎么还会别有洞天?但是叶莲娜权衡利弊之后,还是冲韩江点了点头,"我父亲身上有把枪,你可以拿过来用,搞清楚下面的情况后,马上上来。"

"你放心,这下面不会太大,我们很快就能回来。"

韩江说完,和唐风一起跃下了那个巨大的自动升降机。"轰隆"一声,这部自动升降机又开始动起来,一直落到了竖井底部,才彻底停了下来。

3

一股阴风迅速灌进了自动升降机内,唐风望着外面漆黑的世界,心里不禁被一层阴云所覆盖,"下面的空间似乎很大啊!"

"是的,下面看上去很大。老马,你知道这下面还有个竖井吗?"韩江转而问马卡罗夫。

马卡罗夫直呼不可思议,"我从不知道这下面竟然别有洞天。"

三人走出了自动升降机。唐风打开电筒,向四周照射,这才看清,他们身后是刚才送他们下来的自动升降机,而正前方是一条宽阔的地下巷道,他们此时正位于这条宽阔巷道的一头。

"怎么……怎么会是这样?"马卡罗夫吃惊地望着四周,嘴里不停地喃喃自语。

"老马,这儿看上去都是用钢筋混凝土建造的永久工事,你怎么会一点儿也不知道?"韩江反问马卡罗夫。

"我确实不知道这下面还有这么大的空间。"马卡罗夫的思绪还没从巨大的震惊中走出来。

"老马,建造这么大的工程,一定会大兴土木,你怎么会不知道?"唐风也反问马卡罗夫。

"看来你们是不相信我了!我现在不知道该如何让你们相信,我只能推测这大型工事修建的年代并不是我在前进基地的时候!"马卡罗夫满脸无奈地解释。

"也有这种可能。"韩江用电筒朝四周平整的墙壁照去,四周的墙壁并不像其他地下建筑那么潮湿,十分干燥,这可能是身处沙漠戈壁的缘故。

唐风用叶莲娜从集镇上买来的手提式强光电筒照亮了他们所在的整个区域。他惊异地发现,那台自动升降机把他们带到了一个地下大厅内,大厅的东面是那条宽阔的巷道,而在大厅的南北两面是几扇不同颜色的大门。

唐风吃惊地走到北面的墙壁下,这里依次出现了红、黄、黑三种颜色的门。唐风用手摸了摸那扇红色的大门，是铁质的，看上去很厚重。更让他诧异的是，这里虽然落了一层灰土，但是没有看到一丁点蜘蛛网的痕迹。

唐风回头看着同样吃惊不小的韩江，和完全被震撼的马卡罗夫，"这是什么地方？老马你真的从没见过吗？"

老马机械地摇了摇头，半张着嘴，没有说话。

"我查看了一下，七扇门全是厚重的铁门，而且被涂成了红、黄、黑、紫、蓝、绿和白色七种不同的颜色，我想它们一定有特殊的含义。"警惕的韩江一下来就查看了四周。

"嗯，这扇红色的门是什么意思呢？"唐风问。

"红色最醒目，我想这扇门后面一定是个重要的地方。"韩江决定先打开这扇红色的铁门进去看看，说着便伸出手，使劲推了推红色的大门，门是锁着的，严丝合缝，"糟糕！这门锁着的，用枪估计也打不开。"

"还是用枪试试吧！"唐风提议。

韩江没搭茬，身后却传来马卡罗夫的声音："别徒劳了。凭我多年在部队服役的经验，这种工事一看就是能防核生化武器攻击的。你们想想，它都能防核武器的攻击，你们的手枪又怎么能打开这扇铁门。"

"那我们就没办法了吗？"唐风不甘心。

马卡罗夫走过来，只看了一眼那扇红色的大门，便说："这门我估计至少有四十厘米到五十厘米厚，就是用炸药炸也很难把它打开。要想打开它，只有两个办法，一是用钥匙打开……"

马卡罗夫说到这，故意停了下来，那样子似乎在征求韩江和唐风的意见。韩江摆摆手，"我们哪来的钥匙，快说二吧！"

马卡罗夫这次接着说："二是据我所知，一般像这样的大型工事，应该有个内部控制室，就是在钥匙毁坏和丢失的情况下，用来打开大门的。"

"内部控制室？"唐风和韩江不约而同地将目光移向其他几扇大门。

唐风和韩江分别推了推南面和北面的几扇大门，每一扇大门都紧闭着，根本推不动。"难道这个内部控制室不在这里？"唐风说着朝东面漆黑的巷道望去。

马卡罗夫摆摆手，"一般这个内部控制室不会太远，应该就在这个大厅里。"

"就在这里？可……"唐风面露难色，"可这里七扇大门都是紧闭的。"

"不要急，年轻人。"马卡罗夫说着走到北面墙壁下对应南面白色大门的位置，"南面墙壁上有四扇大门，而北面只有三扇大门，也许蹊跷就在这里。"

马卡罗夫敲了敲，又推了推，但是这里的墙壁和其他墙壁一样，呈土黄色，没有任何地方有门缝的痕迹。

马卡罗夫也有些急了，看来那个他设想中的内部控制室不在这里。他沿着岩壁仔细查看北面的墙壁，没有任何发现，只好又转到南面的墙壁前。南面墙壁上依次排列着紫、蓝、绿、白四种颜色的铁门，马卡罗夫走到最后一扇白色大门前，依然没有找到他所说的内部控制室。

"老马，会不会是你搞错了，这里压根儿就没有！"韩江怀疑道。

"不要随便怀疑我，我比你有经验。"倔强的马卡罗夫还不死心，继续查看最后一段墙壁。

突然，马卡罗夫在南面墙壁的尽头停下了脚步，他怔怔地看着面前的土黄色墙壁出神。唐风和韩江对视一眼，似乎看到了希望，两人跑过来，也盯着这面墙壁。慢慢地，唐风看出了端倪，一条若隐若现的线出现在墙壁上……

4

盯着面前的墙壁看了许久，马卡罗夫猛地一拍墙壁，"就是这里。"

"这就是内部控制室？"唐风将信将疑。

"想不到这项工程建造时竟如此用心。你们看，如果不是我们仔细，谁能看到这面颜色和墙壁一模一样的门。"

"是啊，完美的伪装。"韩江感叹。

"可是这扇门也是锁着的，怎么打开啊？"唐风试了试面前这扇在墙壁上显现出来的小门。

"这就要看韩江的了，他不是开锁高手吗？"马卡罗夫笑着看看韩江。

"这你也知道？我可不认为这是什么光彩的事！"韩江说着，从身上摸出一根特制的铁丝，在那个不易察觉的锁眼儿里捅了几下，墙壁上的那扇小门果然开了。

唐风看见小门里面是一排机械装置，有两根长长的机械手柄，唐风不知道那是干什么的，也许这就是控制整个工事大门的吧！

内部控制室里的空间很狭小，只容一个人进去，这个任务理所当然地落在了韩江头上，唐风和马卡罗夫留在门外。马卡罗夫靠在门边，指挥韩江："去试试那两根机械手柄。"

"能行吗？不会我一摁，整个地下工事就爆炸了吧？我可听说很多这样的工程都有自毁装置！"韩江心里有些犹豫。

"甭废话了，你听我的，叫你往下摁你就摁！"

韩江只好听从马卡罗夫的指挥，使劲将那两根机械手柄往下摁去。

"嘎——嘎——啦——轰隆！"在发出这样一阵沉闷的声响后，韩江将两根机械手柄都摁到了最下面。紧接着，唐风注意到大厅内的七扇大门不约而同地发出了金属撞击声。

"打开了？！"唐风还不敢确定，刚想去推离自己最近的那扇白色铁门，马卡罗夫却一把拉住了他，"别着急，一起行动。"

唐风只好等韩江走出内部控制室，三人一合计，还是先从那扇最显眼的红色铁门开始。门锁都已经打开，但是红色铁门的厚重还是远远超过了唐风的估算，韩江一人竟无法推开这扇红色铁门，最后，是唐风和韩江两人一起用力才推开了这扇红色铁门。马卡罗夫吃惊地估算了这铁门的厚度，竟然有六十厘米，长期无人开启，门轴有些锈蚀，所以唐风和韩江推门时才会如此费劲。

唐风用手提式电筒还是没有照亮红色铁门后的整个空间，暗暗有些吃惊，看来这里空间很大。加上韩江和马卡罗夫的电筒，这才隐隐约约看清楚整个空间。

整个房间呈长方形，将近三百平方米，房间内堆满了各种唐风不认识的仪器设备，还有许多桌椅，七扭八歪地倾倒在地。所有东西上都积上了厚厚的尘土，显然这里已经很久没有人来了。

唐风很快发现了这里仪器设备摆放的规律。所有仪器设备分列四面，围绕着中央一小块空地摆设，这小块空地上空无一物，但一抬头，可以看见这里屋顶上悬挂着一盏巨大的吊灯。

"这里很像个会议室！"唐风猜测说。

"不，不是会议室，很像一个小型的指挥中心！"马卡罗夫说。

"指挥中心？"唐风和韩江诧异地再次查看这里的仪器设备。果然，唐风在一些仪器设备上发现了俄文"控制台"字样。

韩江仰着头环视这里，四壁和天花板与外面的墙壁没有两样，全是赤裸裸的钢筋混凝土。韩江感到疑惑，"这里面怎么没有一点装修过的痕迹，就这么暴露着钢筋混凝土？"

马卡罗夫也感到奇怪，"是啊，按理房间里面应该有一些装修，这倒不是为了美观，这些仪器设备都需要保护，还需要隔音防潮！"

"还有，你们发现没有……"唐风忽然看出了什么，"这儿的很多控制台里面是空的。"

听唐风一说，韩江和马卡罗夫这才发现，大多数控制台虽然已经摆放到位，但是里面没有必要的仪器设备。

"这里似乎没有最终完工啊！"唐风狐疑地说。

"是的，确实像没有完工的样子。"马卡罗夫也同意唐风的看法。

"但是这些框架都已经成型，桌椅设备都摆放在这里了，也不像中途废弃的样子。"韩江也疑惑地说。

"我想这里应该是在快建设完成，即将投入使用之前被放弃的！"唐风推测说。

"即将投入使用之前被放弃的？为什么？花这么大力气建好了，最后连用都没用就放弃了？"韩江不解。

马卡罗夫紧锁眉头，"看来又是一个谜，但我想一定是遇到了什么突发变故，才导致这里最后并没有被投入使用。"

"老马，这里离前进基地这么近，看样子又是你们国家的人搞的东西，你就一点没听说过？"韩江又转回到原来的问题。

5

马卡罗夫听了韩江的话，眉头更紧了，"这……韩江，我不骗你，我从不知道前进基地下面还有这么一处巨大的工事。不过，从刚才我接触到的物品看，这里应该是20世纪60年代修建的，那会儿我并不在这里，我是20世纪70年代初才和布尔坚科来到这里的。"

"布尔坚科？我现在越来越觉得这个人可疑。"韩江想了想，"老马，你说这上面的几栋铁皮房子是你们的训练基地，而你很少到这里来，训练工作都是由布尔坚科负责的，那你想想，布尔坚科会不知道训练基地底下有这么庞大坚固的工事吗？"

马卡罗夫还没开口，唐风也附和道："是啊，如果这里是20世纪80年代建的，那就跟你们无关了。可是你刚才也说了这里是60年代建造的，你们70年代初在这里待了几年，会不知道这么大的一个秘密？如果你不知道，那么布尔坚科肯定知道。"

"布尔坚科肯定知道？"马卡罗夫陷入了沉思，嘴里喃喃地说，"也许……也许他确实知道吧！"

"但是他从没有对你提到过？"

马卡罗夫摇摇头，他的思绪又回到了遥远的莫斯科克格勃总部："也许……也许从我第一天接受这个任务起，这里面就不正常。布尔坚科是上校，我当时只是少校，他的军衔比我高，上面却让我来做基地司令，让布尔坚科接受我的领导！"

"这本身就是一件非常奇怪的事，布尔坚科后来也没对你提起这是为什么？"唐风问。

马卡罗夫摇摇头，"他说是因为他之前犯了一个错误，所以被发配到前进基地，而且只能做我的副手，具体是怎么回事，他也不肯说。"

"更奇怪的是，布尔坚科对做你的副手似乎并没有什么怨言！"韩江回想着马卡罗夫回忆中的那个布尔坚科。

"是的，我和他合作的几年中，虽然有些小的不愉快，但基本上关系还是不错的。特别是在其他人面前，他都还是把我当领导看待的。"

"你不觉得这很有意思吗？我想他被发配做你的副手，还没有怨言，只有两个原因：一，他肩负什么特殊的使命，或是他个人有什么特别的企图；二，他之前所犯的那个错误很严重，能让他戴罪立功，给你当副手，他已经很感恩戴德了。除了这两条，我想不出还有其他什么原因。"韩江分析说。

马卡罗夫点点头，"韩，你说的这两个原因我不是没想过。第一条，我实在没看出来他还肩负着什么特殊使命。自从来到前进基地，他就很少离开这里，他如果肩负什么特殊使命，少不了要和上面联系，这是不可能避开我的。至于他有什么特别的企图，除了他训练学员有点出格外，我也没看出他有什么特别的企图。"

"老马，你可不要太自信喽。如果他有什么特殊使命或是特别的企图，他自然有特别的通信方式，不需要用基地的通信设备，完全可以在你没有察觉的情况下与外界联系。"韩江说。

马卡罗夫若有所思地点点头，"至于你说的第二条，他之前犯的错误，我也仔细想过，会是什么严重的错误呢？这就要从他之前的经历看了，我和叶莲娜已经去总部调查过布尔坚科的档案，他唯一不太清楚的一段就是在所谓的13局，据我所知，克格勃并没有这个局。"

"也许是个秘密的组织，或者存在时间很短，所以你不知道？"韩江反问。

"我去问过很多以前的老同事，他们也都没有听说过这个局。"

"如果是秘密组织，或者存在时间很短，你们不知道也是很正常的。"

"就算是这样吧！布尔坚科很可疑，但是他已经死了！"马卡罗夫疑惑了。

"从之后基地的暴动，以及在海参崴有人来接应他们这两点看，这个组织在布尔坚科死后仍然有强大的组织和战斗能力。我想没有人暗中领导指挥，他们是不具备这种强大的组织和战斗能力的。"

韩江的分析让马卡罗夫心中疑窦丛生，他还从来没有想到这么深。"居然还有人在暗中领导指挥这支队伍？是谁？斯捷奇金、布雷宁、伊萨科夫，还是李国文？抑或是那个若隐若现的美国人怀特？当然，还有一种可能……"

"什么？"

"布尔坚科的幽灵！"马卡罗夫说这句话时，出奇得平静。

当马卡罗夫提到幽灵这个词的时候，唐风猛地瞪大了眼睛，"啊……又冒出来幽灵了！"唐风吃惊地望着马卡罗夫，突然，又猛地转过身，向身后和屋顶望去。

"唐风，你在干什么？"韩江低声呵斥。

"没……没什么，我现在一听到幽灵就肝颤。一个没藏皇后的幽灵不算，还冒出来一个布尔坚科的幽灵！"在这并不算阴冷的地下，唐风竟然感到后背直冒凉气。

"好吧，先甭管那个幽灵了，我们就来说说你刚才提到的这几个人。斯捷奇金、布雷宁、伊萨科夫这三个人都很可疑，这三人在之后的一系列事件中都曾若隐若现地登台表演，但是我觉得在布尔坚科死后，他们中的某一个人似乎还不足以领导指挥这个组织。"韩江分析道。

"会不会是他们三个一起领导这个组织？"唐风反问。

"完全有这种可能！"韩江说。

"至于李国文……"

马卡罗夫摆了摆手，"李国文没有这个资格领导那么多学员，他也没有资金或是其他方面的支持。"

"那个美国人怀特呢？"

"他……这个人倒是很值得怀疑，可是我们对他的情况知道得太少了。"马卡罗夫轻轻叹了口气。

"还有就是布尔坚科的幽灵了。"唐风冷笑道。

马卡罗夫又摆了摆手，"幽灵都是用来吓唬人的东西，布尔坚科确实死了，是我替他收的尸，就算他有问题，也不可能再来领导这支队伍。"

"也许我们在这里可以找到想要的答案！"唐风突然冒出这么一句。

"哦，你凭什么这么说？"马卡罗夫反问。

"就凭这里和前进基地这么近，我想两者之间一定有着某种联系！"唐风语气十分肯定。

马卡罗夫无奈地摇摇头，"希望我们能找到一些线索。"

说罢，三人走出了红色铁门，来到旁边那扇黄色大门前。这扇黄色大门同样厚重，甚至比红色铁门还要厚，唐风估计了一下，这黄色铁门足有八十厘米厚，"看来这里比那个房间还重……"

唐风话没说完，就被韩江猛地堵住了嘴。唐风感觉一阵窒息，恍惚之间，他隐约看见身旁墙壁上一个醒目的黄白相间的三叶形标志。

韩江拖着唐风和马卡罗夫三人又退到了门外，韩江松开唐风，唐风冲他叫起来："你差点把我憋死。"

"想保住你的小命，快闭上嘴。"韩江厉声道。

马卡罗夫冲墙上那个醒目的黄白相间三叶形标志指了指，小声说："这是放射性物质的标志。"

"啊！这里有核武器？"唐风惊叫出来，震得大厅内嗡嗡作响。

"不，不一定是核武器，只要有核物质或是与核相关的场所都会出现这个符号。"韩江一边小声提醒唐风，一边站在门外，用电筒照射门内。

借着几支电筒的光线，唐风看见黄色铁门内的空间比红门后面的空间要小一些，也有几排类似控制台的东西，但不像刚才那样围着摆放，而是像教室一样，横着摆放了四长排，除此之外，这个房间里便再没有什么东西了。

"没看到什么核物质啊？"唐风喃喃地说。

韩江和马卡罗夫也觉得困惑，于是三人壮着胆子步入了黄色铁门。在这间屋子里绕了一圈，唐风发现那几排控制台里也没有安装设备，空空如也，几排控制台前面的墙壁上倒是凹下去了一大块，里面裸露着不少电线。

"这前面应该是一块大屏幕吧！这里倒像是一个小电影院，哪有什么放射性物质？"唐风再次疑惑地向四周墙壁和房顶望去。

墙壁和屋顶与前一个房间一样，根本没有装修，光秃秃的。唯一与前一个房间的不同就是，墙壁上多了两个黄白相间的三叶形标志。唐风也知道，这是放射性物质的标志。

6

韩江看完了这间屋子，很是疑惑，"这间屋子里并没有放射性物质，更没有核武器，但是出现这个标志，说明两点，一是曾经堆放过放射性物质，比如核武器；二是准备存放放射性物质，或是和放射性物质有关的场所，但是就像红色铁门里那个房间一样，这里也从未被使用过。"

"就算是没有被使用过，但是这里跟'核'到底有什么关系呢？"唐风反问。

"我哪知道，反正这个大厅内七扇不同颜色的铁门肯定各有不同的属性。"韩江说完，大步退出了黄门，径直推开了下一扇黑门。

黑色铁门后是黑暗的空间，当电筒将这个空间照亮时，唐风发现这个房间与上一个房间几乎一样大，但是这次没有看见那些控制台，偌大的房间内只有两个破办公桌和三张落满灰尘的椅子，办公桌的抽屉敞开着。唐风瞥了一眼，里面空无一物，倒是在房间的一侧墙下摆放着好几捆长长的铁丝。

"这里怎么有这么多铁丝？"唐风不明就里地问。

马卡罗夫一听，笑了，"唐风，这可不是什么铁丝，如果我没看错的话，这应该是架设天线用的材料，而且是那种很长的军用天线。"

韩江也点点头，"是的，老马说得没错，不过这里怎么堆积了这么多架设军用天线的材料，难道这里只是个仓库？"

"我看不那么简单！这种大型军用天线不是一般单位用的。"马卡罗夫凭着多年的经验说。

三人在这间屋子里再没有什么新的发现，于是，他们来到了南墙的那四扇铁门前。第一个是紫色的铁门，里面的空间与前面查看的那两个房间差不多。这间屋子似乎被隔成了两部分，靠门口的这部分围绕着一些椅子，还有两个破沙发，而在这些椅子和沙发前面是一面落满灰尘的黑板。唐风用手拂去黑板上的一些尘土，却没在黑板上发现任何字迹，再看粉笔和粉擦似乎都没有使用过的痕迹。

"这间屋子后半部分被隔成了许多小间，这倒是很像现在公司里的办公室。"唐风胡乱猜测。

"也许它就是办公室呢！"韩江笑道。

"就是办公室？"唐风想不出什么人会在这里办公。

接着是蓝色铁门。蓝门后面的空间与前面几间差不多，里面的摆设倒和第一间红门后面的空间很像，几排控制台和座椅合围在一起，中间留出了一块空间。但是唐风仔细观察后发现，中间并不是留出来的空间，那上面原来也应该有设备的，因为他看见从地面延伸出来了密密麻麻的线路。

接下来是绿色铁门，同样和前面几间差不多大，偌大的房间内居然什么都没有，连个破桌椅都没有。

"看来这里就是个空房间了。"唐风绕着墙壁。

"空房间？空房间有必要把大门特地刷成绿色吗？"韩江反问。

唐风没法回答韩江，两人沿着墙壁继续走着。突然，唐风发现靠他这侧的墙壁上似乎起了点变化。

唐风没有冒失地去抓墙上的东西，而是细细地观察了许久，"墙上似乎有东西。"

"像是一幅地图！"韩江也觉察出了墙上的异样。

唐风迫不及待地用手抹去了墙壁上厚厚的灰土。果然，墙上是一幅图，却不是一幅标准的地图，而是一张工程图，这正是唐风他们希望看到的图。

唐风一把揭下了墙上的这张图，拿在手中仔细观瞧，上面密密麻麻地标志着许多俄文单词，还有数据。唐风的目光停留在这张工程图的最上方，上面是一行大大的俄文单词，唐风试着翻译起来，"第……第二……二十一号……地……"唐风对中间那个俄文单词不熟悉。

此时，他们身后传来马卡罗夫的声音："第二十一号地堡工程示意图。"

"地堡？"唐风和韩江同时惊道。

"是的，这里是一处地堡。"马卡罗夫说着接过了示意图，指着工程图最下方，"这里印的是 Я19660823。"

"Я19660823？"唐风迟疑一下，随即说，"看来这地堡是1966年建造的。"

"更准确地说，是1966年8月23日绘制成的这份工程图。"马卡罗夫十分肯定地说。

"1966年8月23日？"唐风和韩江不约而同地在脑海里搜寻这个时期，但是他们最终确定这只是一个很平常的日期。

"这就证明了我之前的判断，这里修建于20世纪60年代。"马卡罗夫说。

"20世纪60年代？这不又回到了之前的老问题上。"韩江看看马卡罗夫，"你20世纪70年代初来到这里，竟然没有发现这个地堡？"

"韩，你要我说多少遍你才相信？"马卡罗夫有些恼怒。

"好了，咱们先不争这个，先看看我们所处的位置。"三人拿着工程图回到大厅里，铺在地上，唐风很快辨认出了这幅工程图，"根据这幅图上显示的，二十一号地堡分成三个部分，或者叫三个区域，我们现在在最西边的这个区域。这个区域被称为核心区，我们现在所处的大厅在图上被标示为一号大厅。再往东去……"唐风指了指漆黑的巷道，"那里有个二号大厅，大厅所在的区域是生活区，有餐厅、浴室、图书室、医务室、健身房、棋牌室和宿舍等。过了生活区，再往东去就是三号大厅，三号大厅所在的区域被称为保障区，那里有五个大房间，分别是配电中心、弹药库、武器库、油料仓库和维修车间。"

"这么复杂，看来这个地堡内五脏六腑俱全啊！什么都有！"韩江感叹。

"从图上看，如果不算中间的生活区，整个地堡就是一个哑铃形状。加上中间这个不规则的生活区，就什么都不像了。"马卡罗夫盯着图说。

"这样看来，在巷道那一头，也就是三号大厅所在的保障区应该还有一部升降机，或是大门。"唐风望着漆黑的巷道说。

"那里会是什么地方呢？"马卡罗夫心里惴惴不安。

"肯定是靠近公路，这样大型军用车辆才方便进入地堡中。"

"这可不一定，我在基地待了三年多，附近的地方我也大多跑过。从图上看，从一号大厅到三号大厅，顶多也就几公里，而在上面的几公里范围内，除了戈壁还是戈壁，根本没有公路或是集镇。我们昨天去购买物品的集镇是离这里最近的集镇，离这里有几十公里！"马卡罗夫使劲摇着头说。

"这就奇怪了，那头的三号大厅出去难道什么都没有？就是一片黄沙？也许那里没有门？"韩江不解。

"不，在这张工程图上三号大厅那边是有门的。"唐风指着图，"而且图上清楚地标明了那头是一扇大门，而这里，也就是一号大厅的门是一部隐蔽式的升降机。"

"隐蔽式升降机？"韩江惊道。

"是的，图上的标示就是这么写的。"

"看来这部升降机一开始就有了，而布尔坚科将训练基地修在这上面，还用说吗？他至少当时就知道这个地堡的存在。"韩江说着将目光移到马卡罗夫身上。

马卡罗夫瘫坐在地上，"是啊，布尔坚科肯定知道这个地堡的存在，并且有意将训练基地建在这里。"

"但是他这么做的目的是什么呢？他又是怎么知道这里有一处巨大的地堡的？"马卡罗夫摇着头不敢相信。

一阵沉默后，唐风继续翻译这张工程图，"我们现在所在的一号大厅被称为核心区，看来这里最为重要。"

"屁！我们什么都没看见。"韩江喃喃自语。

"你只要看看一号大厅周围这七个房间是什么用途,就知道这里为什么被称为'核心区'了。"说着,唐风一指北面的红色大门,"这个大房间在地图上标示为'中心指挥室'。"

"中心指挥室?怪不得里面全是控制台,而且也最大。"韩江回想起来。

"第二个黄色大门,图上标的是'核生化应急控制室'。"

"核生化应急控制室?这地方为什么要设立这么一个控制室?难道准备使用核武器?"韩江不解。

马卡罗夫想了想,说:"这也不难理解,20世纪60年代正是冷战高峰期,这么大的军事工程,又靠近边界,肯定要考虑在核战争条件下工事的安全,所以应该有整套防核生化系统的。"

唐风又继续说:"第三个房间,也就是黑色铁门的那个是情报收集室。"

"哦!我明白了,为什么那个房间里堆了那么多天线。"马卡罗夫若有所思。

韩江似乎也明白了,"那是本来准备架设大型侦查天线的。"

"对!架设了那种大型侦查天线,可以收集方圆几百公里范围内所有的电子通信信号,这个我们克格勃曾经搞过。"马卡罗夫说。

"哼,你们可是这方面的老手了。"韩江冷笑道。

"过奖了。唐风,下一个是什么?"马卡罗夫问。

"那个紫色铁门是作战参谋室!"唐风说。

"作战参谋室?你没翻译错吧!"韩江有些费解。

"没有,绝对正确,就是作战参谋室。"

"看那样子一堆椅子沙发,就是一帮参谋吹牛皮的地方,也叫作战参谋室!"

"刚才那个蓝色大门的是防空指挥室。"唐风又翻译说。

"我说那样子像是还少装了一个调度屏幕。"韩江想了想,"那刚才这间屁都没有的房间叫什么?"

"后勤保障调度中心。"

"果然五脏俱全,真的什么都有啊!"韩江感叹,"最后那个白色大门,就是我们还没进去的那个呢?"

"那个……那个是通信指挥中心!"

"真他妈齐全,电子侦察和通信都区分得这么细!看来这里当初应该是被你们上面寄予厚望的地方,否则怎么会设置得如此齐全?"

"被我们上面?"马卡罗夫被韩江这句话搞得有点晕,"你怀疑这里是我们克格勃搞的?"

"难道不是吗?你不知道,不代表布尔坚科不知道,也不代表你们克格勃总部不知道吧!不会只瞒着你一个人吧?"

"不,二十一号地堡,从这个数字上看,这是一项庞大的工程,可能还远不止二十一处。这么大的工程如果是克格勃搞的,我不会一点都没听说过。"马卡罗夫喃喃地说。

"也许我们去另外两个区看看,就能搞清楚一切了。"唐风指了指漆黑的宽大巷道。韩江和马卡罗夫手中的电筒也一起向巷道里照去,可是他们的电筒只能看到几百米远的地方,再往前去就是黑漆漆的,一片死寂。

第二十章 符拉迪沃斯托克工程

1

三个人继续向东进发,巷道很宽,看上去可供四辆车并行。唐风不停地向巷道两侧的墙壁和头顶照去,全是钢筋混凝土整体构造而成,有的地方,粗大的钢筋甚至直直地插了出来。

韩江则不断对照着那幅工程图,虽然他不懂俄文,但还是能看个大概。他所担心的是不要节外生枝,出现和图纸上不一样的岔路和未知区域。

这次韩江的担心是多余的,他们顺着笔直的巷道走了二十多分钟,唐风感到前面的空间豁然开阔起来。他用电筒照了照,前方又出现一个大厅,他们走进这座大厅。

唐风仔细对照工程图,"是的,这就是第二大厅,图上的这个大厅就是这个样子,呈八边形。"

从工程图上看,第二大厅处于整个地堡的中间位置。与东西两头的那座长方形大厅不同,这座大厅呈规则的八边形,除东西两边连接巷道外,八角形大厅的南北两面出现了两条较窄的走廊。

唐风走在前面,先进入了南边的走廊,"这里看上去与工程图上的设计完全吻合,功能也一样。"

三人发现这条走廊两边是依次排开的十二个一模一样的房间。

"这是宿舍。"韩江没看图,已经辨认出了这儿的用途。

"对,工程图上标示的这十二个房间中的八间是军士宿舍,另有四间是军官宿舍。"唐风对照图上一一辨认出了军士宿舍和军官宿舍。

三人仔细查看了每一个房间,每个房间里的陈设都非常简单,基本上是一张铁床,一桌一椅一橱而已,根本看不出军官宿舍和军士宿舍有什么区别。

韩江一个个打开了落满灰尘的抽屉和橱柜,但是所有抽屉和橱柜里面都是空的,除了厚厚的灰尘，看不见任何一件其他物品。

三人查看完这些宿舍，有些失望地往外走。马卡罗夫忽然想到了什么，"等等，我总觉得这些宿舍有点问题。"

"什么问题？"韩江和唐风一惊。

"刚才我们查看的宿舍和之前在核心区看到的情况类似，房间内根本没有一点装修，墙壁和屋顶都是钢筋混凝土的，这样怎么就有人住进来了？"

"是啊，核心区没有装修到位，所以每个房间都没投入使用。这里也没装修，难道就让官兵住进来了？"韩江疑惑地说。

"我觉得你们过虑了，前线条件艰苦，将就将就吧！再说你们看宿舍里虽然有床有家具，但没有一点私人物品，所以从这点看，这里也可能从没有使用过。"

唐风的话暂时得到了韩江和马卡罗夫的认同。随后，三人又步入八角形大厅北面那条走廊。

唐风对照工程图，介绍说："这条走廊两边分布着六个房间，分别是厨房兼餐厅、健身房、休闲娱乐室（棋牌室）、医务室、图书室、浴室兼公共厕所。"

"真够齐全的，生活、娱乐全都有了。"韩江感叹。

说话间，三人推门走进了一个房间，房间的门上有一块铜牌——"健身房"。但是让唐风三人感到诧异的是，这个健身房更像是一个拳击馆，房间中央是一个标准的拳击台，拳击台周边横七竖八倒着一些椅子，墙角整齐地码放着一些哑铃，还有十来个杠铃。除此之外，便没有什么了。

"这难道就是健身房？"唐风诧异地看着眼前的景象。

"这也不难理解，这里驻扎的都是军人，所以健身项目主要是举重和搏击了。"马卡罗夫解释说。

三人来到了挂着"图书室"铜牌的房间。唐风走近墙上悬挂着的老画像，发现这是两幅落满灰尘的列宁像和勃列日涅夫像，这进一步证明了这座地堡的修建年代。

但让三人感到诧异的是，图书室里并没有书，甚至连书架都很少，却摆放着很多课桌椅。

"看来这里也成了一间教室！"韩江喃喃地说。

"看来是这样。"马卡罗夫说着走出图书室，推开了旁边一扇门。按照工程图上的标示，这里本该是休闲娱乐室，或者叫棋牌室，但是此刻这里只看到落满灰尘的桌子和椅子，还有一张台球桌静静地躺在角落里。

2

让唐风三人头疼的其实刚刚开始，前面三个房间的变化似乎还在合理的范围内，但是接下来，他们见到了越来越多不可思议的事。

唐风推开另一扇大门，只见里面的长条桌上堆满了破损的或没破损的试管、燃烧瓶。唐风的印象中，工程图上并没有这样的实验室，他忙退了几步，定睛观瞧门口的铜牌——浴室。

唐风有点不敢相信自己的眼睛，直到马卡罗夫点了点头，"不错，这铜牌上写的是——浴室。"

"浴室怎么会变成这样？"唐风狐疑地拿出工程图再次比对，在工程图上这间房子标示的确实是"浴室"。当然，工程图还细致地标示出这里有一个厕所。

唐风壮着胆子走到那些瓶瓶罐罐近前，"这些东西不会有毒吧？"唐风看着韩江。

"难说！你小心点！"

听韩江这一说，唐风本来伸出去的手又缩了回来。唐风仰头望去，依稀看到了许多水管，甚至头顶有完备的淋浴设备，"看来这里建造时确实是浴室啊！"

"但是后来成了这副模样，真他妈奇怪！"

韩江也靠近那些瓶瓶罐罐，他叫唐风小心点，可是自己却颇为自信。他拿起一根完好的试管看了看，试管壁上有一道黄色的印迹，显然这支试管曾经被使用过，但是他们现在还无法判断这些试管里曾经装了什么可怕的物质。

韩江将那根试管轻轻放回原处，然后三人缓缓地撤出了这个房间。唐风还特意把那个挂有"浴室"铜牌的大门死死地关紧，似乎害怕这屋子里有什么可怕的物质泄漏出来。

浴室旁边是餐厅兼厨房。三人以为进来看到的是一排排餐桌，但令他们大感意外的是，这里面并没有一张餐桌。这间屋子的最里面是灶台和灶具，但是外面这个广阔的空间，按理应该放有餐桌的地方却空空如也，看来是没有安装餐桌。

唐风疑惑地在餐厅里转了一圈，虽然这里已经不开火，但他仍然嗅到了一股气味。一股奇怪的气味，不是油烟味，也不是菜香味，唐风想了很久，才觉出这种味道像是一股血腥味！

可是这里怎么会留下血腥味？唐风用电筒仔细向灶台上照去。突然，唐风心里猛地一紧，手中的电筒差点跌落到地上，因为他看见在灶台的白色瓷砖上出现了一长条喷溅状的暗红色血迹。

唐风还是不敢相信，走近灶台仔细观察，"这……这里看来发生过可怕的搏斗！"

韩江也看见了瓷砖上的血迹，"喷溅状的血迹，说明死者是被刀或匕首刺中，然后伤口发生喷溅。但是，唐风你先要弄清楚这是人还是别的什么东西的血！"

"难道不是人的？"

"你看到死尸了吗？"

"没有！"唐风摇了摇头。

"我看这不像是人的血迹！"韩江用手慢慢地触摸着瓷砖上的血迹。

"何以见得？"

"我还说不好，只是凭借我多年的经验。"

唐风还想说些什么，马卡罗夫忽然招呼他俩过去。两人走到马卡罗夫身旁，马卡罗夫指着咖啡色的地面说："这里也有血迹。"

"啊……"唐风吃惊地蹲下来观察。果然，在地面又出现了一条喷溅状的暗红色血迹，而且……而且还不止一条，韩江又在另一面墙根处发现了喷射状的血迹。

"这……这里究竟发生了什么？竟然留下了这么多血迹？"唐风站在屋子中央，怔怔地望着地面上的血迹，他不寒而栗。

韩江也百思不得其解，但是他坚持认为这些血迹不是人的血迹，而是一些动物的血迹。马卡罗夫也倾向于他的观点，可是他们仍然无法解释这么多动物的血迹又是从何而来。

3

唐风显然在餐厅受到了不小的惊吓，当他跟着韩江和马卡罗夫步入医务室时，本能地警觉起来，生怕这里也像餐厅那样布满血迹，而且是人的血迹。

但是医务室里很整洁，也没出现不符合这里环境的物品。一切就像普通的医务室一样，许多医疗器械还摆放在原处，只是所有东西上都落了一层厚厚的灰。

"这里好像挺正常，就是一间医务室。"唐风说着已经走到了医务室的尽头。他发现这里还有一扇门，门上积了不少灰尘，但是门并没有锁，虚掩着。唐风轻轻一推，门开了，里面是一个不大的黑屋子。唐风感到这里面阴冷异常，他用电筒扫到了一排柜子，这些柜子在幽暗的光线下闪耀着奇异的金属光泽。

唐风有些害怕，往后退了两步，一下靠在韩江身上。

"你退什么？"韩江问。

"你……你看那是什么？"唐风的声音有些发抖。

韩江走上前，用电筒仔细照了照那玩意儿，答道："这有什么好怕的，这不就是冰柜吗？或者叫冷藏柜也行。"

"你不如说这是停尸柜吧！"唐风已经意识到了那些柜子是什么东西。

马卡罗夫也道："对，这玩意儿很像20世纪六七十年代的停尸柜，我们那时经常和这些东西打交道。"

"老马，你说这地方要这玩意儿干吗？咱们之前不是判断这里从来没有真正投入使用过吗？"

马卡罗夫想了想，"其他很多地方都没有投入使用，这里却有使用，宿舍虽然没装修好，但是也有人住。我估计这些都是为建造二十一号地堡的工人们准备的。"

"你是说这间医务室里的东西那时都是为建筑工人服务的？"

"对，所以这里的医务室已经颇具雏形！"

"也包括这些停尸柜？"

"嗯，建造这种工程时，还是很容易有人发生意外的。"

韩江对马卡罗夫的推断未置可否，三个人都觉得再在这儿待下去得心情抑郁，于是便匆匆回到了六边形大厅。

唐风摊开工程图，"生活区看过了，下面就剩保障区了，那里看样子是几个仓库，不知道在那儿能发现什么。"

"我原本以为在生活区能找到最有价值的线索，但现在让我很失望。所以我对保障区也不抱太大希望。"韩江说。

"韩江、唐风，你们发现没有，整个地堡的设计非常合理，生活区安排在中间，一旦有紧急情况，驻扎在这里的官兵可以以最快的速度赶到两头的核心区与保障区。"马卡罗夫站在六边形大厅中央说。

唐风看看两侧漆黑的巷道，"先别感叹设计了，咱们得赶快勘察完保障区，叶莲娜和梁媛在上面要等急了。"

经唐风这一提醒，三人都不作声了，一头扎进了通往三号大厅的漆黑巷道。

4

一模一样的环境，和前一段巷道同样的路程，三人很快来到了三号大厅。三号大厅与一号大厅一样，呈长方形，在北面的墙壁上有两扇大门，在南侧的墙壁上有三扇大门。与一号大厅内七扇功能、颜色各异的大门不同。这里的五扇大门全是黑漆漆的生铁大门，而且都是巨大的卷帘式大门。

唐风先找到了配电中心的位置，配电中心的大门紧闭着，而另四扇大门多多少少在下面留了缝。唐风看看韩江，韩江看看马卡罗夫，三个人都在想这里面会不会有什么不该出现的东西，比如人！

唐风按照工程图上的标示，先找到了武器库，武器库的卷帘门下有可以容一人弯腰进去的缝。三个人鱼贯而入，里面的空间让唐风吃惊，"看来我理解错了，这里不仅仅是用来放枪支弹药的，这是存放大型武器的仓库啊！"

"是啊，这个空间足以存放八到十辆主战坦克。"马卡罗夫叹道。

"诸位，别惊叹了，这里现在什么都没有，甭指望咱们能开着坦克撞出去了。"韩江说着，径直向武器库一角走去。

唐风和马卡罗夫也跟了上去，因为他们发现在空荡荡的武器库中，只有那个角落里整整齐齐堆放着十余个木箱子。

韩江想都没想，直接打开了上面那个长条木箱，里面竟全是枪。韩江又接连打开了几个木箱，一连六个箱子里全是突击步枪，有AK-47，也有AKM，还有一箱是崭新的AK-74。

韩江乐了，"老马，唐风，我预感到今天我要发了。"

韩江说完，又打开下面一个箱子，满满一箱TT-33手枪。再往下是一箱手雷，最底下三个箱子是三箱子弹，两箱7.62mm的，另一箱是5.45mm的。韩江已经好久没有摸枪了，一下子看到这么多枪，恨不得马上就装上子弹试试。

韩江掏了一把TT-33，又扔给唐风一把，然后就准备装子弹。可韩江一边装子弹，一边就觉得装TT-33手枪的箱子里似乎有些异样，韩江用手伸进去摸了摸，好像下面有个夹层。唐风也注意到了，韩江猛地扯开夹层，底下出现了两支崭新的微声手枪，还有两支小巧的匕首枪。

韩江和唐风正在诧异，马卡罗夫一眼认出了这两款枪的型号，"S4M式7.62mm微声手枪和NRS-2微声匕首枪。"

韩江对这种小手枪并不感兴趣，唐风倒拿了起来，"这个太小巧了，可以给梁媛用来防身。"

"是啊，很小巧。这两种枪都是间谍或特种部队才使用的，之前主要装备克格勃和内务部，这里出现这个枪很不正常啊！"马卡罗夫从这些枪上看出了端倪。

"怎么不正常？"唐风问道。

"光这批枪支就有两点不正常，一个是这两款特工人员使用的枪，军队一般是不用的，这里怎么会有？"马卡罗夫想了想，又继续说道，"还有就是上面那几箱突击步枪，AK-47是20世纪四五十年代装备部队的，AKM突击步枪是20世纪50年代末开始装备部队的，这里出现这两款枪都正常，而这一箱崭新的AK-74出现在这里，就不太正常了。"

"为什么？"唐风不解。

"因为AK-74式5.45mm突击步枪是1974年开始装备苏军的。"没等马卡罗夫回答，韩江就已经说出了缘由。

"是的，所以我说AK-74出现在这里很蹊跷！到我离开前进基地时，也没有装备这种枪，这里的地堡是20世纪60年代建造的，这种枪怎么会出现在这里……"马卡罗夫越说声越小，最后完全变成了喃喃自语。

5

三人各自挑选好武器，从武器库出来，又钻进了一个巨大的空间。按照工程图上的标示，这里是油料仓库，但是三人转遍了整个仓库，却没有在这儿发现一丁点油料，甚至连汽油的味道都没有。

"看来这里也从来没使用过。"唐风说。

"不，恰恰相反，这里被使用过，只不过不是作为油料仓库，而是作为——靶场。"韩江走到最远处的墙壁前，从上面扯下了一张靶纸。

靶纸虽然早已发黄破旧，但上面的弹孔清晰可见，是几乎全部命中靶心的满环。"看来这是一个高手的成绩！"马卡罗夫说。

"那这儿可全是高手。"韩江又从墙上揭下两张靶纸，同样全是满环，马卡罗夫有些震惊。

韩江话中有话地问马卡罗夫："老马，你看到这靶纸，就没有点想法？"

"韩，你不就是想说这是那帮学员打的吗？"

"除了他们，还能有谁打出这么多满环？"韩江提高了嗓音。

"也许……也许布尔坚科是来到前进基地之后发现了这处巨大的地堡，于是他利用地堡对学员进行训练，这也是常理之中的事。"唐风推测说。

韩江站在巨大的墙壁前，静静地想了想，"这种假设可以成立，但是这么大的事，布尔坚科为什么没有对老马讲呢？这正常吗？"

巨大的油料仓库内陷入了沉默，可怕的沉默，三人都想快点摆脱这种沉默，于是快步向外走去。

接下来是弹药库。弹药库里并没有弹药，但是里面的情形把唐风三人都吓了一跳。只见弹药库里已是千疮百孔，四壁、地面、房顶，几乎没有一寸完好的，满地都是大大小小的碎石，人根本没法走上去。

三个人只好站在门边，"这里看来发生过大爆炸！"唐风说。

"大爆炸？弹药库大爆炸？"韩江眼前顿时变成了一片火海。

"也许这场大爆炸就是废弃二十一号地堡的原因。"马卡罗夫说。

"我看事情没那么简单，如果这里真的发生了大爆炸，那么整个工事就会毁于一旦。但我们现在看到地堡其他部分完好，只有这里发生了爆炸，弄成这副样子，你们觉得会是因为弹药库爆炸而放弃了这处地堡吗？"

韩江的话让马卡罗夫和唐风无话可说。唐风憋了半天，问道："那你说这是怎么回事？"

韩江盯着面前的爆炸场景想了很久，最后还是摇了摇头，"我也不知道，下面该去哪儿？"韩江转而问唐风。

唐风对照了工程图，"就剩最后一个地方了，工程图上标示着这个地方是维修车间，估计就是个修车厂吧！"

果然不出唐风所料，维修车间内虽然不见一辆车，但墙角的地面上堆放了大批汽车零配件，满地的机油，早已凝固，扳手等工具散落一地。

"看来这就是一个修车厂，估计也能修坦克、装甲车之类的。"唐风说。

"仔细找找，看看能不能发现什么有价值的东西。"韩江还不死心。

但是他们三人找遍了整个维修车间，除了修车工具，就只看到零配件。就在三人失望的时候，韩江忽然在维修车间最里面的墙壁上发现了异样。

唐风和马卡罗夫围拢过去，唐风用强光电筒一点一点照射这面墙壁。突然，韩江一指唐风正前方，在强光电筒的照射下，唐风依稀看到了墙壁上笔直的缝隙，他知道，这又是一扇门，一扇隐蔽的暗门。

6

唐风和马卡罗夫站在门两侧，韩江举枪正对面前的暗门。三人对视一眼，韩江举枪对着暗门的门锁就是两枪，然后猛地一踹门，三人闪身进入。巨大地堡中的漆黑小屋，静得可以听见每个人的心跳。半分钟后，当众人的眼睛适应小屋中的黑暗后，韩江确信小屋里没有别人，这才打开电筒。

这是一间只有十平方米的小屋，一张单人床靠在墙边，床边有一张桌子，桌前有一张椅子，在床脚的墙边是一个书橱。唐风抬头看看屋顶，只有一盏白炽灯，所有这一切都落满了灰尘。韩江仔细查看了地面，一层细致均匀的灰土，没有发现脚印，显然这里已经很久没有人来过了。

韩江和唐风都放下了手中的枪，但是马卡罗夫依旧举着枪，紧张地注视着四壁，那架势似乎生怕会有人从坚硬的钢筋混凝土墙壁穿墙而过，冲他射击！

"老马，你在看什么？"韩江关切地问。

"不，我没看什么。"马卡罗夫的声音很低。

"那你怎么这副模样？"

"因为……因为这里忽然让我产生了一种特殊的感觉。"

"特殊的感觉？"

"是的，我也不知道。也许……也许这是地堡中最后一间屋子了，我想总该在这里让我们发现点什么。"马卡罗夫这才慢慢放下了拿枪的手臂。

"发现点什么？"韩江环视四周，"这里能发现什么？我觉得跟生活区的那些宿舍也差不多。"

"也许问题就在这儿。生活区在那边，而这间屋子却出现在了这里。"马卡罗夫低声说。

"所以你就觉得特别？呵呵，也许这是给修理车间工人提供的一间休息室，或是值班室。"韩江猜测说。

"但愿如此。"马卡罗夫喃喃。

唐风走到桌子前拉了拉桌子抽屉,他发现这张桌子的抽屉全都有锁,却都没锁。

唐风一一拉开了每一个抽屉,里面尽是一些碎报纸,还有几十张没有使用过的信纸。唐风没有在这些碎报纸和信纸上发现什么,"这间屋子确实和生活区那些宿舍不太一样,生活区的宿舍里几乎什么遗物都没有留下来,这里却还有一些。"

"你发现了什么?"韩江问。

"没有,就是些碎报纸和信纸。"唐风转过身,走到书橱边,"还有,这里比那些宿舍多了一个书橱。"

说着,唐风随手拿起了书橱中的一本书,书上落满了厚厚的灰尘。这是一本俄文书,书名是《爆破技术与工程》,唐风翻了翻,这只是一本技术方面的书,没有什么特别之处。

唐风将书递给韩江,韩江却从中看出了一些名堂,"这书被翻烂了,看来读此书的人深谙此道。"

"是啊!书里还用红笔做了很多笔记。"唐风说着又拿起一本书,这是一本英文书,唐风慢慢读出了书名,"《中情局特工手册》。"

"《中央情报局秘史》。"唐风又拿起了一本书,同样是英文书。

"这里好像大部分都是英文书。"韩江也觉出了一些不一样的味道。

"是的,书橱上面两排全是英文小说,有爱伦·坡的,海明威的,塞林格的,杰克·伦敦的,马克·吐温的……"

唐风说着,已经抽去了第二排书架上一小半的书,他忽然觉得里面似乎还有空间。他把电筒探进去,果然,在第二排书架里面隐约露出了一本大书,不,更像是一个文件夹!唐风伸手将那个文件夹拽了出来。

7

唐风打开文件夹,里面夹着厚厚一沓文件。唐风将这沓文件摊在桌子上,韩江和马卡罗夫也围拢过来。"都是些俄文的文件。"唐风初步判断说。

"而且大部分是克格勃的文件。"马卡罗夫进一步判断说。

"克格勃的文件?看来这里面大有名堂。"韩江来了精神,但他不认识俄文,只能等唐风和马卡罗夫的翻译。

唐风和马卡罗夫分头快速翻阅这些文件,唐风很快翻出了一份重要文件,"这也许是份能解开地堡秘密的文件。"

"哦!快翻译过来。"韩江催促道。

于是,唐风慢慢将这份文件翻译了过来:

国家安全委员会关于在苏中、蒙中边界构造永久工事的命令

（符拉迪沃斯托克工程）

国家安全委员会特种工程局（第13局）Я19660823

中国已于1964年爆炸原子弹，今年5月9日又进行了热核试验，实际已成为有核之国家，相信中国很快就会掌握氢弹和核导弹技术。因此，国家安全委员会奉苏共中央之命，为防备随时可能发生的与中国的战争，特命国家安全委员会特种工程局（第13局）在蒙中、苏中边界开工建造完整之永久大型工事。

该工事应具备以下能力：

1. 需具备防核武器、生物武器、化学武器攻击的能力（具体参数另有详细任务书）；

2. 需具备极大的隐蔽性，不易被察觉，以期达到战役突然性之目的（具体选址另有详细任务书）；

3. 需具备充足的空间，可以在工事内屯驻一定规模的武装力量（具体规模另有详细任务书）；

4. 需具备完备的生活设施，可供一定规模的武装力量在此生活（具体设施另有详细任务书）；

5. 需具备完备的通信和指挥能力，可在战时成为区域指挥和通信中心，可与总部、军区及前线各级指挥系统联系并兼容（具体参数和设备另有详细任务书）；

6. 需具备一定的电子侦测及情报收集能力，在战时将工事发展成最前沿的情报收集中心（具体参数和计划另有详细任务书）；

7. 需具备一定的常规防空防御能力（具体参数另有详细任务书）；

8. 需具备较强的后勤保障能力，在战时可供应补给前线部队，并具有较强的自持力（具体设施数据另有详细任务书）；

9. 需具备战时野战医院的必要条件，为战时负伤官兵提供基本和初级的医疗保障（具体设施数据另有详细任务书）。

1966年8月23日

唐风翻译完之后，韩江和马卡罗夫都陷入了沉思。唐风也在回想从发现地堡到现在的经历，嘴里不停地回味着这个词："符拉迪沃斯托克工程……符拉迪沃斯托克工程……征服东方，好大的口气！看来这处地堡是冷战时为了防备和中国爆发核战争而修建的。"

马卡罗夫却在反复盯着那个"国家安全委员会特种工程局（第13局）"出神，

他用手指使劲抹了抹"第 13 局"这个阿拉伯数字，确定自己的确没看错之后，终于叫了起来："总算找到这个第 13 局了。"

"克格勃第 13 局？就是那个你一直不知道的第 13 局？"唐风反问。

"是的，我之前一直不知道克格勃第 13 局是干什么的，甚至对它是否存在过都不清楚，想不到竟然在这样一份文件上出现了。"马卡罗夫显得很激动。

"国家安全委员会特种工程局？"唐风又念了一遍这个名字，"看来这就是第 13 局的全名。特种工程局？这是干什么的？"

"我也不清楚，但是从这份文件上看，显然这处坚固的地堡就是第 13 局负责修建的。"马卡罗夫说。

"克格勃还负责搞工程？"唐风问。

"是的，克格勃有些建设项目，涉及重要目标和国家机密，不宜让一般建筑公司来承担，所以现在看来第 13 局就承担了这项任务。"

"可你不是说第 13 局存在时间很短吗？"

"是的，由这份文件看，第 13 局在 20 世纪 60 年代是存在的，但是后来应该就取消了，所以知道的人很少。"马卡罗夫推断说。

"看来这里是极其重要的工程。"唐风再次环视这坚固的巨大地堡。

"从这份命令看，在苏中、蒙中边界不仅仅这一处地堡，应该还有几十座类似的地堡。当时局势很紧张，两国做好了随时爆发核战争的准备，所以才会秘密修建如此巨大、如此坚固，能防核生化武器攻击的地堡。我想一方面是因为工程重要，另一方面是因为这项工程需要保密，所以才把这项任务交给了克格勃完成。"马卡罗夫进一步推断说。

"可是这处大型地堡为什么还没有启用就废弃了呢？"唐风一句话把马卡罗夫问住了。这时，一直沉默不语的韩江忽然开口了，"这就要问问那个在第 13 局待过的布尔坚科了。"

第二十章 符拉迪沃斯托克工程

第二十一章 地堡里的小屋

1

马卡罗夫和唐风都等着韩江继续说下去,可是韩江却没了下文。唐风急了,"你倒是继续说啊,你怎么断定布尔坚科与地堡废弃有关呢?"

"我只是做了个合理推断。你们想想,之前布尔坚科是因为犯了错误,才被降职起用,戴罪立功的,当时他所在的单位正是这个第13局。现在我们知道地堡是克格勃第13局修建的,那么布尔坚科的错误很可能与此相关。"

韩江的话让唐风和马卡罗夫频频点头,韩江又说:"你们再仔细找找这些文件,说不定还能发现什么。"

于是,唐风和马卡罗夫又开始查看这些已经发黄的文件,这次他们更加仔细。但是大部分文件都是关于地堡修建的普通文件和图纸,并没有什么特别之处。

就在唐风和马卡罗夫以为就要这样结束的时候,马卡罗夫忽然从一沓装订起来的文件中发现了一张皱巴巴已经发黄的文件。他只看了一眼,便吃惊地瞪大了眼睛,随即,他缓缓念出了文件上的文字:

关于尤里·巴甫洛维奇·布尔坚科同志玩忽职守的处罚决定

鉴于符拉迪沃斯托克工程副总指挥尤里·巴甫洛维奇·布尔坚科同志在修建第二十一号地堡过程中,多次玩忽职守,致使第二十一号地堡无法正常使用,给国家和人民造成巨大的经济损失,给国家安全委员会声誉造成不可估量的损害,经国家安全委员会和第13局研究决定,给予尤里·巴甫洛维奇·布尔坚科同志记大过,开除党籍,撤职使用的处罚决定。

国家安全委员会第13局
1968年4月17日

"看来这就是布尔坚科降职后戴罪立功的原因。"韩江听马卡罗夫念完这份文件，马上脱口而出。

"但是这份文件里没有提到处罚布尔坚科的具体原因，只说玩忽职守！"唐风皱紧了眉头。

"看最后对布尔坚科的处罚是很严重的，这个玩忽职守恐怕不那么简单……"韩江喃喃地说。

"因为布尔坚科的玩忽职守，导致整座地堡无法使用，可是我实在看不出来这座地堡为什么就不能使用了？"唐风向四周望去。

"对了，那幅工程图呢？"韩江忽然想到了什么。

唐风又从背包里掏出了那张工程图，韩江接过来仔细查看了一番。忽然，韩江一拍工程图，"你们发现没有，在工程图上没有这个房间。"

"布尔坚科在施工过程中没有按图纸施工，私自篡改了图纸，导致二十一号地堡无法正常使用，这样也许就合理了。"马卡罗夫推断说。

"可我还是看不出来，光是这一个房间怎么就导致整个地堡无法使用了。再说，在建造施工中，对图纸稍加改动也是完全可以理解的。"唐风说。

"这也许就是问题所在，在施工建造中对图纸稍加改动是完全有可能的，但是还有两种可能性。一，这间屋子有问题，而且是导致整个地堡无法使用的大问题；二，地堡中还有什么我们没有去过的地方，或没有发现的问题，可能是导致地堡无法正常使用的原因。"韩江肯定地说。

"第一种可能性我觉得几乎不可能……"唐风仰着头环视屋顶，"至于第二种可能性，我们之前看到的情形基本和工程图上绘制得差不多，也没发现什么和工程图上不符的地方。"

"想知道这间小屋是否有问题，我看还是好好检查一下小屋。"马卡罗夫打断两人的猜想，将目光又落在了落满灰尘的书架上。

唐风和韩江也将目光重新落在书架上，可是他们将整个书架搬空了，也没有再发现什么有价值的线索。

唐风伫立在这间不大的小屋中间，环视四周，只剩下一个地方还没有看过——床底下。

唐风的目光移到床底下时，韩江也意识到那是最后一个死角，他猛地扑到了床前，趴下身子，将上半身几乎探进了床下。

"床下有东西吗？"唐风急于想看到床下的情形，但是韩江健硕的身躯挡住了他的视线。

过了好一会儿，韩江才从床下钻出来，同时拖出来厚厚一摞木板。"这是什么？木板？"唐风疑惑地看着木板。

"不，是画板。"马卡罗夫已经看出了端倪。

"画板？"唐风再定睛观瞧，这才发现韩江从床下拖出来的是一摞厚厚的摞在一起的画板。

画板上落满了灰尘，大小和厚薄都不一样。韩江先拿起了最上面的一幅画，最上面一幅画是倒盖过来的，韩江翻过这幅画。这是一幅油画，画面上是一派宁静的田园风光。

"很像俄罗斯的田园风光，而且很像列宾的风格！"唐风喃喃地说。

韩江没说什么，放下这幅画，又按顺序拿起了第二幅画。还是一幅田园风景油画，只不过在画面远处出现了类似克里姆林宫的洋葱头式建筑。

"这不会是早期莫斯科周围的田园风光吧？"唐风胡乱猜测着。

"难道都是这些田园风光？"韩江拧着眉头，继续拿起第三幅画。第三幅油画呈长方形，画风一转，画面上是一派大漠风光。画面上有一层薄薄的灰尘，衬托得这幅大漠风光更加绚丽透迤。

唐风禁不住伸出手，轻轻拭去了画面上的灰尘，画面渐渐清晰起来，唐风忽然觉得眼前这幅场景似曾相识。"好一派大漠风光。"唐风喃喃自语，但是一时又记不起在哪儿见过这幅大漠风光，也许沙漠中的景色总是太相似了。

唐风的思绪还沉浸在上一幅画时，第四幅画已经出现在三人面前。这幅画仍然是一派大漠风光，所不同的是……唐风瞪大了眼睛，他发现在画面中央的沙漠中出现了一个大沙坑。沙坑里面出现了累累白骨，大部分是凌乱的，不成人形，但是有两副骸骨呈完整的人形，双臂往上，两腿用力往下蹬踏，那架势，这两具骸骨仿佛还有生命。突然，唐风感到画面上那两具骸骨又慢慢长出了肌肉，鲜红的肌肉，肌理清晰，血脉贲张。这……这分明是两个鲜活的生命在不懈地努力，奋力向沙坑上攀爬，似乎……似乎他们身后沙坑里正有凶猛的野兽在追逐他们。

这时，唐风浑身一激灵，再向画面看时，画面里仍然是两具骸骨，没有鲜红的肌肉，贲张的血脉，那两个鲜活的生命瞬间消失了，沙坑中间除了黄沙，就是白骨，没有任何其他东西。难道刚才是自己产生的幻觉？

"别愣着了，用相机把这些画都照下来。"韩江对唐风发号施令。

唐风忙去掏相机，可是他的双手有些颤抖，当唐风掏出相机对着这几幅油画拍照时，手抖得更厉害了。

"唐风，你不觉得这幅画的画面似曾相识吗？"韩江忽然问。

"似曾相识？"唐风早就注意到这点，此时经韩江这一说，唐风突然想起来了，"是的，是似曾相识，画面很像大白泉。"

"大白泉？我也是这么想的，但是泉水呢？难道这幅画的作者看到的是干涸的大白泉？"韩江一头雾水。

唐风又仔细看了看画面，又觉得这幅画画的似乎并不是大白泉，"你看这是大白泉吗？首先，大白泉的水没有干；其次，大白泉那里的尸骨都分布在岸边，很有规律。这幅画上不但水面干涸，而且尸骨极其凌乱。"

"所以你觉得这幅画画的不是大白泉？"韩江反问。

"嗯，再说这幅画的作者应该是位苏联人，他又怎么去过大白泉？除非……"唐风欲言又止。

"除非他是科考队的队员！"韩江惊道。

"不，这不可能。"马卡罗夫摇着头说，"我不相信科考队还有人能活下来！我虽然没去过你们说的这处大白泉，但是这样的沙坑在这片沙漠中多得是，根本无法证明这里就是你们所说的大白泉。"

"多得是？"韩江和唐风同时惊道。

"你们还记得我曾经对你们提到过的野狼谷吗？野狼谷不是一条单一的峡谷，而是由错综复杂的多条峡谷组成，形成了一个庞大的峡谷群。我和布尔坚科第二次来到野狼谷时，曾经发现过不止一处海子的痕迹。"马卡罗夫的思绪回到了过去。

2

韩江手上的画又变了，马卡罗夫的回忆很快被第五幅画给拽了回来。画面上变成了一大片戈壁滩，而在无边无际的戈壁滩上，很显眼地矗立着两根巨大的石柱，两根石柱呈奇怪的形状，同时向内倾斜，直至最后两根巨大的石柱完全倾斜到一起。

"很诡异的一幅画，戈壁里怎么会有这样奇怪的两根石柱？"唐风盯着画出神。

"是啊，这幅画的场景让我也很吃惊。"韩江停了一下，"不过我可以确信，我没有见过这个地方。"

"嗯，我也可以确认，从没有来过这个地方。"唐风点点头。

两人把目光转向马卡罗夫，马卡罗夫也摇了摇头，一脸迷茫。韩江又拿出了第六幅画，这幅画画的是戈壁风光，苍凉的戈壁滩深处，隐隐约约有几栋房屋。

唐风觉得这幅场景很眼熟，"这……这不就是前进基地吗？"

韩江也点点头，"不错！这就是前进基地。但是……但是画这幅画的角度却很有意思。"

唐风也注意到了这幅画的角度，"是啊，这幅画中前进基地处于远处，显然作者在画这幅画时与前进基地保持了很长一段距离。再从角度和方位看，我忽然觉得这幅画的作者当时是在二十一号地堡附近，或者……或者是以二十一号地堡为视角，去看前进基地，去画前进基地的。"

"是的，就是这样。"韩江同意唐风的判断。

"这就有问题了……"马卡罗夫马上想到了什么,"前进基地是在地堡废弃几年之后才有的,而且我一直不知道地堡的存在,那么画这幅画的人……"

韩江打断马卡罗夫的话,"画这幅画的人我想有两种可能。第一种可能,那人就是你们基地的人,更准确点说,就是布尔坚科,或是他手下的人;第二种可能是你们在前进基地的时候,在这里,二十一号地堡里还隐藏着别的什么人!"

"还隐藏着别的人?"唐风感到震惊。

"这……"马卡罗夫迟疑地看看韩江。

韩江又反问马卡罗夫:"你跟布尔坚科相处了几年,他平时喜欢绘画吗?"

马卡罗夫想了想,然后使劲摇了摇头,"没有,我跟他相处几年,从未见他画过画,也从未见他对画感兴趣。"

"那你们基地还有其他人对油画感兴趣吗,包括那些学员?"韩江追问。

"没有,从没有发现。而且基地里也没有绘画用的画板和颜料,附近方圆几十里都是无人区,就是几十公里外的小镇上也没有这些东西。"马卡罗夫回答得很干脆。

"这就怪了!难道这里还隐藏着其他人?"韩江喃喃自语,陷入了沉思。

一阵沉默后,唐风催促道:"继续看下面的画。"他似乎想在下面那幅画上找出一些新的线索。

韩江拿出第七幅画,依然是一幅油画,画的依然是大漠风光。只是在漫漫黄沙中,出现了几座喇嘛塔,特别是近景的一座喇嘛塔,极其辉煌高大。这幅图景很快让唐风联想到了一个地方,"这不是黑水城吗?"

韩江也看出来了,"对,确实是黑水城。"

"只是……"唐风忽然发现在那座辉煌高大的喇嘛塔前跪着一个人,一个穿蒙古长袍的人,但是那人的相貌又不像东方人,而像是一个西方人,唐风感到诧异,"你们看到跪在塔前的那个人了吗?"

"看到了,有什么特别的?"韩江不明白唐风的意思。

"如果我判断得不错,画上画的是黑水城,那么这座辉煌高大的佛塔就应该是科兹洛夫盗掘出没藏皇后佛像的那座喇嘛塔,也就是所谓的'伟大的塔'。那么,怎么会有一个人如此虔诚地跪在这座佛塔前?从画面上看,这人虽然穿了一身蒙古样式的长袍,但似乎不是东方人,更像是个西方人的相貌?"唐风分析了一番。

"西方人?俄罗斯人?"韩江看看马卡罗夫。

马卡罗夫也注意到了画面上那个人,一个老年男人,留着很长的络腮胡子,身着蒙古式长袍,"看样子确实很像一位俄罗斯老人,难道是科兹洛夫?"

"不可能啊,科兹洛夫发现黑水城的时候应该只是个中年人,后来他也再没有到过黑水城。"唐风摇着头说。

"那画中的这个老人是谁？"韩江问。

"也许只是个虚构的人物，我更关心画这幅画的人是谁。"唐风说。

"他去过黑水城？"韩江脱口而出。

"这倒不一定，但一定是对黑水城有所了解的人。"唐风不太同意韩江的猜测。

"不，我不觉得画面上那个人物是虚构的，我总觉得好像在哪里见过这个人……米沙？"韩江随即又摇摇头，"不，不是米沙，会是谁呢？"

韩江喃喃自语时，手也没闲着，他搬开了这幅油画，底下露出了第八幅油画，也是最后一幅。与此同时，三人都听到一声清脆的声响。低头观瞧，原来在第七幅和第八幅画之间的缝隙中露出了一个铁盒子。

3

那个黑色的铁盒子静静地躺在第八幅画上，唐风伸手就要去拿那盒子，却被韩江喝止："等等！"

唐风惊得缩回了手。韩江示意唐风和马卡罗夫退后，然后才小心翼翼地伸手将铁盒慢慢拿起来。韩江轻轻掂了掂分量，盒子挺沉，还有一些轻微的响动。韩江猜不出盒子里面是什么东西，他又将盒子轻轻放回第八幅画上，然后稍一使劲，便打开了铁盒子。里面是一把匕首，还有一些放置在棉花上的粗细不等、长短不一的针，其中有一枚最长最粗的针，仍然绑在已经有些生锈的匕首上。

马卡罗夫只看了一眼，便浑身一震，"这……这好像是当初布尔坚科对付学员的家伙。"

"哦！你是说布尔坚科就是用这个东西在学员们身上刺青的？"唐风问。

"是的，应该就是这样的东西。"马卡罗夫声音很小。

唐风盯着那些已经有些生锈的针，眼前又浮现出了那个可怕的图案。不，那是一个古老而神秘的图腾。

韩江重新将铁盒子盖上，又将身子探到床下。

"床下还有东西？"唐风问。

"里面还有些奇怪的瓶瓶罐罐！"韩江说着，将几件瓶瓶罐罐拽了出来。唐风仔细一看，是一个瓷盘，一个军用饭盒，还有一个军用搪瓷水杯。

"这是干什么的？当年住在这的那人，就是用这些东西吃饭的？"唐风不解。

"那也没必要把这几件东西放床底下呀！"韩江皱着眉头，盯着脚下这几件瓶瓶罐罐。他忽然发现那件白色瓷盘盘口有多处磕碰，抹去上面的灰尘，底下仍然很脏，像是粘了一层什么脏东西。再看那军用饭盒和军用搪瓷水杯，也有多处磨损，"看来这几件东西使用很长时间了，而且很脏。"

"为什么没有刀叉、勺子？"马卡罗夫说。

韩江翻了翻这几件餐具，又用电筒朝床下反复照了照，"没有，确实没有刀叉和勺子！"

"这就奇怪了，难道这是给动物吃饭用的？"马卡罗夫又问。

"这倒很有可能，这间屋子的主人养了一条狗。"唐风回答说。

"不去管这些破烂了，这儿还有一幅画呢！"韩江这一说，众人才想起来，地上还有第八幅画没看呢。唐风和韩江轻轻拂去最后一幅画上的灰尘，画面上是一位端庄美丽的女性，看年纪在三十岁左右，金发碧眼，穿着一身俄罗斯传统长裙，嘴角微微上翘，带着一丝微笑，整幅画有一种和谐淡雅之美。

"怎么跑出来一幅肖像画？"唐风诧异地说。

韩江和马卡罗夫只是静静地看着这幅画，什么话都没讲，他俩仿佛都被这幅画上的女子吸引了。

三人又仔细搜寻了这间小屋，再没有发现任何东西，韩江不禁摇头，"小屋的主人再不会给我们留下任何线索了。"

"他留下的东西已经不少了。"马卡罗夫平静地说。

韩江和唐风听马卡罗夫这么说，都是一惊。

"老马，你想说什么？"韩江追问。

马卡罗夫摇摇头，"不，我不想说什么。我们确实在这里发现了两份很重要的文件，两份文件全都与布尔坚科有关，所以我现在敢肯定这里也一定和他有关。"

"甚至布尔坚科就是这处小屋的主人。"韩江停下来，看了看马卡罗夫，又看了看唐风，"布尔坚科在第13局负责建造第二十一号地堡，我们现在还不知道是什么具体原因。但是因为布尔坚科的玩忽职守，导致整座地堡被废弃，之后布尔坚科遭到了严厉的处罚。这个处罚一直延续了几年，直到克格勃准备派老马来此地建立前进基地，才允许布尔坚科戴罪立功。但是布尔坚科利用前进基地靠近地堡的便利，在地堡内秘密训练学员，这间小屋可能就是他的一个住所。"

唐风听韩江的分析，时而点头，时而摇头，"不，你这个分析听起来似乎合情合理，但是有几个漏洞。首先，前进基地怎么正好处于地堡的附近？这难道只是巧合？其次，布尔坚科为什么要在地堡中训练学员？他有什么不可告人的目的？"

"第一点，这确实很可能是巧合，或许是克格勃上面有意的安排，这样可以废物利用，使这座没有启用的地堡发挥些作用。"

"上面的有意安排，为什么身为基地负责人的老马却不知道？"唐风反驳道。

韩江无言以对，憋了一会儿，才说："那就算是巧合吧。至于你说的第二点，我认为布尔坚科在地堡中训练学员是有目的的，至于是不是为了瀚海宓城，我现在还不好说。但他不告诉老马，自己在地堡内训练学员肯定是有企图的。再加上日后学员暴动的情况，充分说明布尔坚科利用职务便利，私自训练了这支厉害的队伍。"

"好，就算是布尔坚科私自训练了这支厉害的队伍，他后来毕竟死了。从后来基地暴动的情况看，这支队伍在布尔坚科死后仍然有强大的战斗力和组织协调能力，甚至与外国的某些机构有联系。那么，问题又回到了最初我们讨论的那个话题上，布尔坚科是这支队伍的头儿，还是后来有人暗中篡夺了这支队伍的领导权？"

唐风反问韩江，韩江没回答，反倒是马卡罗夫开口了："我现在更倾向于后者。我还是不能相信，是和我朝夕相处了两年多的布尔坚科一手创建了现在这支和我们为敌的队伍。"

"这只是你的主观想法。我们已经知道，这支身上有鹰狼刺青的队伍早在民国时就出现在丝绸之路上，其后几起几落，有时销声匿迹，有时又突然出现。我不知道布尔坚科的目标是不是瀚海宓城，但是他无疑是这个组织漫长历史中的重要一环。"韩江肯定地说。

"布尔坚科也许只是整个组织、整个阴谋中的一颗棋子？！"唐风惊恐地说。

"布尔坚科，你究竟还隐藏了多少秘密？究竟充当了什么样的角色？"马卡罗夫盯着屋顶，不禁用俄语喃喃自语起来。

4

韩江和马卡罗夫还在胡思乱想的时候，唐风一扭头，忽然瞥见维修车间卷帘门外面似乎有些异样。刚才他们进来时，维修车间的卷帘门就是这样，只露了底下一截，他们三人是弯腰钻进来的。这会儿……唐风猛地睁大了眼睛，那是一双腿，有人在外面！

叶莲娜？梁嫒？不，都不是，那像是男人的腿！唐风惊得不知该如何招呼韩江和马卡罗夫，他想喊，却又忍了回去，他使劲地拍了拍韩江和马卡罗夫的肩膀。

"干吗？"韩江叫出了声。

唐风赶忙回头对韩江做了个噤声的手势，等他再转过脸来时，维修车间卷帘门外的那双腿不见了，"腿……腿，刚才，那儿……那……那底下有一双腿……"

"什么？哪有什么腿？你眼花了吧！"韩江嘲笑起唐风的胆小。

"不，是真的，真的，我在卷帘门下看到一双腿！"唐风也叫出了声。

韩江和马卡罗夫皱着眉头，看了看卷帘门，然后对视一眼，便拔出枪，冲出了小屋，快步穿过空荡荡的维修车间。唐风见状，赶忙跟了上去。

三人接近卷帘门时，放慢了脚步。唐风跟在韩江身后，侧身隐蔽到卷帘门一侧，马卡罗夫则隐蔽到了另一侧。韩江和马卡罗夫交换了一下眼色，韩江又冲唐风做了个手势，让唐风掩护。唐风点点头，三人准备停当，韩江和马卡罗夫几乎同时侧身跃出了卷帘门下的缝隙，然后在地上连滚几下，重新找好隐蔽位置，举枪冲向漆黑的巷道。唐风也跟着钻出卷帘门，隐蔽在墙壁旁，举枪向四周望去。

四周漆黑一片，唐风感到自己的心脏在狂跳，双手举枪，但两只手都在颤抖。待唐风的眼睛慢慢适应了黑暗，韩江怒道："妈的，你说的人呢？难道是鬼啊？"

唐风也没发现宽大的巷道内有人，但是两边其他几扇卷帘门下是否隐藏着什么？他冲韩江指了指其他几扇卷帘门。韩江与马卡罗夫分头来到其他三座卷帘门下，里面漆黑一片。韩江凭着多年的经验，几乎可以确定这几扇卷帘门后面没有人，这才打开了电筒，向里面照去。果然，其他三扇卷帘门后面并没有任何人影。

韩江和马卡罗夫长出一口气，可是惊魂未定的唐风依然紧紧握着枪，默默伫立在漆黑的巷道中。韩江走过来，拍拍他，唐风这才略微缓过神来，"我刚才真的看到了一双腿。"

"你太紧张了，可能是你的幻觉。"韩江说。

"幻觉？不，不可能！"唐风执拗地说。

"行了，咱们下来时间也挺长了，叶莲娜和梁媛在上面该着急了，我们还是赶紧上去吧！"韩江不再搭理唐风，转而催促两人去找叶莲娜和梁媛会合。

"那我们不找这一侧的大门啦？"唐风还没忘了按照工程图上的标示，在宽大巷道的东侧应该有一座巨大的门，这座门很宽，可以容大型车辆直接进入地堡。

唐风不死心，冲到三号大厅的东头，按照工程图上的标示，这里就应该是那扇大门的位置。可是唐风发现，面前完全是一堵钢筋混凝土的坚固墙壁，与地堡其他地方的墙壁没有两样，根本看不出门的痕迹，更别说如何打开这扇大门了。

就在唐风胡思乱想的时候，韩江和马卡罗夫已经催促他往回走了。唐风无奈，只得跟着他俩从来时的路向西退去。

一路上，三人都小心翼翼地保持着随时投入战斗的状态。他们并没有多停留，穿过二号大厅，很快撤回到一号大厅，从升降机缓缓地回到了地面。

"你们怎么才回来？我们都等急了！里面一定很大吧？"没等唐风喘口气，梁媛便迫不及待地抛出一连串问题。

"这里太奇怪了，我们一直担心你们。"叶莲娜也说。

唐风简要地介绍了一下地堡的情况，叶莲娜和梁媛惊得目瞪口呆。

叶莲娜问马卡罗夫："父亲，当年您在这儿时，对地堡一无所知吗？"

马卡罗夫失神地望着窗外的戈壁，摇了摇头。所有人都沉默下来，唐风看看这间铁皮屋子，觉得这里更加诡异了。

5

五个人又乘坐那辆老爷吉普车回到基地内。唐风、韩江、梁媛和叶莲娜一路都在讨论地堡内的遭遇，但是马卡罗夫一直沉默不语。

吃完晚饭，众人很快便都进入了梦乡。唐风这晚睡得很好，没有做噩梦，也没有胡思乱想，但他并没有一觉睡到天明，而是在天还没亮之前醒了！

唐风睁开眼，看看身旁还在熟睡的韩江，里屋的梁媛和叶莲娜也都睡得很沉。当他把目光移到另一边时，发现马卡罗夫的睡袋竟然是空的。

唐风一惊，猛地坐起来，他伸手去摸马卡罗夫的睡袋，冰凉，看来马卡罗夫早就离开了这里。马卡罗夫是自己出去了，还是遭遇了什么不测？唐风想着，心跳加快起来，他拿上电筒，慢慢摸到门后，不急着打开大门，而是在门后侧耳倾听了好一会儿，才缓缓打开了门。门是关好的，唐风又用电筒照了一下地面，没有发现可疑的脚印，这才稍稍放下心，走出了屋外。

虽是夏季，但戈壁滩夜晚的气温下降了很多，一阵狂风吹过，唐风感到了深深的凉意。唐风用电筒照了一圈铁皮屋子前的小广场，没见马卡罗夫的人影，于是他拿着电筒走到了广场中央，四下望去，不见一丝灯光。嗨，这个老马跑到哪儿去了？

唐风狐疑着穿过一排铁皮房子，再用电筒照去，基地旁的一座小土丘上似乎有个人影。当电筒照射的光柱扫过那人的时候，那人却没有任何反应。唐风不敢再照，关闭了电筒，默默地向小土丘上的黑影走去。

走到近前，唐风才发现这个黑影就是马卡罗夫。马卡罗夫一动不动，唐风轻轻地坐在了马卡罗夫身旁。马卡罗夫就像没有看见唐风似的，依旧一动不动地注视着远方。那个方向是东方，唐风看得出来，马卡罗夫是在注视着东面那处训练基地，也就是二十一号地堡的位置。

唐风打开电筒，照向训练基地。电筒发出的强光穿透黑幕，照到了训练基地的那几栋铁皮屋子上，随着光柱在铁皮屋子上的移动，唐风发现马卡罗夫的眼睛终于动了起来。

"你没事吧？"唐风问马卡罗夫。

"我能有什么事，一把老骨头了！"马卡罗夫耸耸肩，缓缓地说。

"你可是重要人物，当年事件的亲历者。"

"唉！"马卡罗夫忽然重重地叹了口气，才又缓缓开口道，"当年事件的亲历者……不错，我是科考队的几个幸存者之一，但是我可算不上什么重要人物。"

"你怎么算不上呢？你经历了那么多！"

"因——为——重——要——人——物——全——都——死——了——"马卡罗夫一个字一个字地从嘴里挤出这句话，听得唐风不寒而栗。

"重要人物全都死了？"唐风马上明白了马卡罗夫的意思，但是他很想听听马卡罗夫的分析。

马卡罗夫停了好一会儿，才又缓缓地说："科考队当年幸存的几个人，米沙和梁云杰都已经死了，那个暗中跟踪科考队的马昌国也死了。请注意，唐风，他们三个死的时间如此接近，几乎都是在那个巨大的阴谋开始后。"

"巨大的阴谋？"

"是的。他们从沙漠死里逃生之后，几十年相安无事，偏偏是在那场拍卖会后，一个接一个地死去。先是马昌国，再是梁云杰，然后是米沙，所以那场拍卖会就是整个巨大阴谋的开始。"

"嗯，我和韩江也曾分析过，一切阴谋都是从那里开始的。但我们认为阴谋早就形成了，只是由于种种原因，那个巨大的阴谋一直被封存着、冷冻着，直到冬宫的玉插屏被发现。"

"不，阴谋从来没有被封存和冷冻，他们只是在等待合适的时机。而我之所以能苟活到现在，这都是因为我对这个阴谋知之甚少，所以才免了杀身之祸。"

"哦？那梁老爷子呢？他当年只是科考队的翻译，应该对瀚海宓城的秘密知之甚少！"唐风反问。

"咱们一个个地分析。根据已经掌握的情况看，米沙似乎在黑尘暴后无意中找到了瀚海宓城，所以他是最接近谜底、最了解情况的人，因此他也是最应该死的知情人，要不是克格勃那么多年的保护，以及后来他自己的东躲西藏，恐怕米沙不会活那么久；其次就是马昌国，按照你们的分析，马昌国似乎在黑尘暴之后，在大白泉投毒害死了一部分幸存的科考队员，然后他到达了死亡绿洲，虽然我们还不能确认他究竟是一个人，还是有其他人跟他一起到达了死亡绿洲，但可以肯定他也是很接近内情的人，所以马昌国一直隐居在美国乡下的养老院中，否则，他恐怕也不会活那么久。"

"是的，拍卖会就是将军为了引出马昌国而设。这家伙临死还念念不忘找到瀚海宓城，派他儿子去竞拍，这才暴露了行踪。只不过他命还算好，在将军抓到他之前病死了！"

"至于梁云杰，我亲爱的梁，正如唐风你刚才所说，梁当年并不知道什么内情，但是从他去参加拍卖会，以及找你合作这些事上看，梁也一直期望揭开谜底。对了，还有梁媛找到的那封信，这一切都说明梁一直在暗中调查当年的往事，至少是这些年。"

"嗯，那封信也让我想到了这些。我原本以为，梁老爷子是因为看到那块玉插屏要拍卖才又卷入了整个事件。现在看来，他很可能一直在暗中调查当年的这些事，所以……"

马卡罗夫接过唐风的话茬，"所以他一买下玉插屏就被人杀死了。接下来就是我了，我……我刚才一直在想一个问题，如果我不是因为维克多被杀卷进这件事来，会不会依旧过着我平静的晚年生活？"

"这……"唐风有些迟疑。

"当年幸存的四个人，有三个已经死了，只剩下我。我也应该在劫难逃，但是米沙和马昌国是因为知道太多内情，梁云杰是一直在调查当年之事，而我从科考队死里逃生之后，就再没去关注过当年的事，所以我……"

"但是布尔坚科呢？还有布雷宁、伊萨科夫、斯捷奇金，这几位也不同程度地卷进了这个巨大的阴谋，而你和布尔坚科共事多年，你能说你一直置身事外吗？"

"这正是我所担心的，我现在开始相信那个词了……"

"什么？什么词？"

"宿命！这一切都是宿命！我从沙漠里逃生，竟然在十多年后又回到了沙漠里，而且就是与科考队当年出事地点如此之近的地方。更让我感到震惊的是布尔坚科，他竟然也卷进了这个巨大的阴谋中。当然，这还不是最可怕的，最可怕的是我竟然到今天才知道这一切，这不是宿命，又是什么？"马卡罗夫情绪激动起来。

"所以我相信即便你没有被卷进来，你也无法安静地继续享受你的退休生活。"唐风平静地说。

马卡罗夫张了张嘴，但是什么都没有说，两人的目光一起投向了不远处的二十一号地堡。此时，东方已经发白，唐风觉得在那片荒凉的戈壁滩下，正沉睡着一头怪兽，它随时都可能钻出地面。

第二十一章　地堡里的小屋

第二十二章 暗流涌动

1

天亮后，唐风和马卡罗夫回到了基地。韩江他们也已经起来，五人一合计，唐风三人的装备给养都在沙漠中损失殆尽，马卡罗夫和叶莲娜只准备了他们两个人的装备和给养，现在要满足五个人，就显得有些捉襟见肘了。于是，叶莲娜提议去几十公里外的小镇采购一些装备和食品。

众人一致同意，韩江想和叶莲娜一起去，叶莲娜却说："韩，你功夫好，还是留下来，照顾我父亲和梁媛吧。"

"那你……"

"我和唐风去小镇走一趟吧！"

"唐风……"韩江看看唐风。

唐风一笑，"我正求之不得！"

韩江点点头，"那就这样吧，你们早去早回，然后我们还要商量下一步的行动。"

于是，叶莲娜和唐风便一同上车，驶进了基地北面的茫茫沙漠。

说是个集镇，其实就是草原上一个临时拼凑起来的集市。唐风和叶莲娜赶到时，已经接近中午时分。集市上没有什么人，再加上叶莲娜驾驶的老爷军用吉普车格外显眼，所以他俩一进镇子，就吸引了众人的目光。

叶莲娜先把车开到了镇上唯一的修理铺前面，她要补充一些装备，再加满油，还要带上充足的油料。唐风跟着叶莲娜跳下车，刚想开口说什么，叶莲娜提醒他："注意，这是在蒙古境内。"

"蒙古境内？"唐风这才意识到他们已经深入蒙古境内。

唐风不会说蒙古语，就见叶莲娜用蒙古语和修理铺的伙计说了几句，然后一名伙计便拿着扳手走到车前，钻进车下，开始检修老爷吉普车。

叶莲娜只顾着和修车伙计说话，唐风不敢轻易张嘴，觉得有些无聊，回头望去，一条在草原上自然形成的道路横穿整个集镇，修理铺正位于这条路旁。

唐风盯着集镇周围绿油油的草场出神，忽然，一阵巨大的发动机轰鸣声从集镇南边的道路上传来。唐风忙转移目光，只见一辆黑色的大切诺基正在集镇南边的道路上飞奔，车后升腾起一阵巨大的灰土。

唐风觉得这辆大切诺基在草原上显得格外扎眼，因为这儿的牧民和商人大多是骑摩托车，或是有一定年头的老爷车，像这样一辆崭新的大切诺基，似乎绝无仅有！

大切诺基眼看就要靠近集镇了，但丝毫没有减速的意思。唐风恍惚间觉得这辆黑色的大切诺基似乎有些眼熟。对，黑石，从千户镇一直到黑石，他们一路追赶的那辆大切诺基也是黑色的。唐风正想着，黑色大切诺基已经冲进了集镇，道路两旁的人纷纷躲闪。只有唐风还在思考着刚才的问题，直到大切诺基冲到他的近前，唐风才被刺耳的刹车声惊醒。

唐风惊慌地往后退了两步，再定睛观瞧眼前这辆崭新的大切诺基。不，这不是他们在黑石遭遇的那辆，那辆车撞上黑石后，已经损毁严重，短时间内是不可能修复的。眼前这辆黑色大切诺基崭新如初，完全是刚出厂的样子。

唐风特别注意了大切诺基的牌照，可是这辆车上只有一个蒙古的临时牌照，唐风有些疑惑。再看从车上跳下来两个人，一男一女，戴着墨镜，从穿着打扮上看，像是资深驴友。男的用一口熟练的蒙古语招呼伙计，叶莲娜这才注意到那两个人。趁那两个人和伙计说话的当口，唐风低声问叶莲娜："他们在说什么？"

"他们在问伙计有没有适合他们车的备用轮胎。"

"这种车的轮胎在这个小铺子恐怕不好找啊！"唐风看看崭新的大切诺基，又看看那个一直站在车边没动地方的女子。

女子的头微微动了一下，唐风不确定在墨镜背后，这个女子是否也在注视着自己。不大一会儿，那个男子空手而归。唐风赶忙收回自己的目光，小声对叶莲娜说："怎么样，我说这种小铺不会有他们这种车的轮胎吧。"

叶莲娜没搭茬，她也在注视着这对男女。男子和一直等候的女子说了几句话，两人便匆匆上车，继续向北驶去。一眨眼的工夫，大切诺基便冲出了集镇，消失在茫茫草原上。

2

等那辆黑色切诺基走出很远了，唐风才缓过神来，问叶莲娜："后来那男的对那女的说了什么？"

"隔得远，那男的声音也不高，听不清。"

"你听出他们说的是什么语言吗?"

"开始那男的跟伙计说的是蒙古语,后来跟那女的说的似乎是汉语,但是我不敢肯定,隔得太远……"叶莲娜似乎在回忆。

"汉语?那男的说蒙古语有口音吗?"唐风问。

叶莲娜摇摇头,"听不出来什么口音,不过肯定不是本地的。"

"你说……"唐风犹豫了一下,还是问叶莲娜,"你说,这两人和我们的事有关系吗?"

"这个……不好说!"叶莲娜摇着头回答。

"你注意到没有,他们跟我们一样,是从南边过来的。"唐风提示叶莲娜。

叶莲娜当然注意到了这点,"我看到了,但是这并不能说明问题。我们到这里走了有六十多公里,南面的国境线到这个地方有很多岔路,所以光凭这点很难肯定他们和我们的事有关。"

"但是在这样一个偏远的集镇,又是这样一处敏感的地点,出现这样一辆车,总归是可疑的!"

唐风正说着,远方又传来一阵发动机轰鸣,两人循声望去,这声音是从集镇北面传来的。果然,不大一会儿,在集镇北面的道路上又出现了一辆越野车。

"这家伙又回来了?"唐风嘴里喃喃自语。

但是等那辆车走近了,唐风才注意到,这不是刚才过去的那辆黑色大切诺基,而是一辆黑色的悍马!悍马车速很快,但是在进入镇子的时候减慢了速度。车子路过修车铺子时,唐风死死盯着车窗,想看清里面有什么人,但遗憾的是,他什么也没看清。

悍马驶过修车铺子,唐风依旧盯着悍马后车窗,一种异样的感觉涌遍全身。他注意到这辆悍马在快驶出集镇时停在了一家杂货店门口,却不见车里有人下来,只是车窗缓缓降了下来……过了一会儿,店里有个小孩拿着三瓶矿泉水跑到了车跟前,副驾驶的位置上探出一只手臂来。隔得太远,唐风看不清那是男人的手,还是女人的手,但是唐风注意到这只手臂被一层黑布紧紧包裹起来。

"三瓶水,车里有三个人……"唐风喃喃地说。

"这里可是进入沙漠前最后一个集镇了,想要进入沙漠,这点水是远远不够的。"叶莲娜说。

"这下热闹了,又是切诺基,又是悍马。我和韩江从南边进入沙漠时没看到其他车辆,只是发现了两道车辙印。后来这两道车辙印都消失了,在黑石我们遇到了其中一辆已经损毁的黑色大切诺基。这会儿我们绕到了北边,却见到这么多车,看来有不少人想从北边进入沙漠。"

唐风说完,那辆悍马已经驶出了集镇,顺着通往南方的道路全速前进。

叶莲娜盯着逐渐远去的悍马，反问唐风："你就这么肯定这两辆车与我们的目的地相同？"

"至少那辆悍马很可疑，它是往南去的。"

"但是如果他们要进入沙漠，为什么不多带一些水？"

"也许他们已经带了充足的水源，这会儿只是再买点。谁知道呢？"唐风想了想，又说，"而且这里是进入沙漠的最后一个集镇，他们为什么不在这里停留，我想他们是不想让人注意到他们的行踪。"

"这个问题你也可以反过来想，他们也许并不是去沙漠的，这里往南到前进基地，还有很多条岔路。总之，什么情况都有可能。"

叶莲娜转头又用蒙古语问了那伙计几句，伙计连比划带说地对叶莲娜描述了半天，叶莲娜似乎听明白了伙计的意思，频频点头。唐风则一头雾水，"你跟那伙计说了什么？"

"我问他最近几天这集镇上除了我们，还有什么外乡人来过。他说外乡人有一些，但像我们这样开着越野车的不多，所以他记得有几辆越野车最近经常来这个集镇，就包括刚才那辆黑色大切诺基。"

"哦！看来这些人就在附近。"

"伙计说他给那辆大切诺基修过车，所以认得。"

"这就更奇怪了，那辆大切诺基很新，明显是刚出厂的新车，怎么会……"唐风说到这，脑海里马上浮现出撞上黑石的那辆大切诺基，车身颜色、型号都与刚才看到的那辆一模一样，"你问问伙计那辆大切诺基修理的是哪里。"

叶莲娜于是又询问伙计，伙计又连说带比划了一番，叶莲娜对唐风翻译："伙计说是那辆车的底盘出了问题，像是被戈壁滩上的石头磕碰到了，还说底盘的问题他们这种小铺修不好，所以他虽然尽了最大努力，那辆车估计还是难以再穿越沙漠了。"

"底盘问题？越野车底盘高，怎么还会出问题？"

"你在黑石碰到的那辆大切诺基是这个问题吗？"

唐风摇摇头，"不是，那辆车撞上了黑石，前面引擎盖都被撞变形了，我估计那辆车是动不了了。"

"看来这两辆车并没有联系……"

"现在下这个结论为时尚早，你注意到刚才那辆大切诺基的牌照了吗？"

"注意了，只有一个蒙古的临时牌照。"

"这也很可疑。"

"你是怀疑这辆车是从中国境内过来的？"

"还有那辆悍马，伙计之前没见过这辆悍马吗？"

"我问了，伙计说那辆悍马从没见过。"

唐风和叶莲娜在修车铺检修完车辆，又在集镇上的杂货店买了大量水和食品，还有电池等物品。唐风采购这些物品时，总觉得周围有双眼睛在盯着自己。他不停地环视周围，不大的小镇，突然出现他们两个不速之客，显然吸引了不少目光。可是唐风东张西望半天，却始终没有找到那道隐藏在深处的目光。

周围的店铺、小木屋、铁皮房子，唐风觉得每一扇窗户后，似乎都有一双眼睛在盯着自己。他不知道是自己太敏感了，还是他们太显眼了，抑或是真的有一双眼睛躲在暗处盯着自己。唐风还在东张西望，叶莲娜扯了扯唐风的衣襟，低声说："不要东张西望，就是要观察也要用眼角的余光去看，韩江难道没教过你吗？"

"教过，但是我总觉得似乎有一双眼睛在盯着我们。"

"那你就更不能东张西望。"

"你发现什么了吗？"

"还没有，也许是你太敏感了。"

唐风听王牌特工这么说，心里稍稍平静了一些。两人采购完所需物品，不敢在此久留，叶莲娜驾车很快驶出了这座集镇。但是让唐风诧异的是，叶莲娜没有走他们来时的那条路，而是冲上了通往北面的那条路。

3

唐风见叶莲娜驶向北面的路，不禁惊道："我们是不是走错了？"

"没错！咱们换条路回去。"叶莲娜回答得很肯定。

"换条路？还有别的路回基地？"

"总之，不能像我们来时那样直接回基地，哪怕在草原上多绕几圈也是好的！"

"你不是说没发现什么异常吗？"

"小心一点总没错。"叶莲娜说着已经冲上了集镇北边的一座山丘。

翻过山丘，叶莲娜便脱离了去向北面的道路，转向西面，绕到一个山口，叶莲娜再向南折去。这是根本没有道路的草原，往前走了没多久，草地渐渐退化，是一大片已经沙化的草场，再往前就是茫茫戈壁了。

唐风隐约在地上看见了一道车辙印，这道车辙印似乎一直陪伴着他们，唐风疑惑地问："这地上怎么一直有道车辙印？"

"这就是我昨天回基地走的路。"叶莲娜镇定地回答。

"怪不得你从这儿走！"

"那当然，如果完全漫无目的地在茫茫草原戈壁上走，是很容易迷……"叶莲娜话说了一半，忽然没了声音，唐风感到车速慢了下来。

"怎么了？"唐风看着叶莲娜，他发现叶莲娜面色严肃起来。车速越来越慢，最后叶莲娜干脆将车停了下来。

叶莲娜站了起来,向前方眺望。唐风不明白叶莲娜为何突然这副模样,他看见叶莲娜的右手一直放在腰间的手枪上。

戈壁滩上静得可怕,叶莲娜那双深邃而忧郁的眼睛一直静静地盯着远方。许久,才缓缓地说:"唐风,你看戈壁滩上又出现了一道车辙印。"

唐风一惊,这才发现,不知何时,就在他们行驶的道路上出现了另一道车辙印。这道车辙印很宽,很明显,这不是他们的老爷吉普车留下来的。

"这会是谁留下来的?在这荒无人烟的戈壁滩上!"唐风疑惑地跳下车。

叶莲娜见四周空无一人,右手才慢慢从手枪上离开,跳下车。叶莲娜和唐风一起勘察了这道新出现的车辙印。

"这么宽的车辙印,很像是悍马或是类似的军用越野车留下来的。"叶莲娜初步判断道。

"悍马?难道是那辆悍马?"唐风心头一颤,可是他随即又摇了摇头,"不会啊,我们看着那辆悍马走向南边的大路了!"

"这不是关键,关键是这辆车的目的地!"

"目的地?你刚才说这条路是通往前进基地的,那这辆车也是往前进基地去的了?"唐风推测说。

"这正是我所担心的!我们绕道走,就是为了避开跟踪,没想到有人竟然走到了我们前面!"叶莲娜有些懊恼。

"也许这辆车只是误走了这条路……"

"前面是无人区,谁会无缘无故往里面闯?"

"看来我们要多加些小心了!"

"嗯,我忽然有种很不好的预感!"叶莲娜说着,又跳回驾驶座上,招呼唐风,"快,快上来,先赶回基地再说。"

唐风坐上车,随着车速的加快,他感觉到了叶莲娜内心的不安和焦躁。叶莲娜驾车在戈壁滩上又狂奔了半个小时后,他们看见了基地的铁皮房子,正午的阳光照射在铁皮房子上,给整个基地抹上了一层诡异的光晕。

4

基地越来越近,叶莲娜开始减速。唐风注意到,当叶莲娜缓缓驶进基地已经荒废的大门时,右手又放在了腰间的手枪上,唐风也紧张地拔出了枪。

基地鸦雀无声,老爷吉普车的声响回荡在基地中。唐风和叶莲娜已经觉出了不对劲,基地的空气中弥漫着诡异的气氛,听到车的声音,韩江、马卡罗夫、梁媛应该会出来，可是却不见这三人。

叶莲娜也掏出枪，打开了保险。叶莲娜多了个心眼，没有把吉普车停到基地中的小广场上，如果那里有埋伏，她和唐风就会成为攻击的靶子！叶莲娜将车缓缓停在了基地门口的一栋铁皮房子旁，等吉普车安静下来，叶莲娜和唐风跳下车，快速隐蔽到铁皮房子下。

一阵风从沙漠深处吹来，卷起了微小的沙粒。细沙吹拂在唐风脸上，唐风的眼睛眯成了一条线，侧耳倾听，除了风声和沙粒打在铁皮房子上的轻微响动，基地内没有其他声响。韩江他们呢？难道遭遇了什么意外？唐风胡思乱想的时候，叶莲娜已经推开了身边这座铁皮房子的门，里面空无一人，和之前看到的情形一样。叶莲娜又推开一扇房门，里面也没人。唐风跟着叶莲娜，一连推开了七八个房间，都不见人影，既没有韩江他们，也没有其他的可疑之人。

唐风和叶莲娜对视一眼，从侧面绕到了他们居住的那间铁皮房子窗下，里面还是一片死寂，没有声音。唐风看看叶莲娜，就想像前面几次一样伸手去推门，叶莲娜却一把拉住了唐风。唐风诧异地看看叶莲娜，叶莲娜冲铁皮房子门前的台阶上使了个眼色。顺着叶莲娜的目光，唐风发现铁皮房子门前的台阶上出现了一团凌乱的脚印。

唐风仔细辨别台阶上的脚印，他指了指其中一个大号的脚印，这是韩江的脚印；然后，他又指了指一个小的脚印，显然那是梁媛的脚印。叶莲娜也辨认出了马卡罗夫的脚印，剩下的就是一团极其凌乱的脚印。唐风和叶莲娜从这团凌乱的脚印中看出了玄机，这里面有陌生人的脚印，看来他俩不在的时候有人来到了这里！

想到这，叶莲娜不再犹豫，猛地踢开了房门，唐风也举枪跟了进去。两人背靠着背，待烟尘散尽，却发现铁皮房子里空无一人。

"咱们的东西都在，韩江他们人呢？"唐风压低声音问。

叶莲娜检查了一下房间内的物品，基本上都还在，但是经验丰富的叶莲娜还是看出了端倪，"物品虽然都在，但你看这里也出现了凌乱的脚印，肯定有其他人进来过，而且就在刚才！"

"那道车辙印……"唐风忽然想起了在戈壁滩上突然多出的那道车辙印。

"车辙印？"叶莲娜陷入了沉思。

"但是韩江和老马都不是等闲之辈，怎么会束手就擒？"唐风不解。

"从凌乱的脚印和一些痕迹可以看出，刚才在这个屋子里发生过搏斗。"叶莲娜推断说。

"但是没有血迹，也没有弹壳！"

"搏斗痕迹并不十分明显，没有血迹，没有弹壳。以韩江和我父亲的身手，他们一定是遭到了突然袭击，或是某种特殊手段的攻击。"

"特殊手段的攻击？是什么？"

"我不知道，总之这帮人在短时间内就控制了韩江和我父亲。"

"看来这帮人身手不凡，但是那些人把韩江他们绑到哪里去了？如果是将军的人，他们恐怕恨不得一枪把韩江和老马毙了。"

唐风的话让叶莲娜心头一颤，但是她很快冷静下来，"唐风，从现场的痕迹看，他们没对韩江和父亲下手，我想……我想很可能是因为我们。"

"我们？"

"是的，他们没料到我们俩出去了，所以……"

"所以他们先绑走了韩江三人，再布下陷阱，等着我们俩去钻！"

"他们应该还没走远，我们赶快去附近搜索一下！"

叶莲娜和唐风又在基地内的铁皮房子搜索了一圈，在他们居住的铁皮房子周围都发现了凌乱的脚印，屋后的沙地还出现了凌乱的车辙印。叶莲娜蹲下来，仔细观察这些凌乱的车辙印，不止一辆车，但是叶莲娜还无法肯定是什么车留下的车辙印。

"这些车好像都向北去了！"唐风指着基地北面已经被破坏的铁丝网说。

叶莲娜手搭凉棚，往北面望去，已经破败的铁丝网早被扯开了一个大口子。往北去？叶莲娜不禁心头起疑，"难道他们去了那个集镇？"

"怎么会有这么多车？"唐风也感到费解。

"不管它，咱们先跟着这车辙印走一段再说。"

现在也只好如此，唐风和叶莲娜驾车也从基地北面铁丝网破损的大口子冲了出去，但是他们没开出多远，就在戈壁滩上发现了新的车辙印。

5

面对这突如其来的新车痕，叶莲娜和唐风都有些手足无措。叶莲娜赶忙停下了车，两人站起来往远处观瞧，一道清晰的车痕从西边过来。这道车痕没有进基地，而是径直往东去了，再看刚才在基地内那些密集凌乱的车辙印，此刻也在戈壁滩上分散开来，但是可以看出他们也都向东去了。

唐风吃惊地数着戈壁滩上出现的车辙印，加上后来出现的那道，戈壁滩上竟出现了多达六辆车的车辙印。唐风瘫坐在车座上，嘴里喃喃道："这都是些什么人？"

"我想只有将军的人才可能有这么多！"叶莲娜也很震惊。

"太……太可怕了，我原本以为我们进入沙漠的路线艰险，好不容易逃出沙漠走到北边应该算是安全了，没想到北边竟然也如此凶险！"

"是啊，看起来都是来者不善。"

"叶莲娜，这些人倾巢而动，你们前两天在基地就没发现吗？"

叶莲娜快速回想了一下前几天的经历，摇了摇头，"没有。前几天，不管是在基地，还是去那个集镇，都没有遇到什么可疑的人或事，一切都很正常。"

"我想这些人来头应该不小，凭你和老马的经验都没有察觉他们，那么只有两种可能：一是他们的反侦察经验比你们还丰富，善于隐蔽伪装；二是他们前几天确实没有来过基地。"叶莲娜刚想开口，唐风接着说，"第一种情况显然不太可能，他们就算善于隐蔽伪装，但那么多人还有车辆，绝不可能在这戈壁滩上隐蔽不被你们发现。至于第二点，我觉得可能性更大一些，但是他们如果没有人来过基地，又怎么能一下子找到在戈壁深处的前进基地，并直取我们居住的小屋？"

"你是想说那些人当中有人曾经来过前进基地？"叶莲娜听出了唐风的弦外之音，但她只说出了其中一层。

"如果不是这样，那就是我们五个人当中有问题！"唐风直接说出了第二层。

"我们五个人？"叶莲娜虽然已经想到了这层，但是当唐风真正说出来时，叶莲娜还是经不住心里一颤。

"叶莲娜，你想想，不论是哪个可能，都是极其可怕的！"唐风盯着叶莲娜说。

叶莲娜这个王牌特工居然被唐风看毛了，"你……你不会是怀疑我吧！"叶莲娜感到唐风的眼睛忽然变得凌厉起来，双眼似乎在喷火。

"不，我不怀疑我们五个人当中任何一个人，至少到目前为止是这样。"唐风顿了顿，突然说了一句没头没脑的话，"我现在开始有些理解赵永和韩江了。"

"赵永？他不是已经死了吗？"叶莲娜不明白唐风是什么意思。

"是的！"唐风的眼眶中有泪水在滚动，但是唐风强忍住没让眼泪流出来，"叶莲娜，你不知道，韩江早就怀疑我们老K内部有问题，但是一直没发现什么有价值的线索，现在想来，韩江和赵永当初是在众人眼里演了一场戏。"

"演了一场戏？"叶莲娜吃惊地望着唐风，但她很快明白了唐风的意思，"你是说韩江被诬陷逃亡是他和赵永演的一场戏？"

"被诬陷并不完全是假的，而韩江和赵永很可能将计就计，假戏真做，故意把罪名加在韩江身上！"

"韩江这么做，究竟为了什么？"

"两个目的，第一个目的是为了麻痹对手，让他们误以为韩江真的逃亡在外，老K解散了，这样对手会在得意忘形中露出马脚！"

"你认为我们的对手会轻易相信吗？"

"当时我听说韩江成为怀疑对象、越狱逃走的时候，就曾怀疑过韩江是不是在演戏，当时我想的理由就是刚才那个理由，但是我很快便否定了这个理由，因为我们的对手是绝顶聪明的高手，不会轻易相信这场戏！那么，韩江和赵永演这场戏又有什么意义呢？"

"所以你后来真的相信韩江是被诬陷，逃亡在外？"

唐风点点头，"但是你刚才的话让我忽然想到了另一个理由，这个理由就是这么做可以使韩江从明处转到暗处，再和我单独行动，这样隐藏在我们队伍中的内鬼根本不知道我们的行踪，就拿我和韩江没有办法了！"

"对！为了这个目的，韩江和赵永完全值得去演这么一场戏。"

"事实证明，这么做是完全正确的。我们在到达前进基地前，虽然历经各种艰险，也有许多不可思议的遭遇，但是始终没有遇到将军的人。"

"那赵永的死呢？"

"赵永的死还不能证明是将军的人干的，那不符合将军的风格！"

"也就是说还有人要赵永的命！你们不是怀疑徐仁宇吗？他是内鬼吗？"

唐风摇摇头，"我不知道，但如果是将军的人，不会把赵永杀害后一路逃窜。"

"对！将军的风格是会在千户镇把你们三个干掉！"叶莲娜说到这，轻轻笑了两声，"唐风，听你说了这么多，还是怀疑我们啊。韩江转到暗处，和你单独行动，将军的人一直没有找你们麻烦。这会儿你们刚到前进基地，遇到我和父亲，将军的人就找来了，看来还是我和父亲有问题啊！"

"我不是怀疑你和老马有问题，但人多了确实容易暴露。如果这些车辙印都是将军的人，那么我想他们很可能是一路跟踪你们而来的！"

"我刚才说过了，我们一路都没发现什么异常！"叶莲娜因为唐风对自己的特工素养表示怀疑很不满。

"这就要说到我刚才说的另一层意思，那帮人当中很可能有人曾经来过前进基地，所以他们只需要知道你们来了蒙古，就能猜到你们的目的地是前进基地。"

"可我实在想不出还有谁会来过前进基地，当年的学员最后因暴动不都死了吗？基地的特工也都被杀了，布尔坚科也死了，那个尼古拉中尉也死了。还有谁？我父亲？还有一个谢德林？"

"你们来蒙古，谢德林知道吧？"

"他应该知道，猜也应该猜得到。"叶莲娜听出了唐风的意思，"但是谢德林不可能是将军，也不可能是将军的人。不要忘了，基地学员几乎都死在他的枪口之下，将军最恨的人可能就是他了。而且我们也从侧面调查过谢德林，奉公守法，没发现他有任何违法的地方。"

"不是他，还能有谁呢？斯捷奇金来过前进基地吗？"唐风忽然问。

叶莲娜听到斯捷奇金这个名字时，禁不住浑身一颤，她忘不了斯捷奇金那双眼睛，这是个极其可怕的家伙！但是他来过前进基地吗？叶莲娜不停地回忆着马卡罗夫和谢德林对她讲述的尘封往事，"我印象中，这家伙似乎没来过前进基地！"

"这……这就怪了，我们一定有什么没想到的……"唐风极力回忆着每一个细节，但最后依然没有想到那缺失的一环，"也许斯捷奇金曾经来过前进基地，只是我们不知道而已。"

"也许吧！当务之急是找到韩江他们，你看下面我们该怎么办？"叶莲娜征求唐风的意见。

"还能怎么办？继续沿着戈壁滩上的车辙印寻找呗！好在后出现的那道车辙印也是往东去的，我们先往东去看看吧！"

没等唐风说完，叶莲娜已经猛踩油门，向东面的戈壁滩冲了下去。

6

数条车辙印交织着不断出现在戈壁滩上，叶莲娜一边驾车，一边注意观察地上的车辙印。驶出一段，叶莲娜发现地面的车辙印分散开来，有三道车辙印向东继续前进，而另三道车辙印则转向南。叶莲娜将车停了下来，"怎么分道了？"

唐风站在车上，向远处望去，他看见了训练基地那几栋铁皮屋子，"南边是训练基地！"

"你怀疑有一部分人进入了二十一号地堡？"

"先别管向东去的车了，去训练基地看看。"唐风提议道。

于是，叶莲娜掉转方向，向训练基地驶去。叶莲娜跟着车辙印到达了训练基地大门外，但是他们没有在这儿看见那几辆车，叶莲娜注意到车辙印在这里纠结在一起，最后又掉头向北驶去。

叶莲娜正在犹豫是不是要继续追踪那些车辙印，唐风忽然发现就在那些车辙印纠结在一起的地方，出现了一团凌乱的脚印。

"看来他们还是进地堡了！"唐风说道。

"进地堡了？"叶莲娜狐疑地将车停下。果然，她看见一串凌乱的脚印走进了训练基地，一直向那栋最大的铁皮房子走去。

唐风和叶莲娜不约而同地掏出枪，两人走到了那栋铁皮房子前。唐风侧耳探听，房子里寂静无声，他看见房门是虚掩着的。这是一扇由两块门板组成的大门，于是唐风和叶莲娜分别从两侧走到门边，两人同时打开了保险。叶莲娜给唐风一使眼色，唐风心领神会，两人同时猛踢门板，冲了进去。和昨天见到的情形一样，这里还是教室的模样，所不同的是讲台的位置已经凹陷了下去。

唐风知道那伙人一定开动了升降机，从这儿下去了。唐风和叶莲娜走到升降机边缘，他们不敢贸然用电筒向下照射，下面漆黑一片，也许那些人就隐藏在阴暗的角落里。唐风在这间铁皮屋的角落里发现了升降机的控制杆，他使劲摁下了控制杆。这台升降机可以不靠电力推动，完全靠机械的力量来升降，这样在断电的情况下，这台升降机依然可以正常使用。唐风不得不感叹当年设计建造地堡时所下的功力，可是这样一座耗资庞大的工程怎么没使用就被废弃了呢?

来不及多想,升降机已经升了上来。叶莲娜注意到升降机上出现了好几个清晰的脚印,"这是昨天没有的,看来他们确实进入了地堡。"

"我们要小心,也许他们正在下面等着我们!"唐风和叶莲娜加了十二分的小心,坐上升降机缓缓下降,进入了那个漆黑的世界。

第二十二章 暗流涌动

第二十三章 遗忘的细节

1

升降机重重地落在地面上，唐风和叶莲娜举着枪，小心翼翼地走出升降机。唐风没敢打开电筒，叶莲娜不清楚下面的方位，唐风带着叶莲娜摸到那扇红门旁，小声对叶莲娜介绍："这里是地堡的核心区，这扇红门里面是中心控制室。"

叶莲娜观察了很久，见没有动静，这才打开电筒，照射一号大厅，没有人！唐风记得上次他们临走时，推开了七扇大门，可是这会儿这扇红门却关上了，而其他六扇大门和他们昨天离开时一样，是敞开着的。

唐风疑惑地指了指红色大门，对叶莲娜低语："这门里面有问题。"

叶莲娜警觉地来到门前，探出手推了推红色铁门，门纹丝不动。"这样是推不动的！"唐风提醒她。

唐风对叶莲娜做了个手势，叶莲娜心领神会。唐风双手推门，叶莲娜则举枪随时准备冲进去。唐风使出浑身力气，沉重的大门缓缓移动。叶莲娜死死地盯住渐渐敞开的门缝，她做好了对付任何敌人的准备。

红色铁门被唐风一点点推开，当门缝足够大的时候，叶莲娜闪身钻进了门内。唐风刚想跟进去，叶莲娜却突然大叫一声"小心"，然后便惊慌失措地扑向唐风。还没等唐风反应过来，叶莲娜便抱着唐风滚到了大厅中央。

唐风坐起来，发现从被推开的门缝内涌出一阵浓烟。叶莲娜捂住口鼻，提醒唐风："快，快捂住口鼻！"

随后，叶莲娜拉着唐风躲进了对面白色大门中。唐风喘着粗气，问叶莲娜："那是什么？"

"催泪瓦斯之类的东西。"

"看来那伙人就在附近。"

"不，不一定。他们在这里放置了催泪瓦斯，就是等我们钻进来。他们不会在这儿，他们一定往地堡深处去了。"叶莲娜判断说。

"那我们也赶紧离开这里！"

叶莲娜点点头，两人捂住口鼻，冲出了白色铁门，一号大厅内充斥着催泪瓦斯的刺鼻气味。他俩一头扎进了地堡内的巷道中，跑出一段，这里的空气渐渐好起来。唐风和叶莲娜靠在墙壁上，大口呼吸着从地堡深处送来的冷风。但就在他俩以为摆脱了催泪瓦斯袭击的时候，从一号大厅内传来了一声巨大而又沉重的声响。

听到那巨大而沉重的声响，唐风和叶莲娜面面相觑，他们意识到，一号大厅那里发生了什么。

唐风想继续前进，叶莲娜说，"不，我们得回去看看，那里是我们的退路。"

"可催泪瓦斯……"

"再等一会儿就会好的。"

唐风和叶莲娜又等了一会儿，叶莲娜觉得地堡中的瓦斯味淡了许多，便和唐风又回到了一号大厅。红色铁门后面还在不断冒出浓烟，叶莲娜和唐风过去，将铁门重新关上。大厅内的瓦斯味仍然很浓，唐风感到极度不适，但叶莲娜仍在查找刚才发出那声巨响的原因。突然，叶莲娜向唐风挥了挥手，唐风赶忙跑过去，这才发现升降机被人升了上去。唐风忙去扳旁边的操纵杆，可是他使劲扳了几次，操纵杆居然失灵了！

"唐风，别扳了，升降机被人破坏了！"叶莲娜指了指地面一截断裂的大铁链并低声说。

唐风低头看去，果然，升降机的两条粗铁链被人硬生生剪断了。

"妈的，我们被上面的人算计了。"唐风怒道。

"看来这里我们是出不去了！"

唐风快速想了想，"这里出不去，那就只有找到地堡另一头的大门了。"

"另一头的大门？你们上次不是没找到吗？"

"那张工程图你也看过了，按照工程图上的标示，地堡的东面应该有一扇大门，否则这里的很多重型设备是运不进来的。"唐风推断说。

"这……这可不一定，你上次找了没发现，很可能大门后来又被重新封上了。"叶莲娜忧心忡忡地说。

"如果像你说的那样，我们就玩完了！"唐风心中也焦急起来。

2

两人合计一番，没有别的办法，只有继续向东前进，而且还要抓紧时间。于是，两人快步走进巷道，很快到达了二号大厅。唐风在这里有些犹豫，要不要到两边的走廊去看看？也许会有新的发现。"

叶莲娜看出了唐风的意思，"咱们快速走一遍。"

唐风点点头。他们先查看了那些像是宿舍的房间，和昨天见到的情形一模一样，没有什么异常。唐风又依次查看了健身房、休闲娱乐室、图书室、浴室，所有情形都与昨天看到的相同，但是当唐风查看餐厅和医务室时，还是发现了一些细小的变化。

唐风脚下是餐厅暗红色的地面，他用电筒照射在地面上，那些喷射状的血迹清晰可见。

叶莲娜也发现了这些血迹，"这确实很奇怪，只有用锋利的刀刺进某种生物体内时，才会呈现这种喷射状的血迹。"

"你能分辨出这是人血还是其他动物的血迹吗？"唐风问。

"人血？"叶莲娜一惊，"这……这不大可能啊，如果这些都是人血，我真无法估计在这里有多少人被杀！"

"是的，我也不敢相信。可不是人血，这会是什么？"

"工程图上不是说这里是厨房吗？"

"难道他们在这里宰杀牲畜？甚至都杀到餐厅里面来了？"唐风摇着头反问。

"厨房里面你们上次都看了吗？"叶莲娜问。

"我们没有细看，就看了一下这些灶台。"

叶莲娜走在唐风前面。很快叶莲娜走到了厨房最里面，她忽然发现在厨房角落里还有一扇木门，回头问唐风："这扇门里面你们看过吗？"

唐风一怔，随即摇摇头，"没有，我们昨天只顾查看那些血迹，谁都没有注意这里面还有扇小门！"

叶莲娜伸手推了推木门，木门好像有锁，但是没推动。叶莲娜掏出枪对着门锁就是一枪。木门开了，走在叶莲娜身后的唐风顿时嗅到一股奇怪的气味。他仔细回想了一下，就是这个气味，这就是昨天他在餐厅里嗅到的那股说不出味道的气味。像是淡淡的血腥味，这门里的味道要比餐厅内的气味浓许多。想到这里，唐风的心猛地纠结在一起。

"这是什么怪味？"叶莲娜也嗅到这股气味。

"像是血腥味，可又不像。"唐风的回答模棱两可。

"是混合了潮湿霉变的血腥味道！"叶莲娜给出了准确的答案。

"什么意思？"唐风没听明白。

"也就是尘封多年的血……"

走在前面的叶莲娜忽然没了声音，唐风发现他们进门后一直走在一条狭窄的巷道里，此刻，巷道到头了。一转弯，前面豁然开朗，眼前竟是累累白骨！

两支电筒射出的强光照射在这些白骨上，显得阴森可怖。

"这里居然有这么多白骨,怪不得有血腥味……"唐风小声喃喃。

"这里出现白骨也是正常的,这里应该是当年的冷冻储藏室,只是冷藏设备还没到位!"叶莲娜环视四周说。

"是啊,冷藏设备还没到位,那怎么有这么多骨头!"

叶莲娜走到了白骨前,随手拿起一根骨头。"这不是人的骨头,像是牛的。"叶莲娜又拾起一个动物头骨,"这也是牛的。"

"看来是虚惊一场了!"唐风也发现眼前的白骨都是动物的骨头。

"不,也不尽然。"叶莲娜忽然拿起一根骨头,"这里虽然大部分是牛羊的骨头,但还有一些很奇怪的骨头,比如这根。"

"很奇怪的骨头?"唐风不解。

"这些骨头不该出现在这里……比如这应该是黑熊的骨头!"叶莲娜说到这,眉头紧锁。

"黑熊的骨头?这……这怎么可能?你没认错吧!"

"不,不会。我们在克格勃学校时曾经去西伯利亚进行野外生存训练,遭遇过一头黑熊,我们杀死了那头黑熊,而且……而且还吃了它的肉。"

"可是这里怎么会出现黑熊?这里是戈壁沙漠啊!"

"还有这根骨头应该是狼的骨头!"叶莲娜又拾起一块骨头。

"狼?"唐风惊愕。

"总之,这里出现了许多不该出现在这里的骨头!我想外面的血迹就是这些动物留下来的。"叶莲娜作出了判断。

"这……这里不像是厨房和餐厅,倒……倒像是一个角斗场!"唐风惊愕地说。

叶莲娜扭过头,看着唐风,微微点了点头。唐风感到不寒而栗,两人再也受不了这里的气味,只得先退出这间储藏室。

3

唐风看着医务室的大门就有些发憷,但他还是硬着头皮走进了漆黑的医务室。这里的一切都井井有条,只是落满了灰尘。唐风停住脚步,静静地站在医务室通往里间的走廊上。他在回想,回想这里当初的模样,这里曾经发生过什么?

这时,叶莲娜已经推开了里间的门,那一排闪烁着诡异金属光泽的柜子,依旧直挺挺地并立在里间狭小的空间内。唐风也跟着叶莲娜走进了里面这间类似停尸房的屋子,叶莲娜用电筒照了一圈,喃喃地说:"这里倒是什么都有啊!"

叶莲娜说完转身就往外走,唐风却一把拉住了她,"等等!"

叶莲娜不明白唐风什么意思,盯着唐风。唐风疾走两步,来到其中一排停尸柜前，"叶莲娜，这里好像被人动过，我的意思是昨天它还不是这样。"

"你确定？"叶莲娜一听这话，本能地握了握手中的枪。

"我确定被人动过，这个柜子明显比昨天我看到的时候伸出来一截。"唐风十分肯定地说。

"哦！"叶莲娜走到柜子旁，打量着这排停尸柜，"谁会来动这柜子呢？"

唐风怔怔地站在柜子前面，突然，他瞪大了双眼，那个在卷帘门下一闪而过的腿又浮现在他眼前。

"难道是……"唐风浑身一颤，他伸出手，又将停尸柜向外拉出一截，然后探身往里看去。

"你想到了什么？"叶莲娜问。

停尸柜里空无一物，只有一些灰尘。从灰尘的厚度上观察，停尸柜原来应该是密闭的，但是最近被人拉开了。

"叶莲娜，你还记得我说昨天在地堡里我发觉还有人存在吗？"唐风问。

"但是你们后来并没找到……"叶莲娜说到这里，马上明白了唐风的意思，"你是怀疑有人躲在这里？"

"会是谁呢？"唐风陷入了沉思，"如果是绑架韩江的那帮人，那就太可怕了。"

"这说明他们早就潜伏在这里，他们从一开始就知道地堡的秘密。"叶莲娜想到这，也不寒而栗，"但是这可能吗？他们人多势众，如果你们昨天贸然闯入，他们完全可以灭了你们。再说他们那么多人，你们昨天在地堡内怎么会没有找到他们？"

"我也不知道，也许是我多想了。"唐风又将目光落在停尸柜里，他用电筒仔细查看停尸柜。突然，他在薄薄的灰尘上看到了一些零散细碎的黑色物质。唐风一时判断不出那是什么东西。他用手轻轻拾起一小块，但是还没等他拿起来，这些黑色物质就在他的手指间化作了一团黑色粉末。

唐风将残留的黑色粉末送到鼻前，嗅了嗅，没有什么气味。他拿给叶莲娜看，叶莲娜一时也说不好这是什么物质。

她嗅了嗅唐风手指上的黑色粉末，摇着头，"像是炭灰之类的东西，但是嗅不出什么气味。"

"也许不是最近留下来的！"唐风掸去了手上的黑色粉末，没有继续深究下去。

"我们的当务之急是要找到韩江他们。按照工程图上的标示，在核心区和生活区我们都没有发现他们的踪迹，那他们肯定就在保障区了。"叶莲娜冷静地分析。

"也许他们找到了东侧的大门，从那里出去了。"唐风略带侥幸地说。

"不会的，如果从那里出去了，他们还把韩江他们带进来干吗？"叶莲娜否定了唐风的猜测。

"我也想不通，将军的人为什么要把韩江他们带进这里？"

"也许只是为了把咱们俩也吸引过来。"

叶莲娜的话让唐风感到危险正在逼近他们。两人回到了二号大厅,然后分散开来,分别从宽大巷道的两边向三号大厅赶去。

4

唐风和叶莲娜很快赶到了黑暗的三号大厅。唐风在黑暗中辨别昨天在这里的发现。突然,从其中一扇卷帘门后传来一声清脆的声响,唐风和叶莲娜一惊。唐风很快便判断出这是从弹药库里传来的声响。

唐风侧耳倾听,里面隐隐约约还有什么响动。唐风指了指弹药库,小声对叶莲娜说:"这是原来的弹药库。"

叶莲娜点点头,两人蹑手蹑脚来到弹药库的卷帘门旁。唐风不敢贸然进去,他努力回忆昨天看见弹药库里面的情形,千疮百孔,满地碎石,几乎没有下脚的地方,难道这里真的发生过一次大爆炸?

唐风正在胡思乱想,弹药库内又发出了一声清脆的响声,声音不大,像是金属碰到地面的声响。叶莲娜也听到了这响动,她对唐风使了个眼色,两人决定不再等待,冲进去一窥究竟。

叶莲娜从墙角拾起一小块碎石,从卷帘门下抛了进去,她要试试里面的反应。没有子弹飞出来,叶莲娜稍稍放下了心。里面又传来那个声音,还有一些沙沙声。

叶莲娜和唐风侧身滚进了卷帘门,地面的碎石硌得唐风生疼。一进入弹药库,唐风马上意识到了这里面有人!就……就在这个巨大空间的中央!

唐风和叶莲娜本能地举枪对准了弹药库中央,黑暗中,他们听到了更大的动静。叶莲娜果断地打开了电筒,唐风也跟着打开了电筒,两束强光照射在黑暗的中心。他们看见在弹药库破败的中央,有三个人被反绑在一起,正是韩江、马卡罗夫和梁媛!

"啊……"唐风惊叫出声,就要上去救韩江他们,却被叶莲娜一把拉住。叶莲娜快速地用电筒照射四周,没看见人,也没有发现什么危险,但是她发现在弹药库最里面的墙壁上隐约闪现出了一扇门。

"那怎么有一扇门?"叶莲娜还是警觉地盯着那扇已经被打开一半的门。

"是啊!我昨天没注意到那里还有一扇门。"唐风也感到诧异。

"关键是工程图上没有那扇门!"

"别管那么多了,还是救人要紧!"唐风奔到三人身边。韩江三人都被反绑着,嘴上被用胶带封住。梁媛看上去似乎神志还算清醒,马卡罗夫和韩江则有些迷糊。唐风注意到他们几人的枪和武器都被扔在了他们够不着的地方,但是在梁媛脚下有一颗金黄色的子弹。唐风明白了,刚才那个声音就是梁媛不断用脚摆弄这颗子弹发出的。

唐风给三人松开了绑绳，梁媛拖着哭腔，大叫起来："唐风，那……那个房间里面有炸药，全是炸药！"

　　"什么？你慢慢说，你们是怎么被绑到这边来的？是谁干的？"

　　"是……是将军的人！那伙……那伙黑衣人不知道用了什么，把我们给迷倒了，然后就把我们带到了这里……"梁媛断断续续地说着，唐风和叶莲娜已经大概明白了是怎么回事。

　　"唐……唐风，来……来不……不及了……那些炸……炸药足以炸毁整……整个地堡，他们已经……已经安装了定时炸弹……"马卡罗夫虚弱地说。

　　"什么？定时炸弹！"叶莲娜和唐风惊道。

　　这时，韩江好像缓过神来，使劲晃了晃脑袋，对唐风和叶莲娜说："那伙黑衣人把我们绑到这里来，要……要不是你们俩不在，恐怕……恐怕我们已经没命了。他们拿我们做人质，将你……你们俩吸引过来，然后把我们都困在这儿，又安……安装了定时炸弹，那……那里面储存的炸药足以炸毁整个地堡！"

　　"看来他们一开始就知道地堡的存在！"唐风喃喃自语。

　　"唐风，先别想这些了，我们就要完了……"梁媛哭泣道。

　　"不，我们不会完。"叶莲娜快速分析了一下局势，"韩江说得对！他们知道我们一定会找到这里，他们要把我们炸死在这里。即便炸不死，也要把我们困死在这里。刚才我们从训练基地的升降机下来后，升降机已经被人破坏了，我们不可能再从那里回去了。"

　　"啊？那……那我们该怎么办？"梁媛越哭越伤心，紧紧地抱住了唐风。

　　"当务之急有两个，一是看能不能拆除那帮人安装的定时炸弹，二是找到工程图上显示的东侧大门，从东侧大门出去。"叶莲娜冷静地分析道。

　　"对，拆除炸弹是治标，找到东侧大门才是治本。咱们做一下分工，媛媛，你跟我去找东侧的大门；韩江，你和叶莲娜去拆炸弹。"唐风果断地分配起任务来。

　　"小子，什么时候轮到你来分派任务了？"韩江还有闲心戏谑。

　　"这不是事出紧急嘛！那帮人离开多久了？"唐风焦急地问。

　　"他们离开没多久，七八分钟吧！"韩江说。

　　"他们没走远之前，炸弹是不会爆炸的，咱们还有些时间。"

　　"不，咱们没……没多少时间了……"马卡罗夫忽然说道，"我听……听那些人中有个家伙用俄语说到二十分钟后爆炸！"

　　"二十分钟？！"众人惊愕，"那我们只有十多分钟的时间了！"唐风的心脏狂跳不止。

　　唐风极力使自己平静下来，"好了，就按我说的办吧，不管咱们是死是活，都要做最后的努力。"

众人点头，于是开始分头行动。

5

唐风和梁媛跑到三号大厅的东壁，回想着工程图上的标示，这里就应该是整个地堡最重要的出入通道，应该有一扇大门。但是唐风在这里见到的情形与昨天见到的一样，坚固的钢筋混凝土墙壁，完全看不出有任何门的痕迹。

"这儿哪有门啊？"梁媛焦急地问。

"难道是工程图绘制错了？还是压根儿建造时就没有在这里建造大门？"

"根本没有门？"梁媛惊叫起来。

"要是那样，咱们就彻底玩完了！西面的升降机已经被彻底破坏了，没有外人来救我们，我们根本逃不出去。"唐风失望地说。

梁媛仔细想了想，"不，不可能，那帮人是怎么撤出去的？"

梁媛的话让唐风不得不重新思考一番，"是啊，我和叶莲娜下来的时候没见到有人出去，那些人应该是乘我和叶莲娜在下面时，后赶到上面破坏升降机的。梁媛，把你们绑到下面来的有几个人？"

"开始有二十来个人，后来把我们绑到下面来的有十来个人吧！"

"和我们估计的情况差不多。如果是这样，那么这十来个人绝不是从西面的升降机撤走的，一定还有别的通道。"豆大的汗珠从唐风的额头上流下来，"可是这扇门究竟在哪里呢？"

"看来这些家伙很了解这里，至少比我们要了解！"

"是啊！这才是最可怕的。但现在我们要考虑的是怎么出去！"唐风想了想，对梁媛说，"媛媛，我们俩分开用电筒仔细查看这些墙壁，看看有没有什么暗门之类的。先查三号大厅内的，再查周围几个库房的。记住，一定要仔细，还一定要快！"

梁媛点头，她明白他们的时间已经不多了，她还年轻，还不想就这么不明不白地死在这暗无天日的地堡里。两人开始分头查看三号大厅内的墙壁。

与此同时，在弹药库内，韩江和叶莲娜已经看到了那个房间里码放整齐的绿色箱子，他们知道那里面就是成吨的TNT炸药，是足以炸毁整座地堡的炸药。

对于韩江和叶莲娜来说，拆除炸弹并不是难事，过去都曾经历过这样的突发情况。但是此时此刻，此情此景，却让他俩万分紧张。一来时间紧迫，二来缺少工具设备，三来光是到达那个装满炸药的房间就非易事。

脚下是被炸得千疮百孔的地面，许多巨大的碎石横七竖八地从地面下戳上来，韩江和叶莲娜每走一步都得小心翼翼。但是时间不等人，韩江和叶莲娜几次摔倒，又几次爬起，一步步向那个房间走去，身后忽然传来马卡罗夫高亢而浑厚的声音："韩江，叶莲娜，你们一定可以，记住，我们还有十分钟！"

十分钟？！马卡罗夫的声音既是对韩江和叶莲娜巨大的鼓励，也是提醒！韩江和叶莲娜终于摸到了那间屋子的门。韩江这才注意到这扇门也是一扇暗门，怪不得他们昨天没有发现！和他们之前在维修车间发现的那道暗门一模一样，与钢筋混凝土墙面一样的质地，却是一道门。

韩江探进身去，屋内满满当当全是码放整齐的 TNT 炸药。炸药堆满了房间内全部的空间，韩江根本无法看清整个房间的面积，但是他估计这个房间要比维修车间的那个房间大许多。

装炸药的绿色箱子上全是俄文和一些数字，叶莲娜只瞥了一眼，便判断说："全是 20 世纪六七十年代的军用炸药，这些炸药要是全被引爆，足以摧毁整座地堡。"

"你们只有九分钟了！"外面再次传来马卡罗夫的声音。

九分钟！是的，韩江和叶莲娜发现在其中一个已经被打开的炸药箱上绑着一个定时炸弹，这显然就是那帮黑衣人新安装的定时爆炸装置。定时爆炸装置上红色的数字在快速跳动着，他们看见这上面的红色数字只剩下九分钟了！

6

面对不断快速跳动的爆炸装置，韩江和叶莲娜竟一时手足无措，这是一个他们从未见过的爆炸装置。这个装置上延伸出几条不同颜色的线，其中几根黑色的线与几箱军用炸药牢牢绑在了一起，另外还分别有红色、绿色、紫红色三根线，韩江和叶莲娜不知道这三根线各有什么作用，不敢贸然动手。

"这真是一个奇怪的爆炸装置，我从来没见过。"韩江小声说。

"是的，我也没见过。"叶莲娜摇着头。

韩江想了想，说："我们现在有两个处置办法，一是彻底拆除隐患，二是将爆炸装置和这里的炸药分离，然后拿到地堡内别的房间引爆。第一个办法，我们俩都没见过这种爆炸装置，贸然动手，风险太大。第二个办法冒着双重风险，将爆炸装置和炸药分离就冒着风险，另一方面，爆炸装置上本身就有足够量的 TNT 炸药，就算我们将爆炸装置和炸药分离了，这个爆炸装置放哪儿处置？控制不好，也可能伤到我们，所以这两种办法都要冒巨大的风险。"

"你拿主意，我听你的。"叶莲娜向韩江投去信任的目光。

叶莲娜的话让韩江心里一暖，同时他也感到了从没有过的压力。看看定时爆炸装置上快速跳动的时间，又看看叶莲娜美丽的面庞，他很难下这个决心。

这时，外面又传来了马卡罗夫的声音："叶莲娜、韩江，你们只剩下八分钟了。"

马卡罗夫的催促让韩江下了最后的决心。"与其冒两次危险，不如舍命一搏吧，我来拆！"说着，韩江掏出了一个他随身携带的小钳子，这是他们身上唯一可以用来拆除爆炸装置的工具。

马卡罗夫的提醒既是说给韩江和叶莲娜听，也是说给唐风和梁媛听的。就在韩江和叶莲娜举棋不定的时候，唐风和梁媛已经查看完了整个三号大厅，但是他们没有在三号大厅的墙壁上发现什么暗门，或是任何门的痕迹。

"完了，我们出不去了！韩江那边炸弹也拆不下来，我们马上就要死了！"梁媛哭泣起来。

"不，媛媛，不要绝望，那么多绝境我们都走过来了，我们还有希望。"唐风一面安慰梁媛，一面快速思考了现在的形势，"媛媛，里面几个库房还没查看呢！"

"对！库房！"梁媛一听，立马向身旁的油料仓库奔去，却被唐风一把拉住，"媛媛，油料仓库在里面，维修车间紧靠东壁，希望应该更大一些。"

梁媛这才反应过来，"是啊，我们先查看维修车间。"

两人钻进了维修车间，唐风快速用电筒把整个车间照了一遍。和昨天见到的情形一样，里面那间小屋的门敞开着，显得阴森诡异。

"媛媛，仔细查看一下地面，看看有没有脚印！"唐风提醒梁媛。

梁媛用电筒仔细查看地面，唐风快步走到那间小屋门口，他探进去看了几眼，地上还堆着他们昨天翻动过的油画和书籍，看样子从昨天到现在并没有人来过这里。唐风又用电筒仔细查看小屋的墙壁，没看出什么端倪。这时，唐风身后传来梁媛的呼喊："唐风，你快来看这里，地面有好多脚印！"

唐风一惊，赶忙奔回梁媛身旁，用电筒向地面照去。果然，在地面上出现了许多杂乱的脚印，但是唐风一时无法判断这些脚印是昨天他们留下来的，还是那些黑衣人刚刚留下来的。

唐风将目光转向面前的墙壁，钢筋混凝土的坚固墙壁，丝毫看不出有门的痕迹，但是唐风仍然不死心地向前，来到这面巨大的墙壁前。他伸出手仔细摸索着这面墙壁，可是一切都让他失望，这面墙壁与三号大厅的每一面墙壁似乎都一模一样，看不出有任何差异。

失望、忧愤、焦急，一切的情绪积累起来，唐风狠狠地捶了一下面前的墙壁。谁料，就是这重重的一捶，让他听出了玄机。唐风心里咯噔一下，这声音很奇怪，似乎……似乎和大厅内的墙壁不一样。

唐风扭头看看梁媛，梁媛瞪大了眼睛，"这……这面墙好像不一样！"

"是的，也许……也许这就是我们的希望所在！"唐风退后几步，用电筒仔细在这面墙壁上搜寻。他知道时间对于他们来说已经不多了，如果这面墙不是出口，那么，他们也没有时间再寻找真正的出口了。

时间一分一秒地过去，唐风还是没有在这面墙上找到门的痕迹。也许……也许这里根本就没门？唐风不断扩大他的搜索范围，他手中电筒射出的光柱逐步移向墙壁的边缘。突然，唐风眼前一亮，发现在整面墙壁顶端的边缘出现了一些奇怪的装置。唐风手中的电筒快速移动着，不错，在墙壁顶端有几根不引人注目的铁杆子，难道……难道这整面墙壁就是东侧的大门？

       梁媛也看出了端倪，她失声尖叫起来："不会吧！这整面墙壁就是……图上标示的东侧大门？可是……可是工程图上的那扇大门应该在三号大厅内，怎么跑到维修车间里来了！"

       "不要惊叹了！快，快找找看，怎么打开这扇大门。"唐风催促道。

       "好，应该有办法的，那些家伙能从这儿出去，我们一定也能从这儿出去！"梁媛兴奋起来。

       就在这时，从弹药库里传来马卡罗夫的声音，他有意提高了嗓音，"你们还有七分钟！"

       七分钟！那头的叶莲娜和韩江已是满头大汗。韩江下了很大决心，双手颤抖地用小钳子剪断了那根紫色的线。韩江不敢去看，此刻，他闭起眼睛，把一切都交给了长生天！

       当韩江头上豆大的汗珠滴落到那个爆炸装置上时，他发现四周依旧平静，他还活着，爆炸装置没有爆炸。他睁开眼，发现爆炸装置虽然没有爆炸，但是爆炸装置上的时间仍然在不停地向前跳动！

       "妈的！"韩江的心脏在大喜大悲间剧烈地摇摆，他稍稍放宽的心，一下子又揪紧了！

       "这怎么回事？剪断紫红色的线既没爆炸，也没让爆炸装置停下来。"叶莲娜也有些懵。

       "这说明我们必须在红色和绿色的线之间作出命运的抉择了！"

       "红色，绿色，按常理应该剪……"叶莲娜此时也不知道该剪哪根线。常理？一切常理在此刻都不管用了。

       "还有六分钟，叶莲娜、韩江，你们快出来吧！唐风好像找到大门了！"

       马卡罗夫一句话，让叶莲娜和韩江的绝望又变成了希望，两人对视一眼，韩江还不肯罢休，但是叶莲娜摇了摇头，劝他："咱们快走吧！"

       "不，如果唐风没找到大门呢？"

       "韩江，你别固执了，我们已经没有时间了！"叶莲娜催促道。

       这时，外面又传来马卡罗夫高亢的声音："叶莲娜、韩江，你们快出来，唐风找到出去的大门了！"

听马卡罗夫这一喊，韩江心里紧绷的这根弦终于放了下来。他不再坚持，和叶莲娜一起退出了这间堆满炸药的房间，顺手捡起他们被丢在一旁的武器。叶莲娜将这个房间的门死死关紧，虽然她知道这么做并没有用，但她还是觉得这样似乎安全些。

韩江、叶莲娜和马卡罗夫三人撤出了弹药库，来到维修车间。此时，唐风已经确信他们面前这面墙壁就是整个地堡东侧的大门，可是他不知道如何打开这扇巨大的大门，也许……也许这扇大门早就已经锈死，也可能它需要电才能驱动。不，不可能，如果那些黑衣人是从这儿走的，这扇大门就一定能打开，除非……除非他们出去后，破坏了这扇大门！

唐风不敢再想下去，他的耳畔忽然传来韩江的声音："要打开这扇大门，一定有控制杆之类的东西。唐风，再去看看那间小屋。"

韩江的提醒让唐风再一次把目光投向那间奇怪的小屋，他快步跑进小屋，用手提式的强光电筒照射整间小屋。当电筒的强光照射到那张桌子下面时，唐风停住了，他惊喜地发现在桌子后面的墙壁上出现了一块铁盖板。唐风扑到桌子下面，发现铁盖板好像刚刚被人动过，上面竟没有多少灰尘。唐风心里一阵狂跳，他打开铁盖板，里面果然出现了两柄操纵杆。

唐风面对两柄操纵杆迟疑起来，应该按哪一个操纵杆？如果按错了，后果……这时，屋外传来马卡罗夫的声音："唐风，你还犹豫什么？我们只剩下五分钟了！"

唐风听到马卡罗夫的呼喊，全身一哆嗦，他不再犹豫，使出浑身力气，先摁下了右侧的操纵杆。几乎在他按下的同时，从维修车间那面巨大的墙壁里传来一声巨响。众人心中一阵狂喜，但是随后他们等待了十多秒钟，面前的墙壁却没有动静，刚才的响动也消失了。

唐风不知道这是为什么，他狐疑地又摁下了左侧的操纵杆，又是一声巨响。紧接着，奇迹出现了，一连串的响动过后，整面墙壁开始发生变化……

维修车间东侧的墙壁开始缓缓向内开启，唐风忙从小屋里跑了出来，五个人怔怔地站在墙壁前面，吃惊地注视着这神奇的一幕。

唐风已经从门下面看见了外面的黄沙，黑色的大门越升越高。唐风大口呼吸着外面的新鲜空气，所有人都沉浸在绝处逢生的喜悦当中。但是，当大门升到一半时，唐风忽然发现，门外的斜坡上正有一排黑衣人手持德制MP-5微型冲锋枪对着他们。

叶莲娜大叫起来："不好，快躲！"她话音刚落，便响起了刺耳的枪声。

随着枪声的响起，五个人本能地向后退去。好在大门还没完全开启，厚厚的门板帮他们挡住了大部分子弹。唐风将梁媛扑倒在地上，然后将梁媛拉到了那个小屋内。韩江也跟了进来。当大门停止转动，完全向上打开时，唐风和韩江发现，叶莲娜和马卡罗夫躲到了大门另一侧，也就是维修仓库的卷帘门下。

看到叶莲娜和马卡罗夫暂时无事，唐风和韩江才稍稍放下心来。但是他俩的心马上又揪了起来，因为马卡罗夫大声喊道："炸弹还有四分钟爆炸！"

随即，又听见马卡罗夫用俄语喊了一句什么。当马卡罗夫喊完，门外传来一阵恐怖的大笑，"我的老朋友，咱们久违了！"

唐风觉得这声音很熟，韩江也听出来了，"是……是斯捷奇金！"

那头，叶莲娜和马卡罗夫也听了出来，"斯捷奇金，你果然没死！"马卡罗夫用俄语喊道。

"我当然不会死，我在监狱里待了那么多年，还没活够呢！那个该死的史蒂芬，以为抱着我，就能跟我同归于尽，哈哈……可是贺兰山保佑我，这小子一下去就松手了，结果我被贺兰山的树杈给救了，而那小子则摔进了万劫不复的深渊。"

"妈的，贺兰山居然保佑了恶人！"唐风暗暗骂道，但他马上想到了一些问题，"斯捷奇金，赵永是你杀的吗？"

"赵永？不，我对这人没什么印象，他不是我杀的！"斯捷奇金回答得很干脆。

"那在千户镇袭击我们的人也不是你喽？"唐风继续问。

"千户镇？不，我不知道你在说什么。"

斯捷奇金的回答让唐风的心头罩上了一层疑云，但是时间紧迫，他没有时间多想，又接着问，"你们看来很熟悉这里，你早就知道二十一号地堡的存在？"

"呵呵，知道又怎么样？你们已经死到临头了，就不要问这么多了！"斯捷奇金显然失去了耐心。

唐风一时不知所措，马卡罗夫突然大声冲斯捷奇金喊："斯捷奇金，你认识布尔坚科吗？"

"哈哈，伊万，我说你就别问这么多了！布尔坚科？哈哈，我知道你和他都曾经在这里待过，不过……不过他已经死了！"斯捷奇金模棱两可地回答。

"他曾在这里训练过学员，而这里的学员后来暴动，都死了，他的学员身上有和你们身上一样的刺青……"

"伊万，你想说什么？"斯捷奇金粗暴地打断了马卡罗夫的话，"时间不多了，我告诉你吧。我过去认识布尔坚科，但是他很久以前就死了，那个布尔坚科已经永远消失了！"

马卡罗夫还想说什么，斯捷奇金已经不耐烦了，"伊万，不用你来喊了，我来替你喊一句吧，你们还剩三分钟了，哈哈哈！"伴随着斯捷奇金的狂笑，枪声大作！

马卡罗夫焦急地看看这头的唐风和韩江。唐风和韩江也看着马卡罗夫和叶莲娜，他们竟一时都没了主意。炸弹三分钟以后就会爆炸，但是如果贸然闯出去，又要面对斯捷奇金密集的火力，胜算几乎为零。

就在众人手足无措的时候，突然，大门外的斜坡上传来几声枪响，紧接着是更密集的枪声。唐风不明白外面发生了什么，韩江却察觉了，"这是不一样的枪响，是手枪的声响！"

韩江在密集的枪声中分辨出了手枪的声响，"你确定吗？"唐风将信将疑地看着韩江。

"确定！"韩江十分肯定地说完，将目光投向对面的叶莲娜。叶莲娜显然也听出了名堂，冲韩江点点头，韩江转而对唐风说，"你没看出来，那些黑衣人已经不向我们射击了。"

唐风侧耳仔细听了听，果然，枪声依然密集，但是似乎已经远去。

"天无绝人之路，该是我们冲出去的时候了！"韩江恨恨地说道，然后掏出枪，打开保险，第一个冲了出去。紧接着，叶莲娜和马卡罗夫举着枪冲出大门。唐风护着梁嫒，跟着众人也奔出了沉重的黑色大门。

外面刺眼的阳光照得唐风一时睁不开眼，但是他们没有适应的时间，密集的枪声促使他们必须立刻投入战斗。

巨大的紧张和恐惧，促使还没适应外面阳光的唐风，冲着前方胡乱地放了几枪，然后他掩护梁嫒躲到了一座小沙丘后面。

待眼睛适应了外面的光线，唐风看见韩江、叶莲娜和马卡罗夫几乎和自己一线，隐蔽在小沙丘后面，向斯捷奇金的人射击。此时，刚才还趾高气扬的斯捷奇金没了声音，他的人阵脚大乱，东倒西歪地已经躺倒了好几个。

唐风似乎有些明白了，有人在背后袭击了斯捷奇金他们，这才致使斯捷奇金阵脚大乱。

可是谁会帮助我们呢？唐风想不明白，此刻也没必要想明白。他的耳畔又传来了马卡罗夫的声音："还有两分钟，我们必须冲出去，否则我们还是逃不了被黄沙掩埋的命运！"

是的，他们只剩下两分钟了，必须冲过去。唐风、韩江和叶莲娜都加强了火力。虽然唐风枪法平平，但是韩江和叶莲娜都是一等一的神枪手，一连几枪，已经放倒了好几个黑衣人。

黑衣人也屡屡被从身后射来的子弹放倒，顷刻之间，黑衣人都被放倒在地了。长出一口气的唐风急于抓到斯捷奇金，冲出了小沙丘，韩江、叶莲娜和马卡罗夫也紧跟了过来，可是他们马上意识到身后还有巨大的危险，犹如吞噬一切的恶魔，马上就要爆发！

此时，离爆炸只剩下半分钟。众人回身望去，见此处已经远离前进基地，一个有

第二十三章 遗忘的细节

十多米宽的黑洞呈现在他们面前。这就是二十一号地堡的东侧大门,而在大门上方并不是戈壁,也不是沙丘,而是一座突兀的小石山。这座山是地堡大门的天然屏障,当地堡大门封闭时,不注意看根本看不出在小山中还有这样一扇大门。

众人正在诧异之时,恶魔终于爆发了。一阵沉闷的巨响从地堡深处传来,大家不约而同地转身向东奔去。唐风刚要跑,就觉得地面剧烈晃动起来,他站立不稳,拉着梁媛,一起摔倒在黄沙中……

第二十四章 古地图上的新发现

1

待尘土散尽，一切重归平静。唐风使劲吐了两口嘴里的黄沙，晃了晃脑袋，这才从沙堆中站起来，只觉得四肢发软，头晕耳鸣。

梁媛、韩江、叶莲娜和马卡罗夫也先后从黄沙中站了起来。五个人再回身望去时，二十一号地堡的东大门已经荡然无存。不止如此，大门上方的那座小山也坍塌了大半，而整座地堡已变成了一座巨大的被滚滚黄沙覆盖的深坑。

"这上面居然还有座山……"唐风喃喃地说。

"我……"马卡罗夫张了张嘴，想说什么，但是没说出来。

众人的目光都落在马卡罗夫身上，马卡罗夫又张开了嘴："我……我忽然觉得这里很眼熟，我好像曾经来过这里。"

"哦！老马，你再好好看看。"唐风启发着说。

"哦，对了，这……这里不就是布尔坚科坠机的地方吗？"马卡罗夫认出了眼前这个地方，随即，他用十分肯定的语气说，"对，就是这里，前进基地东面的小山背后，这就是布尔坚科当年坠机的地方。"

"这……竟然这么巧？布尔坚科的坠机地点就是地堡的东大门外？"唐风吃惊地看着面前已经被掩埋在黄沙下的二十一号地堡。

"太不可思议了。父亲，当年您处理布尔坚科坠机事件时，就没发现这里有处这么宏大的地堡？"叶莲娜问。

马卡罗夫摇着头，"是啊，太不可思议了，我当年在这里处理布尔坚科坠机事件时，从未听说过这里有一处地堡。"

"你们先别说什么地堡了，要赶紧抓住斯捷奇金，这次不能再让他跑掉了！"韩江催促道。

"他跑不掉，那帮黑衣人都被放倒了。"唐风颇有几分自信。

"是啊，只要抓到斯捷奇金，很多事就迎刃而解了。还有，大家分散开来，检查一下这里，看看还有没有别的什么痕迹。"马卡罗夫说。

"别的痕迹？"唐风马上明白了马卡罗夫的意思，"你是想再找找当年布尔坚科坠机的痕迹？"

马卡罗夫点点头，叶莲娜忽然问："对了，那些从背后攻击斯捷奇金，救我们的人呢？"

带着疑问，众人分散开来，在这片戈壁滩上寻找线索，不放过任何蛛丝马迹。韩江和唐风将所有被打死的黑衣人摆放在一起，但是让他们震惊的是，他们没有找到斯捷奇金！

"一共十八具黑衣人的尸体，但是没有斯捷奇金的。"韩江说。

"也没发现从背后攻击斯捷奇金的人！"叶莲娜说。

"十八具尸体？"马卡罗夫喃喃地说，随即，他的瞳孔急速放大，吃惊地叫道，"不……竟然也是十八具尸体，这么巧？韩江，你没数错吧？"

韩江又数了一遍，肯定地回答："没有数错，就是十八具黑衣人尸体，独不见斯捷奇金的。"

"十八具？当初布尔坚科乘坐的直升机坠毁，我看到的也是十八具尸体！竟然如此巧合！宿命！"马卡罗夫一边喃喃自语，一边查看了那十八具尸体，这其中果然没有斯捷奇金。

"又让这个家伙跑掉了！"叶莲娜恨恨地说。

"不，叶莲娜，现在他已经不是最重要的了。以斯捷奇金的凶悍和狡诈，即便你抓住他，他也不会说什么的！"韩江说。

叶莲娜点点头，从手里掏出两枚弹壳来，"我在东北面的沙丘后拾到两枚弹壳。我作了比较，这两枚弹壳和黑衣人用的不同，也与我们的不同。从发现的位置看，这两枚弹壳很可能就是从背后攻击斯捷奇金的人留下来的。"

韩江从叶莲娜手中接过两枚弹壳，仔细观察了一番，"这……这很像是中国92式手枪的子弹，但我也不能完全肯定。"

"哦！如果是这样，这里越来越有意思了！"唐风看着远处，发现那里还停着几辆越野车，"我们过去看看。"

众人跑到几辆越野车前，发现一共是四辆车，两辆切诺基，一辆路虎，一辆牧马人。唐风和叶莲娜特别注意了这些车的型号，"没有上午我们见到的那两辆车！"叶莲娜说。

"我们刚才追过来时，曾估计有六辆车往这边来了，现在只剩下四辆，说明有两辆离开了这里。一辆应该是斯捷奇金的，另一辆车很可能属于那个从背后攻击斯捷奇金的人。可是，这人会是谁呢？"唐风盯着地上的车辙印说。

"要不，我们再追踪车辙印试试！"叶莲娜提议道。

唐风在犹豫，马卡罗夫却摆了摆手，"算了，马上太阳要落山了，惊吓劳累了一天，我们还是回基地先休整吧，休整好了再商量一下下一步的计划。"

"那这几辆车呢？"唐风问。

"这几辆车都被破坏了，看来斯捷奇金即便是撤退，也做得井井有条。"韩江检查了四辆车，又说，"不过，车上的许多装备我们还可以用，比如电筒、电池、GPS、电子罗盘，还有毛毯和武器弹药。"

"我现在开始怀念我的'悍驴'了，这么多东西，还有我们五个人，我们的老爷吉普车能装得下吗？"唐风想起身形单薄的老爷吉普车要装五个人就直发愁。

叶莲娜拍拍唐风的肩膀，"放心吧，挤是挤了点！但是这车绝对能载得动我们，不要忘了这车当年可是准备经受核战争考验的。"

唐风听叶莲娜这么说，心里有了几分底。众人七手八脚地把能用的装备全都背到了训练基地外，再搬到老爷吉普车上。五个人只能蜷缩在车上，在夕阳的余晖下慢悠悠地向前进基地驶去。

2

回到基地，夜幕已经降临，大家虽然早已疲惫不堪，但对前进基地和今天刚刚发生的事仍然耿耿于怀。

马卡罗夫似乎还沉浸在刚才令人震惊的发现中，独自想着什么，沉默不语。唐风走过来，安慰道："老马，我知道你还在想布尔坚科，还有前进基地。"

"是的，我在想布尔坚科、前进基地与整个事件的联系。从斯捷奇金他们对地堡的熟悉程度看，他们当中一定有人曾经来过基地，来过地堡，而且我可以肯定这个人并不是之后来到这里的，而是在基地学员暴动前。"马卡罗夫缓缓说。

"所以你在想你可能会认识这个人？这个人会是谁？"韩江反问。

"嗯，可是我实在想不出来会是谁，布尔坚科、尼古拉中尉、学员们都已经死了，还能有谁？"

"还有一个谢德林，但是叶莲娜已经否定了他。"唐风说。

"我同意叶莲娜的判断。谢德林亲自镇压了学员暴动，所以他不可能和这件事有什么更深的瓜葛。"马卡罗夫说着，忽然声音小了下来，"除非布尔坚科和学员当中有人没死！"

"没死？这……"唐风感到惊愕，"这就只有谢德林知道了。"

"布尔坚科是我替他收的尸，我不相信他没死！至于那些学员就说不好了，最后有几个学员跳海，谢德林并没有打捞起他们的尸体！"马卡罗夫对自己的推测似乎很有信心。

"但是按照谢德林的说法，包括我们后来查阅的一些档案文件显示，当时风高浪急，再加上那些学员都负了伤，应该不会有人幸存。"叶莲娜说。

"你们有没有想过，还有一种可能！"忽然传来梁媛的声音，大家把目光都转向她，梁媛慢条斯理地说，"这种可能性本来是不成立的，但是因为第二十一号地堡的出现，使这种可能成为可能。"

"别绕了，快说！"唐风催促道。

"很有可能是这样的，布尔坚科和学员们确实都已经死了，但是当时这个神秘的组织已经发展得很强大，除了他们还有别的什么人，比如斯捷奇金、布雷宁、伊萨科夫等人，这些人完全可能秘密来过地堡，所以他们才会对地堡了如指掌！"

梁媛的假设打开了众人的思路。"确实有这种可能，但是这种可能需要建立在一个基础上，即首先确定布尔坚科这个人有问题。"唐风首先肯定了梁媛。

"斯捷奇金今天承认他认识布尔坚科，并知道布尔坚科和父亲曾在这里共事。斯捷奇金是怎么知道的？很可能就像梁媛所说，他们曾经在布尔坚科还在的时候秘密来过地堡，甚至作为教官教授过学员们。"叶莲娜进一步推测说。

"这已经不用说了，这家伙肯定有问题。"韩江不屑地说，"我现在更感兴趣的是布尔坚科在这个组织中的地位和作用，可惜他死了，地堡也毁了，我们已经很难再知晓这一切了！"

"尤里……尤里，他真的有问题？"马卡罗夫陷入了痛苦的回忆，也许他还是不能相信布尔坚科会是那个神秘组织的一员。

3

每当谈到布尔坚科和学员暴动时，事情似乎就走进了死胡同。房间里沉默下来，大家开始准备晚饭和睡觉的铺盖。

吃饱喝足后，唐风倒头就睡。可是凌晨时分，唐风却醒了。他侧耳探听，外面一片死寂，其他几位还在呼呼大睡。自己怎么就醒了呢？唐风翻个身，准备继续睡，但是他来回翻了几遍，却怎么也睡不着了。

唐风索性坐起来，这些天的遭遇不断出现在脑海中，搞得他心烦意乱。唐风看时间还早，干脆自己值夜算了。本来今晚叶莲娜要安排值夜的，但是韩江说斯捷奇金今晚没有胆量再来，叶莲娜想想也对，就没坚持。

"唉！我就苦命啊！"唐风轻轻叹口气，拿了一支电筒，起身往外走。他想自己总该干点什么，便想到了玉插屏的那几张照片，于是唐风拿着那几张照片，一个人坐在门口，举着电筒仔细观察这张他已经看过无数遍的古地图。

唐风对这张古地图从一开始的兴奋，到现在逐渐变成了失望。地图上的标示大多是西夏时代的古地名，而今千年过去，沧海桑田，许多古地名都不复存在，所以要想确定古地图上出现的地名绝非易事。无法确定古地图上的标示，就没有参照物，也就很难确定进入瀚海宓城的路线，正因为如此，唐风对这份古地图越发失望。

可今晚当唐风再次查看这张古地图时，一种奇怪的感觉环绕着唐风。唐风扭了扭脖子，踢了踢腿，没觉得哪里有什么不对劲，但是这种奇怪的感觉非但没有消退，反而越发强烈了。唐风尽量让自己平静下来，他用电筒先在古地图上找到了瀚海宓城的位置，仔细观察了一下，发现瀚海宓城周边是一片深绿色。这就是所谓的死亡绿洲？

唐风真想再看看玉插屏原件，他不明白玉插屏上的古地图并不是用毛笔颜料画上去的，可是怎么恰好在瀚海宓城周围出现了一圈深绿色？难道这就是玉插屏所用玉料原来所带的颜色？如果是这样，那真是太神奇了！

唐风惊叹之余，继续向瀚海宓城周围观察。那片深绿色周边全是白色，唐风知道这是玉插屏原有的温润白玉。白色？代表沙漠吗？唐风将自己的视线再向外围扩展，发现在古地图最外面，玉插屏呈淡淡的黄色，这才是沙漠的颜色，也许……也许古人没那么多讲究，黄色和白色都在古地图上代表沙漠！

这是唐风第一次注意到玉插屏背后古地图颜色的不同。过去，他认为玉插屏就是用和田羊脂白玉雕制而成，所以在他的印象中，一直认为玉插屏是白色的。玉插屏的正面也确是白色的，温润晶莹。如果玉插屏背后的颜色不是人工所为，那么这玉插屏就更神奇了。薄薄的玉插屏前后竟有两种不同的颜色，而西夏的能工巧匠正是利用了这种极其罕见的大自然造化，巧妙地将玉插屏背后做成了一张古地图。

想到这，唐风又将目光移回到瀚海宓城周围。他发现，在瀚海宓城周边的白色区域内，斜着或竖着出现了多条翠绿色的条纹。这是玉插屏玉质本来的特性？还是有什么特殊的含义？

唐风仔细观察后，发现这些翠绿色的条纹只在那块深绿色区域周边出现，其他地方并没有。唐风敏感地觉察出这些翠绿色条纹是有特殊含义的，可是这些竖的或斜的条纹到底代表什么呢？

唐风的视线慢慢移到了其中一条翠绿条纹的边缘，在这里，他看到了一个字，一个西夏文字。唐风凭着记忆，认定这是个"谷"字。

谷？山谷？唐风马上联想到了山谷。他顺着这条翠绿条纹向上看去，又出现一个西夏文字，果然是"山"字。再接着往上看，又是一个西夏文字。唐风不认识这个西夏文字，这条翠绿条纹在这儿断了。但是唐风很快在另一条翠绿色条纹旁接连又发现了几个西夏文字，再将已经发现的文字连起来，唐风喃喃地念出了这几个西夏文字：

"狼……居……住……的……山……谷……"

唐风皱紧了眉头,"狼居住的山谷？狼居住的山谷！狼……"唐风忽然眼前一亮,"野狼谷？对！野狼谷！马卡罗夫说过的野狼谷！"

　　唐风难掩兴奋之情,难道瀚海宓城就在野狼谷中？唐风跑回屋中,大叫:"快起来,快起来,我有了新的发现。"

　　"搞什么啊？"

　　"还让不让人睡觉啊？"

　　众人对唐风大为不满。

　　倒是马卡罗夫从唐风的话语中觉出了一些不一样的味道,"唐风,你一定是有了什么重要的发现。"

　　"是的,非常重要,我在玉插屏背后的古地图上发现了重要的信息！"唐风越说越激动,"你们看,这儿,这儿,玉插屏的制作真是太精妙了,深绿色的这块代表死亡绿洲,而周围竖的或斜的翠绿色则代表山谷……"

　　大家这才发现了古地图上的玄妙,但是韩江摇摇头,"就这些吗？"

　　"不,更重要是在这条,不对,不是一条,应该是这一片山谷的名字！"

　　"名字？"

　　"根据上面的西夏文翻译过来,这座山谷的名字是'狼居住的山谷'！"

　　"狼居住的山谷？"韩江不明白这有什么特殊含义。

　　但是,马卡罗夫马上听出了玄机,"狼居住的山谷？那……那不就是野狼谷吗？"

　　"对,老马,我也是这么想的。这都要感谢你,因为你跟我们讲述了你和布尔坚科去野狼谷的经历。当然,更要感谢命运！"

　　"命运？"韩江一头雾水。

　　"对,命运,如果不是我们遭遇黑尘暴,阴差阳错地跑到了前进基地,我想破头也不会想到这条山谷和老马说的野狼谷有什么联系！"

　　韩江明白了,"正因为我们现在鬼使神差地跑到了这边,所以你再看地图时,就将古地图上这条山谷和野狼谷联系到了一起？"

　　"是的,我想起来了,之前我虽然没现在看得仔细,但也曾看到过这几个西夏文字,当时我没把这几个西夏文字连在一起翻译,所以根本没往野狼谷上面想。现在看来,这条山谷就是老马对我们说过的野狼谷啊。"唐风十分肯定地说。

　　马卡罗夫点了点头,他在古地图的照片上比划了一下,"如果是这样,那么我们现在所在的前进基地就大概在这个位置。"

　　唐风看见马卡罗夫的手指落在了野狼谷的北面,点点头肯定道,"对,就应该在这一片。我们一开始是从南面的路线向西北方向走,结果遭遇黑尘暴,再加上迷路,鬼使神差地跑到北面来了。你们看,野狼谷是一条南北走向的山谷,而瀚海宓城处于整个野狼谷中间偏南边的位置,所以我们在魔鬼城时其实已经十分接近瀚海宓城了,最终却功亏一篑！"

"奇怪啊，按照古地图上的显示，这野狼谷怎么有这么多条？"叶莲娜指着古地图上那些翠绿色的条纹，"而且完全没有规律，有的是竖的，有的是斜的！"

"叶莲娜，这恰恰就是野狼谷的复杂和神秘之处！"马卡罗夫提高了嗓音，环视了众人一圈，才缓缓地说，"这些没有规律的条纹说明野狼谷并不是简单的一条山谷。我记得布尔坚科当年曾跟我提到过，野狼谷不是一条山谷，而是由各式各样的大大小小不同类型的山谷构成的，山谷里面的地形、气候各不相同，时而宽敞，时而狭小，古地图上的翠绿色条纹恰恰印证了这种说法。"

"嗯，我也想到了，野狼谷正是因为由这么多地形各异、环境不同的山谷构成，才使得误闯进去的人很容易迷路。对于人类从未涉足过的山谷，更需要有玉插屏背后这张古地图作指引，才能走对道路，不至于命丧野狼谷。"唐风肯定了马卡罗夫的话。

韩江这时才发现他们曾经离野狼谷和瀚海宓城那么近，可是现在他们却跑到了野狼谷北面来，这难道就是命运的安排？

4

韩江使劲敲击了一下古地图上的一个位置，"我们应该已经到达了这里，只是……就差一步！"

唐风看见韩江敲击的位置正是他之前已经确定的第四个地名，也就是野狼谷南边，离谷口最近的地名，那个他无法翻译出全称的名字。"对，我们应该已经到达这里了，这个名字我只能翻译出前面一个字，一个'南'字。我当时就想到了这个字代表方位，但是根本想不到它所具体代表的方位。现在这么看来，这个'南'字就应该代表野狼谷南边。"唐风分析道。

说着，唐风的手指快速地在古地图上移动着，很快他的手指在野狼谷北面的一个地方停了下来，因为在这里也出现了两个西夏文字。唐风很快就认出了第一个字是个"北"字，而第二个字则与南面出现的那个地名一模一样。唐风一拍照片，说："如果我没推测错的话，瀚海宓城在野狼谷中，而进入野狼谷有南北两条线路，我们本来走的是南线，已经十分接近野狼谷。布尔坚科带老马去的那个地方是北线，甚至就是北线的入口！"

"北线的入口？"梁媛惊道，"可是布尔坚科当时并没有进去啊！"

"这说明不管是北线，还是南线，野狼谷里都不好走！至于这一南一北两个标示，我估计是两个代表方位的地名。另外，北线上还出现了几个地名，我还要仔细琢磨一下。"唐风指着在北线出现的几个标示说。

北线的几个标示与南线不同,南线的四个标示全在野狼谷外,而北线的标示基本都在野狼谷内。结合马卡罗夫的推测,唐风想,如果从前进基地出发走北线,很快就能进入野狼谷,但是真正的危险也许等进入野狼谷后才会开始。

韩江听完唐风的新发现,拍了拍唐风的肩膀,"好了,咱们又有新目标了。"

"新目标?"所有人都把目光投向韩江。

"让我们从这次行动开始说起!"韩江环视一圈众人,"我们现在已经知道瀚海宓城在野狼谷中,而要到达瀚海宓城有南北两条路。当年的联合科考队以及科兹洛夫那次没有公开的秘密考察,应该走的都是南线,所以我们根据米沙的路线图,也从南线进入了沙漠,才有了这一路的遭遇。一开始,就在戈壁滩上出现了另外两道车辙印,两道车辙印在千户镇附近消失了,然后就是赵永的死,我们追逐那辆无人驾驶的黑色大切诺基!我想赵永的死至少和这辆车有关。"

"就是那辆黑色的大切诺基,韩队,我一直有个问题想问你……"

唐风开口想要说什么,韩江摆了摆手,打断了唐风,"唐风,我知道你要问什么,我想以你的聪明已经猜到了,其实我逃亡在外,是我和赵永一起演的一出戏,目的是为了让我们中的内鬼现出原形。我被诬陷是真,但后面就是我和赵永将计就计。当时我们做好了最坏的打算,即便诱不出内鬼,也可以让我从明处转为暗处,这样更有利于我们的行动。开始时一切都很顺利,我相信我们的行踪没有人知道,甚至连赵永也不清楚。但是在戈壁滩上,在第二个点,也就是在狼洼,我们就暴露了!"

"嗯,围住我们的狼群又撤走了!"唐风回想起在狼洼看见的那些狼。

"我想那些狼是受人控制的,它们在听到某种声响后才离开的。紧接着,就是我们在千户镇的遭遇。就像你曾说过的,在千户镇总感觉有人在暗中盯着我们,可是除了最后发现赵永的尸体外,我们并没有遭到什么攻击,我总觉得这并不是将军或斯捷奇金的手段。"

唐风点点头,"是啊!如果是将军,一定会像在二十一号地堡一样,把我们全都消灭在千户镇。"

"再从最近几天在前进基地的情形看,将军的人似乎更青睐北线,所以我甚至认为在南线杀害赵永的人应该不是将军的人。"

梁媛眼珠一转,"是啊,斯捷奇金也说他不认识赵永。"

"不是将军的人,又会是谁呢?"唐风喃喃自语。

所有人都陷入了沉默,韩江又说:"我们曾经怀疑是徐仁宇杀害了赵永,但是没有找到徐仁宇,也不清楚他杀害赵永的动机。"

"更难以解释的是赵永身上那奇怪的伤痕!"唐风又想起了那恐怖的伤痕。

"再后来我们在黑石,在魔鬼城先后遭遇了那个戴面具的女子,这更是离奇!"

"是啊,如果不是那个戴面具的女子,我们说不定已经从魔鬼城进入野狼谷了。"唐风叹息道。

"现在叹息也没有用了。我们遭遇了黑尘暴,又迷失方向,走到了前进基地。在这里我们弄清了许多事实,又遇到老马和叶莲娜,这也许就是我们的命运,是长生天冥冥之中的安排。"韩江忽然变得神神叨叨的。

"你的意思,我们下一步从北线进入野狼谷?"唐风反问。

"是的,从北线走。这条线的艰难程度我想绝不会亚于南线,而且咱们的老朋友都会聚到这里,我想北线会比南线还要热闹!"韩江冷笑了两声。

"除了将军的人,还有救我们的人,他们是什么人?还会暗中保护我们吗?"唐风疑惑地问。

韩江晃了晃脑袋,"不去说那些历史之谜,光是这一路困扰我们的问题就太多了。是谁杀死了赵永?是谁为我们解了围?袭击千户镇守军的是什么猛兽?将军究竟是谁?还有……还有那个戴面具的女子,她又是谁?唐风,想知道这些问题的答案,就必须从北线再探野狼谷。不管我们会遭遇什么,都必须去野狼谷中闯一闯!"

唐风、梁媛、叶莲娜、马卡罗夫全都认同地点了点头。在极其复杂的心境中,大家又迎来了一个新的黎明,戈壁滩深处的黎明!

大家都明白,进入野狼谷后将会有更可怕、更恐怖的遭遇,但是他们也预感到自己已经离谜底很近很近了。

第二十四章 古地图上的新发现

图书在版编目（CIP）数据

西夏死书4 / 顾非鱼著. — 北京：金城出版社，2018.5

ISBN 978-7-5155-1665-3

Ⅰ. ①西… Ⅱ. ①顾… Ⅲ. ①长篇小说－中国－当代 Ⅳ. ①I247.5

中国版本图书馆CIP数据核字（2018）第071128号

西夏死书4

作　　者	顾非鱼	
责任编辑	李凯丽	
开　　本	787毫米×1092毫米　　1/16	
印　　张	17.5	
字　　数	352千字	
版　　次	2018年6月第1版	
印　　次	2018年6月第1次印刷	
印　　刷	武汉立信邦和彩色印刷有限公司	
书　　号	ISBN 978-7-5155-1665-3	
定　　价	36.80元	

出版发行	金城出版社　北京市朝阳区利泽东二路3号　邮编：100102	
发 行 部	（010）84254364	
编 辑 部	（010）84250838	
总 编 室	（010）64228516	
网　　址	http://www.jccb.com.cn	
电子邮箱	jinchengchuban@163.com	
法律顾问	北京市安理律师事务所　18911105819	